MAPA SENTIMENTAL

Javier Urra (Estella, Navarra, 1957) es doctor en Psicología con la especialidad en Clínica y pedagogo terapeuta. Es doctor en Enfermería. Puso en marcha y trabajó durante ocho años en un centro de educación especial para niños disminuidos psíquicos (APASCOVI. Villalba, Madrid).

Ganó las oposiciones del Ministerio de Justicia, inauguró y trabajó durante tres años en el Centro Piloto Nacional de Reforma con menores muy conflictivos en Cuenca. Desde 1985 trabaja como psicólogo forense en la Fiscalía del Tribunal Superior de Justicia y Juzgados de Menores de Madrid. Es profesor de Ética y Deontología en 5º de Psicología en la Universidad Complutense de Madrid. Es presidente de la Comisión Deontológica del Colegio Oficial de Psicólogos de Madrid y de la Asociación Ibero-americana de Psicología Jurídica. Es patrono de la Fundación Pequeño Deseo. Fue el primer defensor del Menor en España (1996-2001) y presidente de la Red Europea de Defensores del Menor. Es director de Urrainfancia y es consultado como experto en los distintos medios de comunicación y miembro del comité científico de distintas revistas técnicas. Ha publicado entre otros: *¿Qué ocultan los hijos y qué callan los padres?* (2008), *Mujer creciente, hombre menguante* (2007), *El arte de educar* (2006), *El pequeño dictador, cuando los padres son las víctimas* (2006), *Escuela práctica para padres* (2004), *Educar con sentido común* (Aguilar, 2009), *Recetas para compartir felicidad* (Aguilar, 2009), *¿Qué se le puede pedir a la vida?* (Aguilar, 2011). Dirige colecciones de libros de Psicología Jurídica y de Psicología Útil. Es colegiado de Honor en Psicología y le concedieron la Cruz de San Raimundo de Peñafort por el Ministerio de Justicia. Es director técnico del programa recURRA-GINSO para padres e hijos en conflicto.

MAPA SENTIMENTAL

JAVIER URRA

punto de lectura

PRISA EDICIONES

© 2012, Javier Urra
© 2012, del prólogo, Javier Sádaba
© De esta edición:
2013, Santillana Ediciones Generales, S.L.
Avenida de los Artesanos, 6. 28760 Tres Cantos. Madrid (España)
Teléfono 91 744 90 60
www.puntodelectura.com
www.facebook.com/puntodelectura
@epuntodelectura
puntodelectura@santillana.es

ISBN: 978-84-663-2745-9
Depósito legal: M-19.422-2013
Impreso en España – Printed in Spain

Diseño de cubierta: Opalworks

Primera edición: septiembre 2013

Impreso en BLACK PRINT CPI (Barcelona)

A los que nos precedieron
y legaron
su esfuerzo y esperanza.

A los que hoy donan
lo mejor de su ser.

A los que nos continuarán
para que se proyecten
en el mañana.

JAVIER URRA

«Algún día en cualquier parte, en cualquier lugar
Indefectiblemente te encontrarás a ti mismo, y ésa,
sólo ésa, puede ser la más feliz o más amarga
de tus horas».

PABLO NERUDA,
1904-1973

Índice

El elogio de la reflexión

Más allá de las emociones, con su consecuente alteración del ánimo, intensa y pasajera, agradable o penosa, que se acompaña de cierta modificación somática, hemos de trabajar los sentimientos; es decir, el estado afectivo del ánimo que se produce.

Solemos crear opinión, dictaminar, juzgar, incluso presentir, barruntar lo que ha de acontecer. Aprendamos a erradicar profecías negativas autocumplidas, sentimientos que se corrompen o se pudren en sí mismos, augurios lamentables. A cada persona le empujan sus fantasmas. Es un tópico decir que al ser humano le mueven el poder, el sexo, el dinero, el amor. Pensemos, sintamos y seremos sabedores de que lo que nos empuja son las pasiones, entre las que se incluyen la envidia, el odio, el resentimiento. Repito el re-sentimiento, sentimiento humano que la pasión convierte en enfermizo.

Los sucesos externos que forman parte de nuestra existencia suelen ser el reflejo de nuestros procesos internos. Es por ello que los acontecimientos que componen nuestra vida no están regidos por la casualidad, sino por la causalidad. Nuestro sistema de creencias, la forma de procesar los sucesos y la manera de pensar determinan en última instancia no sólo nuestra identidad, sino también nuestras circunstancias y al mismo tiempo inciden en parte en aquellos con quienes nos relacionamos y quizás en personas a las que nunca conoceremos físicamente.

Proponernos ser una versión mejorada de nosotros mismos no es un mecanismo malsano por egoísta, sino por egocéntrico, pues ansiamos ser el centro para los otros y además que sea benéfico.

Musculemos el autodominio, erradiquemos que nuestro yo sea la medida del universo. Caminemos hacia el ideal de la empatía comprensiva.

Prólogo

El último libro de Javier Urra, *Mapa sentimental*, es una obra intensa, completa, en la que se condensan y maduran todos los pensamientos que a lo largo de los años, con su correspondiente y siempre prolífica producción literaria, nos ha ido obsequiando su autor. Pero que no se engañe el lector porque el hecho de que el texto abarque los más diversos campos o que la voz interna que recorre el libro nos interpele constantemente a vivir y a gozar el bien no ahoga un estilo muy propio. Y ese estilo es fluido, claro, sencillo y directo. A veces podríamos afirmar que nos encontramos con un estilo recortado y aforístico que golpea, crea calambres mentales y rompe con el tan frecuente rutinario ensayo. Más aún y como es su costumbre rocía el escrito con abundantes, oportunas y hasta graciosas citas. Decía Michel Foucault que «saber es saber citar». Repárese que no dice que saber consiste en saber citar. Y es que no se trata de coleccionar pensamientos ajenos, sino de saber insertarlos de forma oportuna en la línea argumental que se desee defender. Por todo ello el lector aprende, disfruta y descansa con la escritura rápida de Javier Urra; rápida porque no quiere entretenerse, dilatarse en más subordinadas, sino enlazar con quien lo lee o escucha, hablar con él, tratarle de tú a tú.

En lo que atañe al amplio contenido del libro, me gustaría fijarme en tres aspectos que resaltan lo que se nos entrega. Por un lado, el valor de la educación y su incidencia en la infancia. Por otro, la decisiva importancia de las emociones y los sentimientos en nuestra vida. Es este, sin duda, el nervio de todo el libro. Y finalmente la incansable apelación al buen vivir. Es como si el autor quisiera agarrar del brazo al lector y decirle cara a cara: «rechaza los pensamientos y las actitudes negativas, debes ser inteligentemente optimista». Haré un par de observaciones sobre cada uno de los tres apartados que acabo de enumerar.

Javier Urra ha dedicado buena parte de su quehacer a la educación de la juventud. Y lo ha hecho en un sentido que va desde la infancia hasta la madurez. Es aquí donde se podría decir que bajo el ropaje de un lenguaje siempre accesible se esconde todo un tratado de psicología. No es exageración alguna. Los traumas infantiles, el rol de los padres, la necesaria socialización y todos aquellos temas relacionados con el desarrollo humano son analizados, juzgados y encauzados en este libro; un libro con guiños en todas las direcciones. Pero son guiños que no distraen sino que, por el contrario, alertan. Y en todo momento el texto discurre sugiriendo, sin ese dogmatismo que tanto abunda y que en su simplismo no sólo es inoperante sino contraproducente. En una sabia combinación entre naturaleza y cultura se cargan las tintas, como no podía ser de otra manera, en lo cultural. Porque, como dice y repite nuestro autor, es la voluntad la que ha de embridar los deseos y no que éstos absorban nuestro más preciado bien. Y nuestro más preciado bien, como se encargó de recordar don Quijote, estriba en el poder de la libertad. La idea de que somos artistas de nosotros mismos y de que somos responsables de la personalidad que esculpamos es central en esta obra.

En segundo lugar hay que señalar lo que da el esqueleto a las páginas que estamos comentando: las emociones y los sentimientos. Es verdad que se trata de un tópico que, en nuestros días, se ha colocado en el centro de la escena. Javier Urra insiste, y es esta una cuestión básica, en que emoción y sentimientos no son lo mismo aunque estén encadenados y los segundos vengan condicionados por los primeros. Las emociones consisten en reacciones primarias producidas por la parte más antigua de nuestro cerebro. Los sentimientos, por su parte, pertenecen al reino de la cultura. Son, en este sentido, modulaciones de las emociones. Las verbalizan. De ahí que en buena parte seamos responsables de ellas. Si me ataca un león saldré corriendo y ahí se acaba la historia —si es que acaba bien—. Pero si oigo varias veces una ópera de Puccini iré poco a poco asociándola con el resto de mi vida y así iré no menos modificando mi personalidad. Es en este punto donde pone en marcha toda su batería Javier Urra. No se trata de banalizar la tan traída y llevada inteligencia emocional. Se trata más bien de equilibrarnos, saber medirnos con los otros, tener cuidado de uno mismo y al mismo tiempo ser altruistas. Ahí se insertan, pienso yo, las mejores páginas del libro. Y dos pequeños pero importantes detalles. Javier Urra está al tanto de lo que las neurociencias están mostrándonos en la actualidad. Su conocimiento de António Damásio o del premio Nobel Giacomo Rizzolati, descubridor de las «neuronas espejo», lo atestigua. Es sólo un ejemplo entre tantos. Y por otro lado es capaz de hacer incursiones en los más variados campos de la experiencia. Nos referimos antes a la ópera. Javier Urra, y también es un ejemplo entre muchos, une las emociones con la música o con la pintura.

Finalmente se sitúa en canto, reposado pero persistente, al buen vivir, a la felicidad. ¿Por qué pudiendo estar bien nos empeñamos en estar mal? Es cierto que el sufrimiento nos acompaña como una sombra desde que nacemos. De un determinado sufrimiento, y que es ajeno a nosotros, nadie nos libra. Pero existe no menos el gozo y la alegría. Está en nuestra mano potenciarlos. Y debemos hacerlo sin descanso. Y en lo que respecta al sufrimiento, aunque no logremos erradicarlo o domarlo, tendríamos que integrarlo, de la mejor forma posible, en nuestra existencia. Pudiera ser que la vida, considerada en abstracto, carezca de sentido. Lo que sucede es que estamos instalados en la existencia como seres concretos. Es ahí donde hemos de dotar de sentido a nuestro humano vivir. El libro de Javier Urra busca con talento dar un sentido profundo a aquello que desde una irreal mirada parecería no tener ninguno.

Voy a acabar el prólogo con estas palabras del mismo libro de Javier Urra. Se podrían, sin duda, haber escogido otras. Por mi parte, las considero un colofón excelente a lo que es posible decir del libro y un ejemplo relevante de fuerza, ánimo y convicción: «Muere lentamente quien no voltea la mesa cuando está infeliz en el trabajo, quien no arriesga lo cierto por lo incierto para ir detrás de un sueño, quien no se permite por lo menos una vez en la vida huir de los consejos sensatos. Muere lentamente quien pasa los días quejándose de su mala suerte o de la lluvia incesante. Muere lentamente quien abandona un proyecto antes de iniciarlo, no pregunta sobre un asunto que desconoce o no responde cuando le indagan sobre algo que sabe».

JAVIER SÁDABA

Ante el espejo

*El abordaje de problemas como la adicción o la violencia
exige una mayor comprensión de la emoción y el sentimiento.*

El 90 por ciento de la comunicación emocional se produce sin palabras.

«Venimos del barro. Y después de tres coma ocho billones de años de evolución, nuestro interior es todavía de barro. Nadie puede ser un abogado de divorcios y dudar de ello».

La guerra de los Rose, DANNY DeVITO, 1989

No es el espejo el que nos devuelve nuestra realidad, es la mirada del otro.

Abramos la compuerta de los sentimientos para que broten más que palabras: yo, tú, él.

¿Dónde voy? ¿Quién me acompaña?

Es usted quien ha elegido este libro. Pasemos un tiempo juntos, ¡hablémonos!, y como en toda conversación puede que nos perdamos en ramificaciones, en anécdotas y en experiencias. Pero siempre reviviremos cómo se nos hizo sentir.

Lector/lectora, compartimos que sólo en los otros podremos conocernos, que la vida se disfruta en el bullicio de la calle y en el silencio de la escritura y de la lectura.

Al final sentiremos positivamente por quienes nos quisieron y vivenciaremos a quienes amamos. Y mientras trazamos respuestas a la posibilidad y al deseo de volver a nacer, aprendamos a vivir con uno mismo (tal y como somos —o parecido—, no como fantaseamos).

Confío en que a continuación encuentre pasajes en los que se ría, y es que no conozco a nadie inteligente que no posea sentido del humor, que emplee la fina ironía, que relativice, que ponga las afirmaciones entre interrogantes.

Este libro busca ser un viaje y como tal puede cambiar el curso de una vida.

¿No cree que existan las verdades contradictorias? Por ejemplo, vemos rostros gemelos nacidos del mismo padre, cirujano plástico.

Ser humano, que se caracteriza por la paradoja. Nos pasamos los primeros años de la vida de nuestros hijos enseñándoles a hablar y a caminar, y los siguientes ordenándoles que se callen y que se sienten. Ser humano, contradictorio. Hay personas que tienen dificultades para comunicarse y se pasan el día hablando de ello. Los hay que aprovechan la bronquitis para ir al teatro o a la ópera.

Les invito a que nos adelantemos al destino.

«Igual que en los puertos de carretera que tienen mucha pendiente de descenso existe una zona de frenada ya dispuesta, bueno será que a título emocional y sentimental también preparemos salidas de emergencia ante situaciones de riesgo, en las que se desborde la capacidad ordinaria de frenada emocional y sentimental».

Es cierto que el mundo se construye, pero el azar cambia destinos. Y no es menos cierto que en gran medida el futuro se funda en el hoy, en cómo se piensa, EN CÓMO SE CONDUCE EMOCIONALMENTE. Es importante ser disciplinado en el pensar y sentir, y esforzarse en ser quien se desea.

Evitemos el miedo a los miedos, abramos tantas puertas como el mundo nos ofrezca. No propongo probarlo todo, pero sí invito a no autolimitarnos. No nos refugiemos y parapetemos en el trabajo. No corramos y corramos en un tiovivo; siempre dando vueltas sin avanzar. Aceptemos nuestra edad, sintámonos orgullosos de lo vivido, no caigamos en la patética juventud atemporal. Por el contrario, mostrémonos a veces como niños, realicemos lo sorpresivo y lo gustoso, podría parecer impropio de alguien maduro, pero lo cierto es que servirá de validación de cordura.

Avancemos en las ideas, enriquezcámonos, autoeduquémonos. No subsistamos de las ideas de otro. Rehuyamos en lo posible al tipo gris, estereotipado, repetitivo, siempre previsible. Actuemos, no perdamos el tiempo describiendo o quejándonos por un problema, abordémoslo.

Apreciemos cuáles son nuestras artrosis mentales, nuestras deformaciones emocionales, apriorismos, sesgos en la captación y elaboración de la realidad. Nos estaremos haciendo viejos cuando arrastremos el espíritu.

Aprendamos y enseñemos a gestionar los conflictos, a dar una respuesta lo mejor posible. Asumamos la responsabilidad, seamos consecuentes con nuestros actos. Aceptemos que hay cosas que están bien, otras que están mal y que no debemos darle más vueltas, ni convertirnos en trileros.

Es genial la capacidad de sorprender y de sorprenderse. Vivamos cada día. Relativicemos los problemas que lo son —los otros no son problemas—. Disfrutemos de cada día, pues es como un nuevo jamón, hay que probarlo.

«Pensamos demasiado, sentimos muy poco».

El gran dictador

Hay quien califica de neurótico al que ama demasiado, al que siente demasiado.

En el «libro del mundo» no hay ningún triunfador que no sea un optimista. Hemos de construir castillos en el aire y de inmediato buscar la forma de escalarlos.

Creo que la fórmula para alcanzar el éxito es tener ideas, comprometerse con ellas y madrugar para ponerlas en práctica.

Es posible que conseguir todo lo que se desea resulte peligroso. Si bien los que tienen mérito son aquellos cuya reputación aumenta con cada fracaso.

Hablemos de la gente, de esa tan pesada que cuando le preguntas cómo está, va y te lo dice. O de otras que se pasan el día intentando ponerse en contacto con ellas mismas.

Terrible es escuchar a quien te cuenta cómo dejar de fumar o cuál es el método de adelgazamiento que sigue (el duodécimo).

Convivir no resulta fácil. Hay quien aguanta con estoicismo los problemas de los enemigos, pero es incapaz de soportar los éxitos de los amigos.

Respecto a los conocidos, esas personas a las que les podríamos pedir un favor, pero a las que no dejaríamos dinero. Digo, que a algunas de ellas las conocemos tanto que hemos decidido dejarles de hablar.

Al ser humano hay que entenderlo, lo cual no siempre coincide con lo que dice, por ejemplo, cuando alguien comenta que en principio está de acuerdo con una cosa, lo que desea transmitir es que no tiene la menor intención de llevarla a la práctica. Es más, hay quien deja de ir al psicoanalista porque entiende que éste se inmiscuye en su vida íntima.

Comunicarse no es fácil. Algunos cuando hablamos inglés en Londres somos incapaces de que entiendan su propio idioma.

Lo que deseo transmitirles es una frase callada, pero que hemos pensado muchas veces: «Es posible que creas que has comprendido, lo que piensas que he dicho, pero no estoy seguro de que captes que lo que has oído no es lo que quería decir».

De vez en cuando deberíamos intentar saber qué siente el otro. Nosotros somos los responsables de la actitud que adoptamos ante la vida, ante los otros. Responsables del carácter que hemos conformado. En algo responsables de cómo se sienten quienes se encuentran a nuestro alrededor.

Tampoco hemos de permitir que nos conviertan en un basurero emocional, ni que nada ni nadie cercene nuestro espíritu.

Haremos bien en plantearnos cuáles son las relaciones interpersonales que mantenemos, quiénes son las personas que nos interesan profundamente y cómo se lo manifestamos. Compartamos momentos, ideas, sensaciones, emociones, expectativas, preocupaciones, ilusiones. Vivir es compartir.

Ningún ser humano es una isla, pero algunos parecen una península unida a los otros por un estrecho istmo.

Somos muchos, y por tanto podremos encontrar especímenes que siempre se ofendan. Otros son un problema cuando están borrachos y cuando están sobrios; los hay con una forma de pensar (casi única) que se podría simplificar así: «Lo importante no es si tú ganas o eres feliz. Lo importante es si yo gano y soy feliz».

Ciertamente creer que los demás no tienen buenas intenciones no es sano, pero no siempre es un error. No estoy lejos de la afirmación de que los mejores parientes son los lejanos. Y llegados a este punto confirmo que si ayudas a alguien que tiene problemas no lo olvidará, al menos hasta el siguiente problema.

Citemos a Woody Allen para ejemplificar personas y personajes que hablan de comunicación: «La única vez que mi esposa y yo tuvimos un orgasmo simultáneo fue cuando el juez firmó los documentos del divorcio».

En un mundo donde casi todo es un anuncio publicitario, vemos compradores que consumen de manera fetichista marcas. Marcas que pareciera que patrocinan la vida, marcas de productos que buscan establecer relaciones emocionales con sus clientes al utilizar una publicidad que dote de alma a las grandes compañías.

Precisamos del silencio —momentos de enriquecedor vacío— como lugar en el que dejar el electroencefalograma plano y el espíritu en una paz temporal. Trascendamos del conocimiento hacia el descubrimiento. Aplaudamos el juego imaginativo, la creación de soluciones alternativas. Necesitamos esforzarnos para elaborar ideas, pero para ser creativos hemos de estudiar, leer, informarnos, debatir y cohesionar razón y sentimiento.

> «Los medios no son nunca meros vehículos de un contenido, ejercen una solapada influencia sobre éste y a largo plazo modifican nuestra manera de pensar y de actuar».
>
> MARSHALL MCLUHAN

Claro que los ordenadores, Internet, aportan múltiples ventajas, pero ¿facilitan el desarrollo de la memoria?

Cuando le digo a un universitario que su trabajo está bien, pero que profundice, suele contestar: «¿Le hago otro?». Falta rigor, reflexión, paciencia. Este mariposeo cognitivo hará que nuestros cerebros tengan dificultades para construir estructuras estables de conocimientos. Propongo leer a Platón, a Cervantes, a Popper, a Proust, a Neruda en profundidad y gozar haciéndolo. ¿Es una pérdida de tiempo?

> «Hice un curso de lectura rápida y leí *Guerra y paz* en veinte minutos. Va de Rusia».
>
> WOODY ALLEN

Hoy tenemos personajes que lo único que escriben es la firma para los contratos. Otros escriben y publican, pero venden tan poco que parecieran escritos confidenciales. Los hay tan excéntricos que escriben un libro de crímenes y los asesinos proceden de otros libros. Hay quien dice que escribe para la posteridad, lo cierto es que nadie lo edita.

La verdad sea dicha, hay quien por bien de la literatura debería dejar de escribir de inmediato.

Por mi parte, como escritor, hay días que por la mañana añado unos párrafos y esa misma tarde los cambio hasta hacerlos irreconocibles. Eso sí, siempre a mano.

Como director de colecciones de libros, antes de leerlos consulto su bibliografía, pues en ocasiones son originales y buenos pero no coincidentes; es decir, la parte original no es buena y la buena no es original.

«Preguntarle a un escritor lo que piensa de los críticos es como preguntarle a una farola qué piensa de los perros».

JOHN OSBORNE

Hay quien ha afirmado (creo) que los críticos son como los eunucos de un harén.

Sabemos que si copias a un autor es plagio, pero si lo haces de muchos es investigación. En todo caso, crear es ser original. Y pienso que puedo pensar por mí mismo.

Gracias por acompañarme hasta aquí. Nos vamos conociendo poco a poco, gustando de la ironía y del humor sano que suelen ser síntomas de decencia individual y salud colectiva.

Llegaremos a departir sobre los sentimientos pero antes charlemos un poco, no hay prisa. Aclaremos lo accesorio.

Fácil, para conocer el valor del dinero sólo hay que pedirlo prestado.

Sencillo, si trabaja de manera constante, con rigor y de forma honesta, pertenece a un grupo minoritario (del que soy socio). Por el contrario hay quien compensa el llegar tarde al trabajo con salir pronto. También hay quien pregunta: Si el trabajo es salud, ¿por qué no se le receta a los enfermos? Claro que mayoritariamente si el subordinado le dijera a su jefe lo que en realidad piensa de él, entendería la frase «la verdad te hará libre».

Hay gente para todo, desde Luis Buñuel: «Yo soy ateo gracias a Dios», hasta quien suspira por la eternidad mientras se aburre. Juzguen ustedes, he llegado a escuchar «yo no creo en la astrología porque soy géminis».

Personas encantadoras como Zsa Zsa Gabor: «Soy un ama de casa maravillosa. Cada vez que me divorcio, me quedo con la casa». Otras que culpan siempre a los demás: «He tenido mala suerte con mis tres esposas, la primera murió, la segunda me abandonó y la tercera no».

Encontramos enfermos mentales que saben que están perturbados, mientras acuden a la consulta quienes se consideran cuerdos sin ser conscientes de que padecen graves trastornos.

Vemos a falsos altruistas que o bien aparecen en una campaña que les da gloria, o se ponen una pulserita y reciben reconocimiento, o simplemente se acuerdan de los pobres, pero nunca les cuesta nada.

Créanme, en la clínica vemos desde el que considera que no bebe demasiado pues puede pasar unas horas sin tomar una gota, hasta el que estima que dejar de fumar es sencillo pues lo ha hecho cientos de veces.

Conocemos a gente que cambia de edad de manera constante y a personas con incapacidad para mentir, ¡intolerable!

Vemos a individuos que se sienten incómodos con sentimientos contradictorios. Los hay que en vez de con un gran amor, se casan con un seguro de vida.

Y si bien es cierto que una buena educación sentimental debe ayudar entre otras cosas a aprender a disfrutar haciendo el bien y sentir disgusto si actúas mal, nos encontramos de vez en cuando con un ser amoral, alguien que de niño pidió un juguete a Dios y no lo obtuvo, luego pasó a robarlo y a pedirle que le perdonara. Ahora ni se acuerda de él.

Cuando conozco en fiscalía o en prisión a violadores en serie o a pederastas, y dado nuestro fracaso para evitar la reincidencia, entiendo ética la equivocadamente denominada castración química como manera de evitar otra castración más palpable y el seguimiento exhaustivo y la mayor duración de las penas. Antepongamos el respeto a las víctimas, a las que lo fueron y por tanto lo son, a las que pudieran serlo, a sus seres queridos y a la ciudadanía, a la gente de bien.

Que nadie se equivoque. EL DESEO ES LA ESENCIA DEL HOMBRE, PERO EL SER HUMANO POSEE LA VOLUNTAD COMO EL MÁS VALIOSO RECURSO PARA EVADIR LA TRAGEDIA QUE IMPLICA LA SERVIDUMBRE FRENTE AL DESEO Y LAS PASIONES.

Es a través del lenguaje interno, del autodominio, como la persona satisface o embrida su deseo. A veces es una lucha titánica entre el «yo» y el «otro yo».

ESTE LIBRO ABORDA LOS ASPECTOS CENTRALES DE LA HUMANIDAD, LOS SENTIMIENTOS Y LAS EMOCIONES, ESENCIALES PARA DETERMINAR LA FORMA EN QUE VIVIMOS.

Emoción y sentimiento son dos procesos claramente separables y diferenciables, existiendo una secuencia y un orden, ya que la emoción antecede al sentimiento.

LA EMOCIÓN es esencialmente un programa motor no aprendido, innato, que tiene como misión la conducción de la vida. EL SENTIMIENTO es una cognición acerca de lo que sucede en la emoción, un conocimiento de aquello que nos emociona.

Con los sentimientos etiquetamos las emociones, las valoramos desde nuestra personal y subjetiva experiencia.

Digamos que la emoción nos permite ser afectados por el mundo exterior, mientras que el sentimiento nos facilita proyectarnos sobre él desde nuestra afectividad.

Los sentimientos concretos se tiñen con el significado que cada persona atribuye a sus experiencias y a sus elaboraciones. Cada individuo es actor en la génesis de sus sentimientos, que son personales y realmente intransferibles.

Los sentimientos son mucho más duraderos que las emociones, son más complejos, estructurados y estables, pero menos intensos y con una implicación fisiológica menor.

Los sentimientos son cruciales para reajustar el organismo, para preservarlo, para tomar decisiones sobre el futuro, para crear nuestro sentido de identidad, para interesarnos por los otros, para dar a conocer nuestra capacidad de vínculo, para organizar la realidad de forma subjetiva.

Hay quien confunde emoción y sentimiento. Se equivoca. Como bien afirma António Damásio: «Las emociones actúan en el teatro del cuerpo; los sentimientos, en el teatro de la mente».

Los sentimientos se elaboran cuando se filtran las emociones por el tamiz de la conciencia y de la cultura. Las emociones son pocas, básicas, y al igual que los instintos responden a capacidades innatas, en cambio los centenares de sentimientos, de estados afectivos de los que además somos conscientes son adquiridos, elaborados, son facilitadores de la vida social.

Lo que más nos identifica con el resto de los humanos es la complicidad en las mismas expresiones emocionales, en las mismas vivencias sentimentales.

Convendrá conmigo que reaccionamos emocional y primordialmente de distinta forma dependiendo del contexto situacional y del momento vital que estemos atravesando.

Llegados a este punto y dándole las gracias por su amable acompañamiento, pues escribo para usted, le explicaré EL OBJETO DE ESTE LIBRO QUE NO ES OTRO QUE TRANSMITIR QUE LA VOLUNTAD IMPERA, QUE ES LA PERSONA, EL INDIVIDUO QUIEN DECIDE SOBRE SU DESEO Y NO ÉSTE EL QUE SE IMPONE A SU PESAR. NO HAY ACCIÓN SIN CONCIENCIA, NO HAY CONDUCTA SIN PREVIA ELECCIÓN, POR ESO SOMOS LIBRES, DE AHÍ LA RESPONSABILIDAD.

Muchísima gente tras un comportamiento infame se refugia con cobardía en un «no me acuerdo»; o «fue un impulso»; «me cegué»; «debía de ser un trastorno mental transitorio»; «fui presa del deseo»; «no era yo»; «no me podía dominar»; «tendré personalidad múltiple»; «estaba bajo los efectos de...». Excusas, mentiras, que ahondan en la baja y asquerosa catadura moral. Pensamientos hediondos rebozados de desconocimiento «fue instintivo» o «fue una pulsión» (sin averiguar que este término utilizado por Freud y si bien se une ocasionalmente a la palabra muerte, designa la energía psíquica que sirve no sólo de motor sino de combustible para la vida).

No existe para el ser humano nada más necesario que otro ser humano con el que compartir añoranzas y expectativas, dolores y alegrías.

Al gran epistemólogo Gregory Bate le gustaba contar lo que dijo un superordenador cuando le solicitaron que explicara cómo funcionaba un ser humano. Tras una larga espera se le encendieron las luces y con voz metalizada dijo: «Esto me recuerda una historia...».

La historia de la humanidad. Ya Aristóteles en su *Moral a Nicómaco* habla de pasiones, de todos los sentimientos que llevan consigo pena o placer, desde el deseo hasta la cólera, del temor a la envidia, de la amistad, del pesar, de la lástima, de la alegría, del odio.

Los sentimientos han contribuido a articular los objetivos que definen a los seres humanos en pos del respeto, del derecho y de la dignidad individual y colectiva, han fomentado hacer siempre el bien en lugar de hacer daño al otro. Los códigos éticos, el desarrollo normativo, las convenciones, Naciones Unidas buscan cimentar desde la sociedad y la cultura estos logros —mejor dicho aspiraciones—, pues la historia nos abofetea con el horror de hechos realizados por sujetos y colectividades que avergüenzan y que de forma estúpida o hipócrita son calificados como inhumanos, véanse los sucesos que acontecen a diario o recordemos el holocausto. No podemos negar, no debemos silenciar que muchas acciones destructivas han venido, vienen y vendrán de la mano de vivencias emocionales intensas, desbocadas por completo. No menos cierto es que procesos creativos, artísticos, solidarios, científicos vienen del mismo corazón vital.

Tenemos un presente y un futuro para socializar el conocimiento que genera una gestión emocional correcta. Para aprender a sentir, a ser, a conocer, a convivir, a actuar.

Este libro es un homenaje a quienes utilizan los sentimientos como son: expresión de la capacidad mental para valorar las emociones y lo que en ellas subyace. Para integrar el presente, el pasado y el futuro anticipado.

Sabemos que el error de Descartes fue sugerir que el razonamiento o el juicio moral al igual que el sufrimiento derivado del dolor físico o de una alteración emocional pueden existir separados del cuerpo; éste fue su error, separar por un abismo el cuerpo y la mente.

Hoy también conocemos que mediante las denominadas neuronas espejo podemos producir estados «como si». Y somos sabedores de que los anestésicos y drogas —la morfina, el éxtasis, el ácido acetilsalicílico o bebidas alcohólicas de alta graduación— pueden modificar el sentimiento de dolor o de placer, estos patrones también pueden variarse mediante la meditación o los pensamientos, ya sean positivos o autodestructivos.

Casi todos somos conscientes de los efectos del uso de aguardientes o de otras sustancias psicoactivas fuertes que se utilizan como implosión; es decir, explosión hacia dentro del mecanismo emocional, o para compartirlas gracias a la creación de sentimientos de complicidad, tristeza o alegría.

Así somos los humanos, o mejor dicho muchos humanos a los que se nos ha dicho que somos polvo, pero percibimos que polvo de estrellas. Nos convertimos así en los únicos animales que desearíamos no serlo. Ansiamos trascender, pero muchas de nuestras conductas son instintivas, no elaboradas; pensamientos rumiantes, sentimientos limitados a la posesión y la territorialidad.

Pero repito esta idea: en gran medida somos objetos de nuestra conciencia. Por ello, evitemos regodearnos en los pensamientos negativos, siempre improductivos, en ocasiones paralizantes y autodestructivos.

Abordemos nuestros sentimientos de inferioridad porque son peligrosos y explosivos. Hay dificultades, problemas, psicopatologías que tienen que encontrar la solución en uno mismo.

Nacemos llorando y nos acogen sonriendo, confiemos en que cuando nos despidamos lo hagamos con una merecida sonrisa mientras nos lloran. Entre uno y otro momento transmitamos lo mejor de nosotros como agradecimiento a quienes nos antecedieron y como herencia a los que nos continuarán.

Bueno será que en el epitafio pongamos algo de nuestra bondad y de nuestro gusto por la enriquecedora socialización.

Pareciera que queremos ocultar nuestra alma, pero no podemos pues no es como una sombra que nos acompaña, es muchísimo más, somos alma, inabordable, inaprensible, indefinible a nivel científico, pero sentidamente vital.

Anonada asomarse al universo, se alcanza a intuir que somos nada o casi nada, que el infinito aunque no se pueda observar sí existe. Sintámonos ungidos al ser parte de un inabarcable y precioso universo. Seamos agradecidos con la vida y aportémosle nuestros talentos. Comprometámonos a la defensa de la libertad y la dignidad.

La vida merece ser querida con pasión. Si no le encuentra el sentido, dóteselo. Es usted el diseñador y constructor del mismo. Podemos caminar por el sendero que otros ya abrieron antes o podemos desbrozar e inaugurar un nuevo camino.

Amiga, amigo, no son sólo palabras, he sobrevivido a un gravísimo infarto de miocardio, he defendido dos tesis doctorales, en psicología y en enfermería. He tenido el valor de pedir la excedencia en la fiscalía donde tenía un puesto cómodo como psicólogo forense después de haber ganado una oposición. Y pongo muchas cosas en marcha, desde instituciones hasta grupos de trabajo, y haré mucho más. Si la vida me concede tiempo, el resto lo pongo yo. Y si yo puedo ¿hay alguna razón para que usted no pueda? ¿No será usted la razón?

Pues en marcha. No nos quedemos con la duda de hacer lo que sabemos que debemos hacer. Hagámoslo.

Más importante que la longitud de la vida es el interés que ésta tenga. Mídala por la intensidad. Recuerde, dormir no es vivir, crear es vivir, como lo es reír, amar, sufrir, jugar y soñar. Por último, la muerte no es el final, queda el pleito entre los herederos.

Continuemos con este libro que tiene algo de filosófico, pues busca describir ilusiones y no quedarse en dar respuestas ininteligibles a problemas insolubles.

Claro que el componente psicológico está en la urdimbre del texto y puede adelantar que la inteligencia emocional se vincula con la realización de actos de ayuda al otro, a mayor nivel de inteligencia emocional mayor será la capacidad para identificar no sólo las conductas no éticas de los otros, sino sus intenciones. Asimismo se disminuye la tendencia de pensamientos intrusivos. A mayor empatía menos conductas antisociales.

Podemos afinar más. Los bajos niveles de claridad y reparación emocional se asocian a mayores síntomas depresivos. Por el contrario más comprensión e identificación de emociones conlleva mayor eficacia académica y profesional.

COMPRENDER LOS SENTIMIENTOS

Cuando hablamos de inteligencia emocional nos estamos refiriendo a autorregulación, motivación, empatía, control de relaciones y consciencia emocional.

La inteligencia emocional se fundamenta en autoconciencia y en habilidades sociales.

Se sostiene que la mujer desarrolla más atención a los sentimientos, los suyos y los propios. Lo tengo claro: sí. Las mujeres identifican y comprenden los sentimientos mejor que los varones. Es más, cuentan con una mayor y mejor memoria afectiva. Otra cosa es si hablamos de perdonar u olvidar agravios (bien les vendría darse Tippex).

En general a los varones nos cuesta más interesarnos en aspectos importantes que tienen que ver con los sentimientos como la preocupación de una compañera que tiene a su hijo enfermo en casa. Hay excepciones.

Decíamos que la inteligencia emocional ayuda a la hora de manejar un conflicto, o a catalizar el cambio. Comprender a los otros, comunicarnos de forma correcta y desarrollar los intereses de ellos. Capacidad para trabajar en equipo de manera fluida. Compromiso. Optimismo. Impulso hacia el logro y una autoconfianza y autocontrol correctos.

Reitero que tan importante como recordar es olvidar. A veces tardamos muchos días y noches en olvidar. A veces ni siquiera somos capaces de hacerlo.

Cuando nos preguntamos «¿por qué a mí?», preguntémonos también «¿y por qué no?».

Jamás debemos dudar de la esperanza. Entendamos que la vida no se posee, pero sí se disfruta. Acostémonos agotados y levantémonos desbordantes.

En esta sociedad que hay quien define como difícil (¿conocen alguna anterior más fácil?) nos vendrá bien instalarnos un limitador de deseos.

EL DIFÍCIL EQUILIBRIO ENTRE LA LIBERTAD Y LA SEGURIDAD

Sociedad actual (por poco tiempo). En medio de una acelerada revolución tecnológica con un sistema socioeconómico difuso pero globalizado, organizado en red, en el que los Estados parecieran convidados, avanza la multiculturalidad, la desaparición de fronteras, al tiempo que el trabajador debe estar siempre reajustándose, como lo hacen familias mercuriales que permiten atisbar nuevas formas de agrupamiento.

Buscamos ansiosamente la calidad, la hipertrofiada y peligrosa excelencia, se entroniza estúpidamente al cliente. Se defiende la intimidad pero se trabaja en red, aumenta el teletrabajo, el movimiento internacional se convierte en habitual.

Bombardeados por los omnipresentes medios de comunicación, la información fluye imparable y libre, se detecta un sentimiento de pertenencia mundial, los agrupamientos en megaciudades generan graves desequilibrios. El mundo se reproduce donde reina la pobreza y envejece en los denominados países desarrollados.

Los Estados buscan controlar a los ciudadanos, el seguimiento visual, auditivo, de movimientos es implacable. No es tan fácil alcanzar equilibrio entre libertad y seguridad.

Se perciben distintos factores de inestabilidad (laboral), de preocupación (movimientos fanáticos), de precarización (cota de bienestar social).

Apreciamos un alto grado de dependencia también a la comunicación sin fin. Y casos en los que se vive en mundos imaginarios creados artificialmente.

El envejecimiento de la sociedad occidental, la sobrepoblación de zonas depauperadas conlleva reajustes geográficos y vitales.

Pareciera que la sociedad se despolitiza, se acomoda al vaivén de los mercados. El ciudadano entiende que su capacidad de influir es nula, que los procesos de toma de decisiones están lejos (es más, no sabemos dónde están).

La gestión del ocio en el tiempo libre conlleva cambios en el discurrir social y en el posicionamiento conductual.

Las referencias clásicas, como pertenencia por profesión, nacionalidad y clase social, se van difuminando y empieza a ganar peso la edad, los gustos y las aficiones.

Constatamos un verdadero reto de solidaridad intergeneracional y dudo de que estemos educando a los jóvenes en el compromiso inter e intrafamiliar.

Pareciera que los sistemas de protección social se deshilvanan y ello al tiempo que la familia está en marcada transformación.

Más allá de los avatares virtuales se esconden algunos embaucadores, otros sectarios, algunos con una grave escisión mental que confunden los universos irreales y el mundo que nos es (o debiera ser) próximo.

Los Estados/nación declinan en su poder y dan paso a una organización, ejército, policía mundial con eventos que nos reúnen a todos como son los Juegos Olímpicos.

Creo que miraremos a las estrellas en busca de colonizar algún planeta.

El futuro está entre las gentes al igual que está en las células del organismo, en la cooperación. El planeta es finito, ya avistamos los límites y las posibles carencias. No alcanzamos a imaginar los cambios que de la mano de la técnica y de la ética habrán de introducir nuestros herederos.

El ser humano habrá de desarrollar la inteligencia, incentivar la empatía, acrecentar la vocación, dotarse de un proyecto de vida individual y colectivo.

Atisbamos avances en implantes corporales, trasplantes y en aspectos como la fecundación que sólo se verán limitados por criterios ético-morales. Algunos dilemas ya están presentes.

Avanzaremos en el conocimiento y enfrentamiento de la demencia senil e incluso de circunstancias y etiologías tan inaprensibles como el autismo, ¿sabremos abordar las intangibles emociones y los inaprensibles sentimientos?

Conectados a la red utilizaremos simulaciones interactivas, visualizaremos la información y comprenderemos de forma más intuitiva los conceptos, tendremos que seguir musculando la memoria y enriqueciendo el lenguaje —sí, también el escrito y el hablado— para no ahogarnos en la información, sino crecer en el conocimiento, la capacidad crítica, la comprensión y admiración por la belleza que en ocasiones crea el ser humano.

Enseñemos/aprendamos música, cine, escultura, pintura, danza, formas de expresión y potenciemos la creación y concatenación de ideas.

No hay conocimiento sin sentimiento, como no hay acción sin sentido.

Caminamos hacia unas privatizaciones que dejarán el mando no a los Estados, sino a unas pocas empresas. Los logos no conocen fronteras.

Nos encontramos con que a medida que crece la economía la cantidad de personas empleadas directamente por las grandes corporaciones se está reduciendo. Para los jóvenes, y si es que acceden al mundo laboral, es casi imposible ofrecer fidelidad a una empresa para toda la vida. Mientras tanto los grandes ejecutivos cobran salarios exorbitantes y es que «de otra forma carecerían de incentivos financieros para afrontar decisiones difíciles como despedir gente».

Este mundo es complejo, convulso, cambiante, pero ya digo que si miramos a la historia no estamos mal. Nadie ha dicho que la vida sea justa, ni que se pueda garantizar la seguridad.

«Ni los condones son completamente seguros. Un amigo mío llevaba uno puesto y le atropelló un autobús».

BOB RUBIN

El mundo actual generará innovación y pensamiento alternativo. La solidaridad se convierte como la sostenibilidad de la naturaleza en una exigencia.

Los jóvenes —de clase media— más allá de diferencias culturales viven en un universo paralelo. Seamos conscientes de que hasta el despertar del África subsahariana se producirá pronto y es que todo el mundo accede a la vez a la misma información, y por tanto exige igualdad de oportunidades, de derechos sociales, de posibilidades económicas.

El cambio, la mutación están aquí. Me preocupa el futuro de la prensa, deberán generar espacio y defender una libertad maniatada por la autocensura de profesionales complacientes por miedo a perder el trabajo.

Sea como fuere ese futuro que entre todos construimos, pongamos el sello, la acción, el pensamiento y el sentimiento que nos caracterizan. Subrayaré la idea fuerza de este libro. LA FUNCIÓN DE SELECCIÓN DE LOS SENTIMIENTOS ES CONSCIENTE. Ahora déjenme que divague un poco.

PARADOJAS

Releía la noticia: «Un bebé blanco y otro negro en el mismo parto». Los mellizos nacieron en Middlesbrough, Reino Unido. El padre de los niños es blanco, la madre tiene familiares nigerianos.

Se trata de un caso muy raro, uno entre un millón. Un suceso.

Me pareció bonito, insinuante, porque aquí acaba el racismo, la incomprensión. Son idénticos aunque epidérmicamente distintos. Serán queridos por igual ¿y educados?

Dos niños, el mismo hogar, un tiempo común, dos seres independientes, dos futuros.

El azar entrega su carta de presentación.

En este instante como en todos hay quien no sabe que va a ser concebido y quien no conoce que su fin está próximo.

Apenas nos ponemos delante del espejo y justo nos reconocemos. Tenemos una esquiva imagen de nosotros que se sostiene en lo que creemos ser, no en nuestras facciones.

Resulta paradójico vivir toda la vida con uno mismo y no llegar a conocerse. Aleccionador ver cómo en una fotografía grupal cada uno en primer lugar se busca hasta que se encuentra y tan patético como tierno que haya quien siempre se encuentre poco favorecido.

Sí, somos el niño que fuimos, seguimos siendo niños, más cansados e incrédulos pero ingenuamente inocentes.

Nos acompañan miedos irracionales y esperanzas ilusas. Ésta es nuestra materia, estamos hechos de anhelos y de expectativas, de recuerdos y de objetivos.

Siempre hablando con uno mismo, con los demás.

Nos gusta vivir, aunque matemos el tiempo mirando al vacío, dormitando o haciendo un solitario con las cartas. Capaces como en tantas ocasiones de hacernos trampas a nosotros mismos.

Prudentes en ocasiones, no menos cobardes, arriesgamos la vida a veces sin verdaderas razones.

Complejos y simples, ése es nuestro ser, el elixir de una existencia no elegida, de un viaje más o menos breve que conduce a un destino que no por conocido resulta evitable.

Pensamientos siempre reiterados por quienes nos han antecedido, por los que nos continuarán.

Risas y lágrimas en distintas dosis. Acción y reflexión en proporción variable. Sí, luces y sombras. Sueño y vigilia. Siempre sueños compartidos con los próximos o defendidos tras las murallas del «yo».

Distintas voces y enfoques que conforman una orquesta, sí, polifónica.

Creo que algunas personas y todos los personajes viven soñándose. Es más, algunas realmente interpretan su propio personaje. Resultamos adorables.

«Todo el mundo se queja de su memoria, pero nadie de su inteligencia».

FRANÇOIS DE LA ROCHEFOUCAULD

Nos sorprendemos de nuestros congéneres. Javier Marías en el artículo «Naturales Muerte y Vida» (publicado el 25 de septiembre de 2005 en *El País Semanal*) cuenta que habiendo muerto una señora de 105 años en una residencia madrileña, el médico de la residencia puso en el certificado de defunción: «Murió de muerte natural», lo cual, comenta Marías, no sólo parece plausible, sino bastante lógico y además es buen castellano. Sin embargo, el juez correspondiente no aceptó que se pudiera morir por semejante e «inconcreta» causa, y obligó al doctor a rehacer el certificado.

Somos contradictorios. La mayor parte del público no sabe nada de los problemas públicos.

Rodeados de miles de personas, nos encanta que el político o el artista critique o se mofe de la masa.

Tendremos que entrar y estudiar en el mapa de la esencia del yo.

Un diálogo interior con quien siempre, más que ser yo mismo, nos acompaña. Fíjense que siempre le hablamos a ese otro yo que más que una sombra es nuestra verdadera identidad.

Por favor, acompáñeme en este ensayo que no es sólo una mirada hacia el interior, sino que se fija simultáneamente en el universo exterior que nos circunda. En un sentimiento la mayoría de las veces compartido.

Seré sincero, no adoptaré una actitud sofista, por la que cualquier cosa se puede argumentar tanto a favor como en contra.

Abordaremos temas serios o al menos irreversibles como el suicidio, el cual fue definido por Albert Camus como «el único problema filosófico verdaderamente serio».

Pero nos permitimos divagaciones e ironías —menciono en este momento el cementerio de Córdoba que lleva por nombre La Salud.

Al fin, en el acto de los premios Príncipe de Asturias, el escritor norteamericano Paul Auster reivindicó la utilidad de lo inútil.

CAMINAR CON LOS ZAPATOS DEL OTRO

Me decidí a escribir hace tiempo, no para pasar a la posteridad, pues ésta, aunque es una humana aspiración, es irreal. Pero sí para transmitir que es una forma más plena de vivir.

Ante lo que no se puede decir optaré por el mutismo voluntario, pero intentaré que se ciña a lo inimaginable.

Revisaré cada palabra, pues una vez escrita le ocurre lo que a la pasta de dientes, que una vez fuera no es posible meterla otra vez dentro del tubo.

A usted, lectora o lector, le pido que de la mano de un proverbio indio «camine un rato con mis zapatos».

Compartiremos, pero seguiremos siendo individuos, o lo que es igual, diferentes a todos los demás.

Continuemos la lluvia de palabras.

Y hagámoslo sabiendo que los sentimientos de un escritor pueden ser verdaderos o falsos, pero en ambos casos se pueden transformar en arte como cuando un pintor realiza un autorretrato.

Siempre miento. ¿Es esto verdad?

Adentrémonos en aventura poética por las patrias del lenguaje.

Hablemos del mundo desde otra perspectiva, recordemos a Charles Chaplin: «Es un juego en el que se coloca una bola de unos centímetros de diámetro sobre otra bola de 12.000 kilómetros de diámetro. Todo consiste en darle a la bola pequeña sin tocar la grande».

Visualicemos, pues todo lo que realizamos en la vida se inicia con una imagen mental.

Julio Verne sentenció que «todo lo que una persona puede imaginar otra podrá hacerlo realidad».

Y Ramón Gómez de la Serna cita «la axiomática de Apollinaire justificando el que no se debe buscar en la imitación lo que se quiere crear, porque cuando el hombre tuvo necesidad de hacer moverse a las cosas inertes, no recurrió a imitar las piernas o las patas, que era lo único que andaba en el mundo, sino que creó esa cosa tan distante y tan estrambótica que es la rueda».

El futuro está en nuestras manos, la evolución no va hacia ningún objetivo. Seguiremos avanzando en el progresivo conocimiento sobre el cerebro y el genoma humano pero ya sabemos que estas conquistas no resolverán el dilema de cómo pensarnos y qué hacer con nuestras vidas.

«Cada uno es heredero de sí mismo».

FRANÇOIS RABELAIS

Ahora si utilizamos el pensamiento lateral; es decir, la intuición, captaremos que el hombre busca hacer alma, un ente desconocido que con la inquietud de trascender convierte los acontecimientos en experiencias, da consistencia a lo inaprensible y significado a lo inaprensible.

La persona está en todo momento y lugar en busca de sentido y casi lo encuentra en la sonrisa, el amor, la meditación y la creatividad.

Pero el ser humano padece la angustia, el dolor del alma, quizás porque como afirma el discípulo de Heidegger Karl Rahner: «El hombre es nostalgia de Dios».

¿Es Dios un tranquilizante supremo?

Mientras nos contestamos convivimos en una sociedad que sin ser moral ni ética, sino técnico-económica ha concedido un reconocimiento editorial al *Código da Vinci* que más allá de correctas estrategias de ventas, demuestra la ignorancia respecto al más allá, el vacío ante los interrogantes de la eternidad.

Al menos se lee, que no es poco, pues el riesgo de conformar individuos audiovisuales existe, lo que conllevaría un reduccionismo del razonamiento abstracto y por ende de una limitación severa para el mantenimiento de una sociedad que se compone por ciudadanos competentes.

PSICOHISTORIA

En el libro *Vida líquida* Zygmunt Bauman escribe: «Brian, el protagonista epónimo de la película de los Monty Python, enfurecido por haber sido proclamado el Mesías y verse obligado a ir acompañado a todas partes por una horda de adoradores se esforzaba al máximo (aunque en vano) por convencer a sus seguidores de que dejaran de comportarse como un rebaño de ovejas y se dispersaran. "¡Sois individuos!", les gritaba. "¡Somos individuos!", respondía obediente y al unísono el coro de devotos. Sólo una vocecilla solitaria objetó: "Yo no...". Brian probó con otro argumento: "¡Tenéis que ser diferentes!", voceó. "¡Sí, somos diferentes!", asintió embelesado el coro. De nuevo, una única voz objetó: "Yo no...". Al oírla la muchedumbre miró enojada a su alrededor dispuesta a linchar al discordante, pero incapaz de distinguirlo entre aquella masa de imitaciones humanas».

Todo está concentrado aquí en esta pequeña joya satírica: la exasperante paradoja (o, mejor dicho, aporía) de la individualidad al completo.

Ser distintos. A veces la vida parece una canción de Sabina.

Luigi Malabrocca fue un ciclista italiano que consciente de sus limitaciones nunca optó por alcanzar la maglia rosa ni el maillot amarillo. Tras la Segunda Guerra Mundial el país trasalpino en su Giro instauró la maglia negra que la lucía el último corredor de la general y Luigi puso todo su empeño en ostentar dicha distinción. Entraba en los bares a saludar, dormía siestas en las cunetas, se escondía en los pajares, simulaba lesiones.

Consiguió ser leyenda. Siempre decía «el anonimato mata».

El último de los últimos realizaba esprines surrealistas por no llegar. Era simpático, llegó a esconderse en un pozo —con bicicleta incluida—. La gente le regalaba vino, aceite, jamones. Hoy los viejos aficionados de la bicicleta lo recuerdan con cariño.

Este libro lo escribe un saltimbanqui de las letras. Que lo mismo anida en la introspección; es decir, el estudio del yo humano más accesible, más propio pero escurridizo pues resulta como un juego de muñecas rusas, unas dentro de otras, donde como capas de cebolla nos defendemos de nosotros mismos con mecanismos que conocemos, pero que no controlamos. Que gusta de saltar a acontecimientos sociales, pues la belleza, el bienestar, la felicidad no están en las cosas o momentos sino en los ojos y sentimientos de quien los mira y siente.

Comparto con José Ortega y Gasset una afirmación muy discutible «el hombre no tiene naturaleza, lo que tiene es historia», sí, psicohistoria. Y futuro y esperanza, pues ha comprobado de forma fehaciente que para alcanzar lo posible ha de intentar lo imposible con la reiteración de un tornillo sinfín.

SERES DUALES

En esta parte del mundo y en estos tiempos que corren, centrifugados en una sociedad de consumidores, somos objetos de consumo y por ende alimentamos ese giro veloz, frenético, que al igual que el tambor de una lavadora no lleva a ningún sitio, con la insatisfacción del yo, con el descontento con uno mismo.

Nunca dejamos de girar sobre nosotros mismos, confundidos con los otros, similares a esos simples artilugios denominados móviles perpetuos, mecanismos autoimpulsados que una vez puestos en movimiento absorben y aprovechan las propias tensiones y fricciones.

Las miradas se vuelven hacia los maestros del zen, al aprendizaje de la armonía con uno mismo y con los que te rodean (compañeros), a disfrutar de la simplicidad.

Para conseguir la tan ansiada realización personal necesitamos haber recibido una correcta educación y el anhelo de ser libres; hemos de poseer un lenguaje variado que nos permita estructurar el mundo y aproximarnos a la realidad; debemos haber mamado el optimismo —un rasgo de la personalidad que perdura en el tiempo—; precisamos captar la suerte y el lujo que supone dedicarse a metas desinteresadas.

Lo escribió un británico, Oliver Goldsmith: «El mayor espectáculo es un hombre esforzado luchando contra la adversidad; pero hay otro aún más grande: ver a otro hombre lanzarse en su ayuda».

No comparto el diagnóstico agorero de que los valores humanos se encuentran en peligro de extinción. Tenemos una inmensa minoría de gente buena que mantiene el fuego sagrado de la dignidad humana.

Lo que acontece es que somos duales, creemos y descreemos simultáneamente ante nosotros mismos, ante los demás. Percibimos que consumir nos proporciona placer temporalmente limitado pero no felicidad continuada. Captamos que sin dolor nuestras vidas en algo serían irrelevantes.

Complejidad de quienes sabemos que la vida es un tránsito del no ser al no existir, pero con momentos luminosos.

«Una obra de arte es un rincón de la creación visto a través de un temperamento».

ÉMILE ZOLA

Los seres humanos somos un proceso, una actualización permanente. Siempre en cambio, equilibrándonos, desequilibrándonos, buscando el reequilibrio.

«(...) Muere lentamente quien se transforma en un esclavo del hábito, repitiendo todos los días los mismos trayectos, quien no cambia de marca, no arriesga a vestir un color nuevo y no habla a quien no conoce (...).

(...) estar vivo exige un esfuerzo mucho mayor que el simple hecho de respirar».

PABLO NERUDA

SENTIR LA VIDA

Me preocupa vivamente ver que hay muchos niños solitarios y pasivos. Se les ha entregado un puzle terminado, se les dificulta sentir la vida desde la experiencia personal. No hemos de olvidar la enseñanza de Jean Piaget: «El objetivo principal de la educación es crear hombres que sean capaces de hacer cosas nuevas, no repetir simplemente lo que han hecho las otras generaciones, hombres que sean creativos, inventivos y descubridores».

Niños que como en el chiste del inolvidable Antonio Mingote a la pregunta «¿y tú qué harás cuando seas una persona mayor?». Contestan: «Procurar que no se me note».

Me encantan las respuestas de algunos niños como aquel de 7 años al que se le preguntó: «¿Qué es lo más importante en tu vida?». Y contestó: «Lo más importante en mi vida soy yo».

Obviamente este niño no había seguido los consejos de Confucio: «El hombre bueno no se lamenta de que los demás no reconozcan sus méritos. Su única preocupación es no alcanzar a reconocer los de los demás».

Buena gente, gente buena. «Un ladrón chino devolvió todas las pertenencias que había robado a una mujer después de que ésta le enviase más de 20 mensajes de texto, en los que le pedía que recapacitara. A Pan Aiying, una profesora de Shandong, le arrebataron el bolso con sus tarjetas del banco, su teléfono móvil y unos 460 euros. «Hola, amigo. Soy Pan Aiying. Seguro que estás pasando por un mal momento», escribió en su primer intento» *(China Daily)*.

En cambio «un británico que supuestamente sufría grave discapacidad fue pescado por las autoridades corriendo la maratón de Londres. El hombre con 47 años y con jubilación anticipada recibía desde los años 90 dinero por su incapacidad laboral.

Sin embargo, corrió la maratón de Londres en un muy respetable tiempo de 3:37 horas. A las autoridades les había asegurado que estaba atado a una silla de ruedas y que necesitaba cuidados las 24 horas». *(The Sun)*.

Continuemos con estas páginas de espuma.

Disfrutemos con la sobriedad del pensar. Insisto, yo no soy el que soy. Soy otro.

«Somos caracoles que viajamos con la casa mental a cuestas. Por eso los filósofos desde Kant distinguen entre la realidad y el mundo vivido, percibido y sentido por un sujeto».

JOSÉ ANTONIO MARINA

VIVIR ES PODER CONTARLO

Vivir es al fin poder contarlo. En *Confieso que he vivido* Pablo Neruda escribe: «Comenzaré por decir, sobre los días y años de mi infancia, que mi único personaje inolvidable fue la lluvia». Cada minuto vivido está preñado de principio a fin.

«El futuro tiene muchos nombres.
Para los débiles es lo inalcanzable.
Para los temerosos, lo desconocido.
Para los valientes es la oportunidad».

VICTOR HUGO

El objetivo no es vencer el miedo, sino la vulgaridad de la propia vida. Se trata en última instancia, de ser libre y de temer más, mucho más la esclavitud que la muerte.

Sócrates subrayó la vergüenza que supone «preocuparte de cómo tendrás las mayores riquezas y la mayor fama y los mayores honores, y en cambio no te preocupas ni te interesas por la inteligencia, la verdad y por cómo tu alma va a ser lo mejor posible».

Morirse de vergüenza es realmente posible, pues tenemos necesidad de proteger nuestro yo social.

Yo es otro. Crisis de angustia. Ataque de pánico.

¿Soy lo que parezco?, ¿ostento el poder o lo delego en los otros cuando mi identidad se construye de fuera hacia dentro?

El juicio a nosotros mismos no ha de ser potestad de la mirada exterior. El dedo índice o el pulgar han de mirar hacia el cielo o hacia la profundidad de la tierra desde nuestro ser responsable.

Hemos de compaginar, de aunar el yo social con el yo íntimo, equilibrando el valorar y al tiempo prescindir de la opinión ajena.

El denominado por muchos loco don Quijote dice al final de su vida una frase lapidaria y cristalina: «Yo sé quién soy».

Una prueba irrefutable de inteligencia es mantener una red de afectos amplia y vibrante y a la vez saber dialogar con uno mismo, ser capaces de autoinfluenciarnos, procurar superarnos, tener capacidad para motivarnos y optimizarnos en la conversación continua con nuestro yo íntimo, poder infundirnos valor, ser capaces de auscultarnos y saber desconectar para escuchar al otro, para dialogar con quien no soy yo.

Ser valiente en la búsqueda del conocimiento es el reto. Redefinirnos como especie es el objetivo, pasando de animales racionales a animales éticos, portadores de dignidad y de libertad.

Como decía Georg Wilhelm Hegel, alejémonos del esclavo «que no se atreve a morir», pero es bueno recordar a Aristóteles cuando dice que «no se puede llamar valiente a quien no siente miedo».

Hemos de vivir afectados por el dolor ajeno e impulsados por la compasión de ayudar a quien sufre. Y desarrollar el respeto por uno mismo e incentivarlo hacia los demás, como dijo Jean-Paul Sartre, «no tanto por lo que los humanos son como por lo que podrían ser, por lo que deseamos que sean».

EL OTRO COMO FUENTE DE HUMANIDAD

Nuestra misión en la vida es crear y la mejor obra es crear nuestra propia psicohistoria.

Sería bueno que nos sintiéramos siempre observados por alguien que nos quiere, que confía en nosotros, también cuando nos encontramos a solas.

Nos vendría bien dudar de nuestras propias ideas, analizarlas desde varios puntos de vista, reconocer la inteligencia ajena.

Decir «yo» quiere decir «otro» al mismo tiempo. Más cuando somos conscientes de que la creciente complejidad de la sociedad comporta una disminución de los conocimientos directos que tenemos de aspectos que inciden de pleno en nuestra vida.

Vivimos a retazos, aprendemos a usar la intuición —o debiéramos hacerlo—, vivimos inmersos en borrador, con tachaduras y subrayados. Dependemos de notas autoadhesivas que pegamos por todas partes. Andamos a la caza de ideas.

Más allá de estar ante el espejo hemos de atravesarlo, hallar su otro lado, crear, adivinar la magia de cada instante, de cada detalle para arrumbar el aburrimiento.

Retomar la ingenuidad, la capacidad de asombro, luchar por los propios deseos y motivaciones se convierte en etimológicamente vital.

Viajaba el otro día (un día cualquiera) en el tren de alta velocidad hacia Sevilla, procedente de Madrid, los campos de olivos de Jaén estaban nevados, precioso. Me fijé y me di cuenta de que todo el mundo miraba la película que se proyectaba.

Nos acontece igual en el viaje vital, no miramos por la ventana, no sabemos mirar hacia los lados cuando se tropieza con un problema.

Demasiados sucesos. Se dramatizan hechos puntuales a los que se les atribuye características generalizables. No asumimos los errores que también se pueden reciclar como útiles.

Aprendamos a identificar lo auténtico. Démonos descansos, giremos la cabeza. Frenemos en nuestra carrera desbocada.

Nos han de enseñar o en todo caso hemos de aprender a vivir con la incertidumbre o navegar en nuestro mar de dudas. Hay que resolver conflictos.

Immanuel Kant ya estableció que el progreso de la humanidad se afianza en lo que denominaba la insociable sociabilidad del hombre.

Tómese como ejemplo esta historia que se publicó en los periódicos: «Un noble elige herederos en el listín telefónico. El aristócrata portugués Luiz Carlos Norouha Cabral da Cámara fallecido a los 42 años ha dejado todos sus bienes en herencia a 70 desconocidos que eligió al azar en la guía telefónica cuando tenía 29 años. Luiz Carlos nunca se casó ni tuvo hijos y vivió sus últimos años en el campo. A los 29 años decidió hacer testamento y fue a un notario lisboeta en donde, con gran sorpresa de la funcionaria, pidió la lista telefónica y comenzó a elegir nombres al azar». Y es que la fuente de la humanidad es el otro.

VIVIR SIN MÁS

La pregunta es si realmente nos encontramos en una aldea global. Pareciera que en una aldea todos se conocen y aquí no reconocemos ni a los vecinos del inmueble. La sensación es de paso, de contacto fugaz y superficial, como acontece en la terminal de un aeropuerto, cada uno camina deprisa en busca de su vuelo, al fondo se oyen las mismas consignas para todos y las cintas transportadoras nos hacen avanzar mientras cada uno habla por teléfono —también móvil— con otras gentes en otros lugares.

Ya no caben tiempos muertos, los aprovechamos y al fin el tiempo nos alcanza y nos mata.

¡Qué felices podríamos ser!, pero no es fácil. Dice Sri Krishna: «¡Aquel que vive desprovisto de toda ansiedad, libre de deseos y sin sentido del "yo" y de lo "mío" alcanza la paz!».

Existe una leyenda griega, se refiere a Diógenes y su barril. Cuentan que hace más de dos mil años vivió este hombre rico en una gran casa y con muchos siervos. Era propietario de vides y huertos, le acompañaba la música, pero no era feliz. Estaba siempre ocupado. Tenía mucho dinero pero sus problemas parecían no tener fin. Lo que a Diógenes le gustaba era caminar por los bosques y leer debajo de un árbol.

Diógenes decidió ser libre, viajar, ver cosas nuevas y hablar con la gente. Vendió todas sus posesiones, todas.

Diógenes viajó a Atenas y encontró un viejo barril e hizo de él su casa. Le encantaba sentarse bajo el sol y charlar con la gente que venía a verle.

Un día el rey Alejandro el Grande regresó con su ejército de la guerra. Alejandro pensaba que no había nada más importante que su poder y sus posesiones. Al oír hablar de Diógenes quiso conocerlo.

Lo encontró echado en el suelo, fuera del barril, dormido.

—¡Despierta, Diógenes! —le ordenó el rey.

Diógenes abrió un ojo y luego lo volvió a cerrar.

—Yo puedo darte cualquier cosa que existe en el mundo —dijo el rey—. Dime qué es lo que quieres y te lo daré.

—Quiero que os hagáis a un lado —dijo Diógenes—. Me estáis tapando el sol.

—¿Eso es todo? —exclamó Alejandro.

Diógenes sonrió y afirmó con la cabeza.

Alfabetización emocional

Lo que nos ocurre es que no sabemos lo que nos pasa.

«¡Ben Trainer, amigo mío! Me recuerdas mucho a mi padre adoptivo. Se cargó a mi verdadero padre después de jugar con él una partida de póquer. Y le dio tanta lástima de mí que me adoptó. ¡Era un buen tipo mi padre adoptivo! Solía aconsejarme: muchacho, no te fíes ni de quien tengas que fiarte. Tenía razón el viejo: me lo cargué por la espalda en cuanto aprendí a usar el revólver. Ahora que me doy cuenta, eres el primero al que cuento mi vida. ¡Ben Trainer, amigo mío! Creo que te aprecio. ¿No te dije nunca que me recuerdas a mi padre adoptivo?».

Veracruz, ROBERT ALDRICH, 1954

Debe ser temprana. No perdamos los primeros años, los primeros días y aun antes de nacer. De esta forma podremos mejorar la morfología y el funcionamiento del cerebro en algo, de modo que el cerebro emocional atienda ciertamente a aquello que de verdad es importante.

Esta educación emocional permitirá manejar los sentimientos y conducirse con buenos modales. Partimos de la plasticidad del cerebro y de las neuronas y de la influencia de la educación y de la cultura en la vida sentimental.

La forma de socializarse y el modelo cultural en el que se madura sin modificar las necesidades básicas del ser humano sí le permite comportarse de diferentes maneras.

Dado que lo verdaderamente eficaz es centrarse en la prevención, prestemos atención al desarrollo afectivo. La herencia genética quizás determine los límites de lo posible, pero dentro de este amplio intervalo hay espacio para un inagotable abanico de posibilidades.

Constatamos fehacientemente que nuestras respuestas emocionales dependen muchísimo de lo que hemos aprendido en nuestro proceso de desarrollo.

Por lo antedicho resulta esencial la alfabetización emocional de los niños. Es de esta forma como podremos minimizar futuros problemas derivados de las emociones conflictivas, como la violencia, el suicidio o el abuso de las drogas.

A nadie se le escapa la importancia del cultivo de las emociones positivas, como la compasión, la ecuanimidad, la alegría empática. Éste es el antídoto contra la crueldad, los celos y otras plagas que nos asolan.

Todo programa educativo debe incluir el aprendizaje emocional y del propio pensamiento, e incorporar el conocimiento de uno mismo, la asunción de que el otro vale tanto como yo y el desarrollo de talentos y virtudes, como la honradez, la paciencia, la rectitud o la caridad.

Apreciamos diversidad en los sentimientos que depende de la variación cultural, que afianza la influencia del aprendizaje.

MI MAMÁ ME MIMA

Nuestra primera relación con el mundo es afectiva, el recién nacido capta sentimentalmente lo que de manera objetiva le resulta aún inaprensible. Es la etapa del apego, del vínculo del niño con la madre como meticulosa y tiernamente nos ha transmitido John Bowlby.

Al cumplir 1 año los niños ya son capaces de predecir algunas intenciones de otras personas cuando realizan ciertos gestos y movimientos. Llama la atención que hay padres que se enfadan con sus hijos ¡¡cuando son bebés!!

Las relaciones establecidas durante la primera infancia orientan el desarrollo emocional y social ulterior. En ese sentido los hijos de madres depresivas sufren de manera significativa en su maduración.

Observamos a niños de 16 meses que cuando ven a otro niño llorando se acercan a dejarle un juguete, y a otros de 18 meses que perturban a sus progenitores de manera intencionada, se saltan las prohibiciones, engañan de manera deliberada y prueban dónde está el límite (todos hemos visto al niño que coge un objeto mira a la madre, recibe un no y pese a ello lo deja caer).

El recién nacido tiene un único deseo, el de posesión. Percibirá la existencia de objetos exteriores que son ajenos a él, los deseará pero en ocasiones le generarán displacer (mal sabor, dolor, etcétera). Bueno será que los adultos comprendan que la frustración es parte del desarrollo cognitivo del niño, que no todo se puede obtener y aún menos en el «aquí y ahora».

El niño aprende pronto formas de chantaje y de seducción elementales, ya sea la terquedad o el rechazo incluso de la persona que no le concede lo que exige. Estamos en una etapa previa sentimental que da paso a la envidia cuando el objeto deseado, lo posee otro niño. En etapas tempranas de la existencia ya cabe no sólo envidiar, sino dar envidia.

Llegará el día en que el niño se sienta bien por amar a quien debe amar y por sentirse amado, pero también la culpabilidad por rechazar a quien debiera amar y la vergüenza por lo indebidamente pensado y temor por lo hecho. Entramos en el bucle de los sentimientos sobre sentimientos.

AUTORREGULACIÓN

Hace tiempo que di en España la alarma de los padres que se dejan chantajear, que quieren comprar el cariño de sus hijos, que los miman en exceso, que los sobreprotegen, que los crían entre algodones, que convierten el mundo en un lugar idílico mientras conforman unas personalidades caprichosas, disruptivas, tiránicas, que generarán graves problemas en el propio hogar o en la escuela. Crecerán sin destrezas de autorregulación, con falta de autocontrol. Lo que revertirá de adultos en conflictos desbocados de pareja, en rupturas.

La autorregulación es requisito necesario para desenvolverse responsablemente, exige no sólo admoniciones morales, sino habilidades. Que los adultos enseñen a sus hijos a no ser desbordados por sus sentimientos es la forma de prevenir y de ahorrar en psicoterapias, desintoxicaciones, centros de reforma o prisiones.

Las habilidades mencionadas antes generan instrucciones para saber cómo dirigirse a quien se burla o abusa de ellos, de manera que su respuesta no sea reactiva pero sí asertiva y le indican al otro niño lo inaceptable de su conducta cuando se define lo que está haciendo.

Desde una edad temprana hay que transmitirles —predicando con el ejemplo— lo que comprometen y aportan el amor y la solidaridad. Se les debe facilitar el asumir la responsabilidad social. En algunas familias tibetanas el día que cumplen años los niños hacen regalos a los miembros de su familia y se aprecia que lo realizan encantados. Aquí bien podríamos incitar a que el día de los Reyes Magos uno de los juguetes nuevos que le traen a nuestro niño sea donado con generosidad a una organización solidaria que lo haga llegar a otro niño desfavorecido. El aprendizaje emocional exige compromiso social.

Son los padres quienes con sus palabras y comunicación gestual ponen nombre a los estados de ánimo de sus hijos y son ellos los que deberán hacerles comprender que no están obligados a transmitir todo lo que sienten.

Los niños pequeños tienen una mayor labilidad emocional, por tanto, les es más difícil controlar su conducta.

En la etapa preescolar se produce un aumento espectacular de la capacidad para reconocer y hablar de las emociones, es entonces cuando el niño empieza a planificar. A los 4 o 5 años ya podremos preguntar a un niño qué haría si otro se burla de él. Y seamos conscientes de que unas conductas y juegos marcadamente agresivos en niños de 5 años dejarán una impronta que puede derivar en violencia (pensar que desaparece el gusto por dañar animales o escupir al abuelo es de una inocencia en verdad preocupante).

Permitir un lenguaje violento o una conducta incontinente es un gravísimo error, probablemente irreparable. Antes de los 7 años deben haber asentado e interiorizado las habilidades sociales de autocontrol, como detenerse y calmarse, pero para eso les hemos de enseñar técnicas concretas a las que puedan recurrir para tranquilizarse cuando se encuentran atrapados por una emoción —por ejemplo, el hablarse a ellos mismos—, con las que potencian el autocontrol verbal utilizando un lenguaje rico que entienda matices, un lenguaje para dialogar con ellos mismos y que sirva de calmante del exabrupto emocional y de pensamiento alternativo y retardador de una conducta estereotipada y cortocircuitada. Hablamos de un lenguaje de representación inhibidor. Y siempre desde un repetido mensaje: «Trata a los demás como deseas que te traten».

Hacia los 8 años los niños reconocen que pueden sentirse orgullosos o avergonzados aunque no haya nadie que los observe.

Deben captar que en ocasiones todos los seres humanos ocasionalmente sentimos celos, desilusión... todo el espectro, pero que una cosa es el sentimiento y otra la conducta, ésta es la que puede estar bien o mal. Es importante trabajar con los niños no sólo con la palabra, sino con la comunicación no verbal y con el dibujo.

Pongamos a los niños en contacto con los abuelos, con los ancianos, pues éstos les transmitirán verdaderas virtudes y apreciemos qué valoración dan sus compañeros del niño, pues ellos captan aspectos que los adultos no percibimos.

Poco a poco se están implementando programas para ayudar a hijos y alumnos a cultivar los mejores sentimientos tras tomar conciencia de los mismos, controlar las emociones, enriquecer la empatía, mejorar las relaciones sociales y hacer consciente la riqueza de los afectos.

Educación prosocial

La esperanza, la risa y el sueño nos permiten afrontar la vida.

¿Debiéramos mediante fármacos eliminar los sentimientos perturbadores?

«¿Quiere casarse conmigo? ¿Le dejó él algún dinero? Conteste primero la segunda pregunta».

Sopa de ganso, LEO MCCAREY, 1933

Sabemos que el futuro se escribe en la sonrisa, la seguridad, el equilibrio, el afecto y el amor que se transmite a cada niño. Ética, razón y empatía en el proceso de socialización.

La socialización es el proceso por el que nace y se desarrolla la personalidad individual en relación con el medio social que le es transmitido y conlleva la transacción con los demás. Supone la inmersión en la cultura, el control de impulsos, la experiencia de uno mismo, el desarrollo de la afectividad y la motivación del logro. Debe facilitar una «competencia comunicativa» y un «vivir con».

Conócete a ti mismo y ponte en el lugar del otro, es decir, ahonda en la autointrospección y la socialización. Al final somos lo que la educación que hemos recibido y la posterior autoeducación han hecho de nosotros. Como espejos reflejamos el amor o la villanía que se nos ha puesto delante de los ojos. Por eso resulta hipócrita esperar una respuesta cariñosa de quien nunca ha recibido afecto.

Hay que educar en los ideales, en la no violencia, en la apreciación de lo distinto, en la reflexión, en la utilización del mediador verbal como forma de resolver problemas.

Hay que acceder al pensamiento embrionario de la persona en el que se elaboran desde las ideas de destrucción hasta las aspiraciones espirituales. Ser persona con todos sus atributos requiere aprender a serlo no «brota por generación espontánea».

Los núcleos y pautas parentales son determinantes porque son modelos de identificación que se van introyectando. En ellos captan los niños la forma de vivenciar las intenciones ajenas, de enfrentar los problemas, de flexibilizar y de negociar.

El buen carácter del niño, sus actitudes positivas, su autocontrol dependerán del clima favorable que se viva en el hogar, del correcto modelado, del equilibrado uso del control y la autonomía de las conductas de quien está aprendiendo el sentido de aceptar las consecuencias de sus actos, de ir formando conciencia de lo que está bien y de lo que es inaceptable. Este núcleo ha de dotar a sus hijos de seguridad y cariño constante y les ha de hacer sentir partícipes de una familia unida y funcionalmente correcta.

SOMOS INFANCIA

Las estrategias educativas elegidas por los padres son antecedentes no consecuentes de las conductas de sus hijos. «Somos nuestra infancia», dijo Jean-François Lyotard.

Ya el bebé busca estímulos afectivos y se va vinculando con los adultos (de distinta manera con cada uno). Cada día, cada mes, cada año es crucial para desarrollarse dentro de esa encrucijada necesaria de dependencia y autonomía.

La identidad del niño se va conformando en un proceso en el que se entremezclan factores emocionales y cognoscitivos. Los primeros 24 meses precisa de la urdimbre afectiva de la relación madre-hijo, más tarde ésta se ha de ampliar hacia los demás dentro del ecosistema en el que ha de vivir, facilitando su socialización (ya iniciada a los 3 años), desde una normalizada conceptualización, evaluación y legitimación (qué, cómo y el porqué de las cosas). Los padres afectuosos y educadores conseguirán unos niños que van internalizando un código de conducta moral y un amplio e inclusivo sentido del «nosotros», la actitud de estos niños será prosocial. Para evitar conductas futuras violentas no hay nada tan rentable como la prevención con los niños más pequeños. Variar el perfil arisco del mundo viene condicionado a conseguir que en los hogares brille el cariño, la comprensión y que se erradiquen la crueldad, los abusos, las agresiones sexuales.

Se irá preparando al niño para interaccionar con su entorno. Habrá que dotarlo de un correcto juicio moral. Los mínimos necesarios son un buen potencial cognitivo, capacidad para elaborar conceptos y un lenguaje suficientemente desarrollado, también se precisa concebir las situaciones desde el punto de vista de otra persona (lo que aproximadamente ocurre cuando se tiene 7 años).

El desarrollo moral se construye de forma progresiva.

Desde la conducta regulada por el respeto a la figura de autoridad hasta la gobernada por la propia conciencia y basada en el mutuo respeto hay niveles (Jean Piaget distingue dos, y Lawrence Köhlberg, seis).

Para ir avanzando en el nivel de moralidad es fundamental la empatía, la capacidad de ponerse en el lugar de otra persona, de cómo siente, de cómo percibe. La empatía exige reflexión, sensibilidad y reduce, o elimina, la posibilidad de respuestas violentas. La empatía puede entrenarse efectuando dramatizaciones de papeles antagónicos y desarrollarse mediante el *role-taking*, el cual facilita la comprensión de uno mismo, del otro y la asunción de distintas perspectivas. Debe cuidarse de forma continuada y favorecerse discutiendo con quien mantiene distintas opiniones. El culmen se alcanza en la verdadera amistad.

Desde la primera infancia

Ser plenamente honesto con uno mismo es un ejercicio que vale la pena.

SIGMUND FREUD

«Siempre digo la verdad, incluso cuando miento digo la verdad».

El precio del poder, BRIAN DE PALMA, 1983

«El odio es un lastre, la vida es demasiado corta para estar siempre cabreado».

American History X, TONY KAYE, 1998

Se observan sentimientos muy elaborados, como el orgullo, la indignación, el menosprecio, la culpa o la vergüenza, que son prueba inequívoca de que la educación de los sentimientos debe incidir en la interiorización y en el desarrollo de la moralidad y acrecentar la benevolencia y el comportamiento cooperativo.

La aplicación de test específicos a una muestra española ha demostrado mejores puntuaciones en las mujeres que en los hombres en la puntuación general y específica de los aspectos emocionales evaluados, ya sea percepción, facilitación o regulación. Entiendo que la explicación se encuentra en las distintas y sutiles formas de educar a niños y a niñas. Observemos.

Eduquemos para pasar del «me apetece» al «debo».

Una buena herramienta educativa es la vocación comunicativa. Desde ahí potenciemos los procesos reflexivos para que los niños tomen conciencia de sí y posibiliten el control y organización de sus conductas.

Soy un convencido prescriptor de los campamentos de verano (a partir de los 7 años) que enseñan a los niños a sentirse parte de la naturaleza, a captar el sentido de trascendencia, a cooperar con iguales, a meditar y a atenerse a una normativa y ética social.

No es bueno que el niño note que sus sentimientos son en todo momento observados. Soportar una mirada escrutadora que busca conocer sus mudables sentimientos y emociones resulta devastador. Dejemos que jueguen, que crezcan, que interactúen sin ser unos «padres helicóptero». Que no nos perciban como un ojo escrutador, o peor aún como quien mueve los hilos de una marioneta. Han de crecer en y para la libertad y eso se consigue desde el aprendizaje y la asunción de responsabilidades.

Los niños precisan seguridad, cariño, vínculo, autonomía y estimulación desde los primeros estadios de la vida. Hemos de educarlos en las fortalezas para afrontar las adversidades de la vida, haciéndolos flexibles, adaptables, capaces de caer y de levantarse para mirar de nuevo a la vida y hacerlo de frente. Evitemos formar jóvenes que son duros por fuera y quebradizos en el fondo, frágiles. Hemos de posicionar a los niños ante la realidad, dura realidad: niños hospitalizados, abuelos con demencia, dificultades económicas.

Asumamos y transmitamos que los problemas sociales y los conflictos personales no se pueden solucionar en exclusiva por decisiones judiciales, por consumo de psicofármacos o por psicoterapia. Enseñemos a niños y jóvenes a llevar la vida entre los brazos, a afrontarla, a reducir el riesgo de dependencia, a evitar caer en las garras de la droga (digámosles, señalémosles a los preadolescentes que tienen un cerebro, dos pulmones, un hígado, «tú mismo»).

Al menos enseñemos, actualizado, lo aprendido. La clave está en las proporciones. En las vacunas se administra la misma sustancia que produce la enfermedad. Eduquemos con amor, y a usted, padre o madre, le digo: es posible que a veces se equivoque, pero es seguro que daría la vida por su hijo.

Vuelvo a la educación de los primeros meses, de los primeros años, cuando se dice a los varones: «¡Los niños no lloran!», ¿estamos haciendo una diferenciación marcada por género? ¿Es posible que esto explique por qué algunos hombres adultos no saben, no pueden, expresar sus emociones, sus sentimientos?

Dediquemos tiempo, mucho tiempo, a mostrar la belleza de la vida, la bondad, lo fabuloso que es existir.

Siempre digo que los siete primeros años en la vida son cruciales, pero no se olviden de la evolución en la cuna y en el vientre materno.

Eduquemos a saber mirar, a saber captar. Es en la familia donde aprendemos a sentirnos a nosotros mismos, a pensar en nuestros sentimientos, a manejarlos, a nombrar lo que sentimos, a percibir cómo reaccionan los otros.

Orientemos para alcanzar el equilibrio para asumir cómo somos, limitar lo que se desea tener, relativizar los problemas y emplear el buen humor.

Enseñemos a describir el estado de ánimo, a reciclar el posicionamiento negativo y a reconvertirlo en positivo, a manejar la frustración y el estrés. Los niños han de jugar con los de su edad para aprender a interactuar.

Desarrollemos en los niños la destreza empática, mostrémosles que no todas las personas sienten lo mismo ante una situación semejante, activemos la regulación emocional, a la vez que fortalecemos la anticipación y comprensión de las consecuencias.

EDUCAR EMOCIONALMENTE

El gesto de compartir, el sufrimiento, el disfrute deben estar en el centro del aprendizaje. Desarrollar la dimensión emocional supone ser capaces de formar en las virtudes humanas —más allá de los valores— para incentivar la ética al formular dilemas que es preciso resolver.

Desarrollemos la capacidad de espera, ejercitemos la paciencia de los hijos, no hemos de satisfacer sus demandas con inmediatez.

Propiciemos el autocontrol, trabajemos la sensibilidad, la empatía, la compasión, el perdón. No permitamos que los niños levanten la mano, ni que deriven o reconviertan la frustración en agresión o violencia.

Eduquemos emocionalmente y mostremos en qué somos iguales y en qué diferentes mientras abordamos conductas inaceptables como el maltrato o el acoso escolar.

Orientemos la educación moral a la práctica, afiancemos los motivos altruistas basados en criterios de justicia.

Los niños, lo repito, necesitan sentirse seguros y para ello, no lo duden, es necesario que los padres les pongan límites. Asimismo evitemos que desplacen la culpa a los demás; desde corta edad han de asumir su responsabilidad.

Estaremos de acuerdo en que el sentimiento de alegría de un niño es de lo más bonito que hay en la naturaleza, su sonrisa franca, su capacidad de sorprenderse, su estar a gusto, su espontaneidad no nacen de elaboraciones mentales complejas, sino del descubrimiento, de la ilusión.

Al hilo de las sonrisas de los niños hace tiempo que en los hospitales hay payasos que elevan su estado anímico cuando están afectados por graves enfermedades y hospitalizados durante largo tiempo. Su labor es magnífica.

Desde el año 2001 soy patrono de la Fundación Pequeño Deseo, que busca ayudar a los niños muy enfermos concediéndoles por sorpresa algo que por medio de sus padres sabemos desean, ya sea un objeto, un viaje, una visita, un... (la imaginación de los niños es inagotable). En la Universidad Complutense de Madrid estamos analizando los beneficios para los pequeños y sus seres queridos, pero ya puedo anticipar que a los deportistas, bomberos, artistas, famosos, entrenadores de delfines, pilotos de aviación, etcétera, que participan en el deseo se les queda un imborrable sentimiento de gratitud por haber provocado una sonrisa, un rato de bienestar.

Como doctor en Psicología y como doctor en Enfermería, un consejo importante: pase lo que pase, que el niño no sienta que lo han abandonado en el hospital, que no perciba aunque sea de forma subjetiva un distanciamiento en el vínculo, en el apego. Estoy tratando a muchos adolescentes y jóvenes que sintieron desapego tras estar internados y no siendo objetivamente cierto reaccionan más tarde con hostilidad hacia los padres. Dolorosísimo.

Piel con piel

Con sincera humildad nuestros problemas cotidianos se relativizan ante la magnitud del universo.

Las relaciones sanas y los deseos de posesión son incompatibles.

Tan necesario es el humor al conocimiento como las raíces a las ramas.

Los sentimientos son educables y deben serlo, pues son los que nos impulsan a actuar. Las aptitudes emocionales son esenciales para manejarse en la vida, para afrontar las crisis afectivas sin caer en manos de la droga u otras soluciones engañosas.

Seamos conscientes de que la naturaleza nos ha dotado de la capacidad de experimentar los sentimientos de forma tan intensa que pueden llegar a ser autodestructivos. Pensemos en el rencor, es decir, en el mantenimiento en la memoria de las ofensas. Esta rancia animosidad esconde impotencia y un morboso sentimiento de culpabilidad. Pensemos también en la ira, un sentimiento de irritación, un deseo de apartar o de destruir al causante de la cólera, o revivamos el sentimiento de temor o de envidia que por miedo a perder un afecto dan rienda suelta a la sospecha, a la furia y a los denominados celos.

Los sentimientos pueden ser de pérdida y desesperanza, de desamparo por falta de ayuda, de consuelo, por la soledad. Otro sentimiento negativo es el de inferioridad, como lo es el de desesperanza.

Quién no ha experimentado la sensación de ahogo que acompaña a la ansiedad o una aversión intensa, incontrolable e irracional, que conocemos como fobia, que deriva en conductas de evitación. Se puede alcanzar el estado psicológico de indefensión cuando los acontecimientos son incontrolables.

Y sin ir tan lejos la frustración, desencadenante tantas veces de la ira o el desánimo con el sentimiento de pérdida de interés o de vitalidad.

El repaso a algunos sentimientos negativos se debe detener en la melancolía, la languidez, el sentimiento del bien ausente (en Portugal «saudade»).

Podríamos continuar incluso con la dicha del desdichado. Y otros sentimientos contradictorios como la tristeza poscoital, la depresión posparto o la abulia del domingo por la tarde sobre la que volveremos más adelante.

Dejamos para el final el odio, que al igual que el resentimiento, puede volverse crónico y convertirse en un material obsesivo, percutiente e inflamable.

La reducción de la violencia exige que las personas sean capaces de regular su cólera y para conseguirlo la educación emocional debe iniciarse al nacer, mantenerse a lo largo de toda la vida y desarrollarse junto a principios éticos y morales.

La educación en valores va de la mano de las emociones y tiene como referentes a Lawrence Köhlberg, Jean Piaget, Carl Rogers, Gordon Allport, Abraham Maslow, Aaron T. Beck y Albert Ellis, quienes abordaron la ansiedad, el estrés, la depresión, las fobias y aportaron técnicas de psicoterapia como la cognitiva o la racional-emotiva. Viktor Frankl nos regaló aspectos como la responsabilidad ante la vida.

Recientemente Howard Gardner nos habló de las inteligencias múltiples, de la intrapersonal o conocimiento de las interioridades de uno mismo, y de la interpersonal para establecer buenas relaciones con otras personas. Daniel Goleman difundió los conceptos de conciencia emocional y regulación emocional. António Damásio aproximó las aportaciones de la neurociencia y de esta forma es posible conocer mejor el funcionamiento cerebral de las emociones.

Comprobado que emoción, cognición y comportamiento están en interacción continua, será preceptivo que los niños comprendan su propio estado emocional y que capten el de los demás para optimizar la relación socioafectiva, lo que con el tiempo les posibilitará la resolución de conflictos y de prevención genérica de intentos de suicidio, patologías en la alimentación, conductas sexuales de riesgo, etcétera.

Los primeros siete años de vida son esenciales para interiorizar que las emociones se pueden regular, por ejemplo que la frustración no debe dar paso a la agresión. Existen magníficos instrumentos para vehicular buenas dinámicas y vínculos emocionales, como el juego, los títeres, los cuentos y la música.

Hacia los 7 años los niños comienzan a comprender que no son las situaciones objetivas, sino las evaluaciones personales y subjetivas las que explican las emociones. Asimismo a esa edad se establecen las primeras relaciones de cooperación en el juego.

Las lecciones emocionales que se aprenden en la infancia se establecen como hábitos personales de por vida.

El desarrollo moral es un proceso de razonamiento que enfrenta dilemas, exige evolución cognitiva, implica reflexionar sobre los valores, ordenarlos y desde luego tomar decisiones y responsabilizarse de ellas.

La importancia del cariño

La educación emocional ampara el conocimiento de las propias emociones, el dominio en la expresión, la valoración de uno mismo en relación con los demás, las habilidades socioemocionales, la capacidad para afrontar los retos de la vida y el poder establecer relaciones intrapersonales satisfactorias.

Educar emocionalmente significa educar las emociones desde ellas mismas, utilizar las propias experiencias mediante la dramatización, expresar lo que se siente y apreciar los matices.

Una educación para la vida debe hacer hincapié en la capacidad humana de establecer una vinculación afectiva con otras personas, y para ello es esencial el apego entre padres e hijos. El apego proporciona al indefenso niño seguridad y confianza, que como nos mostró Bowlby, permitirá en etapas ulteriores una relación cargada de sentimientos y significados, y alcanzar a ser un adulto seguro de sí mismo que facilite mantener relaciones satisfactorias con otras personas.

El apego es la base de las relaciones sociales y debe ser fomentado en la infancia sin miedo a que se pierda el día de mañana la autonomía emocional. Muy al contrario, las personas con estilo de apego seguro toman decisiones, resuelven conflictos, afrontan separaciones y pérdidas, se muestran responsables y asumen las consecuencias de los propios actos, se sienten razonablemente seguras sobre sus elecciones y objetivos y saben gestionar sus emociones.

El apego en la infancia no conlleva ulteriores dependencias sino un comportamiento equilibrado, discreto, que se sostiene sobre un sentimiento de seguridad y sensibilidad que se asienta en emociones que comprenden amor, alegría, compasión.

Permítanme exponerles aquí los resultados de un conocido estudio realizado con macacos Rhesus —esos monos pequeños y vivarachos que todos hemos visto— que habían sido privados del contacto afectivo con sus madres. Se les ponía ante dos tipos de monos de peluche, uno era metálico y provisto de un biberón que le proporcionaba alimento, el otro por el contrario era de trapo y su contacto era agradable. Se comprobó que optaban por abrazarse al muñeco que les transmitía calidez aunque no les aportaba alimento. Este antecedente en los estudios sobre el apego mostró de forma inequívoca la importancia del afecto por encima de las demandas biológicas. Lo que por desgracia se ratificó con los niños hospitalizados que recibían nutrientes suficientes pero no afecto ni calor humano y que morían, y que dieron nombre al síndrome de hospitalismo. Somos seres vinculares, afectivos, sociales, de con-tacto, que precisamos cariño piel con piel.

El ser humano a diferencia de los ordenadores es capaz de reírse de él mismo, y es el único animal que se pregunta por la razón de su existencia.

Quien esto redacta se adscribe con convicción a que el optimista es parte de la solución, y el pesimista, del problema, y dado que en su dilatada y entusiasta carrera profesional como psicólogo se ha encontrado tanto con los que confunden el amor con la posesión como con celosos que hablan de amor pero debieran decir amor propio o progenitores que interpretan la patria potestad como que los hijos les pertenecen, es por ello por lo que escribe este libro que perfila un mapa que busca pasar de la comunicación a la empatía, del pensamiento al sentimiento.

Conscientes de que las personas podemos olvidar lo que se nos dijo, incluso lo que se nos hizo, pero es difícil que olvidemos cómo se nos hizo sentir, resulta claro que esta sociedad se tiene que sensibilizar, ser más afectiva, más sensible, más empática, menos dura, menos depredadora, menos competitiva y menos conflictiva.

Para ello, repito, a corta edad debe enseñarse el juego de que quien no sabe lo que siente el otro pierde. Además hay que transmitir fortaleza, eludir complejos de inferioridad y envidia, y esto se consigue al reírse de las propias debilidades. Mostremos que la higiene mental exige olvido, o al menos maquillar lo acontecido, y capacidad de perdón. Transmitamos que siempre necesitaremos un porqué y un para quién vivir. Motivémonos para no guardarnos el alma en los bolsillos. Voceemos que al ser humano si se le propicia ser bueno, lo es.

Encaminar el mundo hacia unos sentimientos más fraternos, positivos y creativos exige desarrollar la sensibilidad hacia los signos sutiles de las emociones que se ponen de relieve en los rostros, las voces y los gestos de los demás y una lluvia cálida de gratitud.

Desde niños los varones deben aprender a respetar sin reservas ni excepciones a las mujeres, que acaten lo que significa un no, que acepten frustraciones sin convertirlas en violencia. No olvidemos que precisamos anticuerpos contra la violencia, exactamente lo contrario del uso de la violencia como forma de resolución de conflictos, incidiremos en ello más tarde.

Por ahora modificamos las leyes porque no sabemos o no nos ponemos a mejorar a las personas y mientras tanto apreciamos una carencia de educación emocional que aflora en cotidianas conductas violentas como la de género. Es urgente, primordial, ineludible que en el hogar, la escuela, los medios de comunicación y otros entornos de convivencia se trabaje con la correcta gestión de las emociones y de los pensamientos.

No es de recibo ver a tanta gente que pasa del amor pasional al odio visceral. Se habrá de formar a personas humanas, expresión que aunque puede resultar sorpresiva es correcta, pues para ser persona hay que construir la personalidad fruto del esfuerzo.

Según el sociobiólogo E. Wilson, no hemos avanzado prácticamente nada en cuanto a sentimientos morales desde el paleolítico. Es por eso que el gran reto de nuestra civilización es educar correctamente en el desarrollo de los sentimientos para poder decir con Immanuel Kant: «Dos cosas hay que inundan el ánimo con asombro: el cielo estrellado sobre mí y la ley moral dentro de mí».

La evolución del juicio moral va de la obediencia pura y dura a regirse por principios éticos universales. Los niños superan la etapa de sumisión para alcanzar la autonomía. Cuando enseñamos a los niños sus deberes, les mostramos un mecanismo de darse órdenes y un modelo al que parecerse; es la denominada voz de la conciencia que facilita la cooperación y debe suscitar sentimientos realistas de culpabilidad. No obviemos, por tanto, la percepción del remordimiento, del arrepentimiento. Formemos, para llevar a la práctica, los valores morales.

Los tiempos líquidos demandan protección en la responsabilidad moral de cada uno e implicación y sentido de comunidad.

Hay valores y precisamos valor para defenderlos, como la indignación moral contra los dictadores sea cual fuere el ámbito donde imponen su tiranía, la lucha contra la corrupción, la adhesión en favor de la diversidad y la solidaridad, el compromiso bioético y filantrópico, la movilización contra la marginación o la violencia sufrida por grupos ya sean inmigrantes, niños o mujeres.

Eduquemos y eduquémonos en centrarnos en los demás, en prevenir egoísmos que conducen a aburrir, a inmiscuirnos en la vida de los otros, a cambiar conversaciones de modo invasivo, a ofender, a irrumpir como un elefante en una cacharrería.

Resulta fundamental desarrollar el talento social y saber reconocer los sentimientos de los demás y aprender a manejarse en aspectos tan simples como iniciar y mantener conversaciones circunstanciales.

La coeducación sentimental debe mostrar el atractivo de la virtud, la ilusión por ser buena persona, por mejorar, por ser honesto, honrado, por mantener la palabra dada.

Estimo pertinente que la educación facilite el sentimiento de trascendencia.

Enseñemos a generar compartimentos estancos donde se contengan las emociones y sentimientos negativos sin permitir el escape de frustraciones que contaminen la relación con terceros que nada tienen que ver con el origen del malestar.

Vamos terminando este capítulo y volvemos a recordar que hay sentimientos que podemos calificar de positivos, como el de transformar, fluir, construir, y otros de negativos, cual depresión, envidia, celos, rabia, ansiedad, tristeza. Es mediante el autocontrol como el adulto modula las manifestaciones de sus emociones. Para ello los niños han de aprender al principio desde el desarrollo sensorio motor hasta las emociones vividas en el proceso. Más tarde y mediante las denominadas neuronas espejo percibirá los sentimientos propios y ajenos, así como las formas complejas de interacción social.

Es en el juego donde el niño repara su mundo emocional y resultan muy enriquecedores los juegos donde tras suceder algo el niño tiene la oportunidad de repararlo.

Los pequeños que crecen en un entorno armónico, equilibrado, estable y que reciben una correcta educación sentimental serán generosos, empáticos, majos, buenas personas.

Resulta fundamental formar en la ponderación y en evaluar los acontecimientos desde distintas perspectivas para intentar en la medida de lo posible ver las cosas tal cual son.

Nuestra existencia entremezcla la grandeza y la miseria, y ello se refleja bien en nuestros sentimientos, siempre en busca de un equilibrio inestable.

Lo esencial del ser humano, así como sus sentimientos o sus ideaciones e imágenes mentales, es invisible.

Los sentimientos son sensores mentales de nuestro interior, testimonios de la vida, cimientos de nuestra mente influidos por el presente, pero también por el pasado y por el futuro.

Nuestro estado de ánimo varía según distintos procesos reguladores que incluyen ajustes metabólicos, que se aprecian mediante la cartografía de la química del medio interno, pero también de sensaciones inaprensibles y desde luego cuando interactúan además con situaciones externas y cálculos cognitivos.

En la vida estamos muchas veces ante dilemas, ante opciones en conflicto y las emociones y los sentimientos resultan útiles y aumentan la eficiencia del proceso de razonamiento.

Los «sentientes» son manifestaciones mentales de equilibrio y disonancia, de armonía y discordancia.

Para un correcto comportamiento social, el que podríamos calificar como justo y que se inspira en normas y leyes éticas, se precisa la integración coordinada de emoción y sentimiento.

El del agradecimiento por existir y el de ser razonablemente felices por la utilización del tiempo vital son los grandes sentimientos que debieran acompañarnos.

En gran medida somos responsables de lo que hacemos, de lo que sentimos, de lo que llegamos a ser. Y un instrumento fundamental es el DIÁLOGO INTERNO.

Cultivar la empatía, trabajar el contacto piel con piel implican generosidad y verdadera comprensión, capacidad para olvidarnos de nosotros y disposición para escuchar y comprender a los otros, conlleva comunicación, respeto, amistad.

Nos esforzamos por no estar tristes y un eficaz recurso es ayudar a otros, a aquellos que tienen verdaderos problemas, de esa forma se esfuman las preocupaciones por el yo, la acción solidaria es benéfica también para arrinconar las cavilaciones propias de la depresión.

Insisto en la importancia del agradecimiento.

Educación con alma, recuerde que la pena la puede soportar uno solo, pero la verdadera alegría exige al menos dos.

Educación analgésica

*Es preciso educar al ser humano desde pequeño en el manejo
de la incertidumbre, en la aceptación de la frustración,
en el control de los impulsos.*

En ocasiones nos sabemos excesivos.

Impulsemos la inteligencia social.

En esta sociedad que busca ser pragmática los contratiempos se viven como perturbadores y es que podría parecer que no se educa en afrontar las adversidades, en asumir responsabilidades.

La tristeza no está de moda.

Hemos de educar para la vida y desarrollar así la pedagogía del ser. Recordando que no se lucha porque se es fuerte, se es fuerte porque se lucha.

Obtengamos aprendizaje de la naturaleza. Cuando una ostra se siente agredida por un grano de arena segrega nácar para defenderse y de esta forma da lugar a una joya tan preciosa y brillante como es la perla.

Si nos adentramos en la historia comprobaremos que nada importante se ha conseguido en el mundo sin la pasión.

Desde la inteligencia creadora y en lo posible colectiva hemos de salir de esta siesta educativa para motivarnos, reinventarnos y expulsar la náusea existencial exorcizando hábitos inaceptables, desterrando el sentimiento de impunidad, erradicando la negativa profecía autocumplida, desactivando el pensamiento cortocircuitado, interiorizando que no estamos marcados por el genoma, enfrentando las propias contradicciones.

La salud mental ciudadana demanda aceptar las frustraciones, entender la sanción como un derecho, activarse emocionalmente, comprometerse con la esperanza como obligación ética.

Tiempos de crisis, mutaciones, posibilidades. Ningún gusano daría su consentimiento para una transformación que le permita convertirse en mariposa.

Convendrán conmigo en que el único puente que nos vincula con el futuro es la infancia, por ello la educación no ha de ser sólo una transmisión de conocimientos, sino la formación de los sentimientos, el desarrollo del compromiso social, la adquisición del hábito de la virtud cívica.

En una sociedad sobreprotectora en la que en gran medida privamos a los niños de zonas de independencia en las que ir construyendo una personalidad enriquecida y poliédrica, cuando la iGeneration de 9 a 12 años contacta con sus amigos más por sms que en el vínculo cara a cara recordemos que el padre de Buda —cuya intención era dotar a su hijo de la educación más exquisita— lo mantenía encerrado en palacio rodeado de belleza. Cuenta la leyenda que el muchacho se escapó en cuatro ocasiones y en esas incursiones a la vida real se encontró con un mendigo, un enfermo, un viejo y un muerto. Y decidió no volver a su idílica burbuja.

Hoy hay padres que han renunciado a serlo, se aprecia flojera de autoridad y junto a ella el valor del esfuerzo y la cultura del logro han pasado a mejor vida ante los cantos de sirena del hedonismo, el nihilismo, la inmediatez y el *carpe diem*.

No hemos educado a nuestros hijos para estimular en ellos una dosis de rebeldía crítica y creativa. Vemos muchos jóvenes conformistas, resignados, viejos antes de tiempo, que se consideran incapaces de modificar el presente, de mejorar la sociedad.

«No es porque las cosas sean difíciles por lo que no nos atrevemos; es porque no nos atrevemos por lo que son difíciles».

SÉNECA

No se dude, si se quiere ayudar a un hijo, a un discípulo, hay que exigirle y mostrarle que el tiempo no lo cura todo, es el trabajo personal con el sufrimiento, con las heridas, los que forjarán un carácter que se sabrá vulnerable pero resiliente.

Eduquemos en la vocación de servicio.

Asignatura vital para resolver o manejarse en el conflicto

Del amor al odio hay un paso.

La envidia es solitaria, crónica e infranqueable.

Una rosa es una rosa como es. No la abarcaremos analizándola pétalo a pétalo.

Precisamos antídotos contra la epidemia del maltrato hacia uno mismo y hacia los demás.

Descubrimos la vacuna, que consiste en estimular la sensibilidad ante las plantas, los animales, las personas. Conocer y ayudar a quienes están enfermos y sufren. Ponerse —de verdad— en el lugar del otro, en cómo siente, piensa, interpreta. Aprender a dialogar, debatir, discutir, sin acalorarse. En admitir frustraciones. Relativizar la trascendencia de las situaciones, en aceptar el no como respuesta. Repudiar la violencia. En comprender que lo más importante no es lo que me pasa a mí. El entender que nada que tenga vida nos pertenece. Pensar de forma amplia. Aborrecer cualquier gesto agresivo. Manejarse en la duda. No sentirse demasiado importante. Saber estar en un segundo plano. Captar el maltrato (físico o psicológico) y rechazarlo en público. Arrancarse de raíz los incipientes y asfixiantes celos. Gozar con la libertad del otro. Asumir críticas. Desarrollar la compasión. Utilizar el humor como imán prosocial. Abolir la fuerza como recurso. Ésta es la asignatura vital que se ha de transmitir en casa, en la escuela, por la ciudadanía y los medios de comunicación. La dignidad humana lo exige.

Y es que la contraposición de intereses ya sea en defensa de nuestro equipo deportivo, por imposiciones de la empresa o por roces con el compañero nos acarrea conflictos, como el de armonizar los comportamientos de nuestros familiares, o el de ser capaces de conducir un vehículo, aparcar... Todo es susceptible de convertirse en un problema, una bronca, un disgusto, un fracaso.

Nos cuesta entender al otro, ¿nos interesa? El yo y los otros, una necesidad que genera lo mejor y peor de la existencia. Las variables de tiempo y espacio son relativas. Mientras unos mueren otros nacen. Interrogantes, angustias. Atisbamos lo sublime, lo sobrenatural y el agujero oscuro de la nada. Nos enseñan a sobrevivir, a competir, a buscar el placer, pero adolecemos de instrumentos y posicionamientos mediadores.

Desde la más tierna infancia debe fomentarse el pensamiento alternativo, desarrollarse la inteligencia emocional, se ha de potenciar la reflexión, la capacidad para diferir gratificaciones, para comprender que el mundo —los horarios, el resto de viandantes— no está para servirnos, ni es ni será como nos gustaría que fuera. Desde la niñez deben repetirse mentalmente estas ideas. En la adolescencia ya es tarde. Pensamientos que desde el primer momento deben traducirse en hechos.

La asignatura de Ética e Igualdad será evaluable y se impartirá en 4º de ESO —debiera abordarse antes: a los 15 años los pensamientos y las conductas empiezan a estar enquistados. Pudiera ser abordable desde los 7 años—. Se creará la figura del responsable de Igualdad, que tendrá la tarea de poner en marcha en el colegio o en el instituto medidas e iniciativas —actividades extraescolares o proyectos educativos— «que favorezcan la igualdad entre hombres y mujeres, y la resolución pacífica de conflictos en todos los ámbitos de la vida personal, familiar y social». Es necesario, urgente e imprescindible crear un sistema educativo en el que se erradiquen los falsos estereotipos, los prejuicios negativos.

Un minuto es distinto para quien está dentro del cuarto de baño y para quien espera fuera. Es cierto. Nos falla la percepción. Miramos al mundo según vayamos dentro del avión o lo veamos desde tierra. No se explica lo suficiente que la subjetividad de cada uno no coincide con la del otro.

«Todo depende del cristal con que se mire».

REFRANERO

Expresiones como «así son las cosas» o «porque te lo digo yo» muestran una seguridad absurda. «La gente no busca razones para hacer lo que quiere hacer, busca excusas», dijo William Somerset Maugham. De las incomprensiones, de los malos entendidos, la falta de flexibilidad, los fundamentalismos, la posesión de la verdad surgen los conflictos que se enquistan y se retroalimentan desde una victimización que a veces resulta enfermiza o utilizada de manera bastarda. «Yo soy así» es otra forma de definirse y de escudarse.

«Todos vivimos bajo el mismo cielo, pero ninguno tiene el mismo horizonte».

KONRAD ADENAUER

«Éste se va a enterar de quién soy yo» o «el que me la hace me la paga» son otros de los muchos posicionamientos que generan conflictos. Como dijo Neville Chamberlain: «Para hacer la paz se necesitan dos; mas para hacer la guerra basta con uno solo». Una mirada mal interpretada o un gesto despectivo pueden ser suficientes para desencadenar una respuesta vivida como defensiva del honor, del orgullo, del espacio personal y conllevar un insulto o una conducta extremadamente violenta. El empecinamiento —estrategia a la que se recurre con asiduidad— crea retrocesos e irritación. La psicología nos advierte del riesgo que conlleva la relación contaminada de prejuicios y de egocentrismo.

La psicología busca resolver los conflictos que afectan a las personas, tanto si se refieren a luchas con ellas mismas como si se producen en la convivencia con los familiares, el resto de ciudadanos, o ante una situación difícil. Mientras algunas corrientes psicológicas trabajan directamente sobre los síntomas en un nivel más práctico, otras buscan las causas del conflicto en el intrincado mundo·del inconsciente. A la hora de intentar resolver cualquier dificultad son necesarios los conocimientos psicológicos debido al elevado número de variables que provoca el conflicto y que dificulta su resolución. Es indispensable tener en cuenta estos aspectos: la tan traída y llevada palabra «empatizar» significa «meterse en el pellejo del otro». Partir de la convicción de que todos tenemos un motivo para actuar como lo hacemos y preguntarnos el porqué de la forma de actuar del otro; es más, ¿cómo actuaría yo en su posición? Eso no quiere decir dar siempre la razón. En los conflictos las personas se quejan de que nadie las escucha. Y es que en muchas ocasiones las conversaciones se convierten en dos monólogos —hay a quien lo que le gusta es escucharse—. La escucha activa conlleva:
• No realizar juicios previos.
• Observar lo que el interlocutor dice y cómo lo dice, comunicación no verbal, aspectos paralingüísticos (el tono, la latencia, la cantidad de mensaje).
• Asumir una postura activa.

- Mantener el contacto visual.
- Realizar gestos que indiquen la escucha.
- Articular sonidos que muestren nuestro interés.
- Resistir distracciones.
- No interrumpir.
- No rechazar los sentimientos del interlocutor.

En los conflictos solemos comenzar por culpabilizar al otro con un tú... siempre/nunca... Resulta positivo iniciarse con un yo siento... me disgusta que... Significa expresar los sentimientos, lo que nos hace más vulnerables, pero ejerce un efecto balsámico y positivo en el interlocutor y en uno mismo. Hemos de aportar información relevante y útil; es decir, positiva, específica (qué, dónde, cuándo, cómo...), oportuna, orientada al presente y al futuro. Que indique lo que esperamos que se haga y lo que no. Que sugiera formas de mejorar lo que está fallando.

Un modo de existencia

Nos cabe desde la melancolía la felicidad de estar tristes.

Charles Whitman, después de matar a varias personas desde la torre del campus de la Universidad de Texas en Austin, acabó suicidándose. Dejó escrita una nota donando su cerebro a la ciencia para que se estudiase la patología que le aquejaba. La autopsia reveló la existencia de un tumor cerebral que oprimía su amígdala.

Esto es lo que acontece cuando se hilvanan emociones y sentimientos. Así se posiciona cada persona en su *ser en el mundo*. Una percepción, una vivencia, una imagen mental tan subjetiva como real al igual que sucede con los sueños.

No compartimos la visión determinista del mundo interpsicológico. Sí apreciamos en el ser humano —si mentalmente es y está sano— un control de los actos, unas barreras que lo hacen discernir entre lo real y lo irreal, así como unas estructuras más epidérmicas y profundas de su yo. Es por eso que la ira, la incontinencia conductual, el estallido de cólera no deben adscribirse al instinto sino al debilitamiento, a la impotencia. Nace de la incapacidad para abordar un conflicto y busca cortar un nudo gordiano.

Creo que en la vida los objetivos se alcanzan con perseverancia. La constancia es un gran compañero. He constatado que las oportunidades se crean. Me he permitido ser y mostrar mis imperfecciones; es más, me he reído de ellas con otros y desde luego he escuchado e intentado aprender de aquellos que realmente son maestros, que nos transmiten ideas, pensamientos, preguntas que buscan ser inteligentes y que escapan de los tópicos, de los lugares comunes, de la fugacidad de las noticias.

Considero importante ser autocríticos y aprender de los errores, entender el fracaso como una actitud, no un resultado.

La vida exige entusiasmo, que hemos de derrochar, automotivación, interés por conocer, aprender, saber de otras ciencias, labores.

Es importante, mejor dicho, es vital rodearse de las personas que elegimos como interesantes, que aportan ya sea equilibrio, amor, ideas, humor, pues al final en la transacción existencial incidirá en algo en nuestra forma de ser.

La vida exige acción, pasar al acto. Obtendremos resultados o argumentaremos excusas. «Yo soy yo y mis circunstancias» sólo en parte es cierto, se puede y se debe crear las circunstancias, adaptarse a ellas, superarlas u obtener el mayor provecho. Eso sí, hace falta forjar la voluntad, dotarse de un proyecto vital, creer en algo, poseer valores y determinación. Les invito a leer mi libro *¿Qué se le puede pedir a la vida?*

Ya saben —y si no se lo digo, pues lo acabo de leer—, que el bambú chino cuando lo plantas en el primer y segundo año parece inerte, no le crece ni un brote verde, es más, así sigue el tercer y cuarto año. Pero llega el quinto año y en el tiempo de seis semanas crece hasta los treinta metros. Contestémonos: ¿creció esos treinta metros en seis semanas o en cinco años?

Constancia.

El yo interdependiente

Marilyn Monroe: ¿Dejaste de amar a tu mujer?
Clark Gable: En cuanto la pesqué en la cama con otro.

Vidas rebeldes, JOHN HUSTON, 1961

«Nunca llegarás a nada».
Un maestro de escuela a Albert Einstein
cuando éste tenía 10 años

«Cuando envejeces te das cuenta de que las únicas cosas
de las que te arrepientes son las cosas que no hiciste».
Alma en suplicio, MICHAEL CURTIZ, 1945

El yo interdependiente busca que su estado emocional no afecte de manera negativa en el estado emocional de los demás. Estima que lo esencial no se encuentra en las cualidades específicamente personales, sino en el papel social que desempeña. Prioriza la atención en los demás, en lugar de en él mismo.

Entiende que tan importante como el yo es el tú.

Estima que hay que educar y educarse en el autocontrol, en la aceptación de la frustración. Que una correcta socialización exige sensibilidad, capacidad de perdón, de compasión, manejo de situaciones de ruptura.

Valora que hay que enriquecer el lenguaje, los matices, ya sea un diálogo interno o dirigido hacia los demás. Que es esencial que el mensaje continuado que uno se emite a sí mismo sea positivo, tónico, confiado, cooperador.

Comprende que para prevenir y minimizar los conatos de violencia —y específicamente de violencia de género— la educación debe establecer e inculcar mecanismos que sirvan como antídotos —relativizar la importancia de que te digan no, de que te quiten la razón— y erradicar los equívocos posicionamientos posesivos, que de manera aciaga confunden, porque parten desde el egoísmo, lo que es amor y lo que es propiedad.

UNA INTERDEPENDENCIA NECESARIA

El yo es y ha de ser interdependiente. Fijémonos en los pequeños detalles para percibir hasta la estrecha relación que se establece entre los sentimientos y la música, cómo se modifica o parece que lo hiciera el entorno dependiendo de lo que escuchamos.

Amar es querer ser amado.

Nuestro mundo emocional se sostiene en la empatía, en la capacidad de sentir las emociones ajenas, en caminar piel con piel. La evolución humana es el camino recorrido desde la cognición social, la capacidad de interpretar lo que elaboran otras mentes y de interactuar con ellas.

Nuestra especie, y debido al desarrollo del lóbulo prefrontal, comparte con los iguales el sentido del humor y también nos facilita el sentimiento de culpabilidad que puede imponerse sobre un posicionamiento razonadamente calculador y egoísta.

La inteligencia emocional se demuestra estableciendo relaciones sociales fluidas, evitando conflictos y riesgos como adicciones y fanatismos. Solucionando problemas personales e interpersonales, ayudando y ayudándose a superar las crisis emocionales.

Asumamos que somos nosotros quienes en gran medida construimos nuestra vida emocional y que resulta crucial ver y entender a las otras personas desde ellas mismas, no desde el filtro limitativo del «yo».

Una adecuada conciencia de las emociones del otro se concreta con la capacidad desplegada para descifrar mensajes no verbales.

Tan importante es el otro que no hay nada más amenazador para un fóbico social que ser mirado. Y sin llegar a tanto resulta incontestable que nuestro yo es ciertamente vulnerable ante los otros. Nos importan mucho las valoraciones y los sentimientos de los otros respecto a nosotros. La vergüenza nos zarandea, el yo se desfonda, se abre una herida en la dignidad y en la valoración.

En gran medida los trastornos afectivos tienen su origen en fallas de comunicación.

«No me gustaría pertenecer a un club donde admitieran tipos como yo».

GROUCHO MARX

Somos limitados. ¿Conoce a alguien que envidie el sufrimiento de los demás? No paso a preguntarle si conoce a alguien que envidie la felicidad, las posesiones o las cualidades positivas de otro.

Pero a pesar de nuestras bajezas nos topamos con grandes seres que no responden de forma agresiva a las provocaciones o que las devuelven de manera amable y respetuosa.

El yo es interdependiente hasta con algunos objetos en los que en parte se transfiere el personaje, y lo comprobamos cuando visitamos el laboratorio, la consulta o el hogar de alguien que admiramos y percibimos la importancia de la ventana desde la que miraba, la mesa donde escribía o la biblioteca de la que se surtía.

Comprometerse con uno mismo

La música es al alma lo que el deporte al cuerpo.

«¿Sabes tú cómo se siente una mujer fea? ¿Sabes lo que es ser fea toda tu vida y sentir en tu interior que eres hermosa?

¿Por quién doblan las campanas?, SAM WOOD, 1943

«Comprende, Ralls. No soy uno de esos hombres de ojo por ojo. Yo siempre arranco los dos».

Wake of the Red Witch, EDWARD LUDWIG, 1948

La motivación proviene del interior.

Hemos de hacer lo que debemos de la mejor manera posible.

Tenemos que encontrar nuestro rumbo y hacerlo desde la vocación; hemos de dar respuesta a esa llamada, hacernos preguntas, asumir riesgos, aportar algo al mundo.

Piense en positivo. Somos creadores de lo que pensamos. Evite a los victimistas que transmiten amargura.

No añoremos lo que no sucedió, vivamos, sintámonos convencidos, no dejemos pasar la existencia y las ocasiones, no matemos el tiempo. No nos quedemos en el pensamiento, sintamos. Creamos siempre en la esperanza.

No seamos ingratos y reconozcamos como un inmenso bien lo mucho que recibimos de los demás.

Cultivemos nuestro mundo intangible, inaudible e invisible, nuestra realidad metafísica; es decir, nuestras ideas y sentimientos.

Distingamos entre el placer y la felicidad (muchos los confunden).

Nuestra propia integridad es la brújula interior que nos ayuda a determinar nuestras virtudes y la forma de conducirnos; es por ello que no debemos aceptar el chantaje emocional, pues distorsionamos o quebramos la esencial coherencia interna.

Por medio de la educación y el hábito podemos moldear nuestras emociones y no ser sus súbditos. No se es rehén de los celos ni esclavo del amor ni víctima de la cólera. Hay quien emplea las emociones como excusa, pero lo cierto y verdad es que podemos evitar situaciones que entendemos de riesgo al tiempo que nos cabe controlar las circunstancias y la expresión de nuestras emociones y de su reelaboración en sentimientos. Me estoy acordando del caso Mónica Lewinsky, ¿estaríamos todos en riesgo en una situación similar? No, categóricamente no, permitan mi ejemplo. Preferiría morir antes de mancillar no tanto el despacho, sino el significado de ser el primer defensor del menor; por nada en el mundo me permitiría no ya ese acto, sino robar un minuto a una causa tan noble y justa como la que representé al haber sido nombrado de manera indirecta por la población. Eso se llama convicción, coherencia, compromiso, autodominio, tener las cosas claras y no fabular con que «la emoción o la situación me superó, me desbordó», pues es intrínsecamente incierto.

Creo que podemos dirigirnos hacia los objetos, las situaciones y las personas adoptando una actitud emocional distinta, elaborando un juicio previo y poseyendo una representación o idea preconcebida. Y esto obviamente influye y mucho.

Esta disposición a comportarnos de ciertas formas características nos aproxima a los pacientes con comportamiento autodestructivo que se conducen desde un proceso mental distorsionado.

La conciencia humana, los estados de ánimo explican el sentimiento de culpa del superviviente que se pregunta ¿y por qué estoy yo vivo? Golpe percutiente y vivamente doloroso.

Observamos a quienes poseídos por el ansia de poder se inhabilitan para el mantenimiento del amor y la amistad. En cambio los ascetas renuncian a todo aquello que consideran espurio y que puede distraerles de su objetivo, que es aproximarse en su comportamiento a la divinidad.

La conducta puede obedecer a un criterio racional o se puede quedar en lo que sintamos llevados por euforias y desánimos. Entiendo que podemos y debemos formarnos, entrenarnos. No siempre es fácil. Tenemos arrugas conductuales y para quitarlas precisamos la insistencia con la que intentamos aplanar una hoja que por las marcas parece haber pasado mucho tiempo doblada.

LOS SENTIMIENTOS MORALES

Estoy convencido de que los sentimientos del deber, del honor personal, de la responsabilidad pueden y deben prevalecer. Antepongamos los sentimientos morales.

La concepción ideológica que tengamos afecta directamente a los rasgos de personalidad, y éstos, a los sentimientos, también los intelectuales, los ligados a la actividad cognoscitiva, los que buscan resolver problemas racionales, encontrar la verdad.

Tomemos los hechos con alegría, ayudemos a deconstruir las circunstancias difíciles, eduquemos los sentimientos estéticos, disfrutemos con lo bello, ya sea una obra de arte que nos regala la naturaleza o el ser humano.

Tengamos confianza. En uno mismo, pues es el primer peldaño y es necesario para alcanzar la posible felicidad y el huidizo éxito. Y tengamos confianza en el amigo, en ese que te escucha cuando le hablas, que te conoce y aun así te quiere, que al contrario que los taxis cuando hace mal tiempo se le encuentra.

La desconfianza es propia de los débiles. Hemos de confiar en las personas aun cuando dudemos de si en su lugar mentiríamos. Si me permiten la broma y siguiendo a William Faulkner, debemos confiar hasta en las malas personas, pues no cambian jamás.

Y desde luego en el compromiso con uno mismo. Erradiquemos la envidia, un mal generalizado que nos lleva a decir con admiración de lo positivo y bueno: «es envidiable».

Sepamos que nadie puede hacernos sentir inferiores, salvo que nosotros tontamente se lo consintamos.

Procedamos de tal manera que nos sintamos orgullosos de nosotros mismos, que no tengamos que sonrojarnos —si nos quedara esa capacidad— por la forma de actuar y aun de pensar.

Sepamos perdonar, nos posiciona en un rango superior que si intentamos vengarnos, lo que nos enfanga emocionalmente.

No debemos castigarnos. Podemos sentirnos culpables, pero no utilizar el autosabotaje. Resulta insano y masoquista hurgar en el sufrimiento, avivar el daño.

Créeme, sólo serás libre si te arriesgas, si te encomiendas en quienes confían en los demás. Nuestro bienestar no depende tanto de lo que hacemos o poseemos, sino de lo que somos y sentimos. Y en ese sentido lo que entregamos a los demás nos aporta una complicidad en la felicidad.

Precisamos asertividad para afirmar que somos los que decidimos cómo sentirnos, antepongamos la generosidad a la codicia, lo inmaterial a lo perecedero. Manejémonos desde la filosofía del saber reír, del saber llorar, seamos capaces de mantener la inocencia del niño que queda en nosotros.

En ese compromiso con nosotros mismos intuyamos que el éxito jamás definitivo se asienta en el plan trazado previamente y mantenido con constancia, pero también en la flexibilidad para adecuarse a lo inesperado. Planteémonos si trabajamos en pos de la notoriedad.

La vida es un dilema y hay que elegir constantemente. En ocasiones es bueno parar, respirar, escuchar a nuestro corazón para que nos guíe.

Hablando de corazón escuchemos las palabras del ya fallecido Steve Jobs al inicio del año académico 2005 en la Universidad de Stanford: «Tenéis que encontrar lo que amáis y esto sirve tanto para el trabajo como para el amor. El trabajo llenará gran parte de vuestra vida y la única forma de estar satisfecho es hacer lo que consideréis un trabajo genial. Y la única forma de tener un trabajo genial es amar lo que hagáis. Si no lo habéis encontrado, seguid buscando. No os conforméis. Como en todo lo que tiene que ver con el corazón, lo sabréis cuando lo hayáis encontrado. Si no lo habéis encontrado, seguid buscando».

Detengámonos de vez en cuando para atisbar hacia dónde nos encaminamos, no vaya a ser que estemos avanzando en círculos. Cuidemos nuestra brújula interior.

Utilicemos el diálogo con nuestra mente, una conversación interior, positiva, escuchemos a esa voz de nuestra mente ubicada en el mundo que nos ayuda a decidir. El modo en que nos hablamos nos sitúa de nuevo en cómo nos vemos, en cómo nos sentimos y en cómo nos relacionamos. Una voz interior que no debe ser tan ensordecedora que imposibilite la escucha de la información que llega del exterior.

Fue el gran psicólogo Lev Vygotsky el que concluyó que en la infancia el hecho de que el niño se exprese en voz alta es el monólogo que acompaña a una acción dificultosa; sin embargo, este investigador de la mente humana comprobó que en la edad adulta este lenguaje se transforma de un modo de comunicación externo a una comunicación interna. Esta conversación interior evoluciona en la mente hasta crear un diálogo que pareciera entre varios interlocutores que comparten sentimientos y los discuten, en un instrumento mental para elaborar y debatir decisiones, afectos e ideas.

Hablémonos, digámonos que vivir es arriesgar sin miedo a morir, que no hemos de temer que se nos rompan las esperanzas, que no hemos de rehuir el implicarnos, que no es negativo mostrarse sentimental, que las intuiciones y las ideas no admiten ser concienzudamente analizadas y compartimentadas, que no arriesgar es un peligro cierto.

Sí, hablémonos, convencidos de que el mayor atrevimiento es mostrarse como se es, como uno mismo.

La vida se condensa en el ahora. El pasado nos acompaña, pero no debe ser una sombra que se arrastra. Es en el presente donde debe proyectarse nuestra energía, sabedores de adónde nos dirigimos, mirarnos al espejo y estimularnos al comprobar la pasión que desplegamos al tener en la existencia una meta clara.

Luchemos por nuestra independencia, pero sin aislarnos.

Nos vamos haciendo en el día a día, conocedores de que no hemos de tener miedo a equivocarnos, sino a no aprender de los errores.

Pase lo que pase, adaptación. Y desde luego rodearse de personas majas, de buenos libros, de buenas y creativas ideas.

Mantengamos la cabeza a flote, dediquemos un tiempo a pensar estratégicamente. No perdamos el tiempo hablando de los problemas, afrontémoslos. Aprendamos de lo que nos sucede, eso nos permitirá enriquecernos de la experiencia.

No busquemos estar siempre al 100 por cien porque es imposible, fomentemos las relaciones informales.

En nuestro negocio, en nuestro trabajo, utilicemos la mejor de las tecnologías, el sentido común y entendamos nuestros honorarios como el pago por lo bien hecho, pero no el fin de nuestra labor —me molesta sobremanera la expresión «está en el sueldo», creo más, mucho más, en el gusto por hacer las cosas bien, en la vocación.

Aprendamos de lo que nos dijo Albert Einstein: «Una de las definiciones de locura consiste en hacer las mismas cosas una y otra vez y esperar resultados diferentes».

Hagámonos un favor, expresémonos, sonriamos, digamos te quiero a quienes queremos, cantemos en la ducha, permitámonos decir que el cliente no siempre tiene razón, quedemos con un amigo, demos un paseo, veamos amanecer, disfrutemos con un buen libro, ayudemos a quien lo necesita. Interésate por algo que desconoces, escucha el silencio, disfruta recordando y anticipando, respira conscientemente, delega tareas, siéntete. Actúa de manera coherente con tus creencias y convicciones.

Huir de mí

La comunicación entre seres humanos es tremendamente compleja.

Nunca poseeremos una conciencia ajena.

Según la Organización Mundial de la Salud (OMS), el suicidio es la primera causa de muerte de jóvenes de entre 18 y 24 años en el conjunto de países occidentales.

Existe el evidente peligro de utilizar los ordenadores y móviles para estar permanentemente conectados. Asusta la soledad, el encontrarse con uno mismo. Estamos perdiendo la intimidad. Se acrecientan las relaciones digitales, pero se empobrece la «piel con piel», las que transmiten amistad, roces, alegrías, debates, discusiones, enfados; es decir, las reales, las que suceden cara a cara. Hay que aprender de la soledad, del encuentro con nosotros mismos, de la conversación mente cerebro, del compromiso con nuestro ser, de nuestras emociones, de nuestro yo profundo.

Los adolescentes están perdiendo la capacidad de compadecerse del dolor ajeno porque todo sucede a través de las pantallas, hasta pedir perdón se realiza a veces de forma virtual.

El síndrome de dependencia a las nuevas tecnologías nos provoca una esclavitud. Hemos de liberarnos desconectando los teléfonos, los ordenadores, los iPhones, las blackberries, pero sobre todo desconectándonos nosotros.

Siempre he denunciado la solemne tontería de quienes todo lo fotografían, de quienes hacen saber al universo dónde y qué están cenando. Hay quien quiere transmitir la vida y olvidarse de vivirla.

Resulta perturbador mantener una conversación con alguien que tiene los ojos y los dedos pendientes de otra conversación. Padecemos unos contactos interruptus.

Hay quien de manera equívoca ha entendido que podemos evitar la profunda, ontológica y definidora soledad humana hablando constantemente, ya sea por teléfono o en el foro. Resulta al final cruel que cada vez la gente se comunica más y se siente más sola.

Estamos matando la sorpresa, la incertidumbre. Hay quien antes de iniciar un viaje conoce visualmente no sólo la habitación donde se alojará, sino todo tipo de detalles.

Las relaciones humanas han de construirse desde los sentimientos próximos, desde el compromiso, la responsabilidad, el vínculo. Pedir perdón con un sms o a través de Facebook no es pedir perdón, es una fórmula.

En mi consulta recibo a personas que sienten pánico ante la posibilidad de vivir un tiempo de soledad y eso es profundamente grave, porque para conocerse a uno mismo, pulir los defectos, reflexionar, interaccionar con la existencia, reubicar el proyecto vital, alcanzar cierta armonía y equilibrio es necesaria la soledad, una soledad buscada y agradecida.

En mi caso contesto a los e-mail que recibo de vez en cuando y le dedico un tiempo específico. Vivo en el paleolítico porque como siempre escribo a mano no utilizo el «corta y pega», cada frase es siempre nueva y la trazo visomanualmente, es como la cocina al calor de la lumbre, muy distinta a la de microondas.

Utilizar las nuevas tecnologías es magnífico. Convertirnos en adictos o dependientes de ellas es un riesgo cierto. No estamos hechos para mirar una pantalla de forma constante, nuestra interacción con el entorno es y debe ser mucho más rica, variada y próxima.

Recientemente he intervenido con unos padres —él, médico; ella, enfermera— que tienen cuatrillizos. Los chicos tienen 15 años y tres de ellos funcionan a la perfección, el cuarto se va de casa a las nueve y media de la mañana y regresa a las diez de la noche y se pasa todo el día conectado a las maquinitas. No asiste al colegio. No tiene ni un solo amigo. Aterrador.

Sentimientos íntimos

Aquí está este soldado del sur que te ama, Scarlett. Que quiere sentir tus brazos alrededor suyo, que quiere llevarse el recuerdo de tus besos a la batalla con él. No te preocupes por amarme. Eres una mujer que envía a un soldado a la muerte con un hermoso recuerdo. Scarlett, bésame. Bésame, una vez.

Lo que el viento se llevó, VICTOR FLEMING, 1939

«Si hubieras mantenido mi amistad, los que maltrataron a tu hija lo hubieran pagado con creces. Porque cuando uno de mis amigos se crea enemigos, yo los convierto en mis enemigos. Y a ése le temen».

El Padrino, FRANCIS FORD COPPOLA, 1972

«La apatía es la solución, es decir, resulta más fácil abandonarse a las drogas que enfrentarse a la vida, robar lo que uno quiere que ganárselo, pegar a un niño que enseñarlo. Por otra parte el amor requiere esfuerzo, trabajo».

Seven, DAVID FRUCHER, 1995

Sentimientos íntimos los son algunas fantasías personales, no siempre sexuales, en las que uno juega consigo mismo en ideaciones con las que se traslada a otra realidad, como vivir en otro cuerpo, en otro lugar, en otra familia. No se ha de confundir con una despersonalización, o rasgo psicótico.

Sentimiento íntimo es el dolor por la pérdida de un ser querido o de una mascota, un sentimiento tan intenso, tan personal que no siempre quiere ser compartido.

Existen muchos otros sentimientos callados, como el de quien alberga la convicción de que no fue tan querido como el resto de sus hermanos, o quien tiene la certeza de que su pareja le fue infiel y en el momento silenció lo que había intuido y hoy no merece la pena removerlo.

Nunca un ser humano llegará a conocer verdaderamente los sentimientos del otro, aun cuando sea de amor: ¿cómo siente?, ¿siente lo que yo siento?, ¿lo que creo que siente?, o mejor dicho ¿lo que creo que debiera sentir?

A veces se siente que hay sentimientos más profundos que los que sentimos, que una capa de lava sentimental que proviene de erupciones emocionales vividas con anterioridad impiden que los sentimientos más íntimos, más recónditos afloren.

Resulta común escuchar, en una cafetería, en el tren, en cualquier lugar, conversaciones acerca de los sentimientos. Mientras uno de los interlocutores habla, el acompañante, más o menos amigo, escucha con cierto interés y trata de dar respuestas, consejos, que son percibidos como lejanos e insustanciales. Y es que una cosa es lo sentido, lo vivenciado y otra lo razonado sobre todo si lo hace un tercero.

El otro es siempre un tercero, porque nosotros somos dos: el yo y el que recepciona. Nos hablamos en un juego mente cerebro, nos ratificamos, nos comprendemos, nos aliviamos, nos compadecemos, sí, a nosotros mismos, nos arropamos de forma íntima, nos sacudimos, nos celebramos, nos gustamos. Es obvio que hay poco lugar para el otro, para los otros, siempre un tercero, ciertamente lejano, distinto, distante. Podemos agradecerle su actitud, su afecto, pero sabemos que no puede sentir lo que sentimos, es más, dudo que nos gustase, porque entonces ¿quiénes seríamos?, ¿qué seríamos?

Somos sentimientos, uno tras otro, sentimientos únicos, irrepetibles, inabarcables. Podemos trasladarnos a ellos mediante el psicoanálisis, pero ¿ciertamente son la verdad?, porque ¿decimos lo que sentimos?, ¿sabemos interpretar lo que sentimos?, ¿podemos poner en palabras un sentimiento? Fijémonos en que cuando intentamos definir una obra de arte o una rosa perdemos su globalidad, su profundidad, su ser.

Se siente y ése es el misterio, pensamos lo que sentimos ¿o sentimos lo que pensamos?

Sentimientos sin descanso, uno tras otro, sentimientos desde el nacer hasta el morir, al soñar, al dormir. Ocasionalmente pareciera que sentimos al unísono con los que nos rodean y cantamos juntos o nos damos la paz o... pero es un instante..., un breve instante.

Debiéramos escuchar más al otro, pero ¿podemos hacerlo cuando no paramos de emitirnos mensajes a nosotros mismos?

Hay quien se ahoga en sus sentimientos sin poder gritar para que lo ayuden. Los hay que se refugian en sus sensaciones y crean un mundo artificial e inaccesible para los otros.

Llama la atención que se produzcan momentos, situaciones, en los que no se desea experimentar lo que sentimos. Y hemos de preguntarnos ¿algunos sentimientos nos son independientes? ¿Tienen un alto grado de autonomía?

Porque podría parecer que en general pensamos sobre lo que sentimos, pero es claro que a veces sucede a la inversa.

Hay quien escribe un diario íntimo pero le falta vocabulario para reflejar los matices, las variaciones, las distintas intensidades. Queda todo diluido, difuminado y esto se percibe aún más al leerlo pasado un tiempo, pues parece irreal, escrito por otro.

Sentimiento de los sentimientos, un intento de organizarnos, de clasificar, de ordenar, de impedir disociarnos.

Pareciera que hay quien cabalga sobre los sentimientos como los hay que son arrastrados por ellos. Y creemos que nuestros afectos han de ser muy parejos a los de los otros, pero también distintos por el hecho de ser nuestros. Y es que el «yo» necesariamente debe diferenciarse.

Sentimientos íntimos como cuando nos aborrecemos por no poder desechar el amargor que nos ha trasladado alguien con una palabra, un gesto, un silencio despectivo.

A veces sabemos que debiéramos sentir más ternura por una persona, pero no la sentimos, incluso amistad para quien nos muestra ese sentimiento tan bello, pero no lo correspondemos, bien es cierto que en otras ocasiones sentimos lo contrario.

Cuántas veces hemos querido transmitir a un ser querido lo que sentimos al leer unas líneas, al ver un paisaje, al escuchar cierta música o al volver a apreciar aquel aroma, pero... no es posible, no, no lo es. Por eso, sabedores de esa limitación que bien pudiera ser un verdadero tesoro de la individualidad, hacemos un esfuerzo por ponernos en el lugar del otro, por sentir lo que siente, pero sin conseguirlo.

Recordemos el día en el que estábamos felices, nos sentíamos íntima y profundamente felices por algo importante que nos acababa de suceder y de pronto un conocido nos comunica que ha perdido a su hijo, queremos mostrarle nuestras condolencias, pero tememos desvelar que lo cierto es que subyace una alegría que no deseamos apagar del todo.

En este momento pediría al lector que se detuviera en la lectura y buscase captar lo que siente. Resulta tan atractivo como inquietante no saber lo que sentiremos mañana o dentro de un rato. Y siendo así ¿somos libres? o ¿por ser así es por lo que somos libres?

Nos preocupa sufrir, sentir dolor, experimentar la soledad, sentirnos agradecidos, y nos manejamos en el juego de los pensamientos, de las acciones para buscar que las circunstancias nos sean favorables, que todo lo que interacciona con nosotros nos permita sentirnos bien.

Genera desasosiego saber que nos hemos de encontrar con alguien que nos hace sentir mal, y a quien de forma irremediable no podemos evitar. A veces tenemos sentimientos encontrados, pensemos en ese familiar con el que entendemos que debemos compartir fechas señaladas como las Navidades, pero que nos genera desazón, desasosiego, incomodidad. Lo llamativo es que en muchas ocasiones ese malestar es mutuo, por lo que nos sentiremos mal al reunirnos, pero consideramos que nos sentiríamos peor si no nos reuniéramos. Así somos los seres humanos, complejos, inestables, no siempre comprensibles ni predecibles. Seres sociales que rehúyen de la soledad, pero que la defienden a ultranza, exhibicionistas, pero que gustan de preservar su intimidad.

Sentimientos colectivos

La salud emocional se asienta en la higiene emocional.

«Tengo un cumplido estupendo para ti: puede que yo sea la única persona sobre la faz de la tierra que sepa que eres la mujer más fantástica de la tierra. Puede que yo sea el único que aprecie lo asombrosa que eres en cada una de las cosas que haces y en cómo eres... y en cada uno de los pensamientos que tienes y en cómo dices lo que quieres decir y en cómo casi siempre quieres decir algo que tiene que ver con ser sincero y bueno. Y creo que la mayoría de la gente se pierde eso de ti y yo les observo preguntándome cómo pueden verte traerles su comida y limpiar sus mesas y no captar que acaban de conocer a la mujer más maravillosa que existe. Y el hecho de que yo sí lo capte me hace sentir bien conmigo mismo».

Mejor... imposible, JAMES L. BROOKS, 1997

Hay alegrías que se comparten, como la victoria de la selección española de fútbol en el mundial de Sudáfrica. Hay hechos que generan miedo a todo el mundo, recordemos películas como *Psicosis*, *Los pájaros* o *Tiburón*; los hay desagradables, impactantes, que nos dejan en estado de shock, es el caso del atentado contra las Torres Gemelas de Nueva York. Los hay que nos resitúan en nuestra vulnerabilidad, como la mirada expectante ante la erupción de un volcán; hechos que concitan los mejores sentimientos, como los Juegos Olímpicos; músicas que nos ponen «en forma» o que nos permiten llorar con gusto.

Aunque pase el tiempo nos sabemos nosotros, sí, sabemos que crecemos, que cambiamos, pero que seguimos siendo nosotros mismos. Al tiempo captamos y en ocasiones sentimos que el otro, que el género humano llora y ríe, se preocupa y esperanza por lo mismo que nosotros.

Hombres y mujeres que han padecido plagas, pandemias, zarpazos de la naturaleza, que han generado dolor y sufrimiento no sólo en los campos de concentración, sino en su hogar. Humanos que se emocionaron con la retransmisión del primer paso del hombre en la luna, el satélite natural que tanto inspira a los poetas y a los novios primerizos.

Un animal, a veces pasional, trascendente, espiritual, solidario, generoso, amante y a la par envidioso, mezquino, insoportable.

Una especie humana tan soberbia que queda «flasheada» cuando se hunde el *Titanic*.

Pareciera que nos sentimos tan seguros que nos tambaleamos con acontecimientos como el asesinato de Martin Luther King, de John F. Kennedy o de John Lennon.

La compasión también es un sentimiento que se expande de forma colectiva como la que se genera al ver la devastación transmitida por las televisiones y que se produce a consecuencia de un *tsunami* o de un terremoto. Miedos colectivos ante el riesgo de fusión de una central nuclear que se colapse por alguna razón.

Dudas, interrogantes, sentimientos contrapuestos ante la evolución de la ciencia genética, de que el ser humano pueda rebasar los límites éticos, que atente contra la dignidad humana. Nos esperanzamos ante las conquistas científicas, pero desconfiamos de la utilización de este tipo de avances.

Y es que la historia nos hace dudar de nosotros mismos, capaces de lo mejor y de lo peor.

Sentimiento unánime de repulsa ante quien abusa sexualmente de un niño. Indignación sin paliativos ante los violadores en serie.

Perplejidad, angustia, múltiples preguntas cuando un ser querido se suicida, se quita su vida, la única que tiene, y deja en una orfandad que incluso se entremezcla con sentimientos de culpa a quienes a quienes se quedan.

Planteamientos y sentimientos ambiguos respecto a la época en la que nos tocó vivir y cuando nos enfrentamos a la hipótesis de lo que vivirán futuras generaciones —cada vez más años.

Expectativa e intuición sentimental de que existen otros seres en otro planeta, en otra galaxia. Sentimiento controvertido de si somos parte de un magnífico proyecto o consecuencia del azar.

Sentimiento eléctrico cuando percibimos que nuestra vida podría haber sido otra, que podríamos habernos unido con otra persona, o haber elegido otro trabajo.

Angustia colectiva compartida al pensar cómo nos despediremos de esta bola que gira, qué será de los seres queridos. Interés por saber cómo nos recordarán.

Hay sentimientos que siendo individuales, los sabemos compartidos, los podríamos hacer colectivos. Pensemos en lo que sentimos al ver a un recién nacido o al contemplar el mar encrespado desde un faro o al quedarnos fijos con el electroencefalograma plano delante de una hoguera o el suave fluir del agua.

Sí, creo que todos los niños del mundo, los de ayer, los de hoy, los de mañana han sentido y sentirán lo mismo al introducir por primera vez su piececito sobre la ola del mar que los alcanza en la orilla.

Sentimientos colectivos ante un hombre al que le faltan los brazos. Sí, reaccionamos de forma similar ante alguien que tontamente se cae, ante el tartazo de un payaso... Bueno, es verdad, no todo el mundo responde de igual manera, pero convendrán conmigo en que el sentimiento de ridículo al caernos delante de gente que no conocemos nos impele a levantarnos pronto haciendo como que nada nos ha pasado, si bien y nada más torcer la esquina maldecimos por el dolor que nos hemos provocado.

Hay sentimientos que simplemente nos son comunes y otros que se potencian de forma colectiva, como el pánico, ya sea en un estadio de deportes, ya ante un virus desconocido.

Somos como somos, sabemos que lo importante de una persona es su forma de procesar la vida, su actitud ante la misma, su posicionamiento, pero al final nos atrae lo físico mucho más mutable. Y a casi todo el mundo le gustaría ser joven, es más a cualquier edad la mayoría de las personas se sienten —nos sentimos— jóvenes.

Sentimientos colectivos a veces dispares. Hay a quienes nos encanta la Navidad y en el otro bloque están quienes repudian estas fechas, pero todos tienen sentimientos nada asépticos o neutros.

Sentimientos religiosos en grandes grupos, creencias compartidas, celebraciones grupales unificadoras.

Sentimientos colectivos de pertenencia a una nación, a un equipo deportivo, a una asociación de ex alumnos. Indumentarias, actos que afianzan el sentimiento de pertenencia.

Revivamos el Mayo del 68 o la caída del muro de Berlín donde el sentimiento se expande, se propaga, se inflama.

Sentimiento gregario que hace que hasta en vacaciones volvamos a estar juntos. Euforia colectiva al inicio de las fiestas ya sean los Sanfermines, las Fallas, el Carnaval, y tristeza también compartida cuando se acaban.

Así es nuestra existencia, sumativa de sentimientos individuales y colectivos, entremezclados.

Capaces de matar por una nimiedad y de arriesgar la vida por un desconocido.

En algún momento, en algún punto nos sabemos parte de un todo, pero seguimos sintiendo que lo esencial es nuestro «yo». Somos territoriales, agresivos. Nos socializamos, nos dotamos de normas, leyes, reglamentos, protocolos, programas, códigos para poder entendernos, organizarnos, respetarnos. Convivimos con el profundo sentimiento de individualidad y el no menos importante de interacción, de relación.

Sentimos que podemos elegir, pero como todos nos vemos influidos por la publicidad, por las modas.

Sentimientos compartidos de desazón cuando deseándolo no conseguimos dormirnos. Sentimiento generalizado de gusto, de bienestar cuando nos adormecemos mecidos por unos tibios rayos de sol.

Creo que coincidimos en la ansiedad ante una exploración médica para confirmar o descartar una grave enfermedad. En el desasosiego ante el llanto de un bebé. En la alegría al conocer que el premio de la lotería le ha correspondido a una familia que lo necesitaba.

Sí, todos sentimos que el azar, que el destino no se encuentran a merced de nuestro «telemando».

Sentimiento de gratitud ante tantos que nos facilitan la vida, los que buscan agradarnos.

Nos tranquiliza saber que compartimos sentimientos, que no estamos solos en nuestro deambular emocional, que es posible que nos entiendan.

Siempre admiraremos la colectividad de las hormigas, pero siempre rechazaremos ser una hormiga.

Cada uno puede rellenar de forma mental lo que le gustaría ser en una hipotética reencarnación.

Siempre me han llamado la atención las reuniones de las comunidades de vecinos, en las que se entiende que se comparten los mismos objetivos, pero en las que se escucha una gran disparidad de opiniones, en ocasiones contrapuestas. Por cierto, que se encuentra uno con personajes con unos perfiles que resultarían increíbles hasta para una novela, son tan típicos, tan tópicos, tan...

Quizás, sólo quizás, coincidamos en que durante veinticuatro horas nos gustaría sentir lo que otros sienten porque son del sexo contrario, por la clase social, por la cultura.

Siempre aspiraremos a acabar con la violencia, a terminar con el cáncer, pero entonces ¿qué nos acontecería? Recordemos que somos humanos, de *humus*, de la tierra.

Sintamos con orgullo nuestras limitaciones.

Concernidos por el prójimo

Estamos habitados por una nostalgia del más allá.

Un beso, un abrazo ayudan a curar un corazón roto.

Lo importante no puede verse ni tocarse, sólo intuirse y sentirse.

Existe cierta incapacidad de sentirnos implicados, de ponernos en su sitio.

Hemos de esforzarnos en oír lo que los demás no dicen, de ligar nuestra felicidad a la de los demás.

Resulta verificable que dar y recibir es algo natural, y que cuanto más amor demostremos a los demás, más confianza tendremos en uno mismo.

Seamos conscientes de que sólo a través del otro podremos conocer lo mejor de nosotros mismos, pero precisamos de valentía para compartir nuestro corazón con los demás.

Tenemos una deuda con los otros. Ampliemos la perspectiva, la generosidad es un acto de reconocimiento de nuestra interdependencia.

¡Qué maravilla, la apertura, el calor humano! Seamos porosos a la sustancia misma de la vida. La escucha concentrada propicia la receptividad y de ahí puede nacer un relámpago de lucidez. Dar es desapego.

El otro es nuestro espejo e imagen. Y es que estamos unidos en la diversidad, pues si todos pensaran y obraran como nosotros, seríamos clónicos, este mundo se empobrecería.

Todos somos uno al igual que cada una de las gotas del mar. Compartimos el amanecer, la puesta de sol, la belleza de una noche estrellada con toda la humanidad.

Esencial, el reconocimiento del otro. Precisamos de humildad y de receptividad, no hemos de imponer el ego o minusvalorar el ego de los otros.

El título de este capítulo viene a subrayar que nos sentimos vivos cuando nos sentimos comprometidos, es más, debiéramos casi venerar a quienes dedican su vida a una buena causa.

Todos hemos comprobado que se es feliz cuando se busca la dicha ajena, observamos a quien de tanto amor no termina en él mismo.

La palabra clave es ¡compartir!, hacerlo desde la esperanza, esa confianza en la humanidad, ese pasar del yo al nosotros. Y esa enseñanza esencial debe transmitirse al niño durante los primeros años, los primeros meses, los primeros días y aun antes de nacer.

Treinta años en la fiscalía, en centros de reforma de menores, visitando cárceles me han mostrado cara a cara a individuos incapaces de experimentar empatía, a los que no se compadecen del dolor ajeno, pero que además son incapaces de percibir el daño que ocasionan —a veces cruel, innecesario, desproporcionado— para sus viles fines. No me refiero a los sádicos, sino a los violadores, los abusadores de los niños, los maltratadores que mienten, que se mienten de forma continuada y que se dicen desde «a la mujer le gusta» hasta «es para que sepa lo que le espera en la calle» o «me seducía» o «es disciplina». No se esfuerce en asociar cada frase a cada tipo de víctima, pues no hay la mínima razón para que el agresor se dirija de estas formas y con esa actitud dominadora, despreciativa, distante, sin freno moral.

Cuando uno no siente el dolor ajeno se aleja de nuestra especie, cuando lo propicia para su propio fin y lo hace sin arrepentimiento nos encontramos ante un depredador humano, sí, pero depredador, que impone su cerebro reptiliano. No me extenderé, pues en el *Tratado de psicología forense* o en otros libros como *Violador en serie, riesgo de reincidencia* o *Jauría humana, cine y psicología* he dejado constancia de algunos perfiles espeluznantes, pero reales.

Volvamos a los sentimientos. Somos sentimientos. Con los años se nos arruga la piel, es con la pérdida de la ilusión, de la pasión, del entusiasmo con lo que se nos arruga el alma. Por eso hemos de manejar con sabiduría nuestros pensamientos y nuestras palabras para expandir entusiasmo, claro signo de salud espiritual.

No permitamos que las creencias limitantes se instalen en nosotros. Desarrollemos la gratitud, ese sentimiento de deuda hacia la persona que nos ha donado un bien de forma gratuita.

Hagámonos eco de la felicidad, no transmitamos sólo nuestras penas. Y aliviemos a quienes nos rodean de sus pesares.

Tomemos una sabia decisión: ser optimistas. Ver desde esa perspectiva el mundo es una decisión personal. Al final la vida te abofeteará igual, pero sabrás afrontar mejor las situaciones dolorosas y traumáticas.

El optimismo puede —y debe— aprenderse, permite atenuar los acontecimientos negativos, facilita el manejo de los problemas, aporta confianza, reconvierte las dificultades en oportunidades, eleva la moral. Junto a una autoestima consistente ha de haber independencia, iniciativa, creatividad, humor, generosidad, capacidad introspectiva y de pensamiento crítico que facilita ser resiliente; es decir, con capacidad de afrontamiento ante las situaciones objetivamente adversas y en ocasiones desgarradoras.

Revaloricemos el respeto, la escucha, la voluntad de servicio. Al tiempo aprendamos a decir no sin sentirnos culpables y es que desear ayudar a todos resulta agotador e imposible.

En la vida hay que tener la posibilidad de optar. Por mi parte pienso que si tener una relación exige mantenerla oculta, es mejor no tenerla. Respecto a llorar hay quien opta por hacerlo en soledad y quien se alivia llorando con alguien.

Alegrémonos de aquello que le es grato al otro, celebremos lo que le beneficia y seamos conscientes de que las acciones que llevamos a cabo tienen repercusiones que van más allá de nosotros y de nuestro ámbito concreto de actuación.

Estamos asistiendo a algo verdaderamente peligroso. El fin de lo que se acostumbraba llamarse como la reputación. En todo caso reírnos de nosotros mismos, llorar porque un ser querido sufre... todo eso es —y nos hace humanos— algo que es inalcanzable para los denominados robots humanoides.

Concernidos por el prójimo, cuanta más felicidad se comparte, más nos queda.

El entorno también incide en nosotros. Hoy en un mundo en cierta medida ficticio, falso, encaja mal el dolor real.

Amemos a las personas y usemos los objetos, no al contrario. Olvidemos la falsa modestia y disfrutemos de los elogios sinceros.

Ciertamente para ser alguien hay que renunciar a ser otro. Pensemos en el otro. Hay quien decide tener hijos mientras los abuelos todavía están jóvenes. Es más, cuando alguien sufre mucho porque ha muerto un ser querido debería pensar en lo que sufriría ese ser querido en caso de que hubiera fallecido él o ella.

El prójimo, a veces próximo y tan lejano. Los pobres son quienes más necesitan el dinero y es a quienes menos se les presta.

Permítanme una pregunta en voz alta: ¿debemos hablar de nuestra felicidad a quien no es feliz? Desde luego un primer requisito para ser feliz es decidir serlo y para rejuvenecerse nada mejor que compartir unas carcajadas con buenos y añejos amigos.

El aislamiento social transmite infelicidad. Reír con asiduidad con quien convives es un lujo único. Y es que cuando se ama la felicidad de la otra persona es esencial para la propia.

Estamos tan concernidos por el prójimo que algunos sobrevivientes experimentan de forma inconsciente que han traicionado a los seres queridos que sí murieron en la tragedia. No se pueden liberar de la culpa por haberse salvado, pues sería como olvidarse de las víctimas.

Para el sobreviviente reír, mostrar alegría son gestos difíciles; los vivencian como una deslealtad salvo que los sublimen, aprendan y enseñen desde la tragedia, es el caso del doctor Gustavo Zerbino y lo que le sucedió junto a su equipo de rugby en los Andes cuando tras un accidente aéreo y para sobrevivir tuvieron que comer la carne de sus compañeros.

Al superviviente le genera una gran disonancia perdonar por ejemplo al etarra que ha asesinado con vileza a un ser querido, quizás desee hacerlo, estime justo hacerlo o más que justo generoso, pero duda, le chirría en su interior cómo lo viviría la víctima.

Los seres humanos estamos unidos por la alegría y por el dolor, admirados por la obra en común que hemos heredado y que dejaremos para las generaciones venideras.

Quizás la norma moral suprema sea luchar a favor de la humanidad y de cada ciudadano. Y desde luego dar cabida a la compasión, nacida de los derechos fundamentales del otro.

En gran medida somos los lazos que establecemos con los demás. Nuestra psicohistoria se compone de mil pequeños gestos anónimos de bondad, de amor. Dejemos hablar al corazón, pues la base de la existencia es la relación con el otro.

Hay quien en el súmmun de generosidad se entrega aun sabiendo que va a morir para que otros vivan.

Resulta esencial estar bien con uno mismo y buscar más comprender, consolar y amar que ser comprendido, consolado, amado.

Educar y educarnos en la comunidad fraterna, en el respeto al derecho del otro, en la plena conciencia del sufrimiento ajeno.

La verdad está más lejos de uno mismo, por eso hay que romper con el ego, hay que romper con los ídolos, pero en especial con el ego. Y es que cualquier criatura puede enseñarnos.

El amor, sí el amor, es el que da razón a la vida. Utilicemos la fuerza del afecto, pues según una sentencia árabe «una sola palabra amable puede calentar todo un universo».

Crecer presupone aceptar el no y recordar que los graves peligros nacen en nuestro interior.

Hemos de abrirnos al prójimo, siendo conscientes de que no podemos obligar a los demás a compartir nuestra verdad. Hemos de juzgar lo menos posible pues siempre prevalecerá la escala de valores de quienes juzgamos, por tanto, estaremos delante de una quimera. Y desde luego no mostrarnos resentidos con los demás cuando somos esclavos de nuestros actos. Precisamos sensibilidad para sentir y reconocer los pequeños y sutiles cambios en uno mismo y primordialmente en el otro.

Humberto AK'Abal dijo «Guardaré silencio para escucharte, pero no hables para callarme». Hemos aprendido que la libertad puede defenderse con las armas; la igualdad, con las leyes, y la fraternidad, con el amor de corazón.

Admiro la humildad, esa manera de ser en la que se es libre de la importancia de uno, propia de quien hace tiempo que descubrió que su verdad es parcial y está sujeta a errores.

Hay que dar el lugar que le corresponde a los demás sin perder el propio, hemos de ceder, ya que esto es prueba de fortaleza. Y es que la diferencia da lugar al pensamiento. Percibamos con sensibilidad nuestros sentires y los de los otros y los de la naturaleza.

No hemos de convertirnos en codependientes de aquellos que necesitan dar continuamente para no experimentar la culpa y es que su autoestima depende sólo de la reacción de los demás.

«¿Quiénes son los que sufren? No sé, pero son míos».

PABLO NERUDA

La conducta de ayuda tiene además consecuencias psicológicas muy positivas para la persona que la emite. Comprobamos asimismo que quienes poseen una inteligencia emocional alta son menos propensos a la realización de acciones no éticas.

Resulta ridículo mantener un enojo o rencor permanente, para evitarlo está el perdón, un sentimiento asociado a un acto que exige una actitud, un camino emprendido desde nuestro sentir.

Aborrezco a las personas rencorosas. El odio que albergan genera un amargado resentimiento que enferma el cuerpo y la mente, y que impele a acciones irracionales. El rencor muestra un carácter degenerado que acumula sentimientos tóxicos de forma innecesaria. En la clínica captamos el rencor de los hijos hacia los padres, algo que por norma general no suele aflorar, que se mantiene oculto y es que verbalizarlo provocaría un sentimiento de culpa mayor.

Palabras que sanan

A lo largo de este libro hemos incidido en que nuestra forma de hablarnos a nosotros mismos afecta tremendamente a nuestra manera de relacionarnos con el mundo.

Permítame un consejo de un psicoterapeuta: cuando nos sentamos con alguien debiéramos evitar que la preocupación se siente con nosotros. El otro ¿qué percibe?, ¿lo que decimos? o ¿lo que sentimos al decirlo? El impacto de un mensaje depende en gran medida de nuestro estado emocional.

Respecto a la conversación difícil es esencial escuchar y preguntar, ganarnos la confianza, hacer que el otro se sienta valorado, y recordemos que no todas las palabras se las lleva el viento, algunas hieren y otras sanan. Con lo que decimos no cambiamos a una persona, pero sí podemos conseguirlo con lo que ella descubra.

La verdad es que nos gustan más las personas que nos dicen lo que queremos oír, pero precisamos de aquellas que nos dicen lo que necesitamos escuchar. En ocasiones hay que alegrarse porque te escuchen, en otras porque no te escuchen.

Los pequeños actos de bien son el mimbre con el que se teje la armonía universal que contrarresta en algún momento queriendo o sin querer hagamos o nos hagan sufrir. El amor resulta ser universal y hemos de saber entregarlo y recibirlo.

Creo que la mayor desgracia del ser humano es padecer envidia. No hemos de compararnos con los otros, sino intentar ser simplemente. La verdad es que partiendo de que la vida no es justa en sí misma y que al igual que la arcilla nacemos de la misma naturaleza, en cambio nos convertimos en individuos distintos o al menos así parece.

Seres humanos capaces por el amor de hacer desaparecer el yo de manera que sólo queda el otro. Humanos a quienes nos cambia el paisaje de la vida dependiendo de si la buena nueva o la trágica noticia se la dan a otro o a uno mismo.

El ser humano no es sólo cerebro racional, sino sentimental. La capacidad intelectual es esencial, pero fluctúa según el conocimiento de los propios sentimientos, del dominio de los impulsos y de saber empatizar para conseguir relaciones sociales óptimas, es entonces cuando la eficiencia interpersonal resulta crucial.

Ordenemos nuestras emociones —en la medida de lo posible— y pongamos los sentimientos al servicio del objetivo que nos marquemos. Reconozcamos aquellos que nos pueden conducir a acciones no deseadas y perjudiciales. Interpretemos los que sean complejos y simultáneos.

Ser capaces de anticipar cómo nos sentiremos frente a un suceso puede ayudarnos a elegir decisiones acertadas en el momento oportuno. Resulta importante reconocer la conexión entre la palabra y el estado emocional, y la habilidad para identificar las transiciones de unos estados emocionales a otros sentimentales, por ejemplo, de la ira a la culpa.

En algunas ocasiones somos prisioneros de nuestras emociones y sentimientos, precisamos ecología emocional y sentimental para alcanzar una mejor adaptación al entorno. Necesitamos silencio para establecer zonas de responsabilidad y equilibrio entre el espacio individual y el colectivo.

Desde que venimos al mundo el reconocimiento del otro y la comunicación son las piedras angulares que sostienen la bóveda de toda persona. Tenemos pánico a que nos rechacen los nuestros, nuestros seres queridos, los compañeros de trabajo. Nos abruma la sola posibilidad de hacer el ridículo. Si nos sentimos traicionados nos invade el desconcierto que puede dar paso al resentimiento.

Se puede caer en relaciones adictivas, ya sean de carácter romántico o disfuncionales, que impidan establecer una relación sana con otros y mantener la propia autonomía. La adicción a determinados sentimientos puede desembocar en conductas autodestructivas.

Por otro lado hay quien hipertrofia el sentimiento de poseedor de derechos que alberga. Los hay con un peligroso sentimiento de inferioridad, este complejo les afecta en relación con la percepción que tienen de ellos mismos frente a los demás y pueden mostrarse egoístas e incluso perversos, pues intentan siempre ser sujetos receptores sin dar nada a cambio.

La inseguridad, la baja autoestima, la excesiva necesidad de aprobación conducen a la vulnerabilidad ante el posible chantaje emocional. En cambio existe quien desde un orgullo equívoco se muestra obsesivamente controlador e invulnerable ante los demás.

Tengamos el valor de ser imperfectos, algo propio de los seres humanos, estimulemos el sentido comunicativo que poseemos, sigamos el consejo de Alfred Adler: «Ver con los ojos de otro, oír con los oídos de otro y sentir con el corazón de otro». Superemos las inclemencias existenciales junto a los demás y tratemos de buscar el bien, el beneficio de todos, y rehuyamos hacerlo contra los otros o a expensas de los otros.

Quien ha madurado emocional y sentimentalmente no permite que sus estados de ánimo fluctúen dependiendo de los demás. Es exactamente él quien decide cómo quiere sentirse y tampoco admitirá que el otro le delegue su poder, no recepcionará la responsabilidad de quien desea darle el poder de hacerlo sentir bien o mal.

No estamos solos y sin embargo se derraman muchas lágrimas de soledad. A veces sufrimos relaciones que nos dejan como si fuéramos cristales rotos y en verdad es mejor dejarlos como están que cortarnos al intentar recomponerlos.

Ahora algunas aclaraciones: ayudar a quien no lo solicita no suele servir. Amar a una persona no es suficiente para que cambie. A la sociedad le importa lo que aportes no cómo te sientes contigo mismo. No es bueno depender de nadie, hasta nuestra sombra que siempre nos acompaña nos abandona cuando nos abraza la oscuridad.

El sujeto sano está en condiciones de amar, compartir, trabajar y ser solidario. He constatado que las grandes personas tienen voluntades, las débiles tan sólo deseos.

Si queremos ahorrarnos disgustos, lo ideal es exigirnos mucho a nosotros mismos y no tanto a los demás a la vez que demostramos madurez y nos preocupamos más por los otros que por nosotros mismos.

Más ideas en cascada: lo más bello del mundo sólo puede sentirse desde el corazón. Resulta genial que alguien nos ame tal y como somos y aún es mejor que nos ame a pesar de como somos.

Parémonos a pensar, a sentir, ¿cuál es el valor que concedemos a una persona? Piensa en cómo sería la vida sin ella. No olvidemos que a la amistad, al igual que a la sopa, no hay que dejarla enfriar.

Ríe y reirán contigo, llora, llora mucho y acabarás llorando solo. Así es la vida, si bien hay quien da sentido a su existencia con el cuidado del otro. Encontraremos criaturas maravillosas que dan sin recordar y toman sin olvidar.

Mostrarnos como somos sin máscaras, sin artificios, con todas nuestras imperfecciones nos deparará admiración más allá de las manidas apariencias. La persona carismática sabe cómo es, acepta al otro y a ella misma. Fingir ser quien no somos es una mala costumbre, pues de tanto adoptar otra, entre comillas, «personalidad» se generará una mayor inseguridad, incluida la propia destrucción de la personalidad, lo que se acompañará de resentimiento y sentimiento de culpa.

La incomprensión es un sentimiento que te hace sentir mal contigo mismo y a veces también con los demás. Es una barrera que separa la individualidad de la alteridad, que interfiere en la comunicación como un muro. A veces por vanidad o pura pereza somos nosotros los que ponemos barreras.

Seamos cuidadosos con el tipo de bromas que gastamos, con los apodos que empleamos, pues pueden herir de manera profunda y duradera los sentimientos, es obvio que también y con más razón si utilizamos las nuevas tecnologías como herramientas de comunicación, pues producen un eco amplísimo. Cuidado, por tanto, cuando se chatea o se «cuelga» algo en un «muro».

Planteémonos qué sentimiento tenemos de los sentimientos y desde luego coincidamos en ser conscientes de que se puede entrar en una pasajera y pareciera que contradictoria realidad, por ejemplo, cuando yo sancionaba a mis hijos les decía «lo hago porque te quiero».

Existen unos personajes que tienen como aliada a la soberbia, son los narcisistas, se sobreestiman en demasía y llegan a creerse que el mundo gira a su alrededor, son depredadores de circunstancias, de emociones, de sentimientos, de pensamientos y de relaciones. Valoran al otro sólo desde el simple concepto de utilidad. Amar a un narcisista es un ejercicio de autoderribo, pues él sólo se ama a sí mismo, exige agradecimiento eterno, genera sentimientos de insatisfacción y de angustia.

En síntesis y para ir terminando este capítulo, debemos regalar nuestras sonrisas a todos aquellos con los que nos encontramos, apoyar y ayudar a quien lo merezca, compartir amor con quien lo valore, llorar con quien nos muestre ternura y entregar la vida a quien nos ame.

Leer el pensamiento y los sentimientos

—Tenemos que dejarlo. No me llenas ni intelectual ni sentimental ni físicamente.
—Bueno, pero ¿y en el resto?

Bananas, WOODY ALLEN, 1971

«El odio, la crueldad... eso es el infierno. A veces el infierno somos nosotros mismos».

La lengua de las mariposas, JOSÉ LUIS CUERDA, 1999

«Amor: Ficción creada por el hombre para evitar el suicidio».

Wall Street, OLIVER STONE, 1987

Leer el pensamiento y los sentimientos es un delicado arte en el que se basa la interacción social y hasta la terapia, y cuya pérdida pudiera apuntar al autismo (dicho con todo respeto).

Cada persona sabe y controla hasta cierto punto lo que siente y de esta forma en parte determina su expresión y atenúa, exagera, simula o metasimula lo que siente.

Llamamos «dominio de uno mismo» al control de la expresión de los sentimientos.

La resistencia a saber sobre los motivos de un sentimiento es inherente a los sistemas defensivos para conocerse a uno mismo. En ocasiones se emplean racionalizaciones, autojustificaciones más que para defendernos del mundo exterior, para protegernos de nosotros mismos cuando nos convertimos en algo hostil y amenazante. Pensemos en el suplicio que viven algunas personas por entender que están gordas, que tienen un físico poco agraciado o al constatar que son calvos.

Nos podemos maquillar delante de los demás y engañarlos o mentirnos a nosotros mismos a través de la mente, es decir, de lo que pensamos y de lo que sentimos.

Exploramos individuos que no toleran su identidad íntima, que conviven con absoluta animadversión hacia ellos mismos, que llegan a odiarse, que se autoagreden o que llevan su malestar hacia una violencia contra todo y contra todos.

La distorsión de la conciencia de uno mismo conlleva disociaciones significativas que cursan en estructuras caracteriales, es decir, modos de ser y de estar en la vida que bien pueden ser desde inseguros, frustrados, quejicosos, dolientes hasta conductas como la vigorexia o la anorexia.

Sören Kierkegaard apuntaba que la angustia es un sentimiento de miedo ante la posibilidad. El fin de las certidumbres.

Convivimos con presentimientos, anticipamos los sentimientos que creemos que podemos llegar a experimentar si acontece lo que tememos o deseamos que ocurra.

La conciencia del propio sentimiento depara un metasentimiento. Al evaluar los sentimientos que se experimentan como dignos o indignos se evocan autohalagos o autorreproches. La sociedad entiende y admite que cada ciudadano en su espacio íntimo piense y sienta lo que quiera, lo que le exige es que su trato con los demás se adecue a las convenciones y a las normas que nos hemos dado, que interaccione con «juego limpio».

Existe una convicción compartida por la que los sentimientos en realidad no se muestran. Ludwig Wittgenstein dijo que se puede exhibir un diente que se nos ha roto, pero no el dolor que por ello sentimos.

Más allá de la capacidad de la persona para verbalizar la cognición de sus experiencias sentimentales (denominada lexitimia), existe un halo emocional imposible de traducir en palabras, lo que capta el psicoterapeuta y sufre quien desea compartir lo que es profundamente vívido.

El espacio íntimo del otro es inobservable. Y respecto al de uno mismo cabe preguntarnos cómo saber, cómo probar que es sincero un sentimiento.

Cuando decimos lo que sentimos hablamos en realidad de lo que pensamos cuando sentimos.

Nunca sabremos todo del otro y es que aunque estúpidamente lo pretendiera no puede ser transparente ni aun traslúcido. La vida social sería imposible si cada uno dijera absolutamente todo lo que piensa y lo que siente. Es por ello que en el fondo en toda relación se divisa un punto de sospecha. Nadie olvida lo que hace un actor, representar en palabras, gestos y expresiones una emoción.

Conocerse a uno mismo es conocer el mundo, ésa es la tesis mantenida por Aristóteles y Descartes, por eso resulta esencial la memoria evocativa que permite rescatar los recuerdos de aquellos acontecimientos vividos personalmente.

Perplejidad y tristeza son los sentimientos que nos acompañan al ponernos delante de un paciente que ha sido diagnosticado de alexitimia y que padece por tanto un trastorno a causa del cual es incapaz de reconocer sus emociones y de describir sus sentimientos.

Nos topamos con bastantes personas esclavas de su analfabetismo sentimental que lastran sus vidas por completo. Por el contrario disfrutamos del aroma sutil que emanan los sentidos versos que los poetas nos han regalado. Bueno es escribir, reflejar por escrito sentimientos, emociones, dudas, conflictos y esperanzas.

El secreto de nuestra existencia está en la gratitud, en la memoria del corazón, en sentirnos una unidad con toda la creación, en apreciar lo que nos facilita la vida el esfuerzo de los demás. Nos enseñaron que aunque la caída de la manzana dependa de la gravedad, su maduración es hija del agua, de la luz del sol y de una tierra fértil.

De manera sorprendente nos encontramos con quienes quieren cambiar a los demás en lugar de mejorarse a ellos mismos y aceptar lo que les acontece sin resignación, derrotismo o determinismo.

Resulta esencial mantener una buena relación con las personas que nos incluya también a nosotros mismos y alcanzar la autonomía psicológica personal de manera que no estemos sometidos a los avatares cotidianos y que podamos ocuparnos de cuestiones quizás más abstractas pero esenciales, como cuál es el legado que pretendemos dejar al mundo.

La tan manida inteligencia emocional exige lenguaje, expresión de los sentimientos y empatía para tratar de buscar que el otro sienta que tú también sientes lo que él mismo siente.

Para saber si una persona posee inteligencia emocional no hay más que constatar la opinión de las distintas personas que la han tratado durante bastante tiempo en las diferentes facetas de su vida. El perfil del emocionalmente inteligente es el de una persona alegre, abierta, afable, equilibrada, responsable, afectuosa, optimista, expresiva y con gusto por compartir.

Cabalgamos entre la afirmación del yo, del nosotros y del tú. Somos muy susceptibles a las emociones ajenas, a las intenciones que encubre el otro y esto se explica desde la evolución del ser humano, desde la conservación de la especie.

Quizás resulte simplificador, pero igual que la humanidad se podría dividir en quienes poseen una vivencia positiva de las intenciones ajenas y los que la tienen negativa, hay quienes viven para sí y quienes derraman su existencia para el otro.

La imagen que de nosotros tenemos es en gran medida reflejo de lo que los demás pareciera piensan de nosotros o más exactamente de lo que nosotros creemos que los otros piensan o pudieran pensar de nosotros.

Vivimos angustiados porque quisiéramos sobrevolar nuestros sentimientos, pero no es posible pues son parte de nuestro ser. Sí, nos gustaría vivir sin miedo, sin ansiedad, sin angustia, pero eso rebasaría nuestra propia naturaleza.

Defiendo desde hace años y con ahínco que el lenguaje que utilizamos crea nuestra realidad.

También sostengo que las personas introspectivas más desorientadas son las emocionalmente menos inteligentes.

Debemos cultivar el equilibrio emocional y rebajar la ingenua admiración por uno mismo.

Hoy existe el culto a la autoestima excesiva que alienta expectativas desproporcionadas y conduce al inevitable desengaño.

Mejor nos irá si seguimos los consejos de Daniel Goleman y aumentamos la capacidad para automotivarnos, adquirimos conciencia de nuestras emociones y capacidad de controlarlas aprendemos a reconocer las emociones ajenas y fomentamos la habilidad relacional.

En conclusión, controlar los sentimientos y ponerse en el lugar del otro.

La escucha en las relaciones interpersonales

¡Cuán pobres son aquellos que no tienen paciencia! ¿Hay herida que sane de otra manera que no sea poco a poco?

Otelo, WILLIAM SHAKESPEARE

«Casi nunca un físico que te apasiona tiene un interior que te enamora, casi nunca».

MITSUBISHI

«Autoemoción».

SEAT

«La respiración se intensifica, el corazón se acelera y tu adrenalina se dispara. Hay sensaciones que si no las has experimentado antes son difíciles de imaginar. Como conducir el nuevo SLK, un apasionante deportivo capaz de transportarte a un mundo lleno de nuevas emociones».

MERCEDES

«El nuevo C4 es matemáticamente irreprochable y lógicamente irresistible. Pero la elección de un coche nunca es totalmente la elección de la razón. Y en este caso la decisión toca directamente tus emociones».

CITROËN

Hay quien sólo se escucha a sí mismo. Los hay que se escuchan y no se entienden. Haberlos los hay que escuchan sacrificándose. Hay quien por estar callado pareciera equivocadamente que escucha.

Créanme el acto de escuchar resulta ser un arte más difícil que el de hablar.

Porque escuchar —no confundir con oír— supone acallar el diálogo interior, una cháchara continua.

Y es que el diálogo interior puede ser rico, tierno, nostálgico, creativo, futurible o simplemente obsesivo, rumiante, cortocircuitado, agobiante.

Escuchar supone una actitud, una disposición generosa de ofrecer nuestro tiempo, de ponernos a la expectativa, de interaccionar, de dejarnos invadir. Y no es fácil.

Cuando se lee se escucha —a veces—. En otros momentos decimos que la imaginación vuela, no somos conscientes del contenido de las páginas leídas, nos sucede como al volante del automóvil, cuando ocasionalmente avanzamos kilómetros sin ser conscientes más tarde de por dónde hemos pasado.

Y qué decir cuando se escucha a un político sin mensaje o a un conferenciante pesado, tedioso, aburrido.

Oímos mucho, muchísimo. Escuchamos poco, poquísimo, porque por lo general estamos anticipando nuestras respuestas y así la conversación se convierte en un monólogo discontinuo, en un soliloquio interruptus.

Escuchar supone prestar atención, interesarse por lo dicho y por quien lo dice. Hacer en parte nuestro su discurso.

Pero los humanos tendemos a creer que es más importante lo que hemos de decir que lo que escuchamos.

Los taxistas dicen que escuchan mucho, pero en general en ese «seno materno» que es el automóvil, en cuanto dan con un solo pasajero lo asetean con sus creencias y posicionamientos no siempre equilibrados.

Y es que escuchar supone que como en un partido de tenis la pelota pase una y otra vez de un campo a otro. Lo contrario es que te vomiten una verborrea incontenida.

Como psicólogo clínico he aprendido a escuchar, casi siempre dificultades, desdichas, problemas. Como psicólogo forense he realizado múltiples entrevistas con el objetivo de conocer el «yo» profundo del interlocutor, sus subjetividades, su posicionamiento, sus vivencias.

Ostento cargos institucionales, soy profesor universitario, paso muchas horas reunido hablando, escuchando y ocasionalmente bostezando. Y eso que le pongo pasión.

Soy un enamorado de las reuniones de la comunidad de vecinos. Me encanta asistir a ellas para observar no sólo lo que se dice, sino cómo se dice, cuál es la comunicación no verbal, la gestual. Y las interacciones entre los diferentes actores.

Mi presencia en los foros judiciales, en los medios de comunicación me ha enseñado a manejar los distintos tiempos, a buscar que el mensaje sea «proteínico», a centrar la atención.

Como primer defensor del menor escuché mucho, muchísimo, personal y telefónicamente, respondí correos y cartas. También lo hago ahora desde el programa recURRA para dar respuesta a padres e hijos en conflicto.

Todo este bagaje y el que es propio de cualquier ciudadano en su interacción con la pareja, los padres, los hijos, los amigos, los compañeros, los convecinos, los conciudadanos me permite poner a su consideración algunos pensamientos. ¡Por favor, escúcheme! O sea, interaccione, deje penetrar lo que le digo más allá de las orejas, de los oídos, de los sentidos, interaccione, contradiga, apoye, elabore, aprenda, desestime, ríase, enfádese. Es el juego de la escucha.

La escucha no puede ser displicente, lejana, huidiza, inaprensible. Me viene a la cabeza la película de Woody Allen en la que el terapeuta dormita mientras el paciente habla y habla, el terapeuta está como le sucede a diario en el día de la marmota.

Permítanme decirles que poca gente sabe hablar correctamente, decir cosas interesantes, en el tono apropiado, con el ritmo correcto, con los descansos necesarios, con el hilo argumental elaborado. Únase la pobreza en el vocabulario y entenderemos el grave problema comunicacional.

La mayoría de la gente dice no sentirse comprendida ni entendida. Una cosa es entender una ley física o un discurso filosófico complejo y farragoso, y otra comprender lo que al otro le importa, sus emociones, sus sentimientos.

Miren, escuchar es complejo porque uno se encuentra en un estado afectivo y lo que le acontece al otro nos resulta disruptivo; a veces lo recibimos como un bálsamo; otras, como una agresión; las más, con indiferencia.

Pero los humanos siempre necesitados y siempre altruistas interaccionamos, nos escuchamos y hacemos como que lo hacemos. Somos sociales, somos seres con lenguaje, con sentimientos de angustia, con intuición de trascendencia.

Escuchamos con atención al ser querido que sufre, a quien sabemos que va a morir. Pero también escuchamos al veterinario que habla del trastorno de nuestra mascota y escuchamos lo que nos interesa, ya sea al notario en una herencia, a quien retransmite un partido de máxima rivalidad en el que juegan los que visten nuestros colores —aunque los que van de corto sean cada año distintos—. En fin, escuchamos lo que nos importa y de quien nos importa.

Somos como ese producto —tres en uno— que piensa a veces, que intuye —y utiliza para ello el inconsciente—, que reacciona de forma instantánea —y recuerda así nuestro origen animal.

Bien, pues en este repaso a cómo somos —más o menos parecidos; algunos más iguales que otros— nos encontramos con quienes de tan poco escuchar llega un día que no se reconocen ni en sus reacciones ni en su forma de procesar.

Vemos en quienes sienten envidia algo bien distinto a lo que se puede apreciar en el tipo de envidiosos que manifiesta su solidaridad con el derrotado, pero tarda en felicitar a quien triunfa.

Escuchen a algunos progenitores y se encontrarán con padres narcisistas que son incapaces de querer a alguien que no sea su propio reflejo.

Reitero mi creencia de que siempre que nos sacrificamos por alguien no damos nada, sólo ayudamos por la autoimagen. Ayudar a los demás debe ser por ellos mismos. Ayudar es quererles.

Escuchemos y nos encontraremos con quien está triste pero como forma de no deprimirse. Viajo mucho a la bella Portugal donde sus gentes se afectan de *saudade*, de ese tiempo que no vuelve hacia atrás, de esa esperanza que empalidece.

Escuchemos y nos toparemos con quien vive en la indolencia, en una somnolencia de tarde de domingo, en una pereza incapaz de abrirse a ese rayo de sol que te acaricia cuando estás en el agua fría, que es la pasión, el enamoramiento, ese no saber si te quiero más a ti o a mí.

Las personas mayoritariamente buscamos la felicidad, el bien-estar que se alcanzan con optimismo, sentido de la vida vivida, motivación, vocación, extraversión, relaciones sociales favorables y positivas, percepción de que se controla la existencia, correcta autoestima, capacidad para relativizar, para diferir, para aceptar frustraciones, generosidad y sentido del humor.

Pues bien, escuchemos a quienes nos transmiten su sentimiento de impotencia y al que nos comunica su plenitud por haber hecho lo que había que hacer.

Escuchemos a quien comparte su desolación, expresemos nuestra compasión a quien nos transmite su sentimiento de pérdida.

Escuchar es comprender que todavía nos podemos y nos pueden sorprender, de que podremos sentir lo no sentido.

La relación con el otro presupone agradecer que se nos permita interactuar, de haber sido elegido y facilita el sentimiento de integración.

Cuando escuchamos podemos percibir la universalidad, pero también el sentimiento de fatalidad y aun de autodestrucción.

Nosotros mismos pasamos del sentimiento de potencia, de crecimiento, al de incomprensión e inadecuación.

Compartimos el sentimiento de que no es buen momento para morirse, que sería una pena. Aunque descubrimos a quien está cansado de vivir porque tal vez ha enterrado a demasiados seres queridos, a veces incluso a sus hijos.

Sí, compartimos el sentimiento de que el tiempo es muy relativo, que no coinciden el cronológico con el psicológico.

Coincidimos, creo, en el sentimiento de admiración, de asombro, de perplejidad ante los inventos y las soluciones que otros congéneres aportan. También en el sentimiento de desvalimiento, de duda... Recordemos ese fin de semana en el que uno está solo y además de no recibir ninguna llamada no sabe a quién llamar.

Aunque en el fondo creamos lo contrario, las personas somos parecidas, la gente vive situaciones similares y eso debería de facilitarnos la comprensión del otro, sus planteamientos, su sentir. Pero insisto en que estamos tan centrados en nosotros mismos, que nos es difícil percibir al otro, ser permeables a su acontecer.

Todos los ciudadanos sentimos disociación cuando chocan intereses, deseos contrapuestos y también experimentamos momentos agradables de lucidez cuando percibimos que vamos transitando por el proyecto de vida más o menos diseñado, que no estamos desorientados, ni desarbolados ni «al pairo».

Escuchar puede y debe hacerse piel con piel con quien está afectado por una demencia senil, por un alzhéimer, porque más allá de la memoria, del recuerdo, de la confusión, de la repetición compulsiva, agotadora, fastidiante, existe la capacidad de saber que estás ahí. Quizás no te reconoce, pero te siente.

El lenguaje universal de la emoción, del vínculo, nos reúne en cualquier lugar del globo. La conciencia de finitud genera en el ser humano su sentido dramático de la vida, con esa tragedia transitamos la existencia, pero también esta consciencia nos permite ser conocedores de la alegría y compartirla. Al fin podemos sentir la propia eficacia, lo cual genera profunda felicidad.

Cuando pienso en el tema de la escucha, recuerdo un proverbio árabe que dice: «Cuando vayas a pescar pon en el anzuelo lo que quiere el pez, no lo que quieres tú». Y es que si dejas hablar a una persona de ella misma, su monólogo no tendrá fin. Es más, si quieres congratularte con alguien, háblale bien de él, hazlo sin restricción.

En estos tiempos donde se confunde información con conocimiento, divulgación con vulgaridad, interés y sana curiosidad con curioseo de corrala, bueno será recordar que saber argumentar es un don, que poseer capacidad de persuasión es un tesoro, que tener el talento para hacer llegar a los otros un mensaje que reúne palabra y emoción es un valor que debe adornarse de otros, entre los que tiene cabida el ser original, pero no el buscar serlo.

Haremos bien en pensar lo que decimos, en no resultar presumidos, en reírnos de nosotros mismos como prueba de que entendemos lo esencial, de que tenemos capacidad para relativizar. Además la risa es buena compañera para múltiples situaciones, hace más fácil nuestra relación con los demás y por si fuera poco aumenta nuestras inmunoglobulinas, de manera que potencia el sistema inmunitario.

Cierto es que posiblemente no hablaríamos tanto si percibiéramos lo poco que de verdadera escucha dedicamos a quienes nos hablan.

Pero dicho lo anterior no participemos de la enfermedad de la convivencia, de la incomunicación, de ese sentir el dolor de la soledad en silencio.

Encontramos en la clínica personas alexitímicas a las que les cuesta mucho expresar sus emociones, hablar de sus sentimientos. Al aislarse, al no compartir sus afectos, lo que inicialmente es un trastorno de la comunicación se convierte en un problema relacional cuando no en una fuente de rasgos psicopatológicos que cursan con enfermedades psicosomáticas.

Vivir, más allá de sobrevivir, es interaccionar, comprometerse, comunicarse, compartir las preocupaciones, lo que nos permite verlas con otra distancia, más óptimas, más abordables y ayudar, apoyar a quienes tienen problemas y permitir resolverlos o aceptarlos.

Por lo general nos resulta más fácil dar consejos a los demás para resolver sus problemas que afrontar los nuestros. En todo caso sentimos mayor satisfacción cuando somos generosos que cuando recibimos favores. Hay un bello proverbio chino que nos dice: «Siempre queda un poco de fragancia en la mano que te da rosas».

Convendrán conmigo en que es un error tratar a algunas personas como son, que haremos mejor si nos exigimos y les exigimos para alcanzar hasta donde se pueda. Malo es también la adulación, una alabanza que se suele sostener en falsas cualidades de las que se adolecen.

Atención con el quejicoso, el victimista, el hipocondríaco y otros tantos que desean recetas pero para no pasar a la acción.

A otros habrá que decirles que la vida no es triste, que quienes son tristes son ellos. Y que como nos cantó Joaquín Sabina «no hay nostalgia peor que añorar lo que nunca jamás sucedió».

Nos encontraremos con quienes no tienen opinión propia y se pasan el día contradiciendo la de los otros, únase a este grupo los que satisfacen su ego y corrigen los que entienden como errores de los demás.

Hay quien confunde disfrutar de una firme autoestima, ser asertivo, expresar opiniones con convicción con ser profundamente narcisista y relacionarse de forma arisca, prepotente e incluso agresiva. Los hay que abusando de sus títulos, cargos o situación se manifiestan de forma prepotente y dejan al trasluz su complejo de inferioridad, su necesidad de estimación.

Bien es cierto que todas las personas necesitamos comprensión, tememos la crítica, pero principalmente nos preocupa sentirnos rechazados o humillados.

Desde el hemisferio izquierdo ponemos en marcha nuestra capacidad de habla hacia y con los demás, pero también facilitamos la charla entre nuestro cerebro y nuestra mente.

Seres sociales, espirituales, simbólicos, con lenguaje y una insatisfacción insaciable, dotados de un carácter individual irrepetible que hace que nos metamos en problemas con facilidad sobre todo si tenemos en cuenta que es nuestro orgullo el que los fomenta.

Estamos repletos de afectos, dotados de pasión que nos incita al amor y a la cólera, a la compasión y a la venganza. Contradictorios, así somos.

Sentimos confusión, gratitud, desesperanza, añoranza, malestar, gozo, agobio. Sentimientos humanos como el de armonía, el de equilibrio con la tierra.

A veces nos invade la pena y pareciera que el tiempo se eterniza.

Somos conscientes de que a lo largo de una conversación cambian nuestros sentimientos, sin confundirse con la habilidad propia de algunos enfermos cerebrales.

Lo difícil no es decir lo que uno sabe o lo mucho que ignora, la dificultad está en expresar lo que uno siente o lo que uno quiere transmitir que siente, pero que no experimenta.

Realmente es cierto que no se nos educa para expresar lo que sentimos. Nos faltan vocablos que maticen, que acentúen.

De todos los sentimientos el más charlatán es el que se refiere al amor. Hablamos y hablamos de amor como desprendimiento, como conquista, como presente, como esperanza, como lo que debió haber sido.

Me encanta la frase de Phil Bosmans: «El tiempo no es una autopista entre la cuna y la tumba, sino un espacio para crecer bajo el sol».

Pena dan quienes despilfarran la materia de la vida sin buena disposición hacia ellos mismos y con mala vivencia en relación con las intenciones ajenas. O quienes ya de antemano están preparados ante posibles enemigos sin constatar que es esa actitud la que los corroe por dentro.

Sigamos escuchando e intentemos dar respuestas a quienes lo precisan, a los que no se ubican, a los que padecen problemas de identidad, a las personalidades fragmentadas.

Es buena la máxima que nos legó Henry Ford: «Tanto si piensas que puedes como si piensas que no puedes estarás en lo cierto».

Al fin la suerte está del lado de los perseverantes. Y bien haremos en no decir todo lo que sabemos. Saber callar es una virtud. Qué ridículo resulta contar un secreto y exigir silenciarlo.

Hablando de voces, de silencios, de resonancias, podría parecer que la vida es como un eco que nos devuelve lo que emitimos. En ese sentido la urbanidad, las buenas formas, la cortesía son como el cero en matemáticas, que no es nada en sí mismo, pero le añade mucho valor a cualquier otra cifra.

Resulta esencial saber transmitir a los otros nuestras creencias, pensamientos e ideas y hacerlo sin estridencias, con corrección, no sólo en el tono de la voz, sino manejando los silencios y cuidando con esmero el lenguaje no verbal, desde los gestos y las miradas hasta la proximidad física. Envolvamos un contenido interesante con unas formas gratas.

Vivimos en una sociedad de comunicación sin fronteras donde el lenguaje universal no es ni el inglés ni el chino ni el español; el lenguaje global se llama publicidad. Una comunicación a medida, donde no se cuenta, se crea.

Vemos que sin medios de comunicación no hay noticia. Comprobamos que no hay nada más obsoleto que un periódico de ayer. Constatamos que hay quien piensa sólo en titulares.

Ayer, como hoy, como mañana existirá quien, como nos señaló Gustave Flaubert, desee tocar a sus ídolos y se quedará con el dorado en las manos.

Y es que mientras el potencial intelectual es limitado la tontería no conoce límites.

Ser humano cual profundo océano del que no atisbamos más allá de la espuma que acaricia la playa.

Ser humano que no sé definir, que se dota de vulnerabilidad, de plenitud, de impotencia, de amor y de dolor profundo.

Somos ecos del pasado y futuro siempre incierto. Podemos conjugar sentimiento de dependencia (de alguien) y sentimiento de débito (de alguien que se siente amigo y uno entiende que no le corresponde).

A veces pareciera que la vida no es real, despersonalización, no estar viviendo la vida, vivir en un cuerpo pero que pareciera ajeno a uno mismo.

Puntualmente nos sentimos casi nada y ocasionalmente casi un Dios.

Concluyo este pasaje sobre escucha interpersonal con un apunte para mis tan queridos como conocidos, los adolescentes. Sí, es difícil entender a un adolescente y es que sienten mucho y comunican poco, gruñen mucho y verbalizan poco, culpan a todos al sentirse desatendidos, apenas escuchados, pero ellos tampoco se entienden. En todo caso merece la pena escucharlos.

Merece la pena escuchar.

Hablándonos

Estamos hechos de sentimientos.

No hay yo sin tú.

El dolor, el fracaso son necesarios para conocerse, pero el sufrimiento nos ha de enseñar, liberar y empujarnos a compartir.

Los sentimientos suceden en la intimidad y es que no dependen tanto de lo que acontece en la realidad, sino de lo que nuestro cerebro y nuestra mente creen que pasa. Con finura Damásio nos ha indicado que las emociones se representan en el teatro del cuerpo y los sentimientos en el teatro de la mente.

Verbalizar un sentimiento nos genera un vacío. Es como el intento siempre fallido de describir una obra de arte, pero el vehículo de la palabra es esencial para narrar los sentimientos, las emociones, pues de otra forma se puede recurrir al gesto, a la conducta violenta. Sin el matiz ni la textura de la palabra se utiliza la cabeza para embestir.

Nuestras conversaciones ya sean con otras personas o con nosotros mismos giran en general sobre las personas y situaciones en tanto en cuanto nos hacen sentir. De lo que adolecemos en ocasiones es de las suficientes destrezas para manejar las emociones.

Y dado que los sentimientos son cognoscibles, se produce la paradoja del llamado metasentimiento, un sentimiento superpuesto al sentimiento real, pongamos un ejemplo, el envidioso odia al envidiado, pero al mismo tiempo se repudia a sí mismo porque le gustaría no sentir eso hacia el otro porque es en el fondo consciente de que si confiara en su valía de verdad, no envidiaría al otro. El envidioso se corroe, se reconcome, se autodestruye en su mensaje obsesivo.

Dentro de estas conversaciones con el propio yo encontraremos seres despreciables, resentidos, que se alegran del mal ajeno. Otros serán unos ególatras con un amor desbordado hacia ellos mismos, narcisistas, presumidos o vanidosos.

La inmensa mayoría de las personas escucha la denominada voz de la conciencia y acepta la autoacusación y genera remordimientos, arrepentimiento, buscando repasar en lo posible la errónea conducta previa. Asimismo cabe incentivar el perdón, no respondiendo con reciprocidad ante un agravio, liquidando cualquier resentimiento.

Somos conscientes de que a veces nuestro interés se centra en el propio sentir, gustamos de las palpitaciones afectivas. Somos nosotros mismos quienes al traducir y contarnos nuestro discurrir vital determinamos nuestros sentimientos.

Recordemos por tanto que los sentimientos están ligados a la capacidad de evaluar, de reflexionar. Que la mente está provista de elasticidad y que es necesario adiestrarnos para disfrutar de un estado mental equilibrado que actúe como un buen sistema inmunológico.

No nos dejemos engañar por nuestros sentimientos, pues sucederá como en la metáfora del agua vertida en agua que luego resulta imposible de separar.

Constatemos la interacción permanente entre lo que sentimos, lo que pensamos y lo que hacemos. No seamos permanentemente prófugos de nosotros mismos. Aprendamos a discutirnos los pensamientos negativos y a rebatírnoslos.

Interioricemos que el «yo» es profundamente injusto, dado que se considera a sí mismo el centro de todo, piensa y siente que los demás deben girar alrededor de él y es preocupante para los otros desde el instante en que desea sojuzgarlos.

No confundamos el sentimiento con la razón, no equipararemos la emoción con los hechos, pues llegaremos al grave error de convertir el sentimiento en criterio de verdad.

Bien haremos en pensar qué siento y en sentir qué pienso. Intentemos visualizar, percibir de forma completa, autoobservarnos de forma inteligente y diseñemos un espacio para dudar, para ser ingeniosos, para tener buen humor, para disfrutar del pensamiento flexible, para incluir en nuestro universo las creencias y los posicionamientos de los demás. Nuestra salud mental lo agradecerá.

El autoconocimiento exige humildad, ahuyentar la soberbia, precisa capacidad para dotar de optimismo, buen humor y esperanza en las distintas situaciones. Ser pesimista es ser desgraciado.

Y es que una cosa es aceptar y afrontar el dolor y el sufrimiento como consustancial a la naturaleza humana y otra hacer de ello una apología masoquista.

Apreciamos en la clínica personas inflexibles, llenas de prejuicios que las intoxican. Otras que buscan desasosegadamente la certeza, que reducen todo a blanco o a negro y que no se permiten la riqueza de los grises. Las hay siempre en busca de la inalcanzable perfección, de la excelencia, y esto les genera sólo ansiedad y frustración. También existen las autocontroladas en exceso, miedosas de que se conozca su verdadero yo, buscan maniatar todas las emociones, domeñar los sentimientos.

Con todo lo expuesto con anterioridad propugnamos enseñar a los individuos a manejarse en la complejidad, la ambigüedad, la paradoja. Educar para el cambio, para repensar críticamente la realidad, imaginar nuevas alternativas, idear proyectos novedosos.

Precisamos y requerimos más conocimiento, adquirir información de las redes, practicar la flexibilidad en el trabajo y en la vida cotidiana. Pero junto a ello habremos de incentivar el acudir a las fuentes del conocimiento, profundizar en las etimologías, con la intención de enriquecer el lenguaje.

Me preocupa sobremanera que el raciocinio se empobrezca víctima de un raquítico lenguaje —hay jóvenes que se manejan con quinientos términos—, únanle la escasez de lectura provechosa diversificada y encontraremos un bagaje cultural paupérrimo. Todo esto nos incapacita para resolver problemas a través del diálogo con interlocutor o con uno mismo. La creación se resiente, las ideas se agostan.

Cabría —si se me permite— dividir la sociedad en dos grupos: los que leen y los que no.

La conversación personal es esencial. Por eso es ineludible que los tutores de los niños les enseñen a explicar cómo se encuentran y que aborden los problemas y busquen soluciones dentro de su ámbito de influencia. Encontramos a muchos adultos que no disponen de vocabulario emocional, que son incapaces de poner en palabras su percepción sobre ellos mismos. Hay otros que no diagnostican bien lo que les sucede. Ya decía el filósofo Tales de Mileto que lo más difícil en este mundo es seguir la orientación que preside el templo de Delfos: *Gnosei seauton*, «conócete a ti mismo».

Quizás, pero sólo quizás, somos en algo como nos percibimos —salvo fallas perceptivas graves—. Nuestra imagen depende en gran medida de lo que pensamos que los demás piensan de nosotros. Pudiera ser que de acuerdo a nuestra forma de pensar sea nuestra manera de sentir, un estado afectivo más duradero que la emoción.

Lo que el psicólogo ruso Lev Vygotsky denominó lenguaje interior, es decir, el pensamiento es algo más que hablar solos, es hablar con uno mismo, es hacerse planteamientos, resolver problemas, optar, fortalecer la memoria emocional, la resolución o la voluntad.

Buscar comprendernos sin caer en el ensimismamiento, sin engañarnos, sin usar subterfugios. Sentirnos nos aleja de la soledad, al menos nos queda conversar con nosotros mismos conocedores de nuestros deseos y limitaciones.

La voz interior

Sé que llego a tiempo para salvar la vida de estos veinte acusados. Pero no he venido para eso. Son asesinos, aunque ahora la ley dirá que no lo son, porque yo, su víctima, estoy vivo. Pero aunque esté vivo, ellos me asesinaron. Mataron algo dentro de mí aquella noche. Ya sé que la ley no entiende de esto, pero ellos asesinaron en mí la idea de que el hombre es un ser civilizado y asesinaron en mí el orgullo de ser de este país. ¡No les perdono y no he venido aquí a salvar sus vidas, sino la mía! Si esos asesinos fueran ejecutados, tendría que seguir ocultándome, tendría que estar solo el resto de mi vida. Y yo no quiero seguir solo, porque entonces ellos se habrían salido con la suya.

Furia, Fritz Lang, 1936

«¡Asesinar es una emoción fuerte! ¡Más fuerte que amar!».

Secreto tras la puerta, FRITZ LANG, 1948

Al ahogarla con la cháchara mental y racional se anulan los sentimientos sutiles y se tapa la luz guía del corazón.

Si queremos reinventarnos hemos de empezar por nosotros mismos.

Pienso que reírse de uno mismo es prueba de buen humor y bromear de manera sana es una virtud social. En este sentido: ¿estamos seguros de que existimos?

Y cuando hablo de sentido del humor me refiero a reír y hacer reír, a ver el lado cómico de la vida. No conozco a nadie inteligente sin sentido del humor, también conozco a quien tiene humor pero sin inteligencia, es un humor sin sentido, es más, dudo de que sea humor.

El humor bien gestionado puede ser subversivo y terapéutico. Fíjese en que hay quien certifica que tiene un «yo» estructurado a la perfección y no se percata del magnífico chiste que acaba de regalar al mundo.

Es dentro de uno donde podremos encontrar la felicidad, sin por ello soslayar los arrabales que desgarran el alma. Escuchemos nuestro latir, como expresión de vida y no confundamos las ilusiones con espejismos.

Desarrollemos la capacidad de formularnos preguntas y soñar respuestas. Dotemos a nuestra vida de oportunidades, sorpresas, cambios. Dejemos que el misterio, el inconsciente sean parte de nuestra existencia. Aprendamos a meditar, establezcamos vínculos vitales con el infinito. Intentemos vivir con nosotros mismos y abracemos la armonía.

Busquemos ser libres por completo o ser capaces de darnos a los demás.

Estimulamos las mismas zonas del cerebro cuando hacemos algo que cuando pensamos en ello.

En este libro que busca ser una rosa de los vientos recordemos verdades sencillas: nuestro espíritu nos libera o encadena y es que cuanto más observamos la concatenación de emociones y comprendemos los sentimientos más nos dominamos y aprendemos a dejar fluir estados sentimentales como el agua entre los dedos.

Somos acción y reacción como parte integrante de la naturaleza, es por eso que la fuente de los derechos se encuentra en el deber.

La vida exige atención plena e invencible voluntad y buscamos ser en la medida de lo posible dueños de nuestro destino. Llenar la existencia de sentido y de pasión. Proponérselo, pelearlo hace que todo alrededor gire a su favor.

En la medida de lo posible generemos nuestras propias circunstancias. Entre el pasado y el futuro estamos nosotros con nuestra capacidad para elegir, reflexionemos sobre nuestra trayectoria vital y constatemos que no existen los sentimientos gemelos, por lo que no sentiremos dos veces de la misma forma.

Ojalá que al final de la vida podamos constatar que hemos vivido, para ello ponderemos la importancia de la razón y del sentimiento. Parémonos a pensar lo que supondría no hacer cambios y pongámonos en marcha al emprenderlos. Sintamos que somos competentes para vivir.

Hemos de basar nuestra autoconfianza en la vinculación, el compromiso, el sentirnos con capacidades, el percibirnos únicos, el constatar que aportamos a los otros.

La autoestima, en un grado suficiente pero siempre sensible a la autocrítica, nos facilitará la expresión de emociones, el comportamiento independiente, el afrontamiento de retos, la aceptación de fracasos, la toma de responsabilidades y el orgullo por los logros alcanzados.

Adaptémonos a las contingencias de la vida desde la habilidad para entender los sentimientos y emociones, a la vez que usamos esa información para guiar el pensamiento y las acciones.

Inmunes al desaliento apoyémonos en la determinación y la motivación. Malo es creer que no podemos, pero peor es sentir que no podemos y es que los sentimientos afectan al inconsciente.

Hemos de mirarnos más hacia nuestros adentros, sin dedicar tanta atención al voyeurismo social retransmitido por televisiones, revistas, etcétera. No esperemos que las soluciones vengan del exterior.

En un próximo libro nos centraremos en la salud psíquica, vaya por delante que los sentimientos, ya sean reconocidos, rechazados o ignorados son una red neurálgica para procesar la información proveniente del exterior.

Para predecir el éxito en las múltiples dimensiones de la vida precisamos conocer el grado de inteligencia sentimental. Véase que estamos más influidos por las emociones que por la razón entendida en sentido abstracto. Esta inteligencia se caracteriza por percibir el paso a los sentimientos, de los pensamientos y viceversa, y ser dueño de ambos.

Sólo quien sabe qué siente y por qué lo siente puede manejar sus emociones. Alcanzar un correcto nivel de adaptación emocional exige autodisciplina y competencias como la flexibilidad, el control de afrontamiento ante situaciones de estrés, la automatización, la postergación de la gratificación, el control de los impulsos.

La autorregulación emocional integra sentimiento y razón, se vuelca en la empatía, optimiza los potenciales cognitivos. Mejorar el manejo del enojo, la ansiedad, etcétera, exige darse cuenta de lo que hay detrás de todo sentimiento.

Si integramos sentimiento y razón podremos anticipar los estados emocionales antes de ejecutar conductas, elegir pensamientos alternativos que se pueden adaptar. La autoobservación sentimental nos facilitará identificar las señales emocionales de los otros.

Precisamos silencio y reflexión para reposar las emociones, para que no se desborden y se conviertan en sentimientos de odio y resentimiento o en angustias que se transforman en depresión. Expresemos de forma controlada nuestras emociones, potenciemos los pensamientos positivos, aprendamos a perdonar y practiquémoslo. Enriquezcamos nuestra capacidad para definir emociones y sentimientos.

El desahogo emocional o catarsis sirve para ganar en sosiego, hablar de lo que nos produce ansiedad o angustia nos libera de tensión. Al igual que perdonar significa que lo que nos dañó en el pasado no arruinará el presente, ni el futuro, expresar nuestros miedos nos devuelve en gran medida una mayor paz interior y nos facilita el poder afrontarlos. No podemos rebozarnos en silencio, en sentimientos de culpabilidad.

Alcanzar la afectividad positiva es sentirse generalmente de maravilla.

Hay que aprender a convivir con la incertidumbre. A despedirse en la ruptura, a reinventarse cuando el proyecto se trunca. Ampliemos nuestro mapa mental y desde luego cuando se encuentre dentro de un agujero deje de cavar. Abandonemos toda esperanza de un pasado mejor y dejemos de llamar razonamientos a las argumentaciones para ratificarnos en lo que ya creemos.

Seamos creativos, utilicemos el pensamiento divergente, lleguemos a la solución de los problemas desde otros posicionamientos, desde la capacidad de generar ideas propias. Por cierto, que con buen humor se resuelven mejor los problemas que requieren percepción.

Dado que no es fácil esconderse de la voz interior, de la mala conciencia, practiquemos el arrepentimiento. La vida cambia cuando uno cambia.

«El descubrimiento más grande de mi generación es que los seres humanos pueden cambiar sus vidas modificando sus actitudes mentales».

WILLIAM JAMES

Qué bueno es decir lo que sentimos y sentir lo que decimos, hacer concordar las palabras con la vida. Permítame reincidir en que las personas no nos quieren por cómo somos y qué somos, sino por cómo les hacemos sentir y en que tenemos la obligación ética de prevenir la incomprensión como axioma, el cáncer relacional. Insisto en enseñar desde niños el juego de que el que no sabe lo que siente el otro pierde.

No caigamos en la empobrecedora rutina, no nos dejemos conducir sólo por el pensamiento racional, pues nos llevará a revivir situaciones pasadas o futuras, se regodeará en aquello de lo que carecemos o en lo que hemos perdido. Sólo el sentir nos lleva a vivir lo que somos y lo que tenemos.

Seamos siempre conscientes de que nadie en este mundo ha venido a cumplir ni nuestras necesidades ni expectativas ni exigencias. Y de que tampoco vemos el mundo tal y como es, sino tal como estamos con nosotros mismos.

Hemos de esforzarnos por comprender al otro, por aceptarlo, sin enjuiciarlo, sin condenarlo.

Conectemos con nuestras emociones y sentimientos, vivámoslas. Seamos un ser que siente.

Vivamos y ayudemos a vivir, recuperemos al niño que fuimos, contagiemos la alegría interior y el sentimiento de agradecimiento. Activemos las células cerebrales ampliamente dispersas que operan como redes neuronales inalámbricas, denominadas neuronas espejo, las cuales nos permiten rastrear el flujo emocional e intencional de la persona con la que estamos, reeditando en nuestro cerebro el estado detectado, al activar en él las mismas áreas que están activadas en nuestro interlocutor.

La voz interior, ¿cuál es la causa por la que a los sentimientos les es tan fácil influir sobre la razón y a la lógica le resulta tan dificultoso embridar las emociones? La respuesta se encuentra en nuestras bases fisiológicas. Las investigaciones han mostrado que las vías que van desde la parte del cerebro encargado de las emociones (amígdala) hasta la zona responsable del pensamiento racional (córtex) son muchas más que las vías que circulan en sentido contrario. O dicho llanamente: para ir de la zona sentimental-emocional a la parte lógica contamos con una estupenda autopista, mientras que si deseamos ir de la parte lógica a la emocional-sentimental habremos de manejarnos por una carretera estrecha de segundo orden.

Climatología emocional

Los depresivos no quieren ser felices, quieren ser infelices para confirmar su depresión. Si son felices no están deprimidos y tienen que salir al mundo a vivir, lo cual puede ser deprimente.

Closer, Mike Nichols, 2004

«Y si el destino le enviara por lo menos el arrepentimiento. Un arrepentimiento candente que le desgarrase el corazón, un arrepentimiento cuya espantosa tortura hace pensar en la soga y en las aguas oscuras... ¡Oh, con qué deleite lo hubiera acogido! Porque el tormento y las lágrimas también son la vida... Pero no se arrepentía de su delito».

Crimen y castigo, FIÓDOR DOSTOIEVSKI

Algunos tipos de sentimientos: de fatiga, de hermandad, de miedo, de amistad, de culpa, de tristeza, de ausencia, de indignación, de falta de sentimientos, de soledad, de cólera, de cambio/mutación, de desamor, de injusticia, de disociación, de incredulidad, de hiperresponsabilidad, de incomprensión personal, de incomprensión social, de ser ninguneado, de que un día realizaré una barbaridad, contra mí o contra los demás...

Se puede dar ambivalencia afectiva. Aunque resulte sorpresivo hay quien ama y odia a la vez. Otras personas se sienten vacías, incapaces de entender sus sentimientos.

En algo tan pequeño como una lágrima cabe algo tan inmenso como un sentimiento.

Pongámonos como reto reír cuando estemos tristes, porque llorar es lo fácil, lo que no invalida que las lágrimas son al alma lo que el jabón al cuerpo.

Nuestras emociones son respuestas complejas en las que convergen componentes mentales, fisiológicos y motores. Es en el mundo privado, íntimo, insondable donde se vivencian las emociones y se reconvierten en sentimientos.

Las emociones poseen una vertiente pública, están de alguna forma abiertas al mundo y a través de respuestas fisiológicas y motoras damos a conocer la expresión emocional al utilizar sobre todo el rostro para comunicarnos e interaccionar a nivel social. Respecto a nuestros sentimientos, éstos evolucionan, interactúan, pueden ser en gran medida alentados, reprimidos, incluso sublimados, pero no seamos tontamente ingenuos, no creamos que son previsibles en todo.

Nuestros sentimientos deben cuidarse como lo que son: un tesoro. Y es que son el puente hacia nuestro interior, hacia los otros y, aun más, hacia la trascendencia.

Las emociones están al comienzo y al final de todos nuestros proyectos y de todos nuestros mecanismos de decisión. Nos hacen actuar como resultado de una perturbación, de una agitación de nuestro estado fisiológico y del ánimo.

Los sentimientos nos ayudan a construir nuestra propia biografía, a establecer una vinculación afectiva con las personas que nos rodean. Nos ayudan a construir una escala de valores, a pensar, a hacer y a ser.

Los sentimientos más que expresarse se viven y son un factor decisivo para la memoria. La psicohigiene exige equilibrio entre pensamientos y sentimientos. Lo anímico influye en lo físico y lo físico en lo anímico, los denominamos psicosomático y somatopsíquico. El problema surge cuando intentamos mostrarnos de distinta manera a como somos en realidad.

Cuando damos respuestas adecuadas ante la adversidad, cuando sabemos afrontar lo imprevisto, cuando despertamos la solidaridad y no echamos la culpa a los demás, estamos mostrando a los demás y a nosotros mismos madurez.

El sentimiento prosocial se puede fomentar, la solidaridad que nos conmueve e impele a ayudar a quienes están en problemas crea una conciencia de ciudadanía, genera redes sociales de confianza mutua. En esta humanidad compartida la compasión nos hace sentir afectados por el sufrimiento de los otros y el altruismo es un sentimiento generoso que antepone el atender a las necesidades de los demás antes que a uno mismo.

Compartimos la universalidad de emociones y sentimientos, y ello es lo que nos permite que nos comprendamos a través de las generaciones, entre las culturas, en la intimidad y con desconocidos. Nuestra historia es la de la supervivencia y la evolución, es por eso que las emociones positivas como la antedicha solidaridad o la gratitud, la serenidad, la alegría, el hermanamiento, la amistad fortalecen los lazos entre los individuos y afianzan la pertenencia a un grupo. Si nos fijamos ahora en las emociones negativas como el miedo, el asco o la ira, podremos comprobar su valor adaptativo en favor de la supervivencia cuando nos enfrentamos a situaciones amenazantes.

Hablemos ahora del sentimiento de culpa de esa decisión de autocondena. Hay personas que aunque sean inocentes de manera objetiva se sienten abrumadas por sentimientos de culpa no justificados, por el contrario existen culpables que no experimentan tales sentimientos.

El estar avergonzado no sólo conlleva reconocer la culpa objetiva, sino un sentimiento tanto de pérdida, de estima como de autoestima, una conciencia triste de fracaso moral. Este sentimiento exige consciencia, y no suele manifestarse en los enfermos neuropsiquiátricos, que de manera ocasional se muestran desvergonzados, desinhibidos y exhibicionistas.

Las religiones han incidido desde el pecado en el sentimiento de culpa que va ligado al súper yo, a la censura, al tabú. De manera periódica surge como una compulsión irrefrenable, como un acto expiatorio o como práctica-masoquista o autodestructiva.

En la práctica forense hemos visto a delincuentes que dejan señales para ser atrapados y detrás está su sentimiento de culpabilidad. En la clínica hemos apreciado a quien fracasa al triunfar y en la sombra está su sentimiento de culpabilidad.

Hay personas que desde la expiación religiosa demuestran la capacidad para afrontar el dolor.

Cuando los niños son pequeños les reñimos, les enseñamos a sentir culpa, lo que les permitirá en gran medida regular su conducta. Bueno será al tiempo enseñarles a ser flexibles y más adelante a no preocuparse en exceso por lo que tiene solución y no preocuparse por lo que no tiene solución.

El sentimiento de culpa es paralizante y en ocasiones destructivo, tiene lógica cuando realizamos algo que se aleja de los valores que hemos asumido como justos y positivos, pero hay quien se flagela desde su baja autoestima o desde un posicionamiento perfeccionista. Fíjese en que hay quien no sólo se siente mal por lo que ha hecho, sino por lo que podría llegar a hacer. La culpa puede llegar a ser psicopatológica desde el momento en que hay quien se culpa por todo y quien asume el papel de mártir y se carga en la espalda todo el dolor del mundo.

Somos conscientes de que las culpas se pagan y por eso a veces actuamos o dejamos de actuar no tanto por estar convencidos, sino por evitar la culpabilidad posterior.

La culpa resulta útil para el control social, pues como las leyes no escritas, los códigos morales y las éticas universales inspiran la convivencia y el respeto mutuo. Pero ya digo, el sentimiento de culpa, de pecado extremo, puede conducir a la impotencia y a la frigidez. Y el sentimiento de culpa unido a la desesperación puede llevar a la persona a cometer el acto de mayor violencia contra ella misma: quitarse la vida.

Y si bien sólo lo que sentimos en profundidad se puede modificar, hay momentos en los que preferimos sentirnos culpables a cambiar, en los que optamos por culparnos a modificar nuestro patrón de comportamiento. Así somos.

Pero recordemos que los sentimientos pueden ser fuente de conflictos y también de curación.

Conozco personas fuertes que aun con lágrimas en los ojos dicen: «Estoy bien». Cuando empieces a deprimirte recuerda que fuiste el espermatozoide más rápido de todos.

Ya que no es fácil dirigir las emociones y sentimientos al menos no te dejes contaminar por los sujetos tóxicos. No permitas que un problema logre vencer a la esperanza, y es que la noche nunca vence al día. Lo que nos preocupa hoy será casi nada dentro de veinte años o simplemente no será.

«Estamos hechos de olvido».

JORGE LUIS BORGES

Las emociones, los sentimientos son los que nos mueven en la vida, los que le confieren a la existencia calor y color. Cuando no controlamos mentalmente nuestros instintos e impulsos nos angustiamos. En otras ocasiones utilizamos algunas emociones para no dejar traslucir los verdaderos y profundos sentimientos. Resulta necesario comprender la simultaneidad ocasional de nuestras emociones.

Respecto a los sentimientos espirituales, éstos expresan la relación trascendental de la persona, impregnan todas sus vivencias y es que la fe, la paz del alma embargan todo el ser.

Al hablar sobre climatología emocional nos encontramos con sujetos lábiles que cambian con frecuencia de sentimiento o de conducta.

Los sentimientos se continúan ininterrumpidamente. Algo falla cuando tratamos nuestros sentimientos con píldoras, balnearios, bebidas y... Quizás debiéramos poner música de Beethoven ¿qué sentía cuando escribió esta partitura? ¿Qué sientes tú, qué siento yo al escucharla?

Me encanta una frase de la cultura africana: «El cuerpo del hombre es muy pequeño comparado con el espíritu que lo habita». Resulta penoso encontrarse con personajes apáticos, indiferentes que parecen desconocer los afectos, son los alexitímicos, aquellas personas que no saben lo que sienten, que suelen sufrir patologías psicosomáticas como dolores erráticos, colon irritable, afecciones dermatológicas, explosiones de ira, etcétera.

Respecto a las emociones que aparecen en nuestros sueños, éstas son una manera de liberar aquellos sentimientos que no expresamos cuando estamos despiertos.

Si hay algún sentimiento preocupante, éste es el de inferioridad, sea por un defecto o por una equívoca percepción subjetiva. Este sentimiento de inferioridad puede contaminar la conducta e impregnar toda percepción y generar inestabilidad emocional, inseguridad y dependencia.

La vida exige pasiones, proyección en el futuro. Reduzcamos el miedo a la muerte y es que la vida no tiene prórroga. Es más, pocas veces, pero a veces merece la pena jugarse la vida. Elevémonos sobre el tiempo.

En esta climatología sentimental la envidia resume la tristeza por el bien ajeno. El envidioso difama, acusa para procurar la caída del envidiado. Nadie admite ser envidioso, pues esto supondría reconocer su infelicidad, aceptar una debilidad, su ineptitud para asumir sus retos, para valorar lo que se tiene, y es que detrás de una persona envidiosa encontramos un grave sentimiento de inferioridad.

La envidia puede retroalimentar junto al sentimiento de impotencia un peligroso rencor y odio que nace de sentirse herido en el personaje, en el ego, en la imagen idealizada de uno mismo. Mientras que la tristeza es un sentimiento hacia dentro de pasividad, la ira, que se adorna de rabia, dirige hacia fuera su agresividad.

Agresividad que el ser humano utiliza con frecuencia para dominar al prójimo, para oprimirlo, agresividad que se apoya en el desmedido amor propio y en la necesidad nunca suficientemente cubierta de ser estimado y una codicia desenfrenada. Hablamos de orgullo destructor, de vanidad, de soberbia, de avaricia. Cuando el violento demuestra su dominio sobre el otro manifiesta un agrado y excitación que no se aprecian en los animales. Es el ser humano el que siente ira, el que es capaz de negar ese sentimiento y transformarlo en resentimiento.

Respecto a los celosos se aprecia en ellos envidia en relación con la mayor riqueza emocional del otro. Mientras el envidioso desea poseer lo que no tiene, el celoso tiene miedo de perder lo que posee. Los celosos con su sentimiento de posesividad y persecución asfixiantes acaban por minar el equilibrio emocional de la pareja, además convierten los posibles remordimientos en vindicaciones, se inmunizan contra el sentimiento de culpabilidad desde la permanente sospecha y desconfianza pueden sentirse abandonados y en un desbordamiento delirante experimentar desprecio y burla, es ahí donde el odio da paso a la tragedia.

Las personas rencorosas sufren de manera prolongada y es que con el paso del tiempo su rencor se incrementa. También encontramos a quienes para desplazar su dolor, su frustración proyectan en los demás su cólera, manipulan, maltratan.

El ser humano es muy territorial, lo que le ha supuesto continuas y gravísimas guerras, además en su inconsciente no ha olvidado el hábito de cazar. Es el único primate que tortura a los de su misma especie. En mi carrera profesional he explorado en la fiscalía y prisión a algunos verdaderos psicópatas con tendencia sádica, sin remordimientos, incapaces de sentir culpa, impasibles, alejados de la compasión, capaces de provocar dolor y sufrimiento por puro desahogo o complacencia. Mentirosos compulsivos que manifiestan vínculos afectivos pero que no son sinceros y utilizan siempre a los demás, son utilitaristas, son manipuladores, desprecian a los otros; son deshonestos, irritables, peligrosos, pueden responder con furia o mostrarse embaucadores.

Considero que la hostilidad y la violencia se amasan y aprenden con el tiempo, la frustración si se hace crónica da paso a la amargura, a la indignación, caldo de cultivo para el resentimiento. Hay quien manifiesta ataques de furia súbita, pero si los analizamos, apreciamos que son recurrentes, que el espejismo de descontrol esporádico está en realidad favorecido por ellos mismos, la furia viene siempre después de una situación en la que se les niega algo que exigen o que son criticados. Éstas son las razones de su furia radical.

Respecto al odio genera un sentimiento profundo de destrucción, de repulsión; es un poderosísimo veneno que conduce al asesinato, a la mutilación o al suicidio. He explorado a violadores que se conducen desde la estúpida fantasía de que la víctima disfrutará de la experiencia, pero son muchos más los casos en que el violador busca generar indefensión, lo hace para demostrar y demostrarse poder. En otras ocasiones el violador inundado de ira busca destruir.

Hay agresores que despersonalizan a la víctima, la desnudan de derechos, de su dignidad humana. A partir de ahí su capacidad de infligir dolor se dispara, su crueldad no tiene límites. Los sádicos obtienen placer ya sea sexual o no sexual vejando, agrediendo, intimidando, dominando, esclavizando. Se muestran despóticos, tiránicos, se embriagan en el poder, se posicionan en una superhumanidad fingida y se estimulan cuando devalúan al otro a veces de manera adictiva.

Permítame que vuelva sobre el repugnante rencor y es que es cierto que lo que se queda putrefacto en el interior acaba por envenenarlo todo.

En cuanto a la víctima, si bien es cierto que su dolor es una realidad, y un derecho legítimo e irrenunciable recordar la vivencia de la agresión injusta y exigir reparación, no es menos cierto que no debería condicionar el proceso vital posterior. Es buena terapia el perdón que exige de una peregrinación al corazón. Alguien dijo: «Si quieres ser feliz un instante, véngate; si quieres ser feliz toda la vida, perdona». Si bien, yo matizaría que el perdón es un derecho, no una obligación.

No podemos imaginar un mundo sin perdón que perpetúe en nosotros y en los demás el daño sufrido y más cuando convivimos con quienes se ocupan a tiempo completo en el odio.

Junto a mi dilatada labor clínica, que me ha puesto delante de violadores, asesinos, la clínica me ha permitido trabajar con neuróticos obsesivos abrumados por un agobiante sentimiento de culpa que nace de sus intenciones inconscientes, y es que el predominio concedido a los procesos psíquicos sobre los hechos de la vida real muestra su ilimitada eficacia.

Los sentimientos son un material inflamable

A medida que avancemos en este mapa emocional y sentimental, nos detendremos en el análisis de la timidez, ese sentimiento de inseguridad que se acompaña de signos vegetativos, como el rubor, la sudoración o la taquicardia. Cuando la inseguridad da paso al miedo irracional estamos hablando de fobia y ésta supone la limitación y el quebranto en la calidad de vida de aquellos que la padecen. El paciente sabe que su ansiedad es irracional pero es incapaz de superarla. Hay fobias simples a las alturas, arañas, serpientes y son fáciles de evitar para quien las sufre. Es también el caso de los espacios cerrados. Otras fobias son sociales, como puede ser el sentirse ridículo en público. Estos fóbicos sociales buscan superar esa invasiva vergüenza pero en ocasiones acaban ellos mismos sometiéndose a un aislamiento enfermizo con un incalculable sufrimiento. Además los agorafóbicos sufren la incomprensión de la sociedad que no conoce las características de esta enfermedad que los incapacita y que se refleja en la imposibilidad de salir de casa, o de quedarse solo en el hogar o de entrar en centros comerciales. Se calcula que aproximadamente un 10 por ciento de la población padece algún tipo de fobia, siendo las más frecuentes la fobia social y la agorafobia.

Los sentimientos arden, queman, son combustible inflamable, veamos el racismo, un sentimiento aprendido, nadie nace siendo racista. Hemos de cuidar los sentimientos contra la discriminación.

A veces se endiosa a la razón y se olvida a los sentimientos, hay quien desde un estúpido humor sarcástico los ridiculiza y se encuentra de frente con los fanáticos, esos seres que inmunizan sus convicciones frente a la crítica racional, que exacerban la pasión irracional, que no permiten el cuestionamiento, no aceptan la crítica, convencidos de poseer la verdad, incapaces de entender o de enriquecerse con la diversidad buscan asirse a lo que les transmite seguridad. Es fácil que brote el racismo y la xenofobia y que éstos conduzcan a conflictos bélicos, a masacres y a limpiezas étnicas. Sí, los sentimientos pueden ser un material inflamable.

Miremos alrededor y veremos una sociedad enmarañada por los tópicos que se hace eco de una cháchara insustancial, que prima la razón y los intereses sobre la emoción al tiempo que genera analfabetos sentimentales a los que desahucia y seres humanos que se autoagreden o violentan a los demás.

Muchas de las patologías que nos afligen tienen su origen en la carencia de amor. Apreciamos las enormes dificultades que tenemos para manejar las emociones y todo porque están relacionadas con la parte más antigua del cerebro —el sistema límbico—. Sus reacciones son inmediatas, resortes vitales que con dificultad se intentan dominar desde la parte más nueva y racional, que se sitúa en el área prefrontal.

La baja autoestima, el sentimiento de inferioridad pueden reconvertirse como mecanismo de compensación en conductas agresivas o violentas.

Los drogadictos se provocan una excitación emocional a la vez que se desinhiben al anular el súper yo y se dejan llevar por la rabia incontenida ante la menor frustración, lo que desencadena acciones destructivas y violentas. Se ha olvidado o se ha arrinconado de forma maliciosa que la palabra asesino proviene del árabe *hassasin*, «consumidores de hachís».

CLIMATOLOGÍA SENTIMENTAL

Sigamos avanzando por la climatología sentimental. En ella están los narcisistas, que desarrollan un sentimiento de invulnerabilidad que conlleva una peligrosa despreocupación frente a factores de riesgo para la salud. En cambio tenemos a los enfermos imaginarios, los hipocondríacos que sienten con viveza enfermedades inexistentes, que padecen la angustia de sus equívocas percepciones y que pueden ir de consulta en consulta siendo denominados «doctores shopping».

En la consulta encontramos a pacientes que se sienten impotentes para cambiar una determinada situación o estado de ánimo. Ese sentimiento de desesperanza puede desembocar en depresión, y puede mantener una visión negativa de ellos mismos, del mundo y del futuro.

Los enfermos de cleptomanía generan un círculo vicioso adictivo, el desasosiego forma parte de su vida, sienten presión mientras hurtan y alivio una vez realizada la sustracción, dando entonces paso a la culpabilidad.

En cuanto a la piromanía nos encontramos con un trastorno psicológico que genera un gran interés por producir fuego, observarlo y extinguirlo. El pirómano es un ser complejo que inhibe el control de sus impulsos. Procura una gran activación y tensión antes de producir incendios de forma deliberada y consciente y da paso a una liberación e intenso placer al prender fuego, observarlo e incluso participar en su extinción. Se sienten poderosos y es que el fuego devastador es todo un símbolo de una conducta que esconde una personalidad compleja que se caracteriza por entremezclar los sentimientos de soledad y tristeza con la ira, a la que dan salida al provocar el incendio. Son multirreincidentes y están atraídos por todo lo que rodea al fuego, como los equipos de intervención de bomberos.

En la clínica y en el ámbito forense de reforma hemos explorado a algunos niños pirómanos que actúan de forma reactiva contra la depresión y la ira. En cuanto a los jóvenes hemos apreciado un gran sufrimiento interior, una vivencia muy negativa en las relaciones familiares y en alguna ocasión una gran dificultad para orientarse sexualmente o promiscuidad. Se ha de significar que privado de libertad alguno de estos jóvenes pirómanos se ha suicidado. Centrémonos ahora en aquellos que tienen una percepción del mundo como algo irreal, una sensación de extrañeza del yo, estamos hablando de desrealización, de despersonalización, unos trastornos que generan angustia ante la pérdida de control y el miedo a la locura, a perder la identidad, el vínculo con el propio cuerpo, estamos ante un trastorno disociativo. Algún paciente nos ha indicado que es «como si dejaras de ser humano», la realidad se difumina, se distorsiona. Hay quien llega a sufrir un desdoblamiento de la personalidad, el proceso patológico puede avanzar y se puede perder la identidad del yo, el paciente puede sentir que es incapaz de dirigir su vida y transmitir una sensación de desgobierno que llega a verbalizar: «alguien me mete ideas a la fuerza».

Existe una gran controversia respecto a la verdadera existencia de la personalidad múltiple, vimos casos como el de Javier Rosado que escribió cómo había asesinado y lo achacó a la adquisición de identidades distintas y temporales de las que decía no recordar nada y desde luego no responsabilizarse. Resultó sumamente aleccionador el debate entre psiquiatras que defendieron la personalidad múltiple del sujeto y las compañeras psicólogas que constataron que se trataba de un auténtico psicópata, sádico y malvado. Los magistrados confirmaron este diagnóstico certero.

Las emociones no son neutras y una persona sin emociones es un enfermo o un peligro. Hay quien se encuentra involucrado en una espiral obsesiva y destructiva, a veces víctima de maltrato psicológico, agobiado por sentimientos de culpabilidad e indefensión.

Otras personas experimentan un estado crónico de insatisfacción, generalmente injustificado, son los denominados como afectados de bovarismo.

Éste no es un tratado de psicopatología, pero mencionemos la erotofobia en la que el paciente sufre miedo y sentimiento de culpa, e incluso de repugnancia hacia el sexo y las fantasías sexuales.

En este discurrir nos encontramos con la impotencia masculina crónica, que genera un sentimiento depresivo y es que la esterilidad conlleva un devastador ataque al equilibrio emocional que se ahonda si el tratamiento genera una euforia inicial, que se estrella en la desesperanza del fracaso posterior.

Citemos el ataque de pánico, en el que el paciente tiene la sensación de que se ahoga, de que se muere. Crisis de pánico cada vez más frecuentes.

Los sentimientos afectan también a grupos específicos, por ejemplo a los emigrantes, sentimientos de fracaso ante la dificultad a la hora de encontrar trabajo, de miedo a las mafias, la ansiedad que provoca la lejanía de la familia y el país de origen, toda esta problemática se agrupa en el denominado síndrome de Ulises.

Un grupo que merece atención es el de los transexuales, porque sienten angustia al ser totalmente diferentes a los individuos del mismo sexo. Su tensión se inicia en la infancia al sentirse culpables y avergonzados, en la adolescencia sienten la soledad, en la juventud la enajenación, hasta que al final descubren que no se sienten pertenecientes a un sexo y que serían más felices si pertenecieran al otro. Un dato relevante y significativo es que el 60 por ciento de los hombres que ha sufrido la extirpación del pene por enfermedad sufren el síndrome del miembro fantasma, frente a sólo el 30 por ciento de los transexuales que se someten a un proceso de reasignación de sexo (de género).

Los afectados por el denominado síndrome de Wendy se caracterizan por un conjunto de conductas complacientes para evitar ser rechazados por los demás. Se aprecia una excesiva necesidad de aceptación. Los llamados Peter Pan son aquellos adultos que no desean crecer y asumir responsabilidades, desearían ser siempre niños, o sea, lo opuesto a Wendy que asume responsabilidad más allá de lo que le corresponde.

Recibimos en la consulta a personas que mantienen una relación adictiva y dependiente, pareciera que motivadas por la necesidad de un sentimiento de seguridad, de permanencia.

Algunos drogadictos nos refieren un análisis introspectivo en el que consumen estupefacientes en la búsqueda de un estado intenso de felicidad en el que perciben en su cuerpo cambios y distorsiones que no son siempre gratos. Los adictos encaminan una espiral descendente tanto por el daño físico que el consumo de drogas crónico produce, como por las distorsiones de los sentimientos y el deterioro consecuente.

Las llamadas reacciones histéricas o de conversión que hacen que los pacientes no sientan o no puedan mover ciertas partes de su cuerpo podrían explicarse como consecuencia de cambios momentáneos, pero radicales en los mapas corporales.

Antes y al referirnos a los transexuales hablábamos del miembro fantasma, del dolor del miembro amputado. El paciente siente frío, calor, hormigueo, quemazón o picor, en otras ocasiones un dolor intenso. Este caso de memoria implícita que se produce por lo intenso de su inscripción en el esquema corporal facilita el uso de una prótesis y ejercer la anterior función. Un 85 por ciento de los pacientes amputados experimenta sensaciones del miembro fantasma.

Hay emociones que generan una respuesta corporal inmediata, es el caso del susto intenso. Cuando una persona se siente espantada comienza a transpirar y lo hace pese a que su superficie cutánea esté fría, de ahí la expresión «sudor frío», los pelos se erizan, la respiración se turba, se precipita.

Desde la práctica he de señalar que hay quien consciente de normas y reglas que socialmente nos hemos dado y con la intención de transgredirlas ingieren drogas, fármacos, alcohol para cometer el hecho ilícito y argumentar estar afectado mental o emocionalmente, cuando la realidad es que lo ha previsto y organizado antes.

La adicción emocional, al igual que la química, consiste en la reiteración de una conducta que se lleva a efecto para ocultar o desplazar cierta realidad conflictiva y que se repite con sentimientos de culpa y menosprecio a causa de esa misma conducta. Por ejemplo la comida no es adictiva, pero puede serlo la relación emocional que el paciente establece con ella.

En los trastornos de alimentación se aprecia no sólo una respuesta evocadora de ansiedad, sino un trastorno obsesivo-compulsivo. Este trastorno, que se desarrolla sobre todo entre los 13 y los 18 años, tiene una etiología pluricasual con variables biológicas, psicológicas y sociales. Los adolescentes tan influidos por el grupo y ámbito relacional sufren una imagen distorsionada, entremezclando el cambio físico normal y debido a la edad y la presión mediática y en la red para parecerse a unos modelos que objetivamente están muy por debajo del peso saludable. La anorexia y la bulimia suelen ir acompañadas de sentimientos destructivos, como el desprecio al propio cuerpo y el rechazo a uno mismo.

Los bulímicos (en su mayoría hombres) se sienten ineficaces e indefensos, con baja autoestima y carentes de asertividad, manifiestan elevada ansiedad, deficiente imagen corporal y escasas relaciones sexuales. Suelen provocarse vómitos con los riesgos de reducción de niveles de potasio, etcétera.

Las anoréxicas (en su mayoría chicas) manifiestan fuertes sentimientos de asco y de desagrado ante su propio cuerpo, muestran distorsiones cognitivas sobre el peso y la ingesta, así como alteración de la imagen corporal, pudiendo alcanzar cotas delirantes. Son comunes los sentimientos de desamparo, depresión y labilidad emocional. Pierden el interés por el sexo. Conlleva un riesgo innegable para la vida, por lo que en ocasiones es necesaria la hospitalización, exige tratamiento con ansiolíticos y antidepresivos, así como psicoterapia para resolver los conflictos internos. En Internet existe apología de la enfermedad de la anorexia que se encubre cuando se habla de ayuda entre pacientes. Como primer defensor del menor impulso a la fiscalía a que la persiga, pues el art. 20.4 de la Constitución Española afirma: «La libertad de expresión cede ante la protección de la infancia y la juventud».

También apreciamos la autoagresión ya sea en forma de intervenciones quirúrgicas, provocando accidentes de carretera o golpeando objetos, la violencia autodestructiva deja aflorar la autoafirmación.

El alcohol, las drogas, los ansiolíticos, hipnóticos, antidepresivos o somníferos son utilizados en ocasiones para aminorar la insatisfacción, la rabia y el sentimiento de fracaso íntimo. Se busca la calma. En la base de muchos adictos a la droga se encuentra depresión, en otros incapacidad para controlar la ira.

«Ir de tiendas», comprar, es utilizado a veces para desahogarse, huir de la frustración.

La curación sentimental viene de dentro y se despliega hacia afuera. Debemos vencer el miedo, arrinconar los sentimientos de inseguridad. Aminorar la distancia entre lo que sentimos, lo que pensamos y lo que hacemos.

Riámonos con la gente, riámonos de nosotros mismos. Compartamos la alegría y lo mejor de nosotros con los otros y específicamente con cada uno.

Bienestar psíquico

Qué pacífica sería la vida sin el amor, Adso, qué tranquila, qué segura... Y qué triste.
El nombre de la rosa, JEAN-JACQUES ANNAUD, 1986

«Lo mejor acerca del dolor es que te das cuenta de que no estás muerto».

La teniente O'Neill, RIDDLEY SCOTT, 1997

Al vicio que no produce placer le llamamos envidia. Y a la perversión psíquica por la que se experimenta placer con el sufrimiento de otra persona, sadismo.

Se apoya en el engarce entre la lógica y los sentimientos. Utilizamos más la razón pues sobre ella ostentamos un control mucho más directo.

Somos conscientes de nuestros sentidos, de la vista, del oído, del olfato, del gusto y del tacto, pero nos pasa desapercibido el sentido interoceptivo que nos hace sentir y que se produce además de forma permanente.

Debemos utilizar la razón para darle la vuelta a los sentimientos negativos y convertir la soberbia en humildad, la frustración en reto, el desprecio en compasión. Precisamos de educación sentimental para reconducirnos en positivo y atemperar nuestras pretensiones a nuestros potenciales.

En bastantes ocasiones no sentimos lo que queremos sentir. Ya nos indicó Blaise Pascal que «el corazón tiene sus razones que la razón no las comprende».

Los sentimientos bien pudieran ser la conciencia del propio yo, zarandean nuestro reducto más íntimo, no siempre consciente.

Nos preguntamos a menudo ¿por qué siento esto? Y nos decimos o explicamos me siento (triste, dolido, esperanzado) como si nos habláramos desde fuera como con un distanciamiento entre mente y cerebro, un eco que dice sentir y es a la vez sentido.

Desde nuestra personalidad afectiva reinterpretamos la situación objetivamente real y nos posicionamos con distintos estilos sentimentales, ya sea estable o lábil, optimista o pesimista, cálido o frío.

Estamos implicados en nuestros afectos. El yo es parte de nuestros sentimientos. Hablamos de personalidad y en este punto se nos presenta Woody Allen y nos dice: «Lo único que lamento es no ser cualquier otro».

Es un hecho manifiesto que no dominamos nuestros sentimientos, pero sí podemos modificar nuestras conductas al volver a orientar los hábitos. Hemos de ponernos al timón, elegir el rumbo, controlar desde la voluntad la acción, eliminar bloqueos afectivos. Buscar ser, como se desea. Poner proa a barlovento, dejar atrás el destino, el genoma, aventurarnos a sortear las dificultades desde la prudencia y la esperanza.

Podemos cambiar, mejorar desde la inteligencia sentimental apoyados en la educación ética. A la vez que comprendemos que ante los dilemas existen respuestas también sentimentales que no son ni instintivas ni primarias, sino aprendidas, autodirigidas.

Hemos de recordar que la excitación produce ceguera mental, que está en nuestras manos el pensar de manera lógica y deliberada, el aprender a realizar mejores juicios instantáneos. Hemos de ser capaces de anticipar, de realizar una especie de simulación mental.

Quizás una toma de decisiones acertada exija equilibrio entre el pensamiento deliberativo y el instintivo, pero es seguro que los problemas deben abordarse de forma holística, global, para no perder la perspectiva.

A veces actuamos sin saber la razón exacta, debiéramos aceptar nuestras limitaciones y decir y decirnos «no lo sé».

Seamos conscientes de que las mayores devastaciones humanas nacen en las emociones destructivas que alientan desde el fanatismo la violencia y que mucho del ingente sufrimiento se inicia en un desbocado deseo que encela la adicción.

No podemos ser literalmente secuestrados por las emociones y aún menos por las destructivas, que perturban el equilibrio mental. A veces un pensamiento fugaz de ira o celos si no es atajado de inmediato desencadena la aparición de otros que nublan nuestro discurrir mental y generan una obsesión. Recordemos que todo incendio se inicia en una chispa. Potenciemos factores protectores y desarrollemos un sistema inmunológico emocional adecuado.

La razón no la hemos de usar para intentar reprimir las emociones, sino muy al contrario para tenerlas en cuenta a la hora de tomar decisiones.

Somos animales, eso es innegable, pero evolucionados, somos capaces de optimizar el legado de la naturaleza.

Poseemos instrumentos para medir la inteligencia emocional como el MSCEIT (Mayer Salovey Caruso Emotional Intelligence Test) de 2002 o el EQ-I (Emotional Quotient Inventory) de Bar-On de 1997 y el Leas (Levels of Emotional Awarness Scale) de Lane de 1990. Pero nos surge una duda razonable: ¿el conocimiento sobre las emociones significa que la persona tiene la habilidad de comportarse en coherencia con este conocimiento ante las situaciones sociales reales?

Resulta imposible desarrollar un razonamiento y un comportamiento correctos si no mantenemos un adecuado control emocional. La vida cotidiana exige la gestión de las emociones, la reelaboración de su información y la no represión de los sentimientos.

Fundamental resulta poder describir con palabras los estados emocionales, saber discriminar los pensamientos que generan e incluso propician pensamientos alternativos saludables.

Para autodirigirnos hemos de manejar sentimientos y pensamientos, y controlar nuestra forma de comportarnos. Hemos de ser conscientes de que hay emociones agridulces y de que cada una de ellas no implica una respuesta conductual prefijada.

Nos sentimos realizados cuando equilibramos razón, empatía, compasión y dejamos aflorar la gratitud y la generosidad.

Somos personalidades múltiples —no disociadas, ni patológicas—, ricas en la paleta de colores emocionales.

Creemos, percibimos de manera equívoca una unicidad diferenciadora, cuando en realidad somos parte inseparable de un universo inabarcable que fluye entre el pasado y el futuro, el de dentro y el de fuera. Somos uno solo que siempre necesita un grado de autonomía y libertad, pero que se ha de conjugar con la irrenunciable presencia relacional con los demás.

Quisiéramos desarrollar nuestra competencia, hacer las cosas bien, establecer una coherencia entre lo que sentimos, pensamos y cómo nos comportamos.

Encaminémonos con esperanza hacia el optimismo y percibamos que somos deudores de los otros y de la naturaleza, pero que nos sentimos llenos de gratitud y capaces de influir en el bienestar de aquellos que nos rodean. Somos más que nuestro cuerpo, más que nuestras ideas, más que nuestros sentimientos. Somos más que el limitado constructor espaciotemporal del mundo material. El universo se transforma con nuestra sola presencia. Hemos de crear. Y formularnos preguntas adecuadas, incisivas que eludan la expresión «mente de mono», que hay quien utiliza para describir la manera en que nuestra atención y pensamiento saltan de un tema trivial a otro.

Hemos de descubrir nuevas formas de vivir en la enmarañada niebla de la complejidad, adquirir hábitos sanos y sabios que se activen de forma cuasi automática. Hoy la vida discurre acelerada, como un río de aguas turbulentas y en este intentar fluir ante rápidos trepidantes nos encontramos con una hipertrofia informativa y con instrumentos de comunicación que dificultan el análisis atento a los problemas y expresar las emociones de manera sopesada. Nos debatimos a diario entre un repertorio emocional primitivo y las exigencias culturales que se incorporan e interiorizan de forma progresiva.

Cuando nos enfrentamos a una situación, por lo general apreciamos un sentimiento que parte del juicio de la experiencia, una experiencia subjetiva, pero pensada de lo que en su momento fue una emoción.

Saber conducir la experiencia interna propicia una mejor calidad de vida. Por ello la utilización de la atención resulta vital.

La verdad es que los hechos pasados son irreversibles, pero de nosotros depende retocarlos y modificar las actitudes que adoptemos y con ello los sentimientos.

Lo que no existe es un razonamiento que pueda dictar un sentimiento.

La tentación de los escritores es regalarnos retratos literarios preciosos, nítidos de los sentimientos del personaje, pero que en ocasiones caen en una bipolarización simplificadora, somos cognitivo emocionalmente complejos, experimentamos sentimientos aun en sueños (REM), cuando el nivel de conciencia es bajo pero suficiente para permitirnos relacionarnos con nuestro yo interno.

Humanos: caracterizados
por el lenguaje y los sentimientos

Debiéramos pensar el sentimiento y sentir el pensamiento.

«Voy a comprar una pistola y a matarme... eso destrozará a mis padres... Puede que también los mate. Para compartir el dolor».

Hannah y sus hermanas, WOODY ALLEN, 1986

Escribir agradablemente, arduamente, en soledad. Buscando comunicar, compartir, alcanzar el milagro de ser leído, de mantener la atención, de hacer sentir y pensar a quien generosamente entrega su tiempo y expectativa.

Nuestras redes neuronales se asemejan a las redes de información, pero provistas de sentimientos. Poseemos un «cerebro emocional» denominado sistema límbico. Moldeamos nuestras emociones según lo que nos decimos a nosotros mismos y por ósmosis sobre nuestros sentimientos. Debiéramos reducir la cacofonía interior.

Somos poseedores de un yo que vincula conciencia y sentimiento con delicadeza. Ya Aristóteles, que además de filósofo tenía mucho de psicólogo, entendió esta relación que incluye las creencias, las expectativas y las sensaciones físicas.

Y si bien en este libro he remachado la idea de que mediante el autodominio podemos en gran medida controlar nuestros sentimientos de culpa y ansiedad, quisiera también reseñar la capacidad que tenemos para reconocer y agradecer las caricias de la vida, de la bondad, del encuentro con el otro.

Nuestro cerebro, nuestra mente están preparados para reinterpretar las situaciones y para contradecirse por ejemplo al aceptar con lógica y ecuanimidad la muerte, pero a la vez rebelándose en contra de ella.

Ser humano provisto de sentimientos espirituales que le permiten embriagarse con las bellezas de este mundo y extasiarse ante el sentimiento del más allá.

Buscamos la armonía y somos conscientes de la disonancia entre sueños y realidad.

Somos unos seres a quienes la muerte nos alcanza una sola vez, pero que nos acompaña durante toda la vida.

Quienes hemos estado al borde de la muerte solemos perderle el miedo, tener una visión más amplia, más espiritual (no religiosa), más comprometida con los demás y con la mejora del medioambiente. Valoramos lo esencial y relegamos el tiempo cronológico.

Los humanos sufrimos angustia, miedos, ansiedades. Venir a la vida supone pasar de un ámbito placentero a otro exigente.

En la actualidad y mediante los medios de comunicación se transmiten miedos colectivos. Todos los días tenemos nuestra dosis de inseguridad cuando no de pánico. Y si bien sabemos que se trata de hechos anecdóticos, puntuales, acaban por afectar a la percepción y al estado anímico.

Nos rodea un pensamiento general negativo que invita a la desesperanza, a la depresión. Seamos conscientes de que sufrimos un bombardeo continuado, insidioso, de pensamientos agoreros, limitantes que pueden acabar por penetrar en nuestra conciencia, y generarnos una ansiedad crónica. Creo —como desarrollaré en un próximo libro— que además de psicología clínica y psiquiatría, para tratar los problemas mentales lo que precisamos es de otra filosofía de vida, de una auténtica psicohigiene.

La ansiedad, la ira influyen, quién lo niega, en los trastornos cardiovasculares, llevamos en las ciudades una vida que determina desequilibrios emocionales que inciden en las tasas de patologías como el cáncer o de tipo gastrointestinal.

Vemos a muchas personas afectadas por depresión que padecen una vivencia de duelo sin causa aparente, absorbidas por un agujero negro que roba sus energías, que las llena de apatía, de desesperanza, de amargura, de angustia, de congoja, de desolación, a veces de culpa y siempre de tristeza.

Un camino de no retorno hacia la depresión es enquistarse en la frustración, quejarse de forma amarga y continuada e incapacitarse para hacer lo necesario, para modificar las situaciones que angustian y acogotan.

Los seres humanos nos creemos libres, pero arrastramos pesadas cadenas interiores. Habremos de neutralizar las ideas que nos hacen regodearnos en sentimientos que nos acomplejan ocasionalmente por una experiencia vivida.

Miedo me dan las personas que se viven a sí mismas desde un profundo sentimiento de inseguridad y aún más de inferioridad, pues se posicionan como agredidos o agresores.

Además en nuestra sociedad el sentimiento de fracaso viene acompañado del sentimiento de culpa. En tiempos de crisis bueno es adoptar la posición de un aprendiz, pues conocer es relevante, pero el saber pronto se queda obsoleto.

No renunciemos a la visión a largo plazo y dejemos el pesimismo para tiempos mejores.

Aclarémonos, lo importante no es ser notorio, sino relevante. Ser importante resulta agradable, pero es más importante ser agradable.

No participemos en la devaluación de la palabra. Recordemos que hay dos palabras que nos abrirán muchas puertas: «tire» y «empuje».

Sí, reírse es gratis.

Existe otra forma de sentir dentro de una vida que se compone de palabras, de actos, de anhelos y de sueños.

Valoremos las aportaciones, los méritos de los otros, alegrémonos con el bien ajeno.

No seamos exagerados ni en el sentimiento de euforia ni magnifiquemos los hechos positivos, ni en el de derrota al generar una cosmovisión frustrante a partir de un hecho negativo.

Lenguaje y sentimientos, pero no olvidemos lo que acertadamente se nos dijo: «Quien no comprende una mirada tampoco comprenderá una larga explicación».

Somos como somos, sorprendentes. Entre el amor y el odio hay un paso y por el contrario entre la amistad y el amor un abismo, no es imposible, pero es difícil ser amigo de una ex pareja.

Somos complejos, conocemos a quien tenía miedo sin causa y acabó inventando un peligro para justificar su miedo.

Silencio, silencio y sentimientos. ¿Qué siente un portero de fútbol?, ese que viste diferente, que puede coger el balón con las manos, que se sabe a veces amado y otras odiado. ¿Qué siente ante el lanzamiento de un penalti crucial, sabedor de que le escrutan cien mil ojos de quienes vociferan y ahora guardan un contenido silencio? ¿Qué siente?

Silencios, palabras entrecruzadas. Mientras escribo esto salta la noticia de un accidente de autobús en Suiza, han muerto 27 niños belgas, a los padres se les ha metido en un avión en el que todos han viajado sin saber si sus hijos habían fallecido o no. ¿Se imaginan qué sentimientos en el viaje?, ¿qué silencios?, ¿qué palabras?, ¿y al oír la lista de sobrevivientes? Es manifiesto que los sentimientos han sido centrífugos y centrípetos, de empatía hacia los otros padres, pero prevalece una idea fija, persistente, única, un deseo, una petición: «¡Ante todo, sobre todo, que nuestro hijo esté entre los vivos!».

Humanos, capaces de olvidar el yo desde el amor.

Humanos, que nos sentimos y suponemos que somos más que nosotros mismos, que hay algo fuera que nos excede y a lo cual pertenecemos, ese inaprensible sentimiento de trascendencia. Al tiempo, ser humano es saberse vulnerable, reconocer errores y limitaciones.

Especie humana que cuenta con algo esencial, la risa, el sentido del humor, capaz de unir a gentes muy diversas, de desdramatizar y de aparcar diferencias y rencillas.

Lenguaje y sentimientos, lo que no se dice de palabra se expresa de otra forma, pero no se deja de expresar.

Fijémonos en las conversaciones, quién dice «tú» en positivo o con afán de agradar y quién utiliza el «nosotros» (por lo general un líder).

El cerebro del humano, si bien es tres veces más grande que el del chimpancé, tiene manifiestas coincidencias con el de los grandes simios. Nos asemejamos en las emociones, nos distinguimos por los sentimientos y nos diferenciamos por la capacidad de utilizar símbolos y lenguaje.

Psicoterapia

Tenemos dos piernas pero sólo podemos tomar un camino.

No llores porque los demás son como son y no como quieres que sean.

—¿Quién está ahí?
—Yo.
—Vete.

—¿Quién está ahí?
—Tú.
—Entra.

Escuchamos tan poco al otro, captamos de forma tan superficial sus sentimientos que hay quien acude años y años al psicoanalista para que le escuchen. Eso sí pagando.

Y es que hay una clara desconexión entre el yo y los otros. No les infundimos alma, no les creemos realmente iguales. Erróneamente nos sentimos únicos.

Nos percibimos como entes mentales —convivencias únicas— y a los otros como entidades simplemente físicas.

Es desde la perspectiva de nuestro ser, de nuestra mirada, que captamos la geografía de los otros.

Según nos afecta a nosotros o les afecta a los demás la realidad, así la apreciamos.

Un ciudadano juega entretenido con el dedo en la nariz y sin embargo se muere de asco cuando esa conducta la observa en otra persona —o si se muerde las uñas o si se revienta un grano.

Nos sentimos distintos, pero ¡distintos dando por hecho que se ha de entender como mejores! Para conseguir un mundo donde prospere la razón y la mediación verbal sería necesario fomentar el respeto a uno mismo y a los demás a través de una sensibilidad a flor de piel, mediante el con-tacto, y poniéndonos en los zapatos psicológicos del otro.

Deberíamos entender que la inteligencia ha de servir para alcanzar la adaptación interpersonal, una premisa básica para compartir felicidad. Así, adecuarse a las emociones ajenas mediante la empatía es facilitar las relaciones; vivir con humor es saber vivir y hacérselo más fácil a los demás; perdonar es de sabios; perder el tiempo en la venganza es de necios... sin el «tú» no existe el «yo» ni el «nosotros».

Hemos de aprender a ser dúctiles, a aceptar la crítica, la opinión contraria y la actitud dispar.

Yo soy importante, pero no más que los otros.

Somos seres sociales. Los humanos aislados se convierten en animales con una agresividad brutal o apáticamente inactivos. Sí, usted y yo somos al igual que el resto de primates muy dependientes de los demás. La soledad se percibe como una situación profundamente penosa.

Actuamos por tanto en gran medida en respuesta a cómo nos ven los otros. Somos y nos formamos interaccionando con los demás, aunque creemos que nos ven como deseamos ser pero esto no es así.

«¡Extraño viaje en la bruma! Oh vida en la que estamos perdidos. Donde nadie jamás conoce al otro, donde todo es soledad».

HERMANN HESSE

TRASTORNOS QUE LIMITAN LA EMPATÍA

Sólo nos cabe la empatía ante otras personas. Esto requiere la predisposición a admitir sus emociones, escuchar con atención y ser capaz de comprender pensamientos y sentimientos que incluso no se hayan expresado verbalmente.

Las conductas humanas se eligen en cada momento pero influye la socialización del individuo y las experiencias que hayan acontecido durante su infancia.

Vemos adultos que parece que han alcanzado la integración armoniosa tras una correcta evolución de los distintos estadios infantiles. Por el contrario otros han quedado atascados en la pulsión instintiva. Los hay que esconden un niño reprimido al que se le negó entre otras cosas el sexo cual si fueran ángeles, el razonamiento cual si fueran animales y el sufrimiento como si fueran objetos.

Encontramos en consulta personas que padecen distorsiones en su proceso de socialización. Reseñamos alguna: falta de conciencia de las propias emociones. Dificultad para expresarlas. Descontrol emocional, con un comportamiento inadecuado, desproporcionado o destructivo. Reavivar el resentimiento. Manipular desde las emociones (victimismo, etcétera). Pensamientos irracionales y poco ajustados a la realidad.

A cualquier edad resulta positivo prestar atención a la propia urdimbre emocional, mientras escuchamos nuestras sensaciones, sentimientos y emociones, y además nos responsabilizamos al elegir las conductas.

Todos hacemos una subjetiva valoración de las vivencias y ocasionalmente realizamos sobre los demás una proyección de nuestros propios sentimientos.

Atendemos a pacientes que muestran extrañeza hacia sus propios sentimientos, que lo podríamos definir como una división interna donde coexisten afectos contradictorios como querer y odiar a la vez. Es propio de la esquizofrenia. Esta ambivalencia afectiva no debe confundirse con la inversión de los afectos. En ese caso hablaríamos de odiar a quien se ha querido.

En las esquizofrenias hebefrénicas resulta esperpéntico ocasionalmente la crisis del llanto o la explosión de unas carcajadas, pues su motivación es interna e inaccesible al interlocutor.

Respecto al autismo, y con todas las cautelas, cabría enunciar como hipótesis una pérdida o distorsión del contacto afectivo con la realidad, las fallas con el mundo real obedecerían a un dislocamiento de la identidad interior.

Observamos personas inmaduras con una cronificada labilidad afectiva. Otras, primordialmente enfermos orgánico-cerebrales, padecen incontinencia afectiva y muestran dificultad para inhibir sus estados emocionales. Por el contrario el embotamiento afectivo dificulta exteriorizar los sentimientos.

Hay personas indiferentes, frías, insensibles. En la fiscalía del Tribunal Superior de Justicia de Madrid me he encontrado con sujetos con escasísima respuesta a estímulos afectivos, marcadamente psicopáticos. No tiene nada que ver con aquel que sufre porque siente que carece de sentimientos, que no encuentra motivación para vivir, característico de depresiones endógenas, aunque conviene contemplar la posibilidad de un trastorno distímico.

Respecto a algunas personas con lesiones cerebrales y pacientes epilépticos, se constata a veces que desarrollan un pensamiento pertinaz, recurrente, cortocircuitado.

Se observa en los afectados por tumores cerebrales y específicamente de localización frontal un cuadro de excitación, euforia, puerilidad, abuso del juego de palabras con tendencia al erotismo. No confundirlo con el comportamiento de los hipomaníacos.

La falta de resonancia afectiva como anestesia afectiva se produce en la distimia depresiva, donde el sentimiento de tristeza se acompaña de vacío interior y falta de interés. Se puede dar alternancia con distimia maníaca, hablamos entonces de psicosis maníaco-depresiva.

En la clínica también encontramos la apatía afectiva y el estupor emocional, que se traducen en pérdida de la capacidad para experimentar afectos durante algún tiempo.

Existen manifestaciones afectivas como la ansiedad que puede percibirse como falta de oxígeno o la angustia que se manifiesta con opresión precordial o dolor epigástrico.

En general, lo que dicen, hacen o dejan de hacer otras personas puede alterar nuestros sentimientos, es más, así suele suceder. Si bien el diálogo más sincero y más difícil debemos mantenerlo con nosotros mismos.

Estamos en permanente conversación con nuestro corazón.

«También el gorila es un individuo, también una termitera es una colectividad, pero el "yo" y el "tú" sólo se dan en nuestro mundo, porque existen el hombre y el yo, ciertamente a través de la relación con el tú».

Martin Buber

Seres emocionalmente inteligentes

Sólo quien sabe por qué siente como se siente puede manejar sus emociones, moderarlas y aun reconducirlas de forma consciente. No podemos evitar las emociones, pero sí sustituir el pre-programa congénito primario, como el deseo o la lucha, por formas aprendidas y socializadas como la ironía. Las personas emocionalmente inteligentes solucionan mejor sus problemas pues saben priorizar, enmarcan correctamente las dificultades, son flexibles, adaptables y generan alternativas de solución.

Respecto a los demás, el trato satisfactorio depende de la capacidad para cultivar relaciones, de encontrar el tono adecuado y de percibir los estados de ánimo de los otros.

La denominada inteligencia emocional nos capacita para motivarnos a nosotros mismos, para perseverar pese a las frustraciones, para ser capaces de controlar los impulsos, de diferir gratificaciones, de regular nuestros propios estados de ánimo, de evitar que ansiedades y angustias interfieran en nuestras facultades racionales y desde luego nos predispone a empatizar y confiar en los demás.

Parece científicamente constatado que el CI (cociente intelectual) predice un 30 por ciento el éxito —relativo— en la vida, y es que el otro 70 por ciento depende de la motivación personal, la constancia, el control de impulsos, la capacidad para mantener la esperanza y el autodominio emocional.

Para actuar de manera adecuada hemos de prestar atención a nuestros sentimientos y emociones, y entenderlos como que la emoción es el modo de sentirse afectado por el mundo exterior y el sentimiento es el modo en que elaboramos y nos proyectamos sobre él desde nuestra afectividad.

La vida ha de ser un proyecto útil para nosotros y para los demás. Vivir es una esperanza, una oportunidad que no deberíamos desaprovechar. Aprendamos a llegar al corazón de los demás y abramos el nuestro, pues el ser humano precisa como el oxígeno ser querido y valorado.

Mostrar los sentimientos es lo humano. Sonreír es un imán prosocial. Deberíamos reírnos con más asiduidad (por algo dispone nuestra especie de esa posibilidad). Hay que incentivar esta disposición para ayudar al resto, lo que propicia sentirse bien (en muchas ocasiones deberíamos dar gracias por esa eventualidad). Dar es una virtud y una suerte, hay gente que lo tiene todo, ¿todo?, y se siente vacía. Y es que, como dijo Rabindranath Tagore: «Buscas la alegría en torno a ti y en el mundo. ¿No sabes que sólo nace en el fondo del corazón?».

Intentemos unificar el ser con el deber ser. Parémonos a realizar una autointrospección. Conozcamos lo positivo y negativo de nosotros mismos. Desarrollemos el sentido del humor, la autocrítica. Vayamos autodirigiéndonos en el estoicismo, la voluntad, la aceptación del sufrimiento. Démonos un objetivo, una meta. Atribuyamos nuestras conductas a causas estables e internas y responsabilicémonos de sus consecuencias.

Nos gusta sentir y consumir emociones

De buen humor se es más altruista.

No podemos disponer de todas las respuestas pero sí estar abiertos a todas las preguntas.

Los celos nos hablan de amor propio no de amor.

«Todo ser humano prefiere ser un Sócrates
insatisfecho a un cerdo feliz».
JOHN STUART MILL

Y es que deberíamos contabilizar sólo como vivido el tiempo
que provoca en nosotros la ilusión, que nos emociona. La vida
demanda entusiasmo. Los corazones deben usarse hasta rom-
perlos. Seamos coherentes, honestos con nosotros mismos,
y actuemos en consecuencia.

La emoción es más pasajera y a veces volcánica. Los sentimientos por el contrario se prolongan en el tiempo y se
pueden sentir profundamente sin por ello detectarse desde
estados emocionales. Primero es la emoción después el sentimiento.

La emoción suele llevar aparejada alteraciones físicas per-
ceptibles como la palidez, el rubor o la agitación.

De adultos conformamos un estilo sentimental que en gran
medida configura nuestra personalidad. Este estado de ánimo es
genéricamente definible y constante.

Cuando un sentimiento llega a monopolizar la vida afectiva e impele a la persona a actuar, de manera inequívoca, estamos
ante una pasión.

Es importante destacar que entre la respuesta sentimental
y la conductual media un largo trecho, tan es así que se puede
sentir un miedo cerval y actuar con valentía. El ser humano no
se conduce con el simplismo de estímulo-respuesta, por eso en
alguna medida es impredecible. Somos portadores de una voluntad capaz de embridar la razón de manera que se contrarres-
te una emoción con su consecuente reacción automática. De esta
forma compleja mediante la razón e ideación reconducimos los
sentimientos.

La ciencia nos provee hoy de medios para abordar la arqueología de los sentimientos, que cuando son extremos se tocan entre sí; acontece como con el hielo, que puede llegar a quemar.

«Los sentimientos son inocentes como las armas blancas».
MARIO BENEDETTI

LA BÚSQUEDA DE LA PASIÓN

Y siempre buscamos sentir emociones, vivir pasiones excitantes. Cuando la vida cotidiana no nos provee de tales sensaciones, nos las procuramos viendo películas de terror o suspense, lanzándonos en paracaídas, haciendo puenting o bajando por rápidos de agua o siguiendo seriales melodramáticos e incluso consumiendo drogas.

Deberíamos en este punto preguntarnos si en la mayoría de las ocasiones actuamos por efecto de las emociones o de la razón. Sigmund Freud nos aconsejó que en la resolución de asuntos fundamentales de la vida nos dejemos conducir por los sentimientos.

La mayoría hemos concluido que lo importante no sólo es existir, sino de verdad vivir. Y es que se aprecian muchos problemas emocionales en quienes no llenan su existencia de un proyecto, en el que es esencial amar aun para sufrir y en el que se precisan siempre nuevas experiencias, metas, ilusiones.

Muy probablemente son los sentimientos que habitamos los que predicen nuestro destino.

Sentimientos que han sido valorados de distinta forma, no sólo según las culturas, sino las épocas. La palabra sentimiento aparece en el siglo XVIII, los románticos se rebozaban en la melancolía, y disfrutaban de ser desdichados. Mariano José de Larra dejó escrito: «Las teorías, las doctrinas, los sistemas se explican, los sentimientos se sienten».

En general lo que nos motiva a hacer no es tanto una idea como un sentimiento.

«Los pensamientos son las sombras de nuestros sentimientos».
FRIEDRICH NIETZSCHE

Es importante sentir, sentir delicadamente; expresar y compartir los sentimientos, para adaptarnos a los cambios. La clave está en la concienciación. No debemos caer en el sentimentalismo, no hagamos de los sentimientos un fin, no les otorguemos la guía de nuestra conducta.

Más allá de las variaciones corporales y cerebrales que producen las emociones, están los sentimientos; es decir, la idea elaborada que tenemos de ese cambio. Y si bien los sentimientos son en su origen irracionales, pueden en gran medida ser conceptualizados. Es en ese equilibrio inestable donde cabe la fantasía, la sorpresa, el misterio, el denominado pre-sentimiento, las evocaciones, los recuerdos, los errores de apreciación.

Por los sentimientos los humanos no somos previsibles y siempre coherentes, no somos clónicos, ni exactos, no nos regimos por reglas matemáticas. Es por ello que puedo sufrir profundamente al ver sufrir a un semejante. Y también por los sentimientos se originan peleas, tragedias, venganzas, e incluso depresión.

Lo cierto es que los sentimientos suprimen la indiferencia. Estoy profundamente convencido de que hay que ponerle pasión a todo lo que se hace, a todo lo que se dice y esto convoca la atención de los semejantes. Creo que los comportamientos afloran de forma más auténtica los sentimientos que las palabras. Considero la importancia del compromiso personal, pues sentimiento y pensamiento mueven la creación humana.

Nuestras ideas-fuerza se apoyan en deseos, anhelos, ilusiones. Es mediante los sentimientos que tenemos acceso al estado anímico propio y de esta forma podemos dar respuesta a los mismos, no tanto inhibiéndoles como dándoles un cauce racionalizado.

Una forma sublime de expresar los sentimientos es mediante la expresión artística, allí donde se conjugan la manifestación de los sentimientos y de la capacidad creadora del ser humano. Pensemos o aún mejor sintamos la belleza de la música, la forma privilegiada de expresión. ¡Cantemos!

Las decisiones que tomamos

*Para algunos padres el primer amor del hijo es fuente
de preocupaciones; y el primer desamor, de dolor e impotencia.*

«Te quiero. Te quise desde el primer momento en que te vi. Te quise incluso antes de verte por primera vez».

Un lugar en el sol, GEORGE STEVENS, 1951

«A Maggie la dejaremos en el jardín y que la naturaleza siga su curso...».

Los Simpson

Las decisiones que tomamos son el resultado de esa sutil danza entre el sentimiento y la razón.

Es por ello que no debemos aparcar las intuiciones, esa interesantísima inteligencia instantánea, como se demuestra al investigar la catástrofe del *Challenger* y descubrir cómo varios miembros de la tripulación al ver la nave avisaron de un grave riesgo. No se les hizo caso y fue porque existía un sistema informático complejo de cálculo de riesgos de lanzamientos de la NASA, pero que no incluía la intuición humana, aquella que fue capaz de detectar a simple vista que algo sin saber exactamente qué, no estaba bien en el fuselaje de la nave. Los astronautas tenían emociones y el ordenador no contaba con ellas. Por eso un ordenador puede jugar al ajedrez pero le es imposible juzgar un estado de ánimo.

Pues bien, siendo cierto que para aumentar la inteligencia hemos de ejercitar la memoria, no es menos verdad que nuestro sistema educativo debería formar pensadores, más que repetidores de información. También es verdad que la estimulación mental y las ricas relaciones sociales y afectivas posibilitan cambios cognitivos tan decisivos como los potenciales con los que se cuenta y que vienen de la mano de la genética.

Los niños deben aprender a interiorizar, a desarrollar la capacidad de observación, de deducción, de inducción. Hemos de enseñarles que todos los actos están motivados, si bien no siempre somos conscientes de esos motivos.

Eduquemos a los niños a encauzar sus emociones mediante el autodominio y el uso de la razón, a filtrar y elaborar los sentimientos, para no conducirse desde el imprevisible impulso. Expliquémosles con sencillez que una emoción es un cambio que se produce en su cuerpo y que la elaboración de la idea de ese cambio es un sentimiento y que por tanto podemos y debemos trabajar con la representación de la emoción. Hagámoslos conscientes de que cuando ven sufrir a otro niño, a otra persona, su cerebro es capaz de representar ese sufrimiento y recrearlo en él desde la compasión. Ese sufrir con es un potente sentimiento.

Enseñemos a nuestros pequeños que si se conocen podrán ser unos buenos terapeutas para ellos mismos, o facilitar la labor a un profesional.

TOMANDO DECISIONES

Volvamos al tema de las decisiones y planteémonos que los problemas siendo existenciales, son universales, pero las soluciones arbitradas por los humanos son diversas.

Estamos dotados para aprender que si un tipo nos engaña una vez, es su culpa, y si vuelve a engañarnos, la culpa es nuestra.

Propiciemos el cambio cognitivo, su enriquecimiento. En gran medida somos lo que creemos.

Seamos inteligentes, tomemos certeras decisiones, no entendamos en nuestra vida que los valores son los que cotizan en bolsa, rodeémonos de colaboradores más inteligentes.

No renunciemos a nuestros sueños. Para propiciarlos fomentemos la paciencia y fortalezcamos la constancia.

Comprobado, no existe correlación entre cociente intelectual y felicidad, quizás se precise algo de serenidad y ésta se alcanza cuando uno se sabe justo y honrado. Por cierto, preguntémonos por qué todos creemos merecer la felicidad, pero no la desgracia.

Hemos contestado que cuando las emociones son positivas y los sentimientos agradables, la forma de pensar es rápida y rica en ideas.

Tomemos decisiones, porque para conseguir algo hay que dirigirse directamente al número uno y hacerlo con ideas claras, concisas, novedosas, con convicción. Por cierto, ya de regreso, conviene ganarse al número dos.

Transmitamos seguridad, mostremos serenidad y aplomo.

Seamos conscientes de que el remedio para el ser humano es el ser humano. Que ser es extenderse, entregarse, derramarse.

Apreciemos el arte, esa expresión de los sentimientos humanos, que aporta una inteligencia profunda.

En este capítulo dedicado a las decisiones me permito aconsejar no ser arrogantes, pues conduce a la autodestrucción; disfrutar de la filosofía y otros saberes como el amor al conocimiento; y desde luego cuando se está tenso, airado, no rumiar las causas y rememorar, sino desconectar, leer un cómic o ver una película de humor.

Para resolver problemas tomemos la decisión cuando nuestro estado de humor sea positivo, nos será más fácil alejarnos del pensamiento convencional, vincular conceptos no asociados en apariencia y generar pensamientos creativos.

Ya que hablamos de problemas, seamos conscientes de cuáles podemos abordar directamente y en cuáles podemos influir de forma indirecta.

No es buena decisión no disfrutar del presente y trabajar un sinfín de horas para un futuro que no es seguro que llegará. Otra cosa, sin embargo, es volcarse en un trabajo vocacional, ilusionante, del que se disfruta. Eso es una gozada.

Los humanos contamos con capacidad de predicción, usémosla.

Si algo está en juego, debemos ir con decisión.

Mantengamos a los amigos de siempre, cuidemos los afectos personales.

Después del amor, busquemos el amor y nunca digamos nunca. No nos quedemos abrazando ausencias.

Busquemos en nuestro monólogo interior un lugar llamado esperanza.

Dejemos huellas en el tiempo, conscientes de nuestra levedad y de que parece que sólo se vive una vez.

Demostremos valor, cuando estemos en minoría.

Demos lo que tenemos, pero sobre todo lo que somos.

Elijamos nuestro camino y volvamos siempre a la cálida ternura de la paz interior.

Personalmente entiendo que son importantísimas potencialidades: el amor, el proyecto vital y la voluntad. Y que conviene aplicar las corazonadas; es decir, dejarse llevar por el entusiasmo, como catalizador de crecimiento y antídoto de la parálisis y de la artrosis conductual y del pensamiento blando, tópico, único, políticamente correcto.

Considero que es bueno y necesario decir a veces «NO» como prueba de asertividad, pero también como aceptación humilde de que no hay que sentirse imprescindible.

Ante cualquier circunstancia siempre podemos elegir nuestra actitud.

No exhibir poder sobre los demás es una manera de no manifestar impotencia interna. Es más, aceptar la propia debilidad nos hace fuertes, si no caemos en la claudicante resignación.

Una certera decisión es vivir desde la transparencia; ayudar a los demás sin olvidarse de uno mismo; sonreír, recuperar el niño que hay en nuestro interior; alcanzar un estado de ánimo continuado de alegría y buen humor.

Adquiramos el buen hábito del desapego, aceptémonos. Valoremos lo que hacemos por hacerlo bien. Apreciemos lo que tenemos.

Y manejemos el tiempo psicológico, el subjetivo y emocional, que no coincide con el *kronos* o tiempo físico, aquel que mide el reloj.

Estas decisiones están en nuestras manos.

Verdad, belleza, bondad

Toda pareja exige complicidad.

Si rezas no lo hagas para pedir, sino para agradecer.

Los obstáculos son utilizados por los ciegos para guiarse.

Debemos instaurar en nuestra vida estos tres conceptos, predicar la ética con el ejemplo y facilitar que nuestra conciencia no camine un paso por detrás de la razón. Al final somos conocedores de que en la vida es más importante el carácter que el potencial intelectual.

Precisamos de una educación de los sentimientos en los hogares, las escuelas y en el entorno en general. Sabemos que somos parte de un todo y hemos de sentirnos como tales, por eso tenemos que ahuyentar la vanidosa autosuficiencia y generar un proyecto de libertad que se asienta en la interdependencia.

Sostenemos con firmeza que hay que educar, pues la educación es un proceso que afecta de forma radical a lo que sentimos, a cómo pensamos y por ende a cómo actuamos.

Observamos con estupor a personas que son definidas como inteligentes pero que carecen de virtudes morales, individuos creativos que carecen de ética, sujetos sensibles a las emociones que no ponen la sensibilidad al servicio de los demás.

Bueno será en todo contexto cultural inculcar lo que se considera bello o desagradable, bueno o malo, verdadero o falso. Que los niños aprendan a respetar lo frágil, a encariñarse con quien le necesita. A apreciar lo misterioso y lo bello —ya sea interior o exterior—. A respetar lo sagrado.

Y desde luego enseñar a perdonar, a dejarse perdonar, a perdonarse, para evitar acumular re-sentimientos que dañan el sano desarrollo emocional.

La batalla más difícil

Enamorarse es el amanecer de los sentimientos.

«¿Petronio? ¿Muerto? ¿Por su propia mano? No puedo creerlo... ¿Sin mi permiso? ¡Eso es rebelión!».

Quo Vadis, MERVYN LE ROY, 1951

«No acertarán ni a un elefante a esta dist...».

Últimas palabras del general JOHN SEDGWICK mientras oteaba por encima del parapeto a las líneas enemigas. Corría el año 1864

«La tengo todos los días conmigo mismo».

NAPOLEÓN BONAPARTE

Es en el correcto ensamblaje de la inteligencia, los sentimientos y la voluntad donde en gran medida se determina la exitosa andadura del ser humano.

No elegimos lo que sentimos, pero somos responsables de cómo gestionamos nuestros sentimientos. La autoeficacia emocional implica saber lo que siento, darle nombre y reconvertir emociones negativas en adaptativas. Se puede alcanzar a sentir lo que se quiere sentir, y vivir en coherencia con los propios valores morales, erradicando en gran medida la presión del grupo y el riesgo de consumir drogas o pertenecer a sectas o grupos fanáticos.

Eso sí, seamos conscientes de que resulta vano pretender que los hechos acontezcan tal y como deseamos y a la vez seamos equitativos, preguntándonos no sólo cuando nos ocurren hechos lamentables, sino también cuando nos suceden hechos gozosos.

¡Ah, una cosa importante! Tomarse en serio es ridículo y patético, pues carecer de humor, es carecer de humildad, de lucidez. Fijémonos en que si un tonto obtiene un éxito, es seguro que no se repone del mismo.

Resulta esencial la actitud —el carácter para afrontar la vida, para donarla, para vivirla—, que es sinónimo de lo que la vida puede darnos. Nuestra verdadera fortaleza no es tanto física, como mental.

«A nadie le faltan fuerzas; lo que a muchísimos les falta es voluntad».

VICTOR HUGO

También Albert Einstein lo recalcó: «Hay una fuerza motriz más poderosa que el vapor, la electricidad y la energía atómica: la voluntad».

Ahora bien, la voluntad no se alimenta de voluntarismo simplón, sino que es empujada por la inteligencia y por los sentimientos, por saber motivarse e ilusionarse al tiempo que aplaza las verdaderas gratificaciones.

No está mal una pizca de orgullo pero entendiéndolo como una autovaloración por méritos propios, esta satisfacción debería proceder primordialmente de la positiva opinión de los demás. En todo caso hablar en exceso de uno mismo y de forma incesante resulta en el mejor de los casos contraproducente.

Lo que sí precisamos es saber hacia dónde vamos, pues de lo contrario, cada paso que demos será un paso hacia un lugar equivocado.

Buenos consejos

Permítanme un consejo que pongo en práctica todos los días: levantarme temprano, hacerlo de buen humor, con ganas de vivir la vida, de comprometerme con ella, de encontrarme con la bendita gente.

Y ya puestos a hacerme concesiones, coincidirán conmigo en la virtud social de bromear sanamente, de expandir la risa, de instaurar el sentido del humor como variable de personalidad que influye directa y positivamente en nuestros pensamientos, sentimientos y comportamiento.

Por otro lado no puedo estar más de acuerdo con Jean Piaget cuando afirmó: «El lenguaje es la fuente del pensamiento». Y por desgracia encontramos un empobrecimiento del lenguaje preocupante.

Fue René Descartes quien concluyó: «Pienso, luego existo», transmitiendo las riendas al pensamiento. Y Platón declaró que las emociones eran caballos salvajes que tenían que ser refrenados por el cochero del intelecto.

El tiempo nos ha enseñado que lo ideal es la integración de razón y sentimiento para vivir en la armonía y el equilibrio, que permite florecer algo tan humano como es la creatividad.

Podemos descifrar los patrones de la emotividad y dotar de sentido a los sentimientos, aunque no se desplieguen de forma lineal, ni cursen como el pensamiento lógico. En ocasiones nos encontramos sintiendo acerca de nuestros sentimientos, asustados por nuestro brote de cólera, molestos por una decisión débil o avergonzados por un paralizante miedo.

En la clínica vemos a personas que muestran las emociones en lugar de sentirlas y por la calle nos encontramos a quienes han perdido la capacidad de embridar los pensamientos y murmuran constantemente, hablando consigo mismas en voz alta, al punto de manifestar públicamente lo que sienten.

Es importante vivenciar los sentimientos no saludables para abordar la aflicción emocional. Al apreciar una voz que pudiéramos decir que nos auto-ataca, bueno será discutirla como si lo hiciéramos ante una tercera persona y en las ocasiones pertinentes —sólo en ellas— describir los sentimientos con palabras, compartir con algún verdadero amigo empático tu estado de vulnerabilidad. Ocasionalmente la psicoterapia es la mejor forma de conseguir un apoyo continuo.

Siempre hay que enfrentarse a la desesperanza y buscar un proceso de cambio, a veces paradójico, que permita tomar impulso hacia delante.

Aprendamos a experimentar sentimientos y en su caso a expresarlos. Apreciemos cuándo emerge la emoción, la configuración del sentimiento, para junto a la conciencia tomar el rumbo apropiado.

Trabajamos con algunas personas que se hacen daño, unas por reprimir sus sentimientos, otras por expresarlos. También observamos a quienes zahieren a los demás desde una incorrecta y volcánica expresión inmediata.

En la consulta nos encontramos con quienes para vencer los sentimientos que les perturban se implican en conductas extremas que van desde la ingesta compulsiva de alimento, o drogas, hasta la automutilación, pasando por la promiscuidad.

Ante los sentimientos abrumadores resulta positivo establecer una distancia objetiva, no responder de manera reactiva, separarse del significado de la experiencia, describiéndote la misma como si fueras un observador que la verbaliza a otra persona.

Debemos vivir en armonía con las emociones sin caer en una eterna automanipulación.

Las emociones son fundamentalmente relacionales, es por ello que empatizar con los sentimientos del otro resulta absolutamente benéfico, pues ayuda a simbolizar lo que siente y a trasladar sensaciones al terreno mental. Por el contrario invalidar los sentimientos de una persona es infligirle un gravísimo maltrato psicológico.

La vida, el día a día, es un proceso de sentimientos continuos. Nos pasamos además mucho tiempo pensando acerca de lo que sentimos, de por qué lo sentimos y probablemente lo hacemos mucho más que cualquier generación precedente.

Se pueden regular los sentimientos de forma inteligente y ya desde niño, recordemos cómo calmaba el chuparse el dedo pulgar o silbábamos —y algunos siguen haciéndolo— para combatir el miedo. Hoy ya adultos controlamos la información que recibimos, transformamos las reacciones emocionales, regulamos la respiración, contamos hasta diez cuando el enfado se nos apodera, demoramos, planificamos, expresamos, o nos distraemos. Al final las emociones se regulan desde el nivel neuroquímico al social, pasando por el fisiológico y el psicológico.

Y dicho lo anterior es fácil ver quién se hincha por orgullo o por enfado, quién se reduce y contrae por el miedo, el que se cierra en el ostracismo de la tristeza y quién se abre desde el interés.

Bueno será recordar a Antoine Saint-Exupéry cuando en *El Principito* nos dice: «... no se ve bien sino con el corazón, lo esencial es invisible a los ojos».

VIVIR EN EL PRESENTE

Tampoco nos vendrá mal aquello de vivir en el presente, no para el presente y aun escribir un diario donde reorganizar las vivencias, simbolizarlas, elaborarlas.

La vida fluye, la acción, la interacción anterior influye en lo que le continúa. Por eso bueno será perdonar al instante, entender el perdón como una actitud existencial y agradecer sentidamente cuando nos perdonan.

Podemos sin duda mejorar el mundo con buenas formas, con una buena cara, si decimos gracias, si escribimos a mano una carta, si somos amables por teléfono y en el ascensor... todo lo anterior revertirá positivamente también en nosotros (aunque eso no es lo esencial). Erradiquemos a los tipos tóxicos, aislemos a los que emponzoñan las relaciones.

Ser amables es esencial, como lo es vivir con gratitud y evitar ir de estresado, y aún más irritarse y pagarlo con los demás. La paciencia, la moderación son virtudes que exigen sabiduría. Hemos de buscar lo positivo de las situaciones y optimizarlas y no desgastarnos en tontadas, en hablar por hablar de aspectos negativos intrascendentes.

Debemos esforzarnos por ser mejores e inspirar a los demás a realizar buenas acciones. Precisamos dar un verdadero sentido a nuestra vida, implicarnos en causas justas, comprometernos y desdeñar cualquier atisbo de rencor o venganza.

Nuestra vida podrá ser valorada como acertada si la dotamos de un significado y mantenemos constancia en el propósito para alcanzarlo, sabedores de no conseguirlo plenamente.

Es esencial el autocontrol, el mejor predictor de integración social, auténtica vacuna contra la psicopatía, los trastornos alimentarios o el consumo de alcohol. El autocontrol favorece la estabilidad y la salud mental.

La cortesía y el tacto deben mimarse también con los amigos y desde luego hemos de implementar una palanca mental para pasar del desánimo a la acción optimizadora, lo que exige determinación y confianza en la propia capacidad de decisión.

Las intenciones han de transformarse siempre en hechos.

Dentro de nosotros hay un incalculable potencial, seamos líderes de nosotros mismos. No permitamos que nuestro estado de ánimo dependa de otros, responsabilicémonos de nuestras acciones y sentimientos. Seamos conscientes de que aprendemos y triunfamos cuando compartimos y que hemos de comprometernos para cambiar el mundo.

Por último un consejo, jamás, jamás humille a otra persona, no sólo es cruel e innecesario, sino conociendo cómo somos los seres humanos, peligroso.

El suicidio

Ofrecer amistad al que busca amor es dar pan al que se muere de sed.

«La muerte de cualquier hombre me disminuye porque estoy ligado a la humanidad; por consiguiente nunca hagas preguntar por quién doblan las campanas: doblan por ti».

JOHN DONNE, 1624

«Mantén tus amigos cerca pero a tus enemigos más aún».
El Padrino, FRANCIS FORD COPPOLA, 1972

El suicidio es una conducta irreversible cuando alcanza su sincero objetivo, más allá de un aviso, y que se encuentra dispuesto para su estudio por la arqueología de los sentimientos.

Nos suele sorprender, impactar, generar dudas, miedos, inseguridades e incluso culpa.

Muy doloroso y casi siempre incomprensible para los seres queridos.

Un acto que invita a preguntarse: ¿podré un día encontrarme en un estado que me lleve a tomar esa última decisión?

Pudiera ser, pero en este tema todo es pudiera, que la persona toma una decisión meditada, asumida y vivida siguiendo la expresión valerosa de Emiliano Zapata: «Prefiero morir de pie que vivir siempre arrodillado». Sí, ya sé que Zapata se refería a otro tipo de muerte, valerosa, ante un pelotón de ejecución, dando ejemplo, convirtiéndose en héroe y que el suicidio no resulta ejemplarizante, pero creo que hay quien se enfrenta con gallardía al descarrilamiento vital.

Lo único que sabemos es que las causas por las que alguien consuma este acto son variadas, diversas, distintas.

Desde luego la crisis económica hace que mucha gente se sienta angustiada, invadida por sentimientos de impotencia, de desesperanza, de pérdida de validez personal.

El desempleo genera sentimientos de soledad, de desorganización, y por eso muchas personas se ven atrapadas por la depresión.

Claro que el desequilibrio mental, el mal de amores, la incomprensión, la quiebra económica son tantas otras etiologías del suicidio. No nos detendremos en todas y cada una. La culpabilidad, el saberse negativamente señalado, anticipar que se acabará en la cárcel son otros motivos. Como lo son las psicosis esquizofrénicas, la depresión, la disociación, las pulsiones incontroladas, y el consumo de drogas de tipo alucinógeno.

Creo que hay quien se suicida por miedo, los hay que toman la decisión por valor, conscientes, inconscientes, que avisaron, que lo decidieron en ese momento... El grupo de suicidas es variado, se da en todos los niveles sociales, económicos, culturales, geográficos, históricos.

Lo que tengo claro es que esta corriente de que todo depende de nosotros —ya sea el amor, la prosperidad o la salud— no es cierta y hace mucho, mucho daño, resulta perniciosa y gravemente culpabilizadora.

Pienso que una cosa es el dolor y otra el sufrimiento. Ante un dolor intenso, penetrante, continuado puede aparecer una idea autolítica, pero el paso al acto viene determinado por un sentimiento y ése es el sufrimiento.

El suicidio evoca la soledad, el desamparo. Hay algo de atrevimiento ante el temor, una huida hacia delante, una pérdida del control. Quizás remordimientos o sentimientos de culpabilidad.

Hablo de manera generalizada porque no es fácil el tema ni para quienes realizaron sobre él su tesis doctoral, como mi magnífico amigo y psiquiatra Javier de las Heras.

Quien más quien menos ha conocido casos próximos de suicidio por ahorcamiento, por precipitarse al vacío, por tirarse a un pozo, por un disparo con un arma, por ingesta de medicamentos o por una sobredosis buscada y letal.

En España podría hacerse un mapa rural que diferenciaría por zonas el método utilizado.

He visto en el anatómico-forense tachaduras para borrar la palabra suicidio y poner precipitación, que se entiende pudiera ser accidental, porque ¿qué se gana machacando a los padres, a los seres queridos para siempre? ¿Cabía haberse prevenido?

AFRONTAR EL SUFRIMIENTO

Tengo la impresión de que hay pre-avisos, pequeñas señales en algunos casos, pero que la prevención es difícil, casi imposible.

Hablamos de suicidio, no de cortarse el brazo a la altura del codo —y no de cortes en la muñeca—. Estamos abordando el hecho concreto, irreversible, no el chantaje emocional calculado.

El acto que ha sido realizado tras una crisis histérica autoprovocada. Las llamadas de atención, la simulación son otro tipo de conductas, aunque de riesgo.

Y hablo de la motivación por quitarse la vida, no de otros trastornos como la anorexia que pueden provocar las mismas consecuencias, pero que no son buscadas como tal.

Me asustan aquellos jóvenes que no conocen el miedo, y aquellos que tienen poca edad para morir pero viven de forma acelerada porque buscan la subida de adrenalina al borde del precipicio.

Considero que el sufrimiento es parte de la experiencia humana y debe fortalecerse a los niños para afrontarlo. Para ello verá la luz en breve un test que he realizado y que se llama TRauma, editado por EOS, se trata de una herramienta para medir qué características se poseen para afrontar los avatares de la vida, a veces traumáticos, y reseñar cuáles deberán instaurarse para no quebrarse cuando la existencia nos golpee.

Soy favorable al tratamiento del dolor ya sea por procedimientos farmacológicos o mediante intervención quirúrgica cerebral cuando se precise. En este momento evolutivo y de desarrollo de la ciencia no hay por qué sufrir dolores que en nada benefician al paciente. Pero el sufrimiento es un sentimiento consustancial al ser humano.

Hoy en los países de la OCDE, de los que España es miembro, la mayor mortandad en jóvenes de 18 a 24 años se produce por suicidio. Eso es gravísimo y en este caso no se puede culpar a los medios de comunicación, pues no se hacen eco «para no dar ideas». Hay que formar a niños y jóvenes para afrontar las duras o durísimas situaciones que se encontrarán, entre otras que ellos morirán antes que sus seres queridos, o sus seres queridos morirán antes que ellos y otros sucesos trágicos de pérdidas, de separaciones, de deslealtades. Para no extenderme les invito a leer el libro *Guía práctica para afrontar las adversidades de la vida*, donde además encontrarán muchísimos cuentos y películas que les servirán para generar ese airbag emocional.

Retomemos el tema del suicidio en el punto donde lo dejamos, el hecho en sí, no el aviso o el intento fallido de forma premeditada. Las mujeres intentan suicidarse ocho veces más que los hombres, pero lo consiguen menos. Sin comentario.

Hablemos de la recurrente y perniciosa depresión, de esa pérdida de esperanza, de esa inaprensible nostalgia hacia el pasado y ese pesimismo hacia el futuro, de ese severo trastorno afectivo.

El peligro asedia cuando en el monólogo interior se llega a la convicción de que la vida no vale la pena. Cuando se quiere huir de sí, cuando no se supera que el amor se rompió, cuando todos los versos hablan de la lluvia triste, cuando el alma se muestra cansada, y uno deja de sentirse útil.

Por ir terminando con algo tan trágico, tan humano, parece que los suicidas tienen como objetivo la expiación, el autocastigo o la venganza diferida.

Un dato devastador, vergonzante para los varones, que exige todo el esfuerzo y compromiso ciudadano e institucional es que el 30 por ciento de las mujeres que se suicidan tienen antecedentes de sufrir malos tratos.

Concluyo reproduciendo una pregunta cruda que planteó el reconocido colega, que tanto había padecido en un campo de concentración, Viktor Frankl: «¿Qué impide que hoy me suicide?».

Sin emociones

Si no se interpretan correctamente nuestros sentimientos nos desesperamos.

«Por largo y complicado que sea el destino de un hombre consta, en realidad, de un solo momento, es el momento en que el hombre sabe para siempre quién es».

JORGE LUIS BORGES

Haremos bien en no atribuir a la maldad lo que sólo se debe a la estupidez.

Podríamos ser seres puramente racionales, avanzados y sofisticados robots.

Cuando la reactividad emocional de una persona es mínima o casi nula, es seguro que su comportamiento es patológico. La insensibilidad ciega el reconocimiento de los sentimientos de los demás, imposibilita la amistad. Es más, incapacita para el sentimiento de malestar y pesar que provoca el recuerdo de una mala acción y que llamamos culpa.

Sería necesario convenir que la incapacidad para matizaciones sentimentales es en sí una forma de alexitimia, porque las cosas, los sucesos no sólo son bellos u horrorosos, aceptables o inaceptables, cabe o debiera caber la matización entre lo bueno y lo malo.

Apreciamos en los esquizofrénicos de grave pronóstico que nada del entorno, del mundo real, le provoca un sentimiento. También en las denominadas depresiones seudodemenciales se advierte un déficit emocional irrecuperable.

Hablamos de patología en esos seres inanimados para quienes la realidad carece de interés o belleza y lo hacemos porque *pathos* significa ciencia de los afectos y en el devenir lo utilizamos como ciencia de las enfermedades. Y adolecen de los sentimientos que nos sirven de balance y estrategia, pues son en parte conscientes de nuestro pasado y nuestro futuro. Resulta constatable que la diferenciación que observamos en el género humano se explica primordialmente desde la distinta susceptibilidad a la excitación emocional y por ende de los diferentes impulsos e inhibiciones que conlleva.

La neurología de la emoción y los sentimientos de la mano de António Damásio nos ha enseñado que no se puede tener un sentimiento sin conciencia.

Sin sentimientos no se puede cultivar la compasión, la capacidad para sufrir en y con el sufrimiento del otro. Apreciamos reiteradamente y de manera incuestionable que los violadores en serie, que los abusadores reincidentes de niños realizan tan terribles conductas porque no piensan en la víctima, porque no sufren con ella, no hay atisbo de empatía. Es por ello que en prisión o en los centros de reforma no se trabajará nunca lo suficiente con estos sujetos para hacerles revivir de manera profunda, intensa, su crimen desde el dolor y también para mostrarles la perspectiva de las víctimas. Hay que hacerles sufrir, tienen que sentir, han de arrepentirse, han de enfrentarse al horror de la devastación que han ocasionado, han de cargar de por vida con la lápida de lo hecho, de lo imborrable, han de plantearse con serenidad si les merece la pena seguir viviendo y al final de ese durísimo y larguísimo túnel cognitivo / emocional es cuando podrán pedir perdón, si bien nunca perdonarse (he escrito mucho sobre ello en libros como *Tratado de psicología forense*, 1992. *Agresor sexual: Casos reales. Riesgo de reincidencia*, 2003; *Jauría humana: Cine y psicología*, 2004; *SOS... Víctima de abusos sexuales*, 2007; *Adolescentes en conflicto. 56 casos reales*, 2010).

LA NECESARIA PRESENCIA DE LAS VÍCTIMAS

Su crueldad se sustenta en el mecanismo de no sentir nada por sus víctimas, a las que deshumaniza. Pero, lectora o lector, no se equivoquen, no son enfermos mentales, no; no son psicóticos, saben lo que hacen y lo hacen porque quieren hacerlo. Quien les escribe estas líneas siempre pregunta a estos amorales ya sea en la fiscalía o en el lugar de reclusión: ¿qué pasaría si le hiciera yo lo mismo a tu pareja? La contestación siempre es: «Te mataría».

Estos depredadores sociales generan a su alrededor una distorsionada realidad porque no atienden a la real. Nunca olvidaré la cara de aquel joven violador en serie con un inusitado sadismo al que pregunté por las víctimas y sus seres queridos, se quedó lívido y alcanzó a articular: «La víctima soy yo que estoy en la cárcel».

Sólo el 30 por ciento de los violadores en serie dice que en alguna ocasión ha pensado en la víctima. Aun creyéndolos hay un 70 por ciento que no han pensado en la víctima. Creo que todo queda claro, terriblemente claro, así se entiende la bastarda reincidencia.

HACIA UNA EDUCACIÓN MORAL

En último término la forma de ser humano es sentir y compartir los sentimientos.

A nadie se le escapa que hay que prestar una especial atención a la educación moral, la educación de los sentimientos, la ética, fuertemente interrelacionados. Los niños deben aprender que sus conductas, silencios, actitudes van acompañados de efectos en los demás, ya sea alegría, tristeza, preocupación, dolor. Hay que educar en la importancia del tú, en la importancia del otro. Nuestros niños tienen que respetar y manifestar ternura con el abuelo con demencia senil, deben acudir a hospitales infantiles para saber, para conocer, para empaparse del sufrimiento y la esperanza, que aprendan de la lucha y el esfuerzo para que mejoren. Hay que fomentar lo mejor del alma humana a favor de los animales, de la naturaleza.

Vemos a niños insensibles, egoístas, que tienen buenos padres pero que no les han exigido dejar el «yo» en segundo plano para que sean de verdad solidarios, comprometidos, sensibles, afectuosos, altruistas. Que no les han enseñado a reírse de sí mismos.

Toda educación debe tener como objetivo prioritario la adquisición de conciencia emocional y el desarrollo de la empatía. Sin ellos estaremos ante un psicópata, incapaz del sentimiento de simpatía, el que nos hace llorar por la pena de un amigo o reconocer el sufrimiento de alguien a quien no conocemos.

Sin emociones y buenos sentimientos no cabe concebir el amor al prójimo, el sacrificio, la abnegación, ni tampoco podríamos imaginar la creación artística y la sensibilidad para las expresiones del arte.

Querer y ser querido, ésta es la mayor necesidad del ser humano. En general las personas valoramos más el cómo nos ven al cómo nos sentimos.

La gente sana nos emocionamos leyendo un buen libro, viendo una película de cine o una obra teatral o escuchando una pieza musical. Una obra de arte influye en nuestro mundo interior.

Somos distintos como lo son nuestros sentimientos que al igual que las huellas digitales son únicas e irrepetibles. Es más, las personas responden de manera diferente a los sentimientos ajenos.

Cuando hablamos de seres sin emociones no incluimos a los animales porque podemos observar cómo los grandes simios denotan, como los monos capuchinos, satisfacción al observar la felicidad de sus compañeros cuando éstos reciben comida. O cómo los elefantes muestran profundas emociones y se conducen con rituales ante la muerte de un semejante querido.

Y hablando de animales, permítanme que me confiese. Recuerdo de niño estar durante horas observando y admirando deambular con laboriosidad a unas hormigas y en ocasiones pisar el hormiguero antes de marcharme. Ahora de mayor no entiendo por qué hacía eso y sinceramente me arrepiento. Hoy me encanta la cultura tibetana que se preocupa mucho por no matar ni siquiera una mosca.

Retomemos el discurso. Si no sentimos emociones, no nos sentiremos, no sentiremos a él o a ella y estaremos profundamente solos, no cabrá ni ir por ahí hablando solos.

Aturdimiento emocional

Somos seres angustiados ante el abismo de la nada.

«Cualquiera puede enfadarse, eso es sencillo. Pero estar enfadado con la persona adecuada, en el grado exacto, en el momento oportuno, con el propósito justo y de la forma correcta, eso no es sencillo».

ARISTÓTELES

Por favor;
Gracias;
Lo siento;
Cuenta conmigo;
Te quiero.

(Expresiones que facilitan las relaciones)

En ocasiones cuando se sufre una pérdida o se experimenta un trauma, aun conociendo los hechos, no se siente nada porque no se llega a valorar su significado. Se trata de un mecanismo protector del dolor, acontece automáticamente y sirve para dotar de tiempo y permitir que en lo posible se asimile la pérdida.

A veces el dolor es tal que no se escuchan las palabras, se puede llegar a dudar del futuro, de los valores e incluso transformar el sufrimiento en una injusta agresividad hacia los que nos rodean.

Podemos sensibilizarnos ante el miedo como ocurre en el estrés postraumático, o adaptarnos y acomodarnos como acontece en las guerras prolongadas, donde la gente mantiene en lo posible sus conductas cotidianas.

Hay miedos que todos compartimos, como el miedo a ser mayores y quedarnos solos o a sufrir un ictus cerebral. Y si tenemos fobia a los ascensores o miedo a quedarnos encerrados en un cuarto de baño, cuánto más a ser enviados a una celda de castigo, a ser recluidos en un «zulo». Quedamos atrapados por el miedo, sabedores del colapso emocional, al derrumbe sentimental. El solo pensamiento anticipatorio de lo que les he escrito nos genera ansiedad, inseguridad.

Cambiemos de tema, no es exactamente aturdimiento emocional, sino sentimiento de culpa lo que asalta al cuidador cuando el enfermo muere. Y es debido a un dilatado agotamiento que le ha hecho pensar en que todo acabase cuanto antes. El cuidador razona que esto es por el bien del paciente aunque siente que también es por alivio personal. Aunque sabe que la muerte del ser querido nada tiene que ver con el deseo oculto, queda un retrogusto amargo, de insatisfacción, de autocrítica.

La pérdida de un ser querido, el fin de una cálida relación sentimental, el despido laboral, el incendio del hogar y un largo etcétera nos conlleva sufrimiento, impotencia, frustración, desconsuelo, vacío interior. Precisaremos pasar el duelo, un tiempo para reorganizarnos, para superar o sobrellevar el quebranto sentimental.

EL DUELO

El caleidoscopio del dolor es basto y distorsiona nuestro ser, pero tras el duelo se han creado obras imperecederas dedicadas al padre, a la pareja, al hijo. El arte universal nos deja frutos de esa difícil superación. Recordemos los poemas de Jorge Manrique, visionemos el mausoleo Taj Mahal o escuchemos algunas obras de Franz Liszt.

Debemos reseñar los duelos no concluidos, bien porque el ser querido desapareció en un terrible atentado masivo como el del 11 de septiembre; por el hijo que en teoría fue secuestrado; o porque la persona se perdió en la montaña, en el mar. Estos denominados duelos «congelados» añaden la dificultad de que el ser querido permanece aún presente.

Podemos citar los duelos anticipados por una persona afectada de una enfermedad generalmente crónica e irreversible, estos duelos pre mórtem suponen que cuando se produce la defunción dan paso a unos duelos «ausentes».

Respecto a las enfermedades degenerativas y progresivas como la demencia senil y el alzhéimer, podemos en algo aplicar lo antedicho pues se produce durante el proceso una pérdida ambigua. Estos pacientes que padecen de amnesia demuestran en el día a día que si bien los recuerdos desaparecen de su cerebro, las emociones y los sentimientos asociados permanecen. Les invito a que si tienen algún ser querido con esta enfermedad, lo llamen por teléfono, lo acompañen, le trasladen el calor y la ternura; ellos lo captan, lo sienten, lo necesitan, lo agradecen desde la bruma en la que se desorientan.

Hay quien no es capaz de convertir la voluntad en acción. Es el caso de los afectados de párkinson, su carencia de dopamina hace que algunos no puedan caminar, aunque posiblemente en un incendio saldrían corriendo.

Algunos supervivientes de atentados, como los que fueron internados en campos de exterminio, sufren las graves secuelas de la indefensión, la desesperanza les acompaña.

Hemos comprobado el magnífico trabajo de compañeros clínicos con niños víctimas de atentados terroristas. Cuando estos compañeros manejan el duelo infantil, potencian la ventilación emocional mediante el reconocimiento y expresión de emociones, trabajan el uso de técnicas de juego proyectivo, relajación, rehabilitación de la memoria y la atención. Todo ello para superar el embotamiento emocional, al tiempo que reestructuran creencias erróneas que se han cursado a raíz del trauma.

Por mi parte he trabajado desde la fiscalía con personas que han sufrido abusos sexuales y he apreciado las secuelas en forma de miedo, de sentimiento cuasi de culpa y de incapacidad para detener lo que estaba aconteciendo —sentimiento de connivencia—, cambio en la percepción de su propia imagen, modificación en las relaciones interpersonales, problemas de concentración, recuerdos vívidos del hecho traumático —estos recuerdos son a veces muy recurrentes—, dificultades para mantener unas normales relaciones sexuales. Bien es cierto que las secuelas varían mucho dependiendo de diversos factores, en los que he incidido en algunos libros específicos que he publicado.

Indicaré por tanto sólo que el incesto genera un profundo y prolongado aturdimiento, pues la herida sentimental se la propicia quien debiera garantizar su seguridad y protección, lo que deviene en una oleada de ansiedad y una confusión generalizada en los vínculos que pueden exteriorizarse o en una desconfianza extrema, o una dependencia excesiva y es que no hay que olvidar la gravísima sensación de duelo por la pérdida de la que es objeto, pues el adulto de referencia —el ser querido— no le cuidó, pero sí abusó de su persona.

El abuso sexual en niños conlleva sentimientos de estigmatización, rechazo del propio cuerpo, desconfianza hacia los adultos, ansiedad, vergüenza, hostilidad, miedo generalizado y estrés postraumático. No se aprecian todos estos estigmas en todos los niños.

He trabajado con niños y con adultos que sufrieron abuso en su infancia con pruebas proyectivas que buscan descifrar los procesos subyacentes de la personalidad, ya sean motivos, conflictos o necesidades, con base en las respuestas únicas y subjetivas de cada persona examinada.

Las pruebas proyectivas se clasifican en: expresivas con juegos o dibujos (por ejemplo dibujar una persona, esta prueba de Machover nos enseña que el niño dibuja lo que siente), asociación de palabras o manchas de tinta (el conocido Rorschach), construcción de historias o secuencias (TAT, test de apercepción temática de Murray) y complementación de frases.

En los estudios realizados con los dibujos de la figura humana que realizan los niños víctimas de abuso sexual encontramos frecuentemente signos de ansiedad, como tachaduras, emborronamientos y reforzamiento de áreas genitales.

En estudios con pacientes afectados de trastornos disociativos graves se observa de manera coincidente la realización de dos figuras humanas.

Hemos titulado este capítulo aturdimiento emocional y traemos a escena a algunas víctimas de maltrato psicológico que sufren un estado de confusión extrema, dado que su agresor ejerce «luz de gas», pues de forma insidiosa y perversa en ocasiones se muestra amable, cariñoso y cercano, mientras que en otras resulta distante, frío y calculador.

Dado el aumento de la esperanza de vida encontramos a enfermos dependientes que se sienten no sólo indefensos, sino abrumados pues no desearían ser una carga. Los cuidadores afectados emocionalmente por el sufrimiento y deterioro del ser querido y por la sobrecarga que les demanda pueden caer en un bucle de angustia que deviene en depresión.

Respecto a quienes han estado al borde de la muerte, permítanme dos narraciones. El eminente psicoanalista Carl Jung, tras un infarto que sufrió en 1944, describió un ascenso rápido al cielo y una visión del universo desde una perspectiva astronáutica. Por mi parte, sufrí en 2007 un grave infarto de miocardio que conllevó que me implantaran tres «stent» y sentí un cierto abandono de la vida, como que la vida se me escapaba, que me acercaba por tanto a otro estado y todo ello en paz, de forma agradable, cuasi desvanecido, contemplado por mí, pero no desde mí. Algo así como cuando se te duerme una pierna que sabes tuya pero que no la sientes tuya. Y ello en un estado de consciencia similar a cuando te despiertas pero dudas si estás despierto.

Acabemos hablando del síndrome de Estocolmo, que es conocido como un mecanismo poderoso de dominación y manipulación, hasta el punto de provocar en la víctima sentimientos negativos hacia aquellos que intentan liberarle de sus captores, ya sean miembros de las fuerzas de seguridad o de la propia familia del rehén. Todo ello acontece por el vínculo emocional que establecen con los secuestradores los rehenes, vínculo emocional que en realidad es una estrategia de supervivencia para víctimas de intimidación y abuso. Esta situación se aprecia sin lugar a dudas en mujeres maltratadas. Estamos ante un mecanismo de defensa inconsciente puesto en marcha ante la impotente indefensión aprendida, es de esta forma que el retenido evita un shock emocional. Deviene en simpatía hacia el captor. Para diagnosticar este síndrome es preciso que la identificación con el secuestrador sea realmente notable y algo esencial, que se prolongue en el tiempo una vez superado el cautiverio.

Como hemos visto, hay muchas causas y situaciones que conducen al aturdimiento emocional.

Susurro sentimental

Quién dice qué a quién.

ARISTÓTELES

«Un pasajero, después de una discusión, le dice a la azafata que le está resultando una persona muy desagradable. La azafata le contesta: Sin embargo, usted a mí me parece una persona encantadora, pero podemos estar los dos equivocados».

ANÓNIMO

Somos materia y representaciones, esperanzas y vivencias de lo que hemos sentido.

Precisamos escuchar la voz interior y la palabra de la naturaleza, tomar distancia de las prisas y del ensordecedor y machacante ruido, repensar nuestra existencia, meditar, dejar espacios para el espíritu, apercibirnos de la sensación de trascendencia.

Hemos de conectarnos a los demás, mantener relaciones entrañables, reflejarnos en los otros; es muy importante captar cómo nos ven, cómo nos sienten.

Asumamos responsabilidades, demos respuesta, no deleguemos, no desviemos nuestras sombras.

Cuidemos nuestra psiquis, mimémosla. Más allá de los procesos mentales alcanza a la denominada alma.

Escuchar el fluir del agua es mejor que desahogar la ira o las frustraciones contra un árbitro.

Evitemos el «pan y circo» o ahogar las penas en alcohol.

A veces los sentimientos están a flor de piel, nos sentimos vulnerables y para sentirnos seguros empleamos el mecanismo de regresión. En otras ocasiones por enfermedad o hechos traumáticos nos sentimos frágiles y precisamos más ternura, más cariño.

A veces por disminuir el sufrimiento utilizamos la amnesia, y si bien ese sufrimiento se aloja en el sótano del inconsciente, un día, con el paso del tiempo, nos susurrará y quizás podamos entonces afrontarlo.

Puntualmente nos acecha el miedo, los miedos, ¡vamos a por ellos! Pasa como con los fantasmas, que si los tocas se desvanecen, pero si intentas huir te perseguirán, te aterrorizarán.

Susurros, antes de expresar nuestros sentimientos miramos a hurtadillas a la gente que nos rodea. Hay a quien le cuesta tanto expresarlos que le resulta más fácil escribirlos en una carta o en un diario.

Nos cuesta que nos vean llorar, hasta en los entierros hay muchas personas que llevan gafas de sol.

Sin embargo hay quien expresa sentimientos inimaginables en el cara a cara por Internet.

No intente poner límites o silenciar los sentimientos. En lo posible exprésalos con el interlocutor que tiene enfrente. Hemos pasado del amor platónico al amor en la Red, donde se utiliza el lenguaje escrito que diluye la interrelación personal. El amor en la Red es honesto o fantasioso o mentiroso pero platónico, pues en la Red no puede ser consumado.

Los demás nos importan mucho, es por eso que nos ruborizamos ante ellos, la vergüenza nos ahoga si somos cogidos en una mentira u otro hecho indigno.

Susurros. La felicidad cuesta poco, la que exige pagar mucho no es duradera ni auténtica.

La conciencia de la propia dignidad provoca un sentimiento de satisfacción y empuja a comportarse de forma adecuada ante los conciudadanos.

Susurros. La pareja se mantiene en la permanencia de la ternura.

Cubramos la vida de belleza, de arte.

Susurros. Si eres libre no entres jamás en una jaula, no te dejes deslumbrar por el destello de su oro. Y no caigas en la «amordependencia», se diferencia poco de cualquier otra adicción.

Escuchemos la quietud.

Susurros. Ser amigos es estar juntos. Sin que el reloj dicte la hora.

Susurros. Bajo la ceniza queda el rescoldo del fuego.

Sería estupendo ser cómplices.

Susurros. Hablándole a la luna.

Dueño de mis silencios.

Susurros. Entre la piel y el alma.

Qué bueno ayudar a los demás. Qué mal hacerlo para sentirnos mejores.

Susurros. A veces es más importante decir algo de nuevo, que algo nuevo.

Son los actos sencillos los que cambian nuestra vida y el mundo.

Susurros. Ni todo silencio es alejamiento, ni toda distancia, ausencia.

Sean tus terapeutas preventivos: una dieta moderada, un descanso suficiente, una mente alegre y un gusto por compartir, dialogar y mostrarse extrovertido.

Susurros. Rompamos de vez en cuando con la rutina.

Gustemos de los misterios, de aquello de lo que no sólo no sabemos la respuesta, sino que no sabemos ni formular las preguntas.

Susurros. No vemos el mundo que es, vemos el mundo que somos.

Perdemos muchos objetos, no nos perdamos a nosotros mismos.

Susurros. Vivamos por algo y para algo y con alguien. Luchemos por la realidad a la que aspiramos, aquella que nos hemos creado.

Susurros.

Al borde de la vida

Creer que sólo se es lo que se piensa, vivir en un monólogo interior, o hablar sólo para escucharse es un empobrecimiento existencial.

A veces la culpa nos zarandea.

El ansia de dominio, de control sobre la pareja es el material que alimenta el fuego de la violencia doméstica.

Siempre hay un día que no llega, la muerte puede estar en el próximo latido.

Cada generación vive más años, pero el último día ¿qué percepción se tiene de lo vivido? Debemos parar para captar lo que sentimos y pensamos, lo contrario es como un caballo desbocado que no sabe dónde va.

Para no volvernos locos, para mantener la ilusión por la vida, precisamos una razón, un proyecto, una motivación.

Todo lo que verdaderamente importa al final es que hayas amado y que te hayan amado.

Un mundo de sentimientos, la forma más noble de sentir. Sentimientos, que son siempre sentimientos de alguien, y que en su plano elevado se convierten en ideales.

La vida es dura, la competencia grande, se trata de ser los mejores en aquello que se emprenda. Esto exige preparación y constancia, lo cual no debe impedir que recordemos a Woody Allen: «Si quieres hacer reír a Dios, cuéntale tus planes futuros».

Valoremos la calidad de nuestra vida, revisemos lo que aportamos. Planifiquemos. Apreciemos las oportunidades, arrinconemos las limitaciones, pensemos en posibilidades.

La formulación de preguntas inteligentes, el manejo de la complejidad y la incertidumbre es lo que permite evolucionar siempre desde la incitadora inseguridad.

Por el contrario la pedantería sólo se explica desde el deslumbramiento de la estupidez.

Deberemos cultivar de manera educativa la identidad propensa a la integración y el acuerdo, y fomentar el discernimiento moral.

Respecto a la tan jaleada autoestima considero que bien está en su justa medida, pues una persona con la autoestima hipertrofiada es un candidato con muchísimas papeletas para la decepción crónica y un peligro público.

Recordar que la cólera es mala compañera de viaje y nada aconsejable si se desea modificar un comportamiento.

Al borde de la vida nos topamos con trabajópatas que parecen olvidar que acabarán en un sitio silencioso, rodeados de flores y de otros desconocidos. La vida se llena de amor o se queda semivacía o vacía.

LOS AÑOS QUE NOS QUEDAN POR VIVIR...

Preguntémonos: ¿cuántos años querría vivir? Y una vez contestado, respondamos: ¿y qué haría con esa vida?

Miremos a las estrellas y preguntémonos: ¿quién será el Creador, cuál nuestro destino?, porque conociéndonos como nos conocemos ¿podemos creer que estamos hechos a imagen de Dios?

Como una bóveda, así debemos sostenernos unos con otros, mutuamente, como la felicidad, compartida. Es la unión la que nos hace fuertes.

Amar y ser amado, eso es todo. Ser amado por lo que se es resulta una gozada, pero aún más ser amado a pesar de como se es.

El dinero, recuérdelo, no da la felicidad, bien es cierto que en su ausencia, sirve de paliativo. Respecto al éxito tampoco otorga la felicidad, es a la inversa.

La vida me ha confirmado que es más fácil modificar el curso de un río, que cambiar el carácter de una persona. También que para conocer a un ser humano hay que observarlo afrontando la adversidad y haciendo uso del poder.

Y es que el triunfo tiene muchos progenitores, pero el fracaso resulta huérfano.

En la existencia hay que tener valor para levantarse y hablar, pero también para sentarse y escuchar. Pues hablar bien es un arte, pero escuchar también. Fijémonos en que nacemos con dos ojos, dos orejas y una sola lengua. Escuchemos. Ser elocuente es decir exacta y correctamente lo preciso.

Creo que no está mal vencer con orgullo y humilde dignidad y perder con elegancia, con clase.

En la vida solemos recordar sólo lo que nos interesa. A mí me gusta más practicar los proyectos del futuro, que la nostalgia del pasado. Créame, para que lo que se consiga sea valioso se precisa esfuerzo, pero no equivoquemos términos: la fuerza del carácter encubre en ocasiones una patética debilidad de los sentimientos.

Los hay felices porque tienen una limpia conciencia, otros porque no tienen conciencia. Respecto al sufrimiento, sentirlo sin quejarse es asumir una conducta de riesgo pero que generalmente fortalece.

Hay quien se pasa el día quejándose, obviamente se desacredita.

Encontramos avaros a los que les pasa con el dinero, como acontece con el agua salada, que cuanto más se bebe más sed se tiene.

También encontramos a necios, unos ríen por todo y otros lloran por todo.

Me adscribo al grupo de los que tienen coraje para defender la autonomía e independencia. Otros asumen un grave riesgo al ponerse en manos de otros.

Los hay tan humildes que creen carecer de humildad.

Pena dan quienes confían sus secretos más profundos a otra persona, haciéndose merecedor de una esclavitud relacional.

En la vida no debemos perder las referencias esenciales, aún menos cuando nos rodea la oscuridad existencial, pues somos el único ser que se maravilla de su propia existencia. Es en las situaciones de crisis cuando se precisa la imaginación.

Con el tiempo se aprende que toda empresa de éxito exige una decisión valiente, que sólo con los años no se gana en experiencia. Que la capacidad de amar genera amor. Que es muy bello sentir felicidad y aburrido hablar de ella. Que sentirse permanentemente infeliz es sentirse fracasado. Que para ser de verdad alguien no hace falta mandar ni obedecer. Que la verdad no la posee quien más grita.

En esta vida lo que hacemos no es más que una gota en la inmensidad del océano, pero ciertamente el océano no sería igual sin esa gota.

Qué buena gente, qué buen espíritu, el que encuentra la alegría en la alegría del otro. Qué gozada cotidiana el disfrutar con el trabajo, el ser vocacional.

Por otro lado, qué pena quien no confía en nadie, algo gravísimamente patológico. Qué deprimente quien dice estar de vuelta de todo y es que ciertamente no ha ido a ninguna parte. Qué lastimoso ser infeliz por carecer de lo superfluo, o desestabilizar el amor con la duda, o hundir con la traición.

De verdad que la vida no es más ni menos que lo que hacemos con ella y quizás caemos en un exceso de precipitación y de superficialidad. No vivamos para nuestra autobiografía. No consumamos esperanza e ilusión, sin aportar nada.

Creo que debemos trabajar con ganas, pues hay una eternidad por delante para descansar. También resulta eficaz limitar los deseos, pues nos hará percibirnos más ricos.

Se comprende que haya un amor que dure toda la vida, me refiero al amor a uno mismo, pero es esencial gustar en lo posible a la gente, lo que conlleva que te guste gustar a la gente.

En esta vida debe abandonarse el camino que te lleva donde no se desea. Enseñemos, aprendamos a caminar, a caer, a levantarse... ¿por ese orden?

Nuestros sueños deben vivir eternamente y desde luego que no se nos enfríe el alma.

Pensamientos en el aire

Le preguntó a su nieto si rezaba por la noche. Y el nieto contestó que por supuesto. Le interrogó si también rezaba por las mañanas y recibió por respuesta: «No, por el día no tengo miedo».

Planté un olivo y alguien me preguntó si espero verlo maduro. Contesté que no, pero que otros lo verán. Y es una forma de demostrar esperanza en el futuro y gratitud a quienes nos antecedieron.

Un personaje reconocido recibía un premio, el presentador glosó sus muchos méritos pero el premiado molesto le dijo al oído a su esposa: «¡No ha dicho nada de mi modestia!».

Permitámonos trasladar sueños al papel, vencer a la muerte (al menos en vida), disfrutar de forma apacible de la suave retirada del atardecer, proyectarnos sin nostalgias hacia el porvenir, esperemos lo mejor, sintamos como posible lo que deseamos.

Somos tiempo y hemos de revisar dónde y con quién lo disfrutamos o malgastamos.

A la vida hay que ponerle pasión, desde la percepción de nuestra eficacia hemos de motivar nuestra acción, y para ello hemos de fortalecer la voluntad.

Mantengamos la certeza en la amistad.

No busquemos sólo convencer, dejémonos también convencer por los otros.

Evitemos envenenar la vida, perdonemos, dejemos que nos perdonen, perdonémonos. Al final Freud nos interpretó que no somos verdaderamente dueños de nuestras conductas, Darwin nos mostró que los orígenes son humildes y Copérnico nos zarandeó al hacernos comprender que no somos el centro del universo.

Los otros, sí, los otros son los que nos dan pleno derecho a ser personas. Recuerde que el «yo» resulta problemático y es porque se siente superior al otro, a todos los «otros».

La vida lo es todo, amémosla aun sufriendo. Disfrutemos de las pequeñas cosas, de la tristeza que nos pertenece, de la belleza irrepetible de lo efímero, lloremos de alegría, compartamos el silencio, permitámonos ser contradictorios y sepámonos capaces de jugarnos la vida.

Apreciemos y agradezcamos lo que tenemos. Todos los días amanece, pero tenemos que mirar al Este para verlo.

Cultivemos la amistad, cuidémosla, démosle prioridad. Bien está que nos amemos a nosotros mismos, pero mal, muy mal, que sólo nos amemos a nosotros mismos.

Paremos a preguntarnos: de lo que llevamos vivido ¿cuánto hemos vivido realmente? Permítame compartir mi receta: mi vida se llena de pasión, esperanza, voluntad, optimismo, entusiasmo y esfuerzo.

Pensamientos en el aire que no debieran dejarse influir por efímeras modas. Debemos envejecer ganando en sentimiento de paz y liberación y sin perder la ilusión por aprender, sorprenderse, comprometerse.

Dirigir la mente, manejar emociones y sentimientos, eso es lo que permite administrar la vida.

Aprendamos de la naturaleza. Para que germine y brote el trigo, tiene que morir la simiente. Si sabemos las limitaciones de la vida, cuidémosla, valorémosla, aprovechémosla de forma y manera que nos podamos despedir, apesadumbrados por la partida, pero satisfechos por obrar con coherencia.

Parece redundante decir «persona humana», pero ciertamente todos somos humanos y para ser persona hay que construir gracias a la educación y el esfuerzo la personalidad.

Escribo sobre sentimientos y ello obliga a sentir, a reflexionar, a ser en lo posible sincero, a mirar de forma poliédrica. Sólo los chiflados, los charlatanes, los engañabobos, los cantamañanas —que no son pocos— le darán instrucciones de uso de la vida.

A mí me gusta propagar que la esperanza es una obligación ética. Que la vida precisa no sólo de oxígeno, sino de entusiasmo.

Para fortalecerse hay que proponérselo y no rehuir compromisos ni responsabilidades.

El propósito de la vida debe ser algo más que alcanzar la felicidad, la dicha no lo es todo.

Importante es el propio crecimiento, el éxito reside en uno mismo. Ampliemos nuestro conocimiento, estudiemos, contemplemos, reflexionemos.

Lo que hace grande a un ser humano es su voluntad. La perseverancia lo es casi todo, aunque le va bien una pizca de ingenio y talento.

La educación es la base, pero se precisa toda una vida de esfuerzo. PODRÍAMOS MEDIR LA SALUD MENTAL POR LA CAPACIDAD DE ENTUSIASMO.

Aun equivocándose es mejor ser optimista. El futuro es de quienes sueñan y ponen los medios para alcanzarlo.

Es más valiosa la salud que la riqueza y la libertad que el poder. Y aún más, conocer nos permite ganarnos la vida, pero precisamos un parpadeo de sabiduría para saber vivir.

Soñemos despiertos. El mundo pertenece a los que se atreven.

No hay mayor sabiduría que conocerse a sí mismo, ni mayor necedad que estar en guerra con el resto del mundo.

Creo que es de la actitud ante las circunstancias de lo que depende el fracaso o el éxito. No nos preguntemos ¿qué va a acontecer?, sino ¿qué haremos?, y es que o cambiamos la situación a la que nos enfrentamos o nos adaptamos a ella.

Claro que cometemos errores, lo grave es que culpemos a otros.

No se trata de ser importantes, sino útiles.

Miremos y veremos a quien siempre habla justo antes de pensar y a quien se siente en posesión de la verdad y habla de manera mayestática, para adornar ideas menores.

En este punto transmito un pensamiento esencial de este libro. Cada día hay que decidir estar de buen humor y compartirlo. Hemos de luchar por lo que creemos, comprometernos con los problemas, superar los miedos y adornarlo todo con una sonrisa. La existencia no demanda sólo autosatisfacción, sino fidelidad a un noble propósito.

Uno debe generar su propia energía. En nuestras manos está afrontar el destino, y es que somos en gran medida lo que hacemos con nosotros mismos. Planteemos no sólo qué hacemos, sino qué pensamos, qué sentimos, quiénes somos.

La razón es una buena compañía, invitemos de vez en cuando a la fantasía.

Buenos amigos, buenas tertulias, buenos libros: buena vida (al menos para mí).

Creo que es mejor quemarse que apagarse. Al final, nadie salió vivo de aquí.

Penoso resulta observar a quien espera durante toda la vida a que ésta comience. Otros darían su vida por vivir. Hay quien no deja huella. Los hay que son parásitos de ellos mismos. Y los que saben lo que quieren, pero no lo que necesitan. Hay quien no puede ver lo ciego que está. Y quien dentro de sí se siente irreal.

Los hay que dudan de lo que están seguros.

En ocasiones nos deprime nuestra condición humana. Es el momento de sonreír, de reinventarnos. No quememos todos los puentes, no perdamos lo esencial: los sueños. Que el futuro no se hunda en el pasado.

Resulta estupendo olvidarse de uno mismo, no hacer lo más conveniente, sino lo que creemos, lo que deseamos.

No siempre conviene dejar las cosas claras, pues digas lo que digas siempre hay quien te entiende.

Preguntémonos si queremos ser libres, si hemos sido engullidos por la colectividad. Si somos prisioneros del tiempo.

En fin, que en la vida gana quien más ama. Para acompasar el corazón hace falta el otro.

El trabajo más difícil es
el de pensar

En un campo de golf se cuenta la historia de un jovencísimo caddie que no sabiendo inglés salvo tres palabras, encantaba a los turistas pues después de cada golpe e independientemente del resultado gritaba entusiasmado: «¡Qué fantástico golpe!».

«No diga que tiene amor quien no tiene atrevimiento».

Comedias, CALDERÓN DE LA BARCA

En un funeral de un personaje riquísimo un hombre lloraba sin consuelo. Se le acercó el sacerdote oficiante y le preguntó si era pariente del difunto. Contestó que no, y que era precisamente por eso por lo que lloraba.

Por eso se practica tan poco.

El pensamiento es el tajo donde ejercitar la inteligencia.

Antonio Machado dijo que de cada diez cabezas españolas, nueve embisten y una piensa. ¿Optimista?

En la actualidad los medios: radio, prensa, televisión asociados en grandes grupos y en empresas editoriales dictan en gran medida los contenidos y el discurrir de nuestros pensamientos y nos surten de las imágenes que embridan nuestra imaginación. Es la red interactiva la que permite una mayor amplitud de perspectiva, pero se corre el riesgo de perderse en la niebla de lo inconsistente, lo falso, lo estúpido.

Hay que educar a aprender, fomentar el manantial de ideas y reflexiones, incentivar la creatividad.

Seamos conscientes de que vivimos en una sociedad donde don dinero es el rey, hablamos de valores, pero son los números los que marcan nuestra agenda y estado afectivo. Prima la economía sobre la educación o la sanidad por ejemplo. El ser queda aplastado bajo el tener. Al mismo tiempo estamos expuestos a un runrún de información, o dicho con más precisión, a sucesos y sucesos sin elaborar. Creemos conocer pero es un peligroso espejismo, pues no se profundiza desde el rigor.

Nosotros los humanos hemos desarrollado en la parte frontal del cerebro la mayor corteza de asociación, la cual no es estrictamente sensorial ni motora y que nos permite el maravilloso uso del lenguaje, y otras facultades inalcanzables para el resto de los animales, entre ellas la capacidad de entender las motivaciones de los otros, la denominada teoría de la mente.

Es en la corteza cerebral donde encontramos el sustrato de nuestra irrepetible individualidad, desde ahí se facilitan las interacciones sociales y también nuestro sentido moral. Esta región del cerebro que está evolucionando desde fecha reciente (dentro del cronograma evolutivo) alberga nuestras capacidades cognitivas y de personalidad, como el desarrollo del carácter.

Observamos que una lesión en el lóbulo frontal afecta al comportamiento social. Esta lesión altera la capacidad de sentir emociones ante estímulos de naturaleza social y específicamente cuando la respuesta apropiada es una emoción social, ya sea vergüenza o culpa.

Creemos que pensamos, pensamos y pensamos, pero también sentimos. Y de esta forma se interacciona con el conocimiento moral motivándonos a hacer lo correcto. No es tan clara la distinción entre lo objetivo y lo subjetivo, lo trascendente es cómo percibimos y elaboramos. Veamos un ejemplo, cuando tenemos miedo lo vivimos como real, más allá del análisis que un tercero pudiera hacer de la situación que nos atemoriza.

No son pocas las emociones que como intuición se emparejan con la razón para determinar lo que es o no valioso y nos permiten acceder al mundo de los valores. Respecto a los sentimientos son una forma de cognición, si bien radicalmente distintos de la cognición racional.

Coincidiremos en que el arte debe disfrutarse, pero no definirse.

Algunos seres humanos son geniales. Pensemos en el que inventó la rueda —desde luego la idea no procedió de un desarrollo del caminar—, pero es que ese mismo inventor u otro se percató de que hacía falta más de una.

Personalmente me asombro con detalles como el clip y me encantaría conocer a quien lo diseñó, pero también a quien se le ocurrió quitar el hueso de las aceitunas y rellenarlo de anchoa y a tantos y tantos.

Releyendo este capítulo para avanzar pienso que quizás estoy induciendo al error al lector al reseñar de forma tan subrayada la corteza frontal. Lo cierto y verdad es que las grandes funciones de la mente humana, como son el aprendizaje, la memoria, la percepción, los movimientos, la atención, el razonamiento, los sentimientos o el lenguaje no surgen de un único centro del cerebro.

Al resaltar el lenguaje, permítame detenerme en el diálogo, en ese instrumento poderosísimo que exige el reconocimiento del otro en su propia identidad. Ni tú ni yo. Y tú y yo. Al final la unión de los contrarios es lo que teje nuestra vida.

Dejo constancia de una fácil observación. A los varones no les gusta —no nos gusta— detenerse a preguntar por dónde hay que ir, prefieren seguir desorientados. Ahora lo más estimulante es su GPS (y además te habla con firmeza y voz femenina —el disfrute de los masoquistas *light* no tiene fin).

Tras la sonrisa, continuemos. Simplificar lo complejo es prueba de inteligencia y desde luego el empobrecimiento del lenguaje nos deparará graves problemas.

Nos cabe a cada uno ejercitar el propio ingenio, y no permitir que los pensamientos negativos contaminen nuestra autorrealización.

Sabemos que no existe correlación entre cociente intelectual y felicidad, y que felicidad y envidia son incompatibles.

Si partimos de que somos simples aficionados, deberíamos aspirar a pensar como lo hacen los sabios y a hablar de forma que se nos entienda con sencillez.

Tras muchos años de experiencia clínica he concluido que para conocer a una persona hay que preguntarle cómo se valora subjetivamente y cómo y con quién se relaciona. Su subjetividad es su esencia.

Quizás debiéramos decir: «Tu subjetividad no coincide con la mía».

Pregunte a una sala llena de progenitores si se quiere igual a todos los hijos y cuando se inicie la respuesta afirmativa, indique: «Contéstenme como hijos». Se sorprenderá de la respuesta.

Con humildad y lucidez René Descartes nos dijo: «Daría todo lo que sé por la mitad de lo que ignoro».

Creo que el estudio no es un deber —que también—, sino una gozada para asomarse al inabarcable mundo del conocimiento y que el aprendizaje sin reflexión no tiene sentido.

La verdad es que somos tan limitados que creemos tener razón.

Respecto a la tan cacareada felicidad, tengo la impresión de que se es más feliz de lo que pensamos. En todo caso la felicidad —y como decíamos antes del arte— se siente, no se razona.

Abordemos un concepto intangible: la verdad, que nace en el enriquecimiento recíproco, en el aroma de la marmita que acoge los distintos ingredientes. Posibilitemos que el que piensa distinto, pueda expresarlo. Cualquiera puede enseñarnos. Luchemos sin descanso contra la grave enfermedad de creerse más importante que el resto de los humanos.

Hay que intercambiar las palabras, sentir el tiempo, entrelazarse con él. Uno cambia, pero sigue siendo uno mismo...

Sin el conocimiento de uno mismo no hay plenitud. Hace tiempo que emprendimos el gran viaje; para avanzar sin estar dando vueltas sobre nosotros mismos hay que explorar nuestro interior y compartir el camino con otros. Y es que la diversidad es un tesoro que nos regala la vida.

No se puede ser dueño de sus actos, si no se es del pensamiento. Esto es tan cierto como que si no pensamos lo que decimos acabaremos diciendo lo que pensamos, o que para obtener otros resultados ha de realizarse un abordaje distinto.

Obviedades, pero que a veces se olvidan. Decir sí o decir no resulta breve, pero exige reflexión —o debiera.

CONOCIMIENTOS

Hoy y al menos en parte podemos predecir el futuro, podemos ver más lejos, porque somos como enanos —dicho con todo respeto— sobre los hombros de gigantes —los clásicos que nos antecedieron.

Precisamos convertir la información en conocimiento, desde la reflexión. Y ésta hemos de compararla e integrarla con lo que ya sabemos, procesando lo leído.

Cuando hablamos, transmitimos información; para comunicarnos hemos de movilizar los sentimientos. Veamos, las cosas que entendemos las olvidamos; las que además de entender las sentimos, las recordamos para siempre. Es por ello que a la mente humana le gustan tanto las buenas historias, las narraciones, porque conectan directamente con la emoción. Y qué decir de ese hogar de palabras que es un cuento, ese refugio de las angustias que nos trae el frío aire de la vida, los cuentos que contienen importantes enseñanzas y prolongan desde el vínculo de ternura el mundo de las caricias, de los besos.

Hay un proverbio masai que dice así: «Un hombre sin cultura es como una cebra sin rayas».

No hay mayor conocimiento que saber que el conocimiento no alcanza el verdadero saber. Al menos seamos conscientes de nuestra ignorancia, aceptemos que rechazamos las posibilidades por pura ignorancia y que la falta de confianza en uno mismo trae consigo a un terrible enemigo: el miedo.

Miren, mientras el gerente sabe cómo hacerlo, el verdadero líder sabe lo que se debe hacer, y además muestra a los demás cuáles son sus talentos y se los exige.

«Pueden, porque creen que pueden».

VIRGILIO

Hay quienes crean obras que les sobreviven. En el mientras tanto juguemos, juguemos con la imaginación, maestra del arte y de la vida. Acuñemos que tiene sentido cambiar de sentido, interioricemos que es malo excluir la razón, pero también es malo no admitir nada más que la razón.

Quizás lo opuesto a una gran verdad no sea una mentira, sino otra gran verdad.

Si bien en ocasiones nos alcanza un destello de luz en el que percibimos que todo es uno, sabemos que nunca nos aproximaremos a la certidumbre ni a la realidad última. Buscamos saborear el infinito, no aceptamos los límites, pero los tenemos y en nuestra limitación nos contradecimos.

Hay que interpretar el mundo y en la medida de lo posible mejorarlo. Es importante comprender, pero no lo es menos transmitir. Es esencial nombrar, o lo que es igual, crear, y saber formular y formularse las preguntas correctas, dejando siempre por bien de la libertad un espacio para el error.

Debemos interiorizar que ni podemos evitar el dolor ni mantener de forma indefinida el placer. Así evitaremos una perpetua frustración.

No hay atajos, volver a levantarse con las propias fuerzas. He ahí la aproximación al siempre relativo éxito, que exige disciplina, lo que supone hacer cosas que inicialmente cuestan. Precisamos del autodominio, el vencerse a uno mismo, refrenar los propios deseos, para ser libre; a veces tendremos que cambiar nuestros hábitos, primordialmente los mentales.

Bueno será que no nos apresuremos a juzgar, que incrementemos el contacto con la naturaleza, que defendamos que la ciencia exige conciencia.

Para terminar tres frases: «Ser o no ser, ésta es la cuestión». «Conócete a ti mismo». «Sólo sé que no sé nada».

Una mirada

La vida que no ha sido examinada no vale la pena vivirla.
SÓCRATES

«No me causan pavor
vuestros semblantes esquivos
jamás, ni muertos ni vivos, humillaréis mi valor.
Yo soy vuestro matador
como al mundo es bien notorio;
si en vuestro alcázar mortuorio
me aprestáis venganza fiera
daos prisa: aquí os espera
otra vez Don Juan Tenorio».

Don Juan Tenorio, JOSÉ ZORRILLA

Es el pasaporte entre el yo y el tú. Una mirada que atrapa. Es compartir al otro, un encuentro. Mirar es ver más allá. Alejarse del vacío existencial, plenitud.

La contemplación, la mirada interior, la que atisba una verdad intuida. Entrever lo que se esconde detrás de lo que creemos ser.

Mirar y hacerlo desde muchos puntos de vista, sabedores de que entender al otro o conocernos a nosotros mismos al 100 por cien es imposible.

Para ser necesitamos al otro. «El ojo que tú miras, no es ojo porque lo miras, es ojo porque te ve». Comunicación estrecha, próxima, más allá de la epidermis.

Enriquezcamos nuestros soliloquios, en relación con la vivencia que tenemos de los demás; reconvirtamos la comunicación en empatía.

Sonriamos.

«Jamás olvido una cara, pero en su caso estoy dispuesto a hacer una excepción».

GROUCHO MARX

Mirar es el inicio, observar es algo más.

Hasta cuando la persona está frente al ordenador y lo mira, le habla en tono conciliador; es cuando da la espalda a la pantalla, cuando aumenta el tono crítico dirigido al aparato, igualito que lo hace con otra persona.

Hoy el teléfono móvil y otras tecnologías invaden la necesaria privacidad y serenidad.

Ciertamente es precioso el amanecer, pero no lo es menos el atardecer. Hay sensaciones, emociones, que no se pueden explicar. Es como cuando nos quedamos absortos viendo caer las hojas de los árboles.

La luz viene de dentro, la hermosa luz del entusiasmo ardiente.

Para liberarnos precisamos humildad y vencer el miedo a reconocerse en el otro.

Las miradas hablan. Hagamos visible lo invisible, hablamos de sensibilidad.

Somos esos seres que vemos pequeños al sol y las estrellas y a los que a veces nos embarga una memoria empapada por las lágrimas.

Los ojos hablan, las miradas transmiten.

Es importante ver la belleza visible, pero también la belleza invisible.

En ese sentido resulta tan certera como atractiva una expresión de la tradición serere: «Si miras a tu hijo, verás sus preguntas antes de oírlas».

Este breve capítulo no es más que un leve parpadeo. Pudieran parecer una suma de frases y es que me gusta escribir permitiendo al lector que sea el que proyecte las distintas imágenes. Es usted el que tiene el mando para detener y recrearse, para avanzar o para alcanzar *The End*.

Un gran golfista envió la pelota a un banco de arena. Ensayó el golpe con la mente y el palo rozó con suavidad la pelota.

Un espectador gritó: «¡Eso sí que fue un golpe de suerte!». El golfista se volvió y le dijo: «Es curioso cuanto más practico, mejor lo hago, y cuanto mejor lo hago, mejor suerte tengo».

Me sobrecoge la ópera

*¡Cuán bueno hace al hombre la dicha! Parece que uno quisiera
dar su corazón, su alegría. ¡Y la alegría es contagiosa!*
Noches blancas, FIÓDOR DOSTOIEVSKI

Dos niños se encuentran en la calle:
«¿Cuántos años tienes?».
«5. ¿Y tú?».
«No lo sé».
«¿Te preocupan las mujeres?».
«No».
«Entonces tienes 4 años».

Cantan, aun cuando están heridos de muerte.

Respecto a algunas obras de arte abstracto, dudo que sean arte. Más bien parece la charlotada de un incapaz, vendido por un mercader sin escrúpulos y adquirido por un snob, un arribista, o un ser desorientado y sin criterio. Pero puedo estar confundido. ¿Lo estoy?

Y no me negarán que hay espeluznantes cuadros generalmente de caballos, de caza o de naturalezas muertas (y tan muertas) que serían —lo digo con el mayor respeto— rechazados por las instituciones de ciegos.

Permítame esta catarsis propia de quien ya toma conciencia de que es mayor o lo que es lo mismo que los sábados cuando llega la noche y suena el teléfono deseas que no sea para ti.

Digo, soy mayor, no viejo. Viejo es el que estima que la comida ocupa el lugar del sexo. Y a mí por ahora la única dieta que me gusta es la del kiwi, o sea comer de todo menos kiwi.

Y hablando de alimentos, los cocineros harían bien en ser maravillosos pero no confundirse con superestrellas. Pueden ser creadores, innovadores, movilizar los distintos sentidos, pero sin desubicarse y siempre poniéndole ternura a la lumbre que calienta sus pucheros. Carecer de humildad significa que la lucidez ha sido eclipsada.

Vemos personajillos que consideran que su obra es magnífica, si no triunfó es porque el público era un desastre. Hay actores tan narcisísticos que les gustaría estar entre el público para aplaudirse.

Lo repito hasta la saciedad, imputamos a la malicia lo que generalmente se genera desde la eterna y extendida estupidez.

Los seres humanos somos, somos. ¿Cómo somos? Miren, a la gente le preocupa los que están en la cárcel, hombre puede preocupar que salgan, pero en el mientras tanto los que nos pueden dañar están fuera.

Por otro lado nos gusta lo imposible. Véase el golf, valoremos las distancias, los palos, la pelotita, pero de forma primordial el diámetro de los hoyos, absolutamente frustrantes. A otros les encanta esquiar es decir arriesgar —al menos— una clavícula, una pierna y hacerlo a bajas temperaturas. Otros no somos mejores, muy al contrario, disfrutamos viendo practicar deporte mientras tomamos varias cervecitas, patatitas, aceitunas —eso sí rellenas— y lo hacemos en chándal. Acabamos agotados. Por cierto que hay entrenadores que dicen las eufemísticas medias verdades: «Abandono por fatiga» y es que los aficionados estaban más que cansados —forma finolis de decirlo.

Así somos, hay a quien no le gusta el dinero, pero le calma los nervios. A otros congéneres les gusta ser propietarios de un panteón donde descansar definitivamente.

Frases lapidarias: «Hasta que la muerte nos separe» que cuasi pudiera interpretarse como una incitación al sacrificio o el asesinato.

Y es que como decía mi abuelita, hay quien se asusta de la sombra y se agarra al bulto.

Veamos un caso de comunicación errónea: «Si come en este restaurante jamás volverá a comer en ninguna otra parte». Sin comentario.

Informamos ahora de un ejemplo, como tantos otros podríamos elegir, de sentimiento nacionalista: «Sólo el café irlandés proporciona en un único vaso los cuatro grupos esenciales de alimentos: alcohol, cafeína, azúcar y grasa». ¡Toma del frasco!

Tampoco es tan difícil encontrarse con personajillos que se suben a un coche oficial y ya no quieren bajarse de él, se sienten imprescindibles. Tontos útiles e inútiles, incapaces de percibir su estulticia.

Y ya puestos hay quien exige que las cosas acontezcan como desea, pero eso no es ni probable ni posible, es simplemente imposible.

Encontramos personas siempre insatisfechas, quejicosas, malhumoradas y la razón no es otra que su desfase entre sus ambiciones y su realidad.

Hay quienes se encuentran a gusto desde su rol de enfermo y encantado con contar sus males.

Fíjese que nadie se declara inferior a los demás, por eso nadie acepta ser envidioso.

En este recorrido por los perfiles humanos y sus conductas vengo a denunciar que no deberíamos conceder un mayor reconocimiento intelectual a los pesimistas por el solo hecho de serlo.

Vemos a quien se enamora fácilmente, sin percatarse de que lo difícil es amar.

Puede sorprender pero el ritmo cardiaco de quien comete un asesinato y de quien disfruta de un orgasmo es similar.

El ser humano resulta entrañable. Puede llorar o reír mientras lee unos números y es capaz de creer que puede cambiar a su pareja (con la que lleva treinta y ocho años). Inaudito.

Me pregunto cómo se siente el avaro justo antes de dejarlo todo, ¿intuye que confundió tener con ser, o el precio de las cosas con su valor?

Pena da que se hable más y mejor de nuestros muertos, que cuando estaban vivitos y coleando.

Miremos alrededor y veremos muchos analfabetos emocionales. Por ejemplo, el celoso que destroza su vida y al menos la de la persona a la que dice amar.

Nos preguntamos por quien convive con tontos de solemnidad, personajes sin taras, pero de todo mal y a destiempo. ¿Qué sienten?

Dijo ese gran psicoanalista llamado Woody Allen: «Mi cerebro es mi segundo órgano favorito».

Los hay descarados. Nixon dijo: «Cuando el presidente lo hace, significa que no es ilegal».

Otros son sencillos y poseen sentido del humor, es el caso de Burt Reynolds: «Mis películas eran de esa clase que ponen en las cárceles y en los aviones, porque nadie puede marcharse».

Los hay críticos como William Morris: «Cuando estoy en París, siempre voy a comer al restaurante de la Torre Eiffel, porque es el único lugar donde puedo evitar ver esa maldita cosa».

Todos conocemos a algún agorero como aquel que dijo que los seres humanos son completamente felices dos veces en su vida, una cuando conocen a su primer amor y otra cuando abandonan definitivamente al último.

Me imagino que usted también se hace preguntas sin respuesta: ¿Para qué llevan los teléfonos «móviles» (celulares) un «modo avión» si no está permitido en ningún vuelo?

Humanos, a los que nos encanta diferenciarnos por banderas y colores, pero desde la luna la Tierra se ve azul y blanca, no hay más colores. Estoy convencido de que dentro de un tiempo nos daremos todos una ética universal.

El realismo de la esperanza es crucial.

Soy optimista, tengo confianza en el futuro aunque pareciera que el Sumo Hacedor dudara ocasionalmente en qué hacer con nosotros.

Miedo me dan los fanáticos religiosos y los nacionalistas a ultranza y los que llevados por la cólera arrasan los restos de inteligencia.

También me agobian quienes se instalan en diagnosticar toda situación como desesperada.

Depresiones y otras enfermedades

Lo cierto y verdad es que en el año 2020, y según la OMS (Organización Mundial de la Salud), la depresión será la segunda enfermedad más extendida, superada sólo por las enfermedades cardiovasculares.

Los trastornos mentales avanzan afectando al conocimiento. Es el caso de los delirios, de las alucinaciones, que irrumpen en el comportamiento provocando una impulsividad que deviene en incapacidad para planificar, ser coherente y dañan la afectividad generando situaciones de ansiedad, angustia. Estas y otras reacciones patológicas al igual que la depresión o la manía tienen que ver con las emociones y en ocasiones pueden desencadenar conflictos sociales.

Hablando de patología, recordemos la expresión de Norman Bates en *Psicosis*: «El mejor amigo de un muchacho es su madre».

Los jóvenes están sometidos a cambios fulgurantes en las fuentes del conocimiento, a transformaciones vertiginosas en las tecnologías, pero también a cambios voraces en las condiciones económicas y laborales. Únanse también las mutaciones sociales y las modificaciones en la estructura familiar y entenderemos su fragilidad emotiva.

Estamos explorando a muchos niños con problemas psíquicos serios: hablamos de fobias, de ansiedad, de dificultad para mantener la atención, de depresión que cursa de forma paradójica. En los adolescentes son las enfermedades mentales la causa más frecuente de baja escolar prolongada. Son muchos los adolescentes que se inician muy pronto en el consumo de alcohol y de forma desaforada. Ello conlleva —aunque los jóvenes no sean conscientes— a que uno de cada siete presente a los 20 años síntomas de embriaguez crónica. Añadamos que desde hace alguna década se han disparado los trastornos alimentarios, primordialmente anorexia y bulimia. Un dato esclarecedor, alarmante: uno de cada cinco niños presenta problemas psicológicos relevantes.

«Dios no juega a los dados», lo dijo Albert Einstein, no seré yo el que le contradiga, aunque lo parece. Lo digo porque me encuentro con quien afirma inequívocamente que vivir es aburrido (cuando el aburrido es él). Los que sí acabarán con más aburrimiento que riqueza son esos seres egoístas que parecen ostras. Y qué me dicen de esas gentes que vocean tener una idea, absolutamente peligrosas, pues es la única que tienen. Luego nos encontramos con quienes muestran el mal gusto como cima de la excelencia.

A ver si al final va a llevar razón Jardiel Poncela: «En este mundo hay dos formas de ser feliz, hacerse el idiota o serlo».

Esta sociedad siempre ha venerado los logros académicos, pero podemos citar un largo listado de gente exitosa que no terminó sus estudios universitarios, es el caso de Bill Gates (fundador de Microsoft) o de Mark Zuckerberg (creador de Facebook), quizás cuando se es creativo se está en primera fila; es decir, allí donde sólo se puede innovar, pues no se puede copiar del de delante.

No todo es fácil de explicar, aunque siempre hay un «experto» que tiene una respuesta, eso sí a posteriori. Y es que como decía Groucho de sus principios, si esa respuesta no es válida, tenemos otra.

El «experto» encontrará un líder en el vuelo de los estorninos y explicará la organización de tan bella coreografía diseñada en el aire y si el periodista necesita más declaraciones, el «experto» verificará que ningún pájaro va por libre, que todo está ensayado que... El periodista para certificar la calidad de su propio trabajo, lo citará como experto.

Más allá de los expertos, vivamos la vida, con intensidad, disfrutándola con humor y alegría. Mirémonos al espejo y preguntémonos todos los días —sin obsesionarnos— por nuestra conducta, por nuestros sentimientos... es una forma casera de psicoanálisis gratuito.

PERFILES PSICOPATOLÓGICOS

Voy a trazar algunos rasgos psicopatológicos que definen a los pacientes. Nos iniciamos con los obsesivos que sufren de forma recurrente una misma idea que se apodera de ellos, les agobia, les tiraniza. Son conscientes de lo ilógico de su situación, pero no pueden escapar de ella. Precisarán tratamiento psicofarmacológico y psicoterapéutico, probablemente durante toda la vida —y es que hay problemas mentales crónicos, como ocurre con los problemas físicos, donde nadie se sorprende si a un infartado se le impone un tratamiento de por vida de anticoagulantes, diuréticos, etcétera.

Los perfeccionistas se caracterizan por su irracional orden, por el excesivo control y meticulosidad. Sufren y hacen sufrir desde su esclavizante sentido del deber. Su seriedad y rigor pone en jaque las relaciones afectivas y emocionales. Viven con la angustia de lo que estiman incumplieron en el pasado, con el agobio del presente y las incertidumbres del futuro.

Respecto a los paranoides que parten del craso error de que siempre están en posesión de la verdad, se caracterizan por una exacerbada suspicacia, desconfianza y recelo, son insoportables —literalmente—, pues sospechan de todo lo que se les dice y de todo lo que se les calla. Son desagradables y desagradecidos, poseen una malísima vivencia de las intenciones ajenas, creen que todo el mundo va a aprovecharse de ellos, que les van a engañar. Reaccionan de forma irascible cuando se sienten aludidos, pueden mostrarse coléricos si se consideran amenazados. Absolutamente querulantes, no ceden en las discusiones. Son celosos patológicos. Y no exageramos al decir que desde el rencor que rumian son muchas veces de verdad peligrosos.

Otro personaje bien distinto es el narcisista. Altivo, arrogante, presuntuoso, encantado de conocerse. Se siente único, inalcanzable, sublime. Está enamorado de sí. No admite críticas. Exagera sus méritos y no soporta el éxito de los demás. La altanería esconde inseguridad y a un ser inmaduro incapaz de enfrentarse a las frustraciones que acompañan a la verdad.

Los dependientes son otro grupo que se caracteriza por su inseguridad, establecen relaciones de dependencia. Se vinculan desde su indecisión, amarrados con un cordón umbilical a los otros y exigiéndoles que tomen decisiones, pues ellos son incapaces.

Veamos ahora a los encerrados en sí mismos por miedos y fobias sociales. Esos tímidos extremos que no preguntan por no molestar, temen por anticipado el ridículo, padecen un profundo sentimiento de inferioridad. Sufren desde su exacerbada sensibilidad, están necesitados de afecto, pues no son capaces de asumir el riesgo que toda relación entraña.

Otro perfil es el de los solitarios que disfrutan de su soledad, que se sienten muy a gusto alejados del contacto con otras personas. Viven recluidos en su mundo interno, son el paradigma de la introversión. Se caracterizan por una afectividad plana, fría, distante. Las relaciones afectivas son limitadas. La implicación sentimental es frágil, expresan poco emocionalmente. Les gusta trabajar, como viven en soledad, desde su buscado aislamiento comunicacional. Poseen emociones, aunque no las expresen. Han sido descritos como esquizoides, hablamos de los que definimos como introvertidos, reservados, o aún mejor, herméticos. Parece que el mundo, lo que acontece no va con ellos, que viven encapsulados en su mundo interior.

Los histriónicos, verdaderos actores, se caracterizan por hacer teatro. Buscan la atención de todas las formas posibles. Manipuladores sin fin pueden desde adular hasta amenazar con el suicidio. La superficialidad y frivolidad les caracteriza. Pasan del llanto a la sonrisa con sorpresiva rapidez. Muy dados al chantaje emocional.

No existe grupo más peligroso que los psicópatas, caracterizados por acciones antisociales, no siempre fáciles de descubrir, pues pueden ser tan manipuladores como seductores. Su principio de vida es primero yo y luego yo. Absolutamente fríos emocionalmente, en su fuero interno se ríen de sus víctimas. Buscan su placer y para ello no les importa contravenir las normas. El engaño es consustancial a ellos. Como psicólogo forense he percibido un absoluto desprecio hacia los sentimientos, derechos y necesidades de los demás. Cínicos, displicentes, son peligrosos pues desprecian a los demás, en ocasiones deshumanizan a sus víctimas. Es como si su emocionalidad positiva fuera absorbida por un agujero negro. Algunos son verdaderos depredadores al acecho de víctimas incautas, siempre para conseguir lo que se proponen ya sea el sutil poder, el instintivo sexo. No existe una característica emocional más inflamable.

Podríamos seguir describiendo perfiles, pero paremos aquí. La vida es un teatro donde algunos espectadores tienen la perturbadora sensación de que como en el show de Truman son protagonistas de un inabarcable programa de televisión. Un programa que le vigila desde el momento de su nacimiento para convertirlo en intérprete de una especie de *reality show* coprotagonizado por unos conciudadanos que son simplemente figurantes de ese peculiar programa televisivo.

Existencias que confunden ficción y realidad.

Instinto cósmico

Entre el nosotros y el ellos cabe la muralla o el puente.

Un paciente le dijo desesperado a su psicoterapeuta: «Mi problema está en que vaya donde vaya voy conmigo mismo».

Respiremos el tiempo con las gentes. Participemos de la eternidad. Pongámosle poesía a la vida, sinónimo de esperanza.

Hagamos habitable nuestro mundo, demos cobijo a cada alma, compartamos el fuego para pasar la noche.

Sintamos que la vida nos ama. Liberémonos de la rigidez de los conceptos, demos rienda suelta a la imaginación.

Vayamos hacia un mayor conocimiento y una mayor simplicidad. Precisamos ductilidad y equilibrio.

En la base de la percepción y la comprensión está la calma. El agua quieta refleja los objetos, el espíritu tranquilo es espejo del universo.

Aprendamos a desaprender, comprobemos que vivimos en una crisis existencial, entre la profusión material y la penuria espiritual. Lo esencial se convierte en un enigma.

No podemos ni capturar el arcoíris, ni contar las estrellas. No podemos evitar los maremotos. Sepamos que no podemos. No podemos contener las olas, pero sí deslizarnos sobre ellas.

Formamos parte del orden natural de las cosas, debemos ser uno con el universo, tener conciencia del infinito y de que nada de lo que hacemos es insignificante.

Preguntémonos: ¿quién hace que esto funcione?, ¿quién sembró el universo de estrellas?

No deberíamos manejarnos sólo en el plano mental, escuchemos desde nuestros sentidos la conversación interminable del universo.

Se percibe una incesante creación. En el fondo del alma de los hombres está la incógnita. El ser humano se siente parte del universo, asombrado ante la incesante resurrección.

En busca de lo ilimitado conozcamos nuestras limitaciones, si bien esperanzados, pues en cada ser humano están depositadas las posibilidades de la especie.

Es el sol quien nos enseña la sombra. Es por ello que no nos cabe el desapego con la lava silenciosa del fuego primitivo nacida de los volcanes húmedos.

Apreciemos el perfume de la tierra; sin amar, cuidar y respetar la tierra, ¿cómo esperamos tener un lugar en el cielo?

«El sol, el agua, la primavera preparan el pan de cada día. Ha nacido una oración. Ha nacido un poema».

Pablo Neruda

Son los viejos con surcos que les llegan hasta el alma los que dan las gracias a la generosa madre tierra.

Somos interlocutores de lo eterno y garantes del equilibrio de la creación, hemos de transmitir a nuestros descendientes la vida que hemos recibido de nuestros padres.

Escuchemos el murmullo de los manantiales profundos, la voz del viento, del fuego, todo habla para quien sabe escuchar.

Lo invisible, lo impalpable no es prueba de inexistencia. Se nos ha dicho: «En el bosque, cuando las ramas se pelean, las raíces se abrazan». Percibamos el mundo de los significados ocultos, se trata de morir en cada etapa para renacer en la siguiente.

El ser humano busca elevarse, sabe que sin el impulso del espíritu no es nada. Se plantea que quizás el azar no exista, que sólo haya leyes de coincidencia guiadas por un orden superior al que no entendemos, que utiliza unos instrumentos que desconocemos.

¿Somos semilla de Dios o hemos creado a Dios a nuestra imagen y semejanza?

El ser humano precisa de un horizonte y esperamos encontrarlo en el cosmos. Creo que el universo es como una comunidad de vecinos donde no nos vemos, pero sabemos que existimos.

Nos encerramos en nuestra ciudad o pueblo, en nuestro hogar, en nuestro cuarto y no alcanzamos a vislumbrar las posibilidades ya no del universo, sino de nuestro planeta, nuestra verdadera patria.

En un mundo que parece por momentos desnortado, las manifestaciones artísticas, la belleza de la naturaleza nos permite reencontrarnos con lo mejor de nosotros mismos. Nos encantan los anillos de Saturno y es que tienen algo de poesía.

Recordemos ante el padre sol y la madre luna que cada puesta de sol significa el comienzo de un nuevo día, que el baobab está contenido en su semilla.

Dejémonos ir, disfrutemos del vacío.

Meando contra el viento

El típico quejicoso y querulante se sentó en una preciosa mesa del restaurante del tren que con todo lujo unía dos lejanas ciudades. Al terminar elige una marca de coñac que no se encuentra disponible. Ante el camarero monta un verdadero alboroto. Poco después el tren se detiene y al momento reaparece contento el camarero informando al pasajero que han podido adquirir una botella de la marca que deseaba. Obtiene por respuesta: «¡Ya no la quiero. Prefiero estar cabreado!».

Un vendedor de globos para atraer a sus clientes soltaba de vez en cuando alguno de bellos colores: naranja, verde... Se le acercó un niño negro que le preguntó: «¿Si soltara un globo negro subiría tan alto?». Y el vendedor mirándole con ternura soltó el cordel del globo negro, mientras le decía: «No es el color lo que hace subir. Es lo que hay dentro».

Un visitante de un psiquiátrico vio cómo un hombre se balanceaba en la silla mientras decía: «Mariana, Mariana, Mariana». Preguntó y el psiquiatra le contestó: «Es la mujer que no le correspondió afectivamente». Siguieron caminando y vio a otro hombre que golpeaba la cabeza contra una pared acolchada mientras decía: «Mariana, Mariana, Mariana». Preguntó de nuevo y el psiquiatra le informó: «Es el nombre de su mujer».

Lo primero es tener las ideas claras, luego podremos distorsionarlas.

Permítanme la convicción absoluta de que no hay que creer en nada absolutamente.

A veces hay que hacer algo imperdonable para poder seguir viviendo, pero ¿merece la pena?

¿Cómo nos comportaríamos si fuéramos invisibles? Nuestro honor debe presidir en cualquier lugar y situación, si bien hay quien cree que la prueba para saber si un hombre es honesto es preguntárselo, y si contesta que sí, no lo es. Alguien dijo que las palabras más hermosas en cualquier país son «no culpable» y es que son mayoría los que piensan ¿para qué quiero un abogado que me diga lo que no puedo hacer? Lo contrato para que me diga cómo hacer lo que quiero hacer.

El ser humano, si bien se mira tiene su gracia, encontramos a algunos alérgicos a la felicidad, sobre todo ajena. Entrevistamos en consulta a quien nos dice sin arrobo y con angelical sinceridad: «Doctor, no sé nada de sexo, llevo toda la vida casado y fiel».

En un mundo de locos ¿qué significa estar cuerdo? Fíjese que el cliente siempre tiene razón, salvo cuando acude al psicoterapeuta.

Si hablamos de psicólogos, los buenos no concluyen al escuchar lo que se dice, sino al averiguar lo que se siente y se piensa. Encuentran esa cara oscura que a nadie se enseña, para descubrir que hay quien no se conoce, no se domina, no es.

En este libro estoy señalando algunas de las muchas contradicciones del ser humano, como el que se queja de la brevedad de la vida y desperdicia su tiempo. De quien más desconfío es de quien desconfía de sus amigos.

Comprobamos que un ser humano que no reconoce defectos o es un hipócrita peligroso o un tonto peligroso y es que un necio jamás cambia de opinión.

Hay quien desvela su intimidad, la pierde para siempre.

El mundo da vueltas y vueltas, y nosotros nos perdemos, mareamos, encontramos reiteradamente. A veces nada es suficiente y todo es demasiado, otras por contra, todo es suficiente y nada es demasiado.

La vida no es justa, pero aun así es buena y sobre todo única; además es demasiado corta para odios, críticas o disputas.

Los sentimientos nos indican el estado del proceso vital y los sentimientos espirituales inciden en el subtexto, intuyen la sustancia de la vida.

Resulta de interés detectar las autocríticas que uno se hace y ello analizando los sentimientos que ante ciertos temas le embargan, debemos detectar los pensamientos irracionales, distorsionados, catastrofistas, absurdos y sustituirlos por otros más racionales, objetivos y positivos.

Mediante la modificación de los pensamientos, cambiaremos los sentimientos y de esta forma mejoraremos la conducta.

A veces hay que aprovechar una crisis para modificar hábitos de toda una vida, para cambiarnos a nosotros mismos.

Manejémonos con naturalidad, sinceridad y espontaneidad, lo que transmite madurez, equilibrio psíquico, salud mental asentada, estabilidad emocional y capacidad para pensar, sentir y vivir como creemos más conveniente y no como los demás deseen o aconsejen.

El mundo está loco, loco, loco. Los consejeros familiares claman: «¡Hay que hablar más con los adolescentes, hay que escucharles más!». El error estriba en que se intenta razonar con quien en esa etapa tiene graves problemas para expresar y embridar sus emociones. Muchos colegas y psiquiatras pontifican que cuando alguien habla con Dios es un ser religioso, una persona con fe, capaz de trascender; ahora bien si dice que Dios le habla —es decir, que le responde—, diagnosticarán alucinaciones y concluirán que están ante un esquizofrénico.

Todos los años nos damos una vuelta alrededor del sol.

Y mientras tanto los humanos a lo nuestro, ya Alexandre Dumas sentenció: «La cadena del matrimonio es tan pesada que se necesitan dos para llevarla y a veces tres». Avanzamos, lo humano es errar, pero por lo que me han contado para estropearlo todo nada mejor que un ordenador.

Cabe por tanto preguntarnos si en el futuro ¿se intentará que los niños vengan al mundo con parte de la lección aprendida?

En el mientras tanto eduquemos emocionalmente en el hogar, en la escuela, en los medios de comunicación, en la red social. Generemos anticuerpos contra la violencia, auténtica alergia. Socialicemos correctamente, sensibilicemos, mostremos lo que significa el perdón y el compromiso. No olvidemos que los conflictos interpersonales, ocasionalmente con graves consecuencias, con rupturas irreversibles nacen de pequeños chispazos en forma de desavenencias.

Invito a incentivar nuestro pensamiento, a formularnos otras preguntas, a interesarnos por otras temáticas. A convencer y convencernos de que precisaremos menos leyes y normas y por el contrario más ética. A cuestionarnos qué nos acontecerá en un mundo sin intimidad, en un mundo donde todos pudiéramos sentir lo que siente el otro.

Algo falla cuando un niño de 4 años ríe unas trescientas veces al día y un adulto quince. Nos azota la depresión, habremos de plantearnos las razones por las que esta sociedad propicia y expande esta grave dolencia.

Es bueno dar y darse puntos de sutura, regálese muy a menudo la ceremonia gozosa de la amistad. A mí me encanta la gente, cada persona, tan iguales, tan distintos. Por eso la psicología es una ciencia tan atractiva, pues intenta conocer, conocerse, ayudar... espejismos y realidades. Por eso me duelen, me indignan los drogodependientes, a los que siempre he llamado «prófugos de la realidad», y es que la vida no tiene atajos, pero sí precipicios.

Cuando los sentimientos colectivos dan paso a los fanatismos religiosos, a los nacionalismos a ultranza, a sectarismos, el material inflamable se esparce, cualquier chispa puede prender y provocar la tragedia.

Hay personas y personas para quien el momento más feliz de su vida es cuando ganó su equipo de fútbol —ya sea porque representaba a su nación o a sus colores.

Los corazones como los zapatos deben usarse, desgastarlos, a riesgo de que se rompan. ¡Qué bello cuando nos enamoramos, cuando las emociones alcanzan el poder y los sentimientos triunfan sobre la razón y las razones!

Amor sin sexo, sexo sin amor, amor y sexo a la par. Relaciones sin emociones, sin compromisos. Sentimientos reales, sentimientos platónicos. Todo es posible en el ser humano, hasta querer más a su perro que a su pareja.

Y si hablamos de parejas podemos comparar sus relaciones con las que mantenemos con nuestro coche. Si desde el comienzo no se reparan los pequeños roces, se pierde el valor sentimental que se le da, se devalúa.

RAREZAS E ILUSIONES

Cambiando de tema, me encanta leer periódicos atrasados, relativizar las noticias, valorar lo importante. Claro que también me gusta ver una película sin sonido e imaginar los diálogos. ¿Qué rarezas tiene y le encantan a usted, a ti?

Creo —por oídas— que la vejez avanza cuando la ilusión se retira. Por ahora estamos a tiempo de evolucionar, de transformarnos, pensemos que ningún gusano daría su consentimiento para transformarse en mariposa.

Al alba —esa forma de hablar de poetas, cantautores y otros que no madrugan para trabajar— nuestra inteligencia —en desarrollo— nos indica que tiene que haber vida —realmente— inteligente en el universo. Cuando bajamos la mirada uno no percibe la de túneles que hay en la carretera o en la vía férrea salvo cuando a uno se le va cortando la conversación en el teléfono móvil.

Seamos positivos, esperanzados, al final del túnel está la luz, pero hay que avanzar aunque sea a tientas. De verdad no sea pesimista, de esos que huelen a flores y buscan el ataúd.

Dejémonos acompañar en cualquier lugar y situación por nuestra dignidad, no nos acontezca lo que nos contó Mark Twain: «Una vez mandé a una docena de amigos míos un telegrama que decía: "Huye inmediatamente SE HA DESCUBIERTO TODO". Todos abandonaron la ciudad inmediatamente».

Hay personajes a los que les gusta tener un club de fans el cual les sirve para que coreen lo que piensan de sí mismos.

Otros acumulan tanto estrés que acaban en el hoyo —el del campo de golf—. Y es que hay quien aborda los negocios tratando a los demás como cree que ellos lo harían.

Los hay que se aplican a perder dinero de la forma más rápida, apostándolo; otros buscan perder amigos, pidiéndoles dinero.

Por mi parte he tratado con muchos jóvenes que encuentran objetos, antes de que los demás los pierdan.

Este mundo hace reír, vemos parejas que celebran su tercer mes y lo hacen por todo lo alto. También hace llorar, véanse los comités que se crean para no resolver un problema, para ello se les proporciona un objetivo absurdo al que se aplicarán con absoluta desgana, pues no tenían el menor interés en pertenecer al desacreditado comité. En todo caso tranquilidad, no hay riesgo de que den con la solución, pues han sido elegidos escrupulosamente por ser unos ineptos.

Hablemos de porcentajes. El 50 por ciento de los políticos da mala reputación al otro 50 por ciento. Respecto al 100 por cien, veamos a los bisexuales, no sé si se trata de una desorientación sexual o una decisión de duplicar las posibilidades —como si se jugase a la vez a par e impar.

En este planeta sólo hay una coincidencia, la adoración al dinero. Dinero que deberíamos poner a buen interés, en lugar de poner el interés en el dinero.

Así somos, buscamos conservar la vida, pero la tratamos mal.

Hay quien perdona a los enemigos, pero sin olvidar de quién se trata.

Observamos a sabios que reflexionan y dudan, mientras el ignorante afirma con exagerada convicción. Qué cierto es que mientras el necio no sabe lo que dice, el sabio lo calla.

Ya nos comentó Groucho Marx: «Es mejor estar callado y parecer tonto que hablar y despejar las dudas definitivamente». ¿O no fue Groucho?

Mire, para ser feliz no se obsesione con ser feliz. Más consejos contra el viento, utilice buenas palabras pero céntrese en las buenas obras. Obtenga enseñanzas de cada fracaso. Para apreciar de lo que es capaz, inténtelo. Obedezca más a los que enseñan que a los que mandan.

Contagie verdadero sentido común, pero sea audaz. Encuentre el descanso en sí mismo. No se queje del viento, espere a que cambie, y mientras tanto, ajuste las velas.

Escuche, facilita aprender y además cae uno simpático. Escriba, es una buena forma de intentar conocerse un poco más.

No se equivoque, no base la vida en las prisas.

Guste de enseñar, para ello precisa: conocer, que le guste compartir, ser ameno, interactivo y próximo. Si desea enseñar de verdad, hágalo desde el ejemplo. Y siempre formule cuestionamientos, opciones.

Respecto al dinero, no nos engañemos, es mejor que la pobreza. Por cierto que hay pobres presuntuosos.

¡Qué maravilla comprobar que podemos aprender de nuestros discípulos! ¡Qué grandeza cuando no se ama, olvidar, y cuando se ama, perdonar!

Es esencial demostrarnos fortaleza desde la calma, mostrarse en el selecto grupo de los dignos de admiración, asumir la ética de la responsabilidad, invertir en conocimientos.

Deambulamos entre la luz y la nada. Y tras la búsqueda de uno mismo, es posible que encontremos otra persona. En todo caso no se vuelva paranoico, pues eso no le garantiza que no le persigan.

Propicie encontrar calidez y ternura en el hogar, pues es ahí donde se sustenta la felicidad de cada día. Ame, delo todo, comparta.

Tome las situaciones por su lado bueno, al final olvidamos más de lo que podemos recordar.

Busque la paz de espíritu, pero no le importe entrar en ese estado de imbecilidad transitoria que según José Ortega y Gasset es estar enamorado.

Perciba que la tierra no es el cielo, pero hay momentos en que se le parece. Y si bien es cierto que hay malas personas, la buena noticia es que raramente sorprenden y es que siempre se comportan igual.

En este meando contra el viento me encanta citar a Albert Einstein como en tantas ocasiones: «Hay dos cosas infinitas: el universo y la estupidez humana. Y del universo no estoy seguro».

Por ir terminando, una reivindicación. A los que leemos y escribimos se nos dice con reiteración de matraca que haríamos bien en practicar deporte, pero no oigo nunca recetar a quien se ejercita en el deporte que disfrute de la lectura y ocasionalmente de la escritura.

Empobrecimiento de la expresión oral

Un discípulo le dijo a su maestro: «Quiero aprender».
Lo mandó bajo la lluvia regresó calado hasta los huesos
y verbalizó: «Me sentí como un perfecto imbécil». El maestro
contestó: «Para ser el primer día es toda una revelación».

Le pregunta un amigo: «¿Qué le gusta a tu novia de ti?».
Contesta: «Dice que soy guapo, espabilado, simpático».
«¿Y qué te gusta a ti de tu novia?». «Que dice que soy
guapo, espabilado, simpático».

El uso cotidiano de las nuevas tecnologías aporta muchas ventajas, pero resulta innegable el riesgo de acostumbrarse a una información inconexa, ligera, sin rigor. Miedo me da la incapacidad para profundizar, para ir a las fuentes, para consultar la bibliografía, para obtener propias conclusiones. Me preocupa el utilitarismo en la relación con el conocimiento, la banalización del contenido, las prisas, la pérdida de meticulosidad, de búsqueda de la perfección, de corrección tras corrección, de análisis, de reflexión, de contraste. Años y años como profesor en la Universidad Complutense de Madrid, en contacto directo con alumnos de Psicología y Enfermería me proveen de datos para asegurar que muchos de ellos tienen severas dificultades para investigar en profundidad un tema, aprecio una resistencia a medios letrados de aprendizaje, una incapacidad para diferir gratificaciones hacia un futuro a medio plazo —son pocos los que inician una tesis doctoral y muchos los que la abandonan—. Pero lo que me deja consternado es la incapacidad para exponer, para defender ideas ante el resto de compañeros, parece que se ha perdido la capacidad para comunicar cara a cara, para hacer uso de la expresión oral —no entremos en el tema de la expresión escrita, pues recibiremos otro grave disgusto.

Hay un equívoco comúnmente compartido, se refiere a defenderse ante la incapacidad para el estudio, la memorización, y señala que para qué esforzarse si la información la tenemos almacenada y al alcance de la yema de los dedos. Se trataría de ser usuarios pero sin entender nada, ni cuál es la razón por la que un coche nos lleva de un sitio a otro, o por qué llega la luz a casa, o la leche está en un *tetrabrik*. O sea actuar sin conocer, vivir sin entender. Me imagino a un bóvido rumiando.

El otro craso error es entender o defender sin pararse a pensar que una imagen vale más que mil palabras, sin percatarse de que todos los animales ven pero sólo nosotros transmitimos sentimientos y conocimientos desde el lenguaje. Y es que el arte rupestre, tan gráfico y atractivo, se interpreta por el vidente desde el lenguaje, pensamos en palabras que reconvierten las imágenes.

Llevo tiempo gritando sobre los riesgos que nos acechan en una sociedad que cada día se comunica más, pero que permite el empobrecimiento de la expresión oral, que no gusta de los matices, de la riqueza léxica. Los pocos correctores de estilo que quedan en las editoriales buscan retirar aquellas palabras de escaso uso, que podrían dificultar la lectura, y así seguimos empobreciéndonos. Dirigí un libro que quería que llevase por título *La trastienda de la consulta*, vio la luz con *Secretos de la consulta*. Créanme, palabras como «anodino» supone una cara generalizada de perplejidad entre el alumnado universitario. Quizás usted sí sepa lo que significa, pero recuerde que usted es una especie casi en extinción o al menos que merece ser protegida, aquella que lee libros. Por cierto que a veces en conferencias que imparto recibo una crítica: que soy demasiado proteínico, que transmito muchas ideas. Ya saben, lo ideal es una idea, clara, repetida, manoseada, explicada, deglutida, ya digo una idea. Espero que buena.

Pepa Fernández en Radio Nacional de España llama a sus oyentes, «escuchantes» y José Luis Salas en Onda Cero dice en muchas ocasiones «te estamos sintiendo». Me parece correcto, insinuante, una bonita invitación a sentirse partícipe.

Todos tenemos el bello reto de educar, de educarnos, en una sociedad interactiva. Admiro a los magos del lenguaje.

LA MAGIA DEL LENGUAJE

El contacto humano, personal, próximo, directo, franco ha de desbordar las conversaciones estereotipadas y formales que hacen trizas la eficiencia comunicativa. Bien es cierto que en algunos contextos y a fin de aportar orden, análisis, explicación, coherencia, jerarquía, se impone un lenguaje marcadamente racional.

Parece que la cultura nos entrena para ocultar la cara de las emociones, o para mostrarlas maquilladas. Sin embargo nuestro contacto básico, esencial con la realidad es sentimental y practico. Fijémonos en la televisión, cuando alguien llora, pide perdón, parece como si echarse a llorar en público fuera una debilidad, tan es así que se suele disculpar diciendo: «Me he dejado llevar por los sentimientos».

Precisamos una sociedad más tierna, unas relaciones más afectivas, donde se expresen los sentimientos, con buen tono, moderación, claridad y respeto. Aproximándonos a los conciudadanos desde la sencillez y el interés por conocerlos. Es vital comportarse con educación, con elegancia, ceder el paso, dar las gracias, pedir las cosas por favor, esperar el turno, mostrarse afable, disculparnos, regalar sonrisas, intentar agradar. Son las pequeñas cosas las que embellecen y hacen amable este mundo.

Ahora bien nada nace por generación espontánea, debemos cultivarnos. Fijémonos en el uso del lenguaje de un diplomático, el cual es capaz de enviarte a las puertas del infierno y acabas agradeciéndole que haya pensado en ti para el viaje.

Invadidos por la comunicación, me pregunto cuando cualquiera te manda un e-mail ¿tengo derecho a no contestarlo?

La verdad es que si siguiéramos la máxima zen de que «no debes decir nada que no sea más bello que el silencio», estaríamos casi siempre callados. Algunos enmudecerían. Veamos el acercamiento al sufrimiento de quien ha perdido un ser querido: «Te acompaño en el sentimiento», pertinente como rito social, pero inadecuado para una relación más personal. Luego están las consabidas fórmulas: «Ya sabes dónde me tienes» o «¡Qué se le va a hacer!», que implican un distanciamiento del dolor del otro. Entramos en el peligroso «sé por lo que estás pasando» que no resulta creíble, al menos para el perceptor. Claro que se puede empeorar con expresiones banales: «Ya ha pasado lo peor»; «Ha sido lo mejor que le podía haber pasado» o «Ya es feliz» de un optimismo insulso. En el amplio repertorio encontramos expresiones evasivas, cuando no egoístas: «La vida continúa». El grupo que genera más confusión o rechazo es el bienintencionadamente intervencionista: «¡Tú lo que tienes que hacer es...!». Tampoco son aconsejables expresiones como «¡qué bien lo estás llevando!», que impiden al doliente compartir su sufrimiento.

Les invito a leer lápidas en los cementerios, donde los seres queridos en una breve sentencia desean glosar una existencia

—cuando no es el yaciente el que la escribió en vida—. Pura criba de sentimientos, algunos hacen llorar, otros reír y otros preguntarnos por la salud mental de esta especie. Les invito a leer a Nieves Concostrina, genial.

Pregunten a los conductores de los cortejos fúnebres lo que se habla en los vehículos, mientras se conduce al finado a darle tierra o al crematorio. Es como para dar todo lo que se posee a quien lo necesita y no dejar en herencia más que un corte de mangas.

Usted y el otro saben lo que sintieron cuando murió un verdadero ser querido, eso sólo lo sabemos usted y yo y el otro.

Siempre me ha impresionado escuchar en relación a alguien que cuando más sufrió es cuando murió su perro. También me chirriaron las declaraciones de aquel reconocido y prestigioso catedrático de salud mental al que le preguntaron por el día más señalado de su vida y contestó que el de su doctorado sabiendo que dos hijos suyos habían muerto, uno de forma accidental.

Y sin embargo encontramos a gentes que lloran con bondad y a otras que llevan para siempre prendida una lágrima por una pérdida que jamás olvidarán.

Aunque he escuchado la terrible frase «ni me han amado nunca ni nunca amaré», creo que la mayoría precisamos de afectos y regalamos caricias.

Cuidado con verbalizar sentimientos a aquellos por los que no nos sentimos concernidos, pues corremos el riesgo de caer en el mejor de los casos en el ridículo.

Respecto a la propagación de los rumores malintencionados, deben enfrentarse con inmediatez y contundencia, pues si se fracasa en ese primer intento, se habrá dado alas al problema. Es terrible no temer las verdades y sin embargo temer las mentiras.

Considero que hemos de defender la libertad de expresión y casi, casi, la obligación de expresarse. Pienso que las palabras sensatas, sentidas, ciertas y sinceras alivian a las almas que lloran. Afirmo que a los ancianos debe dejárseles la última palabra.

No olvidemos nunca que puede pasar que la rapidez e incontinencia de la lengua nos lleve a situaciones difíciles de las que la agilidad de los pies no alcanzará a sacarnos.

La expresión de nuestros sentimientos está influida por las normas sociales, las costumbres, las tradiciones, el contexto sociocultural e histórico, la edad, los referentes aprendidos. La colectividad en gran medida nos controla. Vemos que los japoneses no exteriorizan sus sentimientos tras sufrir tragedias para no perturbar más a otros miembros de la comunidad. En la sociedad japonesa se da gran importancia a la colectividad, los sentimientos se guardan adentro para mantener el equilibrio y la armonía con los otros. Se busca no exteriorizar el sufrimiento para no cargar de energía negativa a quienes les quieren o simplemente les rodean. Los medios de comunicación japoneses no transmiten imágenes de sufrimiento y muerte tras terremotos, *tsunamis*, etcétera.

Quizás todos deberíamos cultivar el arte de permanecer en la quietud, de ser en soledad.

La palabra, la justa y necesaria, pensando en que si se calla, el dolor puede resultar más desgarrador; por el contrario, si se promete mucho se pierde credibilidad.

Cabe la aparente contradicción, como cuando se dice «te amo, pero te dejo», y es que esta afirmación es una mezcla de liberación y realismo, que no significa ponerle límites al sentimiento, pero sí al acto compulsivo de seguir aferrado a un vínculo en ocasiones perverso que es el que pone en riesgo la integridad física o emocional.

Sabemos que el lenguaje verbal que nos dirigimos a nosotros mismos es poderoso, entiendo que nuestra conversación interior debe resituarse buscando dirigirse hacia los objetivos que nos proponemos y ello mediante inteligentes interrogantes que deberían ser protagonistas de nuestros diálogos.

Cierto, más allá de las palabras, está lo esencial, pero también es verdad que una pizca de poesía aporta aroma a todo un texto.

Somos más completos cuando elaboramos y traslucimos los sentimientos, cuando practicamos el lenguaje del corazón.

Violencia contra la mujer

Líbrame, oh Señor, de los celos; es el monstruo de ojo verde que se burla de la carne que se alimenta.

Otelo, WILLIAM SHAKESPEARE

Se cuenta de un hombre avaro que fue llevado ante la justicia por usurpación. La jueza le dio a elegir: entre pagar veinte monedas de oro, recibir treinta latigazos en la espalda o comerse cuarenta cebollas crudas. Eligió comerse las cebollas, pero cuando llevaba cinco, llorándole los ojos y con un ardor en el estómago que le parecía un volcán, pidió los latigazos. No bien había recibido diez suplicó pagar las monedas. Y así fue cómo la jueza, buena conocedora del carácter del ser humano, hizo que él mismo, por avaro, se aplicase los tres tipos de castigo.

«El verdadero dolor, el que nos hace sufrir profundamente, hace a veces serio y constante hasta al hombre irreflexivo; incluso los pobres de espíritu se vuelven más inteligentes después de un gran dolor».

FIÓDOR DOSTOIEVSKI

La violencia de género tiene aspectos diferenciales marcadamente relevantes. Se trata de un proceso que empieza limitando relaciones, incluso se cuestiona las ventajas de que la mujer trabaje fuera. La violencia va aumentando de forma gradual.

La mujer que padece maltrato sufre lo que clínicamente diagnosticamos como estrés postraumático, experimenta una sensación de impotencia, de indefensión, de que no hay salida, y se añaden además erróneas asunciones de culpabilidad y depresión.

Estos malos tratos a veces son psicológicos, lo que se busca es la despersonalización y la dependencia.

Debemos erradicar de raíz en algunas mujeres la idealización y fantasía de que ciertas conductas impuestas por hombres violentos son expresión de sentimiento amoroso. Como tenemos que gritar a los cuatro vientos que los celos jamás están presentes en el amor, pues los celos no son parte del amor, sino esclavos de la posesión.

El pronóstico es malo porque todavía hay quien sigue confundiendo amor con posesión, porque todavía hay quien dice o piensa que la víctima algo habrá hecho o se lo merecería, porque en vez de educar en el tú, se propicia un peligroso narcisismo, porque no se evitan aprendizajes de interiorización que predisponen al desarrollo de una personalidad maltratadora, porque no se enseña a discutir ni a manejarse tras la ruptura ni a asumir el no del otro.

Hay que grabar en la mente de todos que el maltrato es inaceptable y sin ninguna duda reincidente.

Hay que educar en el respeto a la autonomía del otro. Precisamos generar cortafuegos emocionales autolimitadores del lenguaje verbal y no verbal. Hemos de fomentar en los varones, acciones de cuidado (a ancianos, participar en ONG, en voluntariado, en hospitales).

Tenemos nuevos frentes en este grave incendio: me refiero a los hijos que agreden a sus madres. Seamos conscientes de que es más que posible y que probable que reincidan con su futura pareja, así no terminamos con la violencia de género. También debo advertir de que se transmiten por la Red datos e imágenes que pueden generar ira, cólera, odio, conductas incontroladas y ello al hacer conocedores a otros de temas que dañan el narcisismo de energúmenos, potenciales agresores.

Me importa mucho hacer saber algo confirmado en mi práctica clínica: no todo maltratador o abusador ha sido maltratado o abusado, no existe una correlación inalterable, el maltrato no se hereda.

Claro que hay mujeres que maltratan y algunas que ponen denuncias falsas, lo cual es muy grave y muy negativo para las verdaderas víctimas, pero por lo general cuando llegan al homicidio o incluso al asesinato las mujeres se encuentran en una encrucijada de suicidio u homicidio, se trata de una huida hacia adelante, claro que debe investigarse en profundidad la etiología y el significado de este comportamiento que nada tiene que ver con el del varón.

Ni que decir tiene que la violencia doméstica dificulta a los niños el correcto desarrollo de sentimientos de confianza y seguridad. La continua observación de las amenazas, agresiones y chantajes que sufren sus madres resulta devastador. Es un maltrato al hijo, y no diría que indirecto, sino directo.

Sorprende a algunas personas que haya quien permanezca encadenada emocionalmente a aquellos que son fuente de sufrimiento y manipulación. Al respecto he de decir que las mujeres maltratadas se caracterizan por el miedo —lo cual es lógico, no tienen más que escuchar las noticias—, ese paralizante sentimiento se asienta en un peligro cierto, viven bajo amenaza, en un estado de permanente alerta, aunque ya se hayan separado o divorciado o a pesar de que sobre el agresor pese la medida de distanciamiento o que esté en prisión —saben que saldrán—. Algunas viven aterradas pues son exactamente conscientes de que las acabarán matando. Añádase a lo antedicho que algunas mujeres interiorizan un discurso de asunción de culpa, un estado permanente de sometimiento. Todo ello incapacita a algunas a reaccionar.

En 1991 pusimos en marcha en Madrid una tertulia, que lleva por título *Justicia y Utopía* —una redundancia—, nos reunimos todos los primeros jueves de cada mes. En una ocasión invitamos a un ex recluso que había matado a su mujer, no apreciamos ninguna retractación del hecho o de su conducta. Entendía que había sido justo matarla pues le había dejado en ridículo. Le indiqué que no volviera a la tertulia, pero quedamos con la terrible y penosa impresión de que le había merecido la pena matarla, es más, si la historia volviera a reproducirse, se repetiría en todos los extremos. ¿Para qué le sirvió la cárcel?, o mejor dicho ¿le sirvió? ¿Cómo podemos evitar este posicionamiento atroz? ¿Cómo prevenirlo?

EL ESTÚPIDO SENTIMIENTO DE POSESIÓN

La violencia de género nace de unos agresores que sienten que tienen que cumplir un mandato, un deber coherente con la relación que mantienen con su mujer —muy importante la convicción que poseen de que es suya—. Por eso su violencia es de motivación, es sistemática, es continuada.

La mayoría de la gente no comprende lo que ocurre, no se ha dado cuenta de que ejercen su violencia a la luz del día, que no les importa la presencia de testigos y es que piensan entregarse a las fuerzas de seguridad porque lo que no van a aceptar es que su mujer (suya) se salga con su decisión, por ejemplo, tras una ruptura. Sienten que están obligados a imponerse, asumen sus actos, parten de que la mujer (su mujer) debe estar controlada y ha de asumir el rol que él determina. Lo normal es que se entreguen a la policía. Si consideran que la presión social no acepta su pulsión, su criterio, se suicidan —aproximadamente un 20 por ciento—, otros fallan en el intento y un número significativo, simplemente lo simulan.

Dicho lo anterior es claro y manifiesto que bastantes de estos agresores tienen decidido matar a su mujer si rebasa unos límites que ellos designan y obviamente quebrantar una orden de alejamiento no les supone el más mínimo problema, al igual que se ríen del protocolo y criterio moral y cívico que busca que racionalicen e interioricen que su conducta es absolutamente inaceptable.

Por desgracia los hay más perversos y amenazan en el proceso de separación con matar o hacer desaparecer a los hijos si no obtienen la custodia. Hemos conocido varios casos donde han ejecutado tan espeluznante barbaridad, una brutalidad que no esconde su estúpida impotencia, su incapacidad para amar, el delirio de posesión, el yo patológicamente hipertrofiado, el narcisismo llevado al extremo. Quien es capaz de realizar tal villanía contra sus propios hijos, contra seres tan inocentes e indefensos, merece no sólo el mayor de los castigos penales, sino la lápida del desprecio general y crónico. Y desde luego que no se busquen atenuantes del tipo trastorno mental transitorio. Su acto tiene el sabor a hiel de la venganza.

Hay quien no acepta una humillación y desde ahí nace el denominado crimen pasional. Es importante conocer el proceso. En un primer momento el rechazado se convence de que el ser amado se le va. En una segunda fase se va reduciendo el amor, lo cual es grave, pues la idea del suicidio desaparece al intuir que sería ventajoso para su ex y el/la rival. Se va instalando el odio y entonces una frase alusiva del/la ex o de unos amigos desencadena el crimen que no es hijo del amor sino producto de un autor ofendido. Hablamos de un crimen de amor propio. Las mujeres cometen muchos menos crímenes pasionales, pues son menos orgullosas y narcisistas.

El certero diagnóstico está realizado, la terapéutica es la profunda educación, la correcta educación para entender la libertad del otro, para no trasladar las heridas al odio.

Cortafuegos emocionales

Educativamente hemos de desvelar la circularidad negativa entre creencias prejuiciadas y sentimientos.

«Si quieres que te diga la verdad... no sé si mi mujer me dejó porque bebía, o bebo porque mi mujer me dejó».
Leaving Las Vegas, MIKE FIGGIS, 1995

RICK (Humphrey Bogart): Si ese avión deja el suelo y tú no estás en él, te arrepentirás. Quizás no hoy, quizás no mañana, pero pronto y por el resto de tu vida.
ILSA (Ingrid Bergman): Pero ¿qué pasará con nosotros?
RICK (Humphrey Bogart): Siempre nos quedará París.
Casablanca, MICHAEL CURTIZ, 1942

Tenemos que conseguir que desde niños se instalen medios de prevención, salidas de emergencia, que impidan pasar del amor pasional al odio visceral. O se educa e interioriza en el respeto, en el autodominio, o no rebajaremos la gravísima y crónica violencia de género.

Los conflictos devienen por el nacimiento de pensamientos de posesión, de celos, de violencia, de animadversión o de miedo, que arraigan en el espíritu y se propagan como el fuego en la hierba seca.

Hemos comprobado que las emociones influyen mucho en las decisiones que tomamos, y por tanto la opinión filosófica de que las decisiones morales se deberían basar en el razonamiento puro queda cuestionada, pues si bien la voluntad puede fortalecerse a fin de controlar la expresión emocional, no es menos cierto que la represión de las emociones puede germinar en sentimientos destructores o autodestructores.

Los estoicos promulgaban la imperturbabilidad; es decir, el aprendizaje de una disposición de ánimo denominada ataraxia que permite alcanzar el equilibrio emocional gracias a la disminución de las pasiones y de los deseos y al fortalecimiento frente a la adversidad. En gran medida me adscribo a este posicionamiento que facilita la paz interior, el autodominio, la tranquilidad espiritual.

Psicohigiene

El ser humano, lo sabemos, es capaz de odiar. Este sentimiento patológico tiene un elevado precio que es impedir desvincularnos de aquel a quien odiamos. Por otro lado las personas podemos responder en *acting-out*, es decir de forma urgente, descontextualizada, derivada cual resorte de la emoción sentida ante un gesto, una frase. Se proyecta de manera primaria con carácter de impulso, los *acting-out* son resultado de la ira, el pánico, la angustia, estamos ante acciones estímulo-respuesta, ocasionalmente cortocircuitadas, el carácter súbito emocional pres inde en gran medida del componente cognitivo, se descarga sobre el objeto más inmediato, no necesariamente sobre el que lo suscita. Estos actos que erróneamente hay quien califica de gratuitos son a todas luces peligrosos.

Y pese a lo antedicho nuestro comportamiento ha evolucionado a lo largo del tiempo, no tanto porque hayan cambiado nuestras capacidades innatas, sino porque hemos avanzado culturalmente, y así se transmite. Sin embargo nos asedian los sentimientos peligrosos como los de rechazo, con irrupciones bruscas, a las que denominamos distimias. Esta irritabilidad propia de distimias depresivas se impone sobre la pasividad de la tristeza, en todo caso es pasajera, dura todo lo más días.

Insistiré, pues pareciera que no queda claro, que la genética es el punto de partida, pero no es ni el de llegada, ni determina el rumbo, únase a ello que es más eficaz potenciar lo que de positivo tiene cada ser humano, que buscar erradicar lo que tiene de negativo —sin que ello signifique no luchar contra nuestras bajezas o reacciones instintivas incontroladas—. Hemos de fomentar la psicohigiene que incluye la capacidad del olvido selectivo o al menos del perdón autoestimulado.

Me comprometo a estudiar y escribir sobre la psicohigiene para intentar reducir actitudes tan vergonzosas como la envidia, o tan estúpidas como la del celoso, que se pasa la aciaga vida buscando un secreto que le haga absolutamente desgraciado.

Cuando hablo de sentimientos como material inflamable me estoy refiriendo entre otros a la envidia que nadie reconoce, pero que nadie niega.

Me llama la atención la autovaloración de las personas que en los procesos de selección se autodefinen como: «Sinceras, honestas, leales, simpáticas, colaboradoras, positivas...» y cuando les indicas que digan algo negativo de sí misma/o y tras una larga pausa contestan: «Soy excesivamente perfeccionista». Como se ve la autoestima nos acompaña.

Sí, escribiré sobre psicohigiene para evitar en lo posible el maltrato a los niños y al tiempo minimizar que quienes lo han padecido, lo transmitan, erradicando que por su propio sufrimiento reaccionen con hostilidad ante otros niños afligidos. Escribiré para insistir en que la educación debe orientarse al pleno desarrollo de la persona, en lo cognitivo, relacional, espiritual, afectivo, social y ético, como fórmula de prevención de problemas de psicopatología que aquejan al ser humano y de violencia que tanto sufrimiento genera.

Hemos —desde corta edad— de manejarnos con las emociones, las cuales además de construir el componente psicológico más antiguo anterior al lenguaje y el razonamiento, contienen riquísima información.

Los seres humanos no sólo podemos sentir compasión por los congéneres u otras especies animales, es que además somos conocedores de que sentimos compasión. Ahora bien la pregunta inquietante es ¿somos tan selectivos, tan irracionales, tan fanáticos, que podemos dañar a un ser que fue querido o a todo un pueblo por ser distinto? O dicho de otra manera ¿dominamos las emociones y sentimientos, o son ellas las que nos dominan y reformulan nuestros planteamientos?

¿DOMINAMOS LAS PASIONES?

En el hogar, en la escuela, en los medios de comunicación, en las redes sociales debe transmitirse afectividad y enseñar a manejarse en el conflicto, en la ruptura. Explicar cómo contener la cólera, cómo controlar el miedo, cómo convivir con el duelo. No podemos silenciar la esfera de los sentimientos.

Profesores y progenitores recordemos que alumnos e hijos aprenden de aquellos a quienes aman, de los que les hacen sentir, y es ahí desde donde hemos de controlar posicionamientos tan humanos como el afecto que derrochamos a los que nos admiran —lo que no siempre acontece con los que admiramos— y sobre todo erradicar aquellos tan erróneos como peligrosos, como es el sentimiento de posesión ya sea sobre la pareja o sobre el hijo.

El gran Pitágoras nos dejó en herencia: «Educad a los niños y no habrá que castigar a los hombres». La tarea de evitar la violencia, los malos tratos, se ha de iniciar en el hogar, erradicando atisbos de dominancia, de discriminación, han de mamar la igualdad de oportunidades, de deberes, de derechos, el respeto a la discrepancia, a la diferencia, la asunción de la crítica, la aceptación del rechazo, de recibir un «¡no!». Enseñemos a aceptar las frustraciones sin convertirlas en violencia. A ser respetuosos, mucho más que tolerantes (término que tiene algo de casposillo).

Los cortafuegos emocionales lo han de ser ante los diversos estímulos capaces de desencadenar emociones, ya sean internos mediante un pensamiento, o externos, por ejemplo un desprecio, un insulto. Tienen que estar presentes o ser una rememoración y ser evocados, ser reales o irreales desde una percepción distorsionada, ser conscientes o inconscientes. Como vemos, muchos frentes que se intensifican con la emocionalidad latina, no hay más que ver la expresividad mediterránea.

Una simple mirada a la literatura nos hará comprender desde Goethe hasta Shakespeare el poder de las pasiones que empujan al ser humano al amor y a la tragedia. Y es que o dominas tus pasiones, o ellas te dominarán.

Recordemos algo tan sencillo como que son las ínfimas chispas las que provocan los grandes incendios.

Formemos y formémonos para ser fuertes y poseer un yo estructurado que nos permita interiorizar que no somos nada sin el otro, que somos un pequeño y frágil eslabón de la gran cadena universal, para que el día que ostentemos cualquier poder lo ejerzamos sin severidad, ni permisividad, como si fuese un huevo, al que si agarramos demasiado fuerte se rompe, y si no lo sujetamos con firmeza se caerá.

Freud decía que de las tres causas de sufrimiento humano: los desastres de la naturaleza, el propio cuerpo o las relaciones con los congéneres, es la relación con los otros seres humanos la que genera más y severos trastornos emocionales. Podría quizás haber añadido la problemática convivencia con uno mismo, pues hay quien no posee control sobre sus emociones y vive codependiente, cuando no adicto a las dietas, al sexo, al trabajo, a la droga, al juego, al teléfono, a...

Hemos de encauzar los sentimientos e incluso aunque suene cursi, reencontrar la bondad.

Honremos nuestro destino, empleemos la gran fuerza de la no violencia, busquemos compartir la paz emocional minimizando la erupción emocional, la cólera, el orgullo mal entendido, los celos, arraiguemos la comprensión, la ternura, la compasión.

Hemos de ceder, doblegarnos para mantenernos enteros, tolerar las contradicciones. Dejemos el «yo» en un segundo plano, empleemos la gratitud como antídoto del ego. No nos dejemos llevar por la avidez, que nuestras elecciones sean congruentes con nuestros valores. Recomencemos.

Seamos positivos pues nos ayuda a desempeñarnos mejor y contagia optimismo, potenciemos nuestra identidad social.

Practiquemos la inmunología sentimental. Los actos son importantes, pero también lo son sus intenciones.

Somos, querámoslo o no, en gran medida libres y por ende responsables de nosotros mismos. Aupemos la voluntad y la razón como apoyo a la inteligencia emocional para conseguir superar sentimientos como el rencor, y ello basado en un amor superior, ya sea moral, ético, religioso. Para alejar la amargura que es un sentimiento que roba la alegría y el gozo de la vida. Para evitar esa mala compañía que es la soberbia, la cual exige pleitesía, acatamiento, servilismo, dificultando cuando no impidiendo la convivencia. Para prevenir el alud de la ira, ese fenómeno explosivo desencadenado casi simultáneamente a la situación que lo genera, y aún más el odio, esa acumulación de sentimientos negativos.

Prevengamos el narcisismo, ese interés desmedido por la propia imagen, caracterizado por la aprobación de los demás. Llámese narcisismo por el paralelismo con los narcisos que se miran en el espejo que el agua les ofrece.

Traigo a colación el tema del narcisismo pues considero que junto al machismo y el yo estúpidamente hipertrofiado están en la base de la violencia de género. Se dice «del amor al odio hay sólo un trecho» y si bien pareciera que se entrelazan en lo irracional y que se activan en ambos algunas de las mismas regiones del cerebro, pongamos a examen lo que llamamos amor no vaya a ser un patológico sentimiento posesivo, de pertenencia, un amor adictivo, egoísta, dependiente, agobiante, que reclama atención constante y exige continuas renuncias por parte del amado. Creo que el amor a una persona, que excluye el amor a todas las demás, no es amor.

No, no es cierto que existan amores que matan, lo que sí acontece es que hay conductas que matan pero ¡por favor, no le llamen AMOR!, no prostituyan tan bello sentimiento.

Amor amplio que procura lo mejor de cada persona, que no ha de confundirse con el amor adictivo, al que tan correctamente Antonio Machado diagnosticó y puso palabras: «Ni contigo ni sin ti tienen mis penas remedio; contigo porque me matas, y sin ti porque me muero».

Por cierto que hemos pasado de la mojigatería y represión sexual al mundo del consumo, del «usar y tirar», al miedo al compromiso.

Acabemos este capítulo, eduquemos en el autocontrol desde la más corta edad, no nos acontezca como a aquel padre y a su hijo. El pequeño le dijo: «Papá quiero una escopeta por mi cumpleaños». El padre le contestó que eso era imposible dada su corta edad. Tras una larga discusión el padre replicó: «¡Basta! ¿Quién manda aquí?». Y el niño le contestó: «Pues tú, pero si yo tuviera una escopeta...». Me recuerda este cuento a un hecho tristemente real, que usted recordará, el del hijo que exigió a sus padres que le compraran una katana con la que un día o más exactamente una noche mató a ambos progenitores y a su hermana con síndrome de Down.

La vida, por su brevedad, tiene un valor infinito

Es difícil escribir sobre los sentimientos porque las palabras resultan empobrecedoras, incapaces de transmitir el colorido y la calidez de lo sentido.

«Me llamo Máximo Décimo Meridio, comandante de los ejércitos del norte, general de las legiones Félix, leal servidor del verdadero emperador Marco Aurelio. Padre de un hijo asesinado, marido de una mujer asesinada. Y alcanzaré mi venganza en esta vida o en la otra».

Gladiator, RIDLEY SCOTT, 2000

Nuestro error es que siempre pensamos que nos sobra tiempo y debemos ser conscientes de que cada jornada tiene un carácter precioso e irrepetible. No cercenemos la vida aprisionados por el engranaje de las ambiciones y las esperas por el por-venir, ni en la culpabilidad por el pasado.

Nos enganchamos en actividades febriles, intrascendentes y nos quedamos sin tiempo para las cuestiones fundamentales. Conocedores de la impermanencia, para garantizar nuestra seguridad nos apoyamos en aspectos curriculares efímeros y frágiles.

Somos la suma de un grandísimo número de decisiones personales y en gran medida libres, por tanto responsables.

La vida es una aspiración a la realización de sí mismo, exige pensar por nosotros mismos, razonar, poner en duda.

La vida es inmensa si nos atrevemos adonde nos lleve el pensamiento.

Debemos vivir con la inteligencia del amor, abrazar la alegría, practicar la caricia como demostración de ternura y como dice una canción popular chilena, dar «gracias a la vida, que me ha dado tanto...».

Rechazar la pasión es vivir en la sinrazón. Deberíamos estar siempre enamorados y utilizar la imaginación para apreciar distinta la realidad de todos los días. Sentirse niños, es decir, curiosos y con capacidad para sorprenderse.

Precisamos un impulso vital, la dignidad del trabajo, la celebración del tiempo. Repito, imaginar es renacer.

Hemos de preservar la esperanza hasta el último aliento.

No hay prisa. Pertenecemos a una especie que envejece con el tiempo, a una comunidad que no debe terminar.

Mientras el espíritu no muere, la vida crece.

No olvidemos que lo importante lo llevo conmigo; que para transmitir paz, hay que vivir en paz; que la felicidad no viene de la mano de un golpe de fortuna, sino de los pequeños disfrutes del día a día; que cuando damos nos gusta la alegría intuida y anticipada del otro.

Sin reír no se vive, y desde luego los amigos te definen.

Apreciamos que el maridaje entre alma, cuerpo y mente es esencial.

Por mi parte ratifico que el problema lo tenemos no con lo que no hemos podido hacer, sino con lo que pudiendo, no lo hemos hecho. En ese sentido y sin echar balones fuera hay quien roba el tiempo, entiendo que debieran ser castigados, al menos por el interlocutor.

«Muere lentamente quien no arriesga lo cierto por lo incierto para ir detrás de un sueño, quien no se permite, por lo menos una vez en la vida, huir de los consejos sensatos».

PABLO NERUDA

En la vida lo importante es avanzar y no detenerse mirando de manera continua al retrovisor, para ello hemos de disciplinarnos corporal, cognitiva y emocionalmente, al tiempo de facilitar el abordaje de las soluciones mediante el optimismo y la esperanza.

Hemos de convencernos de que somos más de lo que mostramos, pues nos acomodamos sin permitirnos crecer, sorprender y sorprendernos.

Parece una tontada pero son muchos los días en los que se nos olvida vivir, es más, a veces nos encontramos creando activamente una emoción para nosotros mismos, «provocándonos» ira, o preparándonos para una desilusión.

Por ir terminando, transmitamos los reconocimientos en vida, planteémonos qué mundo dejaremos a los niños y primordialmente qué niños dejaremos en el mundo. Disfrutemos de una curiosidad impenitente.

«La vida es lo que va pasando mientras tú haces otros planes».

JOHN LENNON

Educar en los sentimientos

Sólo quien muere sin desaparecer es eterno.

El psicólogo a su paciente: «Así que llevo tratándole doce años de su culpabilidad y sigue con ese complejo. ¿No le da vergüenza?».

La mujer le dice al marido que se encuentra absorto ante el periódico: «No es necesario que sigas con la letanía de: ¡Sí, querida!... ¡Sí, querida!... Pues hace diez minutos que dejé de hablar».

Una maestra invita a sus alumnos a contar alguna acción en favor de los animales. Cuando le toca el turno a Vito, éste dice: «Le pegué una patada a un chico que había pegado una patada a un perro».

Hay que educar en los sentimientos, en la apreciación de la riqueza de los mismos, en saber expresar los propios, en captar y entender los de los otros. Uno de los grandes fallos de la educación... es que desde pequeños no nos enseñaron el juego de «Ponerse en el lugar del otro».

Aprender a conducir la propia vida y manejar las relaciones que se mantienen con los demás.

Los niños deben saber dirigirse a los otros para consultar o para negarse a sus solicitudes. Expresar las emociones y necesidades facilita el equilibrio psíquico.

Inteligencia es un concepto global, cognitiva y afectivamente.

¿Cuántas personas vemos que son sobresalientes en lo profesional, pero desequilibradas en lo emocional? Su vida fracasa.

Los sentimientos son un material inflamable.

EDUCAR EN LA ÉTICA

Desde el nacimiento y mediante el fuerte vínculo emocional entre los padres y el hijo se ha de ir transmitiendo la conciencia moral que aflorará hacia los 6 o 7 años (como nos indicaron Piaget y Freud).

Hay que educar a los niños en el respeto, la sensibilidad y el cuidado hacia los animales, hacia los ancianos, hacia los bebés, y en general hacia toda forma de vida.

Tenemos que erradicar la crueldad con los animales, la saña, hemos de hacer ver el sufrimiento de otras especies, de las plantas.

Hay que desarrollar el aprendizaje afectivo.

Como en todo es en la educación en los primeros momentos de la vida de los niños y sobre todo en el aprendizaje vicario —el modelaje, el ejemplo que vean— donde niños y niñas han de comprender lo que nos diferencia, pero siempre desde la igualdad en los derechos.

Que se erradique el mecanismo frustración-agresión. Que se forme en la ética sexual. Que se eluda la pornografía que identifica sexo y violencia. Que se enseñe la sexualidad de forma no traumática, con asertividad. Que se corte de raíz vivenciar el sexo como forma de dominio.

Debe ayudárseles a que comprendan la naturaleza de la violencia de género.

Se han de erradicar las discriminaciones sexistas —que excluyen a las mujeres del poder y a los hombres de la sensibilidad.

Esta sociedad se tiene que feminizar, entendida como ser más afectiva, más sensible, más empática, menos dura, menos depredadora, competitiva y conflictiva.

Nadie, ningún ser humano pertenece a otro. La expresión «es mi mujer», o «es mi hijo», debe interpretarse como una forma de hablar o de entrega hacia esa persona, pero alejada de cualquier atisbo de posesión (¡ni pensarlo!).

Hay que educar en el respeto, en la asunción de diferencias, en la comprensión de que las perspectivas son subjetivas, en que lo que parece real y asentado varía con los años.

Vivir en pareja es difícil, no siempre existe el acuerdo, la sonrisa, la ternura, y debe estarse preparado para la discrepancia e incluso para la separación. Desde el dolor, el sentimiento de fracaso, pero la aceptación y el cariño acumulado que debe sobrevivir a la falta de expectativas de pareja en el futuro.

¡Cuánto más si hay hijos comunes, el respeto y autodominio han de prevalecer, anteponiendo su interés (el de los hijos), al personal!

La vida provoca accidentes, también emocionales y de género, el «cinturón de seguridad» es el autodominio, el *airbag* las habilidades sociales para evitar el choque frontal, para salvar la autoimagen, el honor, sin dañar al otro (casi siempre la otra), mucho menos lastimarla, y aun golpearla.

Poner la mano encima de alguien es inaceptable, hacerlo en nombre de que se le quiere, se le ha querido o se desea querer es abominable.

ENSEÑAR A SER SOLIDARIO

Hay que fomentar los mejores sentimientos y conductas hacia y con quien lo precisa (emigrantes, personas económicamente desfavorecidas, niños enfermos, ancianos con limitaciones, discapacitados).

Hay que incentivar la disposición para ayudar al resto, lo que propicia sentirse bien —en muchas ocasiones debiéramos dar gracias por esa eventualidad—. Dar es una virtud y una suerte, hay gente que lo tiene todo ¿todo? Y se siente vacía.

Sentirse partícipe de este mundo, de este momento, convencerse de que los problemas por muy planetarios que sean nos atañen y somos parte en su posible solución.

Frecuentar el futuro

Las personas podemos olvidar lo que se nos dijo, o lo que se nos hizo, pero es difícil que olvidemos cómo se nos hizo sentir.

«No busques premio, porque tú tienes una gran recompensa en esta tierra: tu alegría espiritual que sólo el justo puede gozar».

Los hermanos Karamazov, FIÓDOR DOSTOIEVSKI

No debiéramos acabar con tortícolis de tanto mirar al pasado sino anticipar el futuro, y conformar de esta forma el presente.

Desde la perplejidad, la parálisis, sentimos con desasosiego que el tiempo se nos va. Vivenciamos con angustia, desconsuelo, esta pérdida.

Guardemos silencio, que los silencios ayudan a meditar, a sentir, a salir de muchas dudas. Como piedras al fondo del río miramos la corriente de un agua transparente que se desliza sobre ellas, la gente nada sabe de lo que llevas guardado en el fondo de tu alma.

Al final, no habrá que preguntarse por tu muerte, sino por los ecos que dejó tu vida.

Los humanos somos capaces de canjear la gratificación inmediata y diferir el placer próximo, posponiéndolos y aun haciendo sacrificios para alcanzar un previsible futuro mejor. Podemos anticipar, simular lo que será el futuro y ello gracias al bagaje acumulado, a comparar el pasado con el presente, nos ocupamos y preocupamos por el futuro, pues estimamos que en gran medida podemos modelarlo y optimizarlo.

Los sentimientos, que muy probablemente han sido predecesores de comportamientos éticos y antecedentes de la elaboración de normas de conducta social, sirven también como presagio de lo que pudiera ser bueno o malo en un futuro cercano o a largo plazo.

La clave para una toma de decisiones personales más acertada se encuentra en la sintonía con nuestros sentimientos. El destino depende en gran medida de armonizar razón y sentimiento, así podemos acertar respecto a nuestros estudios, trabajo, pareja, lugar de residencia y un largo etcétera. La racionalidad debe apoyarse en la sabiduría sentimental acumulada gracias a las pasadas experiencias.

Pascal ya nos dijo que casi nunca pensamos en el presente y, cuando lo hacemos, es sólo para ver cómo ilumina nuestros planes para el futuro.

Ciertamente no hemos de negar que la genética de la conducta nos informa de que además de nuestra identidad consciente, tenemos un yo mismo innato, heredado. Nuestro temperamento y por tanto nuestra personalidad están modelados por la genética que incide en la química y en el funcionamiento del cerebro.

LA FUERZA DE VOLUNTAD

Y dicho lo anterior, el ser humano cuenta con una poderosa herramienta: la fuerza de voluntad que se sustenta en la evaluación de una perspectiva, en la elección de los resultados a largo plazo y no de las miopes consecuencias a corto plazo.

Recordaré aquí, lo que tantas veces hago, la prueba del bombón, o lo que es lo mismo, el control del impulso.

Niños de 4 años (póngase en su lugar) reciben la instrucción siguiente: tienen delante un bombón, si lo desean pueden comerlo inmediatamente pero si esperan unos minutos sin tomárselo se les darán dos. Se inicia una batalla entre el impulso y la restricción, entre el deseo y el autocontrol, un desafío entre el yo y el ego, entre la gratificación inmediata y la postergada.

La conducta que adopta el niño no sólo nos permitirá distinguir su carácter, sino en gran medida pronosticar su trayectoria vital. Y es que no existe herramienta psicológica más importante que la de resistir el impulso, base del autocontrol emocional.

Fue el psicólogo Walter Mischel quien en los años sesenta en un jardín de infantes del campus de la Universidad de Stanford realizó no sólo la prueba, sino el seguimiento existencial de los que luego serían jóvenes.

Algunos niños en edad preescolar consiguieron la recompensa de dos bombones y es que fueron capaces de postergar la gratificación, esperaron hasta quince minutos, interminables quince minutos, para ello hubo quien se tapó los ojos evitando la fuente de tentación, quienes hablaron solos, cantaron, jugaron con las manos y los pies, apoyaron la cabeza entre los brazos, e incluso intentaron dormir.

Otros niños evidentemente más impulsivos se tomaron el único bombón pocos segundos después de que el experimentador saliera de la habitación para terminar su «tarea».

Catorce años más tarde la diferencia emocional y social entre los niños que se apoderaron del bombón y sus compañeros que demoraron la gratificación fue notable. Quedó constancia de que la prueba era simple pero con gran poder diagnóstico y pronóstico.

Los niños que a los 4 años habían resistido la tentación ya de jóvenes se mostraban más competentes en el plano social: seguros de sí mismos, capaces de enfrentarse a las frustraciones de la vida, personalmente eficaces. Cuando eran sometidos a presión tenían menos posibilidades de paralizarse, derrumbarse, desorganizarse o sufrir una regresión. Ante dificultades y desafíos procuraban resolverlos. Se comprometían en proyectos. Y seguían siendo capaces de postergar la gratificación para lograr sus objetivos.

Por contra la tercera parte de los chicos, los que con inmediatez se comieron el bombón, compartían de jóvenes rasgos psicológicos más conflictivos, su inclinación a rehuir los contactos sociales eran mayores, se mostraban más tercos e indecisos, las frustraciones les perturbaban más, se sentían más inútiles, el estrés los paralizaba en mayor medida, se consideraban resentidos por no obtener lo suficiente, eran más propensos a los celos y a la envidia, ante lo que les irritaba, su reacción era exagerada con actitudes bruscas, provocando discusiones. Después de los años pasados seguían siendo incapaces de postergar la gratificación.

Es manifiesto, que lo que podemos apreciar en los primeros años de vida se ahonda y acentúa con el paso de los años, reflejándose en los posicionamientos emocionales y en las capacidades sociales.

Postergar el impulso es esencial en la vida, permite ejercitarse en el esfuerzo ya sea para iniciar una dieta o afanarse en una carrera universitaria. Que a los 4 años existan niños capaces de captar y comprometerse con una situación social como es la postergación anticipada como beneficiosa dice mucho en su favor, pues denota capacidad para superar la tentación que tenían delante, de distraerse para acentuar la perseverancia. Esta conducta, este autodominio es el que les permitió años después sentir y confirmar que se manejaban según sus deseos y objetivos. Se constató que sus puntajes eran increíblemente más altos en las pruebas de aptitud académica y ello por su mayor facilidad para expresar sus ideas en palabras, mejor capacidad de concentración, más deseos de aprender, mejor disposición a responder a la razón y capacidad para planificar y llevar lo planificado a cabo.

Somos conocedores de que una persona que no sabe aplazar la gratificación, que no es capaz de sacrificar un deseo presente por un objetivo a medio o largo plazo, es una persona cuya vida será penosa, y es que en la vida constantemente necesitamos aplazar la gratificación.

Para conseguir las metas deseadas se precisa autoconocimiento, voluntad, esfuerzo y planificación.

«En dos segundos me ha hecho usted feliz para siempre. Sí, feliz. Quién sabe, quizás me ha reconciliado conmigo mismo».

Fiódor Dostoievski, *Noches blancas*

Regreso al futuro. Soñar adecuadamente con el futuro inspira, hermana y suma. Gandhi decía que para llevar a cabo un cambio, lo hemos de encarnar. Este actuar como si... da energía y tenacidad a la persona y progresivamente la va transformando y conduciendo al proyecto deseado.

Eso sí como nos mostró Séneca: «No hay viento bueno para quien no sabe dónde va». Y desde luego no se puede mirar al mañana pensando sólo en el hoy.

Nos lo indicó Miguel de Unamuno: «Miremos más que somos padres de nuestro porvenir que hijos de nuestro pasado». Idea que ratifica un proverbio chino: «Si te sientas en el camino, ponte de frente a lo que aún has de andar y de espaldas a lo ya andado».

No creo en la fuerza del destino. Me rebelo contra una de las formas más dañinas de destruir la forja de los sentimientos, que es enunciar negativas, agoreras profecías de autocumplimiento. Entiendo perfectamente que los jóvenes de hoy estén seguros de que vivirán peor que sus padres. Pero urge hacerles ver que el esfuerzo, el sacrificio, la confianza en uno mismo son los valores que contribuyen a la salida del túnel.

Concluyo este breve capítulo manifestando mi comprensión al deseo de vivir en la imperecedera historia y recordando la sabia enseñanza de Heráclito: «Nada es permanente a excepción del cambio».

Memorias del futuro

*La licitud moral de los sentimientos debe situarse en el otro
y en la dignidad de la persona humana.*

Confrontemos el miedo inhibidor a los violentos con la compasión con las víctimas.

Los sentimientos son el fonendoscopio de aquello a lo que damos importancia en nuestro interior.

Una muerte digna. Un libro sobre sentimientos que está llegando a su fin debe dejar constancia de este derecho. Desde aquí lo propugnamos.

Mientras tanto sigamos viviendo, volvamos a empezar, dejémonos querer, brindemos, olvidemos, dejemos que corra el aire, pues nada es para siempre. En esas —ya mencionadas— apáticas tardes de domingo construyamos castillos en el aire.

No nos dejemos engañar por el espejismo del dicen que dicen, lo esencial es la raya en el agua que trazo cuando nadie me ve.

Y siempre acompañados de esa forma privilegiada de transmitir y suscitar sentimientos que supera cualquier barrera cultural o étnica, la música.

Nos encaminamos hacia la vejez donde se tiende a ser feliz porque en general —y salvo gruñones que lo eran con anterioridad— las emociones pasan de negativo a positivo, además los sentimientos se serenan, los ancianos sienten calma. Los mayores han aprendido a relativizar, a manejarse mejor con las idas y venidas de la vida, son conscientes de que han entrado en la decadencia física, pero regulan mejor sus propias emociones, alcanzando una mayor armonía.

Avancemos en la vida, compartiendo. Conduzcámonos de forma que no nos alojemos en la cárcel donde algunas personas sienten hostilidad, que proyectan contra los demás o que descargan en sí mismos.

Mucho habremos de mejorar en la rehabilitación de asesinos en serie, de violadores y pederastas reincidentes.

Es más que indignación lo que siento al escuchar a quienes defienden la pederastia argumentando de manera artera que no se tienen en cuenta los sentimientos y deseos de los menores, es más, buscan explicar que la inocencia sexual del niño es una patraña. Nada dicen de la diferencia de edad y por ende del poder, ni del egoísmo desviado de algunos adultos, que se caracterizan por su inmadurez.

En mi práctica profesional me he encontrado con situaciones en las que he sido incapaz de sentir lo que sentía quien tenía delante, ya fuera víctima reciente de una violación, o tras haber escuchado los disparos que mataron a su padre e hirieron gravemente a su madre, o en otros casos de desaparición de los hijos. Jamás he dicho «me pongo en su lugar», y es que no es cierto, no es posible. Uno puede estar al lado de quien entierra a sus hijos que acaban de morir quemados en el hogar, pero no puede sentir ese dolor desgarrador, un dolor inenarrable, intransferible.

En esta memoria del futuro dejo constancia de aquellas palabras de una mujer que me transmitía: «¿Qué mal habré hecho yo en esta vida para que se me esté castigando así de esta manera? Con la de hombres que hay en el mundo y he tenido que dar ¡con el que no podía tener hijos!».

Sufrimientos, como en los procesos de separación donde una de las partes se siente abandonada y traicionada, le invade el desconcierto, la melancolía, el pesimismo y ocasionalmente el deseo de venganza. Resulta obvio y evidente que los sentimientos no son los mismos si te han abandonado que si has abandonado.

En la clínica vemos a exiliados que se ven despojados de su país, de su cultura, de su psico-historia, de su identidad, su sentimiento es de soledad, depresión e indefensión. La pérdida de vínculos de apego también golpea a quienes han emigrado azuzados además por la inestabilidad económica y laboral.

EMOCIONES Y SALUD

Somos muchos los que estamos aportando instrumentos a la psiconeuroinmunología que establece relación entre mente y cuerpo, teniendo en cuenta el efecto de las emociones en la salud. Y es que las negativas y el estrés hacen más vulnerable el sistema inmunológico, mientras que las emociones positivas, el buen humor, el optimismo y la esperanza, junto al apoyo de otros ayudan a soportar una enfermedad y facilitar la recuperación.

Hemos de ayudar a las personas para que manejen mejor sus sentimientos y controlen aquellos que les resulten perturbadores como la ira, la ansiedad o el pesimismo.

Este afrontamiento de realidad se hará cada día más necesario porque cada vez habrá que cuidar un mayor número de enfermos de demencia, lo que supone afrontar continuamente problemas a veces desquiciantes en contextos interpersonales.

Tratamos a personas con un sentimiento elusivo, subjetivo, personal de abandono continuado, a veces son pacientes rodeados de gente, familiares y amigos, personajes muy conocidos que experimentan sensación de vacío y sufren percepción angustiosa de abandono.

Vemos niños que muestran un profundo sentimiento de desamparo por ausencias prolongadas de los padres, por maltrato en el hogar. Y a adultos con dificultades de relación, desequilibrios emocionales, hipersensibilidad a raíz de un hecho traumático como una intervención quirúrgica, una enfermedad, una pérdida o un divorcio que remueven antiguos sentimientos de desamparo.

Siempre refiero a mis pacientes que han vivenciado una agresión injusta que no deberían quedarse apegados al dolor, pues si bien es legítimo, es un derecho irrenunciable como víctima, no es menos cierto que no debería condicionar el proceso vital.

Me referiré ahora a aquellos gemelos o trillizos que pierden a un hermano durante el embarazo o más tarde, y sienten la tristeza y la sensación de no estar completos, lo cual es lógico después de crecer y desarrollarse juntos en el útero, creando un lazo íntimo. Sus emociones no son fácilmente entendibles por nadie.

Existe el mito griego de los hermanos gemelos Hipnos y Thanatos, dioses del sueño y de la muerte, ambos hijos de la noche. Una comprensión de este mito es que Thanatos se murió y que su hermano Hipnos se unió con él en sus sueños. De la misma forma que el gemelo vivo sigue unido a su hermano muerto.

Según el prestigioso psicólogo John Bowlby, que estudió la importancia del vínculo entre madre e hijo, los gemelos son el uno para el otro, personas de apego.

Los padres que pierden un gemelo o un trillizo sufren la pérdida, pero además no tienen tiempo para el duelo pues han de cuidar de otro u otros hijos y por si fuera poco han de escuchar a personas con poca sensibilidad que entienden erróneamente que la felicidad de tener un bebé compensa la pérdida de otro.

Aclaremos, pues los gemelos lo tienen claro: el «yo soy yo» y el «nosotros». Su individualización no supone una amenaza a su vínculo, su relación es de apego y la viven como una bendición.

Comprobamos en el día a día que el ser humano gusta de ser altruista, es capaz de la mayor de las generosidades como es jugarse la vida por alguien a quien no conoce, pero también conocemos a quienes dan un hogar estable a aquellos que han sufrido abandono, un hogar donde unos y otros velan por el bienestar emocional y afectivo de todos los miembros de la familia.

ANÁLISIS DE LAS ADOPCIONES DESDE LAS EMOCIONES Y LOS SENTIMIENTOS

Abordaremos desde esta perspectiva de amor mutuo, un tema que me consta, hiere sensibilidades. Lo haré con la máxima cautela, pidiendo disculpas, si en algo molesto a alguien.

Siempre resulta difícil y a veces doloroso enfrentar el hijo soñado con el hijo real y ello tanto para las familias biológicas como para las que han adoptado. Pero no es menos cierto, que algunos niños adoptados han sufrido una grave institucionalización, un abandono lesivo, un desapego, un daño en el vínculo, cuando no lesiones cerebrales mínimas o lesiones neurológicas —primordialmente en niños del Este de Europa—, desatención alimentaria, desnutrición, falta de estimulación. En ese caso habrá de enfrentarse una realidad difícil, abordarse los retrasos del niño, las conductas hiperactivas, desadaptadas, intolerantes, distantes, en fin, la grave dificultad para generar una correcta relación. Surgen sentimientos de negación de la realidad autoconvenciéndose de que el tiempo, la dedicación y el amor todo lo pueden y brotan sentimientos de profunda tristeza, de rabia, de inconformismo.

Vemos algunas personas adoptadas que puntúan más bajo en autoconfianza. Puede deberse a sus sentimientos por la pérdida de los padres biológicos, quizás a un sentimiento de abandono. En la búsqueda del propio ser pueden sufrir momentos de incomprensión, ya que la sociedad no reconoce explícitamente la pérdida de los padres biológicos. Es más, si la familia adoptiva es feliz, el niño o adulto puede sentirse culpable por sufrir la pérdida de sus padres biológicos.

Las causas profundas por las que se adopta y las circunstancias son muy variadas. Resuenan en mis oídos las palabras de unos padres: «Dios no nos permitió tener hijos biológicos para que ellos pudieran ser acogidos» y la de un adolescente: «No olviden que la adopción debería ser mutua». Adolescentes que se plantean la influencia de los rasgos heredados y de los rasgos adquiridos. Algún adolescente verbaliza: «Mis padres han sido magníficos, me han tratado fenomenal, pero siempre me planteo cómo hubiera sido con mis padres biológicos, o por qué me entregaron».

Estos planteamientos son normales, como lo es que tras un proceso de separación y cuando se desea compartir el futuro con una nueva pareja expliquemos a nuestros hijos que no se propone sustituir el padre o la madre, pero ello no es óbice para anticipar que se puede producir una guerrilla de celos y control.

Claro que los padres adoptantes comprenden los vaivenes emocionales de sus hijos, pero los sufren, como sufren en los pocos casos en que los abuelos, otros familiares o amigos tratan injusta e insensiblemente a sus hijos como de segunda clase. Dolorosísimo e inaceptable.

Quede aquí constancia de mi apoyo y admiración por las familias que adoptan y que acogen. Por eso me indigno, me rebelo y al contraataco cuando famosos, famosillos y otros seres confunden la adopción o buscan confundirla con una transacción comercial de paternidad o maternidad anónima. Invito a la lectora y al lector a preguntarse por las cuestiones que se formulará un hijo que se sabe en algo producto diseñado para satisfacer los deseos de sus padres. Con sinceridad, no juzgo pero hablando como estamos de sentimientos ¿cuál es la razón para no adoptar?

No deseo alargarme, pero todos conocemos el tenebroso caso de los hijos secuestrados. No lo duden, la verdad es necesaria, aunque duela.

Hablando de dolor se comprende la normal depresión, la desesperación, las pesadillas, las ideas suicidas o el comportamiento violento de quien sufre una amputación traumática, algo que no suele experimentar en tal grado quien sufre una amputación quirúrgica programada. En lugar de caer en el abismo de la autocompasión es acertado aunque inicialmente se rechace ir de la mano de quien ya ha superado el proceso y puede dar algunos consejos que ayuden a afrontar la pérdida.

DE ÓRGANOS, ÚTEROS Y OTROS ASUNTOS

Las personas que reciben un órgano suelen tener sentimientos de agradecimiento. Mas si el donante está vivo, pueden sentirse en deuda y desean no decepcionar al donante si es que falla el trasplante.

Los donantes en vida han de reflexionar sobre su motivación, su bienestar emocional y cognitivo, así como las consecuencias de la donación.

Como aprecia el lector, estoy expresando en este capítulo muchos sentimientos. Los hay que verbalizan haber vivido con anterioridad en otro cuerpo, en otra época, en otro lugar.

También nos encontramos con quienes permiten que su ser y sus sentimientos sean atrapados por la magia negra, el vudú o por otros ritos, creencias que pueden llevar a sentirse poseídos, despersonalizados... un mundo siempre peligroso si es utilizado con fines malignos y con personas con escasa capacidad crítica y asertiva.

Considero que hemos de crear centros terapéuticos tratamentales, comunidades donde se pueda reunir a personas en crisis con educadores, trabajadores sociales, psiquiatras, enfermeras, psicólogos y terapeutas ocupacionales, generando un grupo sanador, un ambiente próximo a un útero protector.

Precisamos de sentimientos de compañía, de confianza, de seguridad. Las mascotas dan un amor incondicional, distraen, eliminan el estrés, viven el presente y son generadoras de los mejores sentimientos, comparten el dolor de la ausencia y la esperanza de volverlos a ver. Se dejan querer y proteger. En esta sociedad a veces solitaria, onanista, son algo más que una compañía, sobre todo para nuestros mayores.

Ya Darwin en 1872 nos habló de la expresión de las emociones en el hombre y en los animales. Al igual que nos hizo saber que la empatía ha sido una poderosa ayuda para la supervivencia.

La sociedad contemporánea tiene como característica lo efímero. Es el caso de los grupos formados en el ciberespacio. Las redes digitales absorben a los participantes en una tela de araña de vínculos, intercambio de experiencias y sentimientos.

Y a diferencia del *ciberbullyng*, en el que los agresores no perciben el sentir de sus víctimas, nos encontramos con los *smileys* —que significa sonreír—, que se originaron en el mundo empresarial; después estas caritas sonrientes pasaron a la cultura popular y finalmente a la de los internautas por asimilación con los emoticonos —emoción más icono—, que nos permiten plasmar nuestros estados de ánimo, emociones y sentimientos de una manera ingeniosa y simpática, añadiendo gran expresividad a la comunicación escrita.

Memorias de futuro donde seguirán existiendo los celos infantiles ante el nacimiento de un hermano, sin llegar al complejo de Caín porque apreciaremos al rey destronado. Igual que seguiremos viendo a jóvenes —y menos jóvenes— en busca de aumentar la adrenalina, demandantes de sensaciones intensas, generando conductas de riesgo, al borde de hacer *puenting*, sin cuerda.

Hay quien ha buscado mediante alucinógenos como el LSD (ácido) efectos euforizantes que incluyen alteraciones de la percepción, distorsiones sensoriales, aumento de la sensibilidad del estado del ánimo que va de la más rabiosa felicidad al profundo terror animal.

Hablamos de sentimientos, muchos, como señalo en el índice temático, desde los que se dibujan cual palabras pintadas, a los que son un disparo en el alma.

A veces confluyen y chocan los sentimientos, por ejemplo, quiero que gane mi equipo de fútbol pero que echen al maleducado de su entrenador.

Sentimientos como los que nos expresan quienes han cruzado los mares en soledad: «Lo importante no son los músculos, sino la mente», «Si no crees en Dios, el tiempo y la mar te enseñarán a creer en él». O los astronautas que al inicio muestran euforia, pero a quienes el paso del tiempo y el confinamiento del espacio reducido conducen al tedio, a la desgana y a estados depresivos. «El primer día mirábamos hacia nuestros países, al quinto día todos éramos conscientes de una sola Tierra». «Viajando de vuelta a doscientas cuarenta mil millas de la Tierra por el camino de las estrellas, experimenté un universo inteligente, armonioso y armónico». «Fuimos a la luna como técnicos y volvimos humanistas».

Una Tierra donde el periodismo, la literatura, la fotografía, la televisión, el cine, el arte reflejan el sufrimiento humano.

Cine y literatura que se hacen eco del sentimiento de pertenencia a un clan, la mafia, que se adorna de dinero, ambición, lealtad y traición.

Artes que reflejan el sentir creativo de los toreros, quienes bordeando la patología padecen la melancolía y saben lo que es la vivencia de la angustia, del juego con el miedo, con el riesgo, el hedonismo y el triunfo.

Saldremos de este mundo a hombros, ya veremos —bueno, no lo veremos— sí, entre aplausos, pitidos, división de opiniones o silencio.

«Odiad a vuestros enemigos, como si un día debierais amarlos».

CALDERÓN DE LA BARCA

Hoja de ruta

*Un vaquero de Texas cabalgaba y encontró a un indio tirado
sobre la carretera, y con la oreja pegada al suelo. Éste le dijo:
«Rostro pálido con pelo de hilo de oro, conduciendo un Jaguar
verde inglés y matrícula DMF 9145 rumbo oeste».
El vaquero asombrado preguntó: «¿Todo eso puedes oír?».
El indio contestó: «Yo no escuchar suelo. Hijo de puta
atropellarme».*

Nos puede gustar la nostalgia, agradecer el presente y el pasado, disfrutar de la existencia o anclarnos en que cualquier tiempo pasado fue mejor y sufrir por el deseo imposible de regresar.

Avancemos, demos la palabra a los hechos. Actuemos, no nos detengamos a increpar porque se ha ido la luz, encendamos una vela. El ciclo de la existencia prosigue. Gritemos la alegría de estar vivos. Esforcémonos en ser felices. Sepamos que nos encontraremos en disyuntivas entre lo conocido y la novedad, entre el cariño y el enamoramiento. Atravesaremos crisis personales. Hagamos que los fines de los seres queridos sean importantes para nosotros.

Busquemos tener poder de decisión sobre nuestra propia vida y despertar en los demás las emociones que experimentamos, no tengamos miedo a ejercer liderazgo.

No nos paralicemos por el miedo inducido desde los medios de comunicación, por una retahíla de sucesos negativos y es que las malas noticias siempre serán más atendidas, nuestro cerebro evolutivo se fijará en la serpiente del árbol y no en su apetitosa manzana.

Interioricemos que peor que fracasar es no haberlo intentado. Ahora bien sigan mi consejo, no mi ejemplo, pues los trabajópatas acabamos dañando nuestra salud a base de estrés y agotamiento.

Busquemos no sentirnos solos, compartamos con los amigos emociones y sentimientos, estrechemos vínculos. Bien están las nuevas tecnologías y los viajes *low cost* reducen las distancias, pero procuremos tiempos para el contacto personal sin prisas, disfrutando.

Hay quien escribe diarios sentimentales y expresa lo que le permite dar sentido a la experiencia.

No utilicemos la rabia para bloquear la comunicación, ni la ira para mostrar poder.

Aceptemos que hemos de seguir cambiando, siempre, y hemos de sentirnos concernidos por temas a veces tabúes.

Propiciemos las emociones positivas en la vida vigílica y mediante esta pauta de activación del lóbulo frontal lograremos más emociones positivas durante el sueño.

Seamos duros con las conductas y suaves con las personas. Si poseemos una buena inteligencia emocional, podremos coordinar y dirigir grupos de trabajo.

Soy del criterio de unir a distintas gentes, sabedor de que es un riesgo —como acontece con los gases nobles que no ligan con ningún otro—, pero puede ser magnífico, recordemos que el agua se consigue de la unión del oxígeno y del hidrógeno.

Repasemos algunos graves errores, desde no saber adónde se va a ser un cobarde, o tener un estómago agradecido y no morder la mano de quien te da de comer, desde ser un negociador con miedo a anticipar ser el centro de una reunión.

Por mi parte y desde niño me comprometí conmigo mismo a asumir las consecuencias de mis actos, y ser siempre y en todo lugar independiente, y no me ha ido mal, muy al contrario me va muy bien, me respetan, me permiten vivir a mi manera. Y es que para la libertad hay que saber quién soy, transmitir que un halcón no come alpiste, entender que a nadie le importa y olvidarme de mí.

Creo que disfrutamos más con lo que esperamos que con lo que obtenemos; que debemos extasiarnos ante el milagro de la vida, recrearnos en la naturaleza y rodearnos de arte.

Afirmo también que es muy humano y muy estúpido creerse superior a la media de las personas ya sea en capacidad o en bondad. He tenido el honor de ostentar cargos relevantes y desde luego el mundo del denominado poder no me ha subyugado.

Me preocupan las masas, las grandes aglomeraciones de personas que se mueven por arengas, por eslóganes que excitan sus instintos primarios, que activan el cerebro emocional sobre el neocortical, el intelectual.

Me gusta la gente que sabe envejecer, que se gusta con las arrugas que se ha labrado en su vida.

Como profesor de Ética en la universidad y presidente de la comisión deontológica de los psicólogos considero esencial e imprescindible reforzar los valores de las personas y las instituciones para dar respuesta a los múltiples dilemas que se nos plantean, entre otros los relativos a la producción y modificación de nuestra biología.

Me encanta la gente honesta, repudio el chantaje emocional como hostigamiento. Me gusta apreciar el tono, el sentido, el significado de las palabras.

Estimo que deberíamos de desarrollar habilidades sociales, como tranquilizar a quien explosiona de forma virulenta o saber motivar, aguijonear el interés de los alumnos.

Reconozco que en pocas ocasiones, pero sí en alguna he ardido en noble cólera ante una clamorosa injusticia o ante una frase dicha desde la pérfida maldad, desde la estúpida auto-defensa de que las palabras no hieren.

Pertenezco al grupo de personas que tienen el serio problema de no saber perder el tiempo y hacerlo plácidamente.

Por mi profesión veo aflorar muchas emociones y sentimientos. Aborrezco la instrumentalización de los hijos para vengarse de la ex pareja.

En este capítulo titulado «Hoja de ruta» déjeme comentarle que me he encontrado con quien solicita a su pareja que le sea sincera, que le cuente toda la verdad, y ésta con naturalidad le comenta aquella juvenil y primera relación sexual. Pasa con frecuencia que quien tanto interés tenía en indagar, en conocer se apercibe de la rigidez de su propio cuello, del enrojecimiento de la cara, del sufrimiento del corazón, del latido en el cerebro y sabe que ya nunca podrá vencer tan gratuita punzada.

Respecto a la infidelidad y dentro del laberinto de emociones es una decisión muy personal perdonar o no, la encrucijada es si dar preferencia al amor o al amor propio.

Como doctor en Psicología y en Enfermería estimo necesario integrar el organismo cuerpo-mente en una unidad.

Me produce risa la gente que siempre va seria.

Entiendo la competición pero practico la cooperación y crear buen ambiente en los equipos que dirijo.

Es verdad que la mayoría de las películas que se proyectan por televisión se componen de sexo y violencia, deberíamos preguntarnos si no es una respuesta a una demanda del inconsciente colectivo que de esta forma da escape a las emociones recurrentes y reprimidas.

Me encantaría no tanto que mi presencia se note como que mi ausencia se sienta.

A veces por una música, un olor, un paisaje se evocan distintos sentimientos y uno se complace en la melancolía. Bien me parece la nostalgia y el recuerdo de los seres queridos que nos dejaron, pero sin dejar instaurarse a la tristeza, preámbulo de la depresión.

Entiendo el juego de la seducción, pero no dar pie a equívocos, permitir que alguien se enamore de ti cuando no piensas corresponderle es cruel.

Respecto al sadismo y al masoquismo, comprendo a los pacientes cuyo placer sexual consiste en infligir dolor o en sentirse esclavizados y humillados, pero esas neurosis, esas apetencias no las comparto.

Sí que a veces capto la estrecha relación entre emoción y alimentación, bien porque hay situaciones que «me quitan el apetito» o por las que la ansiedad, el estrés de todo el día se relajan por la noche alrededor de una cervecita con una ingesta de alimentos excesiva.

Tengo una casa en un pueblo de Guadalajara entre Medinaceli y Sigüenza, se llama Alcolea del Pinar, cuenta con una hermosa biblioteca que resguarda sentimientos de serenidad y armonía.

Hoja de ruta. La vida, errores, traspiés. Acabo de escuchar las palabras de Su Majestad el Rey tras la más que desafortunada caza de elefantes en un país africano. «Lo siento mucho. Me he equivocado. No volverá a ocurrir». Permítanme subrayar el «Lo siento». Por cierto, esta misma semana su nieto Froilán accidentalmente se ha disparado con un arma de caza en el pie. Armas de caza siempre peligrosas, lo sabe bien Su Majestad tras el percance juvenil que quitó la vida a su hermano —creo que el heredero de la corona—. ¿Y aun así siguen utilizando armas? Hay quien no aprende.

Nunca me han gustado los payasos, obligados a provocar risas, emociones, sentimientos, pero aún menos quienes se ríen de ellos o de los denominados enanos (acondroplásicos), algunos de los cuales alcanzan a realizar una carrera profesional reconocida, pero otros sufren sentimientos de aislamiento social.

Me gusta hacer que las cosas sucedan. A veces intuyo lo que va a suceder. Me encanta la utopía. Me encuentro casi siempre feliz y aprecio mucha belleza también en las personas. Gracias por compartir su tiempo y nuestros sentimientos.

En este camino existencial precisamos una hoja de ruta, pero sin perder la posibilidad de perdernos.

A modo de resumen

Al dejar de echar la culpa a los demás nos encontramos con nosotros mismos.

«Los amigos que tienes y cuya amistad ya has puesto
a prueba engánchalos a tu alma con ganchos de acero».

Hamlet, WILLIAM SHAKESPEARE

«Puede que no sea la persona más inteligente del mundo,
pero sé muy bien lo que es el amor».

Forrest Gump, ROBERT ZEMECKIS, 1994

Los sentimientos son un material inflamable que exige corta-fuegos.

Vivir piel con piel requiere evolución sentimental que permita cohesionar razón y sentimiento, que facilite la memoria afectiva.

Sentimientos individuales, sentimientos grupales. Véase la película *El gran dictador*. Déjese llevar haciendo la ola por nuestra Selección, por la Roja.

A veces lo que nos ocurre es que no sabemos lo que nos pasa.

En este diálogo interno con los sentimientos, manteniendo ese equilibrio inestable.

Los sentimientos son conciencia del propio yo, es por ello que sabemos que podemos olvidar lo que se nos dijo, pero es difícil que olvidemos cómo se nos hizo sentir.

A usted y a mí nos gusta consumir emociones, brindo por desarrollar un adecuado sistema inmunológico haciendo hincapié en ese sentimiento que todo lo puede.

JAVIER URRA

Anexos

I. Cine y sentimientos

La decisión de Anne, de Nick Cassavetes
A Kate, la hija de Sara y Brian Fitzgerald, de 2 años, le diagnostican una leucemia. Sara decide abandonar su carrera de abogado para dedicarse por entero al cuidado de su hija. La única esperanza para salvarla es que Sara y Brian tengan otro hijo. Y nace Anne. Entre ella y Kate se establece una relación mucho más estrecha de lo normal, ya que compartirán largas estancias en el hospital por los diversos tratamientos a los que deben someterse. Jesse, el único hijo varón de la familia, queda relegado a un segundo plano. Cuando Anne cumple 11 años decide emanciparse médicamente, por lo que contrata a un abogado que inicia un proceso legal que divide a la familia y deja la vida de Kate en manos del destino.

La gata sobre el tejado de zinc, de Richard Brooks
Cuando el patriarca de una rica familia está a punto de morir, sus hijos y demás familiares se reúnen para celebrar su cumpleaños. Brick se refugia en el alcohol para no enfrentarse a sus frustraciones y apatías, pero Maggie, su mujer, no está dispuesta a dejar que se hunda en su propia miseria, ni tampoco a que su hermano Gooper y su mujer se aprovechen de la situación.

La jauría humana, de Arthur Penn
Bubber Reeves escapa de la cárcel para regresar a su pequeño pueblo en el estado de Texas. Este hecho desestabiliza la tranquila e hipócrita vida que llevan sus habitantes. Será el honrado

sheriff de esta localidad el que se encargue de que no se desate la violencia. Arthur Penn nos deja entrever los sentimientos y conflictos morales que rodean a esta pequeña ciudad.

Un tranvía llamado deseo, de Elia Kazan
Blanche DuBois, una arruinada y madura dama sureña, llega a vivir a casa de su hermana Stella y su marido Stanley, un hombre viril, violento y bebedor. Blanche oculta su pasado construyéndose un mundo irreal que denota su desequilibrio mental. Esta situación provoca numerosos conflictos entre la pareja. Stan no ceja en vejar a Blanche hasta que la lleva a su propia destrucción.

Casablanca, de Michael Curtiz
Rick Blaine regenta un local en Casablanca, el Rick's Café, donde desfilan todo tipo de personas. Incluido el líder de la resistencia checa, Victor Laszlo y su bella esposa Ilsa, antigua amante de Rick. Por extrañas circunstancias Rick tiene en su poder los salvoconductos que pueden sacar del país a Laszlo, por lo que se le plantea un dilema moral: dejar que prevalezca el amor que siente por Ilsa o apostar por sus ideales dejándola marchar junto a Laszlo.

El Padrino, de Francis Ford Coppola
El Padrino, don Vito Corleone, es el jefe de la mafia de una de las cinco familias de la Cosa Nostra de Nueva York en los años cuarenta. Es un hombre con un personal código moral y de honor. Tiene tres hijos y una hija. El tráfico de estupefacientes es algo que no seduce a Don Vito y se niega a participar en ello. Este hecho es lo que hace que un jefe de otra banda intente asesinarlo, por lo que se desencadena una violenta guerra entre los distintos grupos.

No tengas miedo, de Montxo Armendáriz
Silvia, una joven de unos 25 años, marcada por una oscura infancia de abusos sexuales, decide rehacer su vida y enfrentarse a las personas, sentimientos y emociones que la mantienen ligada al pasado. En esta lucha irá aprendiendo a controlar sus miedos, a asumir su drama y a convertirse en una mujer adulta, dueña de sus actos.

Te doy mis ojos, de Icíar Bollaín

Pilar, una noche de desesperación huye de su casa y de los malos tratos de su marido llevándose a su hijo de 8 años. Se refugia en casa de su hermana e intenta rehacer su vida. Antonio, su marido, no tarda en ir a buscarla argumentando que la quiere más que a nada en el mundo. La película nos muestra no sólo la relación entre Pilar y Antonio, sino a los demás personajes que la rodean y su actitud ante la situación, donde los conceptos están muy equivocados.

París, yo te amo, de varios directores

Dieciocho directores de prestigio y un reparto de actores con mucho talento. Dieciocho historias cortas que conforman esta película ambientada en París y sus calles cuyo tema central es el amor en sus diferentes formas: drama, alegría, encuentros, desencuentros, humor e incluso una de fantasmas.

Alas de mariposa, de Juanma Bajo Ulloa

Ami es una niña de una familia patriarcal, que tiene un gran deseo de tener un hijo varón. Cuando este hecho se produce, los celos llevan a la niña a cometer un acto imperdonable: ahoga a su hermano. A partir de aquí la relación entre madre e hija se deteriora hasta el punto de que pasan quince años sin hablarse.

Celos, de Vicente Aranda

Carmen y Antonio son una pareja a punto de contraer matrimonio. Unos días antes del acontecimiento Antonio descubre una foto de Carmen con otro hombre, lo que desata en él una obsesión y unos celos enfermizos a la vez que una gran desconfianza hacia Carmen.

El manantial de la doncella, de Ingmar Bergman

En el siglo XIV un matrimonio envía a su hija a poner velas a la Virgen. En el camino es interceptada por tres hermanos que la violan y la matan. Los asesinos después se refugian en casa de los padres de la chica sin saber quiénes son realmente.

Sin perdón, de Clint Eastwood

A una prostituta dos forajidos le cortan la cara, por lo que decide, junto a sus compañeras, poner un reclamo con una recompensa por los malhechores. William Munny, antiguo forajido, viudo y sin recursos para mantener a su familia, acepta el trabajo junto a un viejo amigo y un joven inexperto.

El color púrpura, de Steven Spielberg
Celie es una joven negra que con 14 años se queda embarazada de su padre. Éste la vende a un hombre que la maltrata y la esclaviza durante toda su vida. Lo único que parece salvar a Celie es la lectura, que tiene que aprender a escondidas, para poder leer las cartas de su hermana que llegan desde África y que logran transportarla a otros mundos.

Thelma y Louise, de Ridley Scott
Thelma es un ama de casa con una existencia aburrida y un marido machista que la maltrata psicológicamente. Louise es una camarera, amiga de Thelma con una vida enloquecida y un novio que no quiere compromisos. Un buen día Louise convence a Thelma para marcharse un fin de semana a las montañas y ahí comienza un viaje lleno de complicaciones que les hará ver la vida de diferente manera.

Zorba el griego, de Michael Cacoyannis
Basil, un joven escritor inglés, hereda una pequeña propiedad en una isla griega. Cuando llega allí conoce a Zorba, un griego maduro pero con una vitalidad y una ilusión por la vida admirable. Y con él aprende a formar parte de la vida y no ser un mero espectador. Espectacular el baile en la playa.

Sólo mía, de Javier Balaguer
Ángela y Joaquín se conocen en el trabajo y es amor a primera vista. Se casan enseguida y tienen su primer hijo. A partir de ahí empieza a aflorar el lado más oculto de Joaquín, primero con un reproche, después una bofetada y al final un largo infierno de agresiones físicas y psicológicas.

Solas, de Benito Zambrano
María es soltera con un trabajo inestable y se ha quedado embarazada de un hombre que no quiere ninguna responsabilidad. El alcoholismo la ayuda a llevar esta vida. Su madre va a pasar

unos días con ella ya que han hospitalizado a su padre. La cinta nos muestra cómo la madre con su cariño va abriéndose paso en el corazón de María e incluso ayuda a un vecino anciano que está sumido en una soledad que sólo alivia su perro.

¿Qué he hecho yo para merecer esto?, de Pedro Almodóvar

Gloria es un ama de casa de un barrio de los suburbios de Madrid. Su vida la comparte con un marido machista, dos hijos, uno chapero, otro traficante de drogas, una suegra obsesionada y hasta un lagarto. Compagina sus quehaceres domésticos con su trabajo como asistenta en otras casas. Su única amiga es una prostituta que es su vecina.

La educación de las hadas, de José Luis Cuerda

Nicolás encuentra a Ingrid, la mujer de su vida, y a Raúl, un hijo, en un avión que lo lleva de Alicante a Barcelona. Él es inventor de juguetes, ella viuda reciente, ornitóloga, y su hijo, un niño con una fantasía desbordante. Todo transcurre perfectamente. La felicidad les embarga hasta que Ingrid decide acabar con todo, porque piensa que no serán tan felices como lo son hasta este momento.

City of angels, de Brad Silberling

Maggie es una cardióloga que un día intentando salvar a un paciente en la mesa de operaciones siente la presencia de Seth, un ángel de la guarda. A partir de ahí comienza una especie de relación entre los dos, donde la inmortalidad de Seth será todo un obstáculo, donde la vida los pone en una encrucijada en la que tendrán que elegir.

Mi vida sin mí, de Isabel Coixet

Con 23 años Ann es una mujer con una existencia gris, vive en una caravana con sus dos hijas y un marido desempleado. En un reconocimiento médico descubre que apenas le quedan dos meses de vida, por lo que decide dar un giro completo a su existencia y hacer una lista de las cosas que desearía realizar antes de morir. Así le nace un amor por la vida que no pensaba que tuviera.

La duda, de John Patrick Shanley
El padre Flynn es el sacerdote de la parroquia de San Nicolás
en el Bronx neoyorquino en 1964, e intenta luchar contra la
rígida disciplina que la hermana Aloysius Beauvier impone en el
colegio que regenta. La escuela acaba de aceptar a un alumno
negro, Donald, y una de las hermanas alerta a la hermana Aloysius de que el padre Flynn parece tener demasiadas atenciones
con el muchacho. Esto hace que la hermana Aloysius decida, sin
prueba alguna, llevar a cabo una cruzada personal contra el padre para conseguir su expulsión.

El príncipe de las mareas, de Barbra Streisand
Tom Wingo es un entrenador deportivo que vive recluido en su
seguro pueblo sureño hasta que recibe la llamada de la psiquiatra que atiende a su hermana gemela Savannah, que acaba de
intentar suicidarse, para que acuda a Nueva York a ayudarla con
el tratamiento. Para ello Tom debe revivir toda su traumática
infancia.

El nombre de la rosa, de Jean-Jacques Annaud
En una abadía franciscana en 1327 aparece un monje asesinado.
Fray Guillermo de Baskerville, acompañado de su discípulo Adso,
decide investigar esta muerte, porque se encuentra en la abadía
para participar en un concilio sobre la orden franciscana. A lo
largo de la investigación se van sucediendo más asesinatos,
lo que lleva a Guillermo a relacionar estas muertes con un libro
secreto.

Midnight in Paris, de Woody Allen
Un joven guionista norteamericano viaja a París con su novia
y la familia de ésta. El joven adora París y siente una gran nostalgia por la vida en la ciudad de décadas anteriores con personajes como Hemingway, Dalí... pensando que siempre es mejor
lo que no se tiene que lo que se tiene. Este viaje cambiará sus
vidas para siempre.

Bananas, de Woody Allen
Fielding Mellish es un ciudadano mediocre, catador de nuevos productos alimentarios. Decide hacer un viaje a San Marcos para impresionar a su ex novia que le deja porque piensa que no es el hombre que se merece. Al llegar a San Marcos se ve envuelto en circunstancias que lo llevan a la guerrilla del país donde aprenderá a ser guerrillero. Y más tarde tras derrocar al dictador y triunfar la revolución, es nombrado presidente del país. Pero al viajar a Estados Unidos a solicitar dinero, es apresado, acusado y sometido a juicio.

Una noche en la ópera, de Sam Wood
Groucho intenta introducir en la alta sociedad americana a una acaudalada viuda sugiriendo que patrocine una ópera donde su principal actor es el arrogante tenor Rodolfo Lassparri, quien está enamorado de Rosa, la actriz principal femenina, pero ella no tiene ojos para Lasparri, sino para otro cantante de menor relevancia. En esta gran obra de los hermanos Marx está la famosa escena del camarote del barco y la del contrato.

Sopa de ganso, de Leo McCarey
Comedia protagonizada por los cuatro hermanos Marx (también actúa Zeppo Marx), donde Groucho interpreta a Rufus, el presidente de un imaginario país centroeuropeo, que entra en rivalidad con el embajador de la vecina Sylvannia, ya que quiere derrocarlo. Pero éste cuenta con dos espías, que están interpretados por Chico y Harpo, que le ayudarán a que todo llegue a buen término con inmejorables escenas de humor.

II. Teatro y sentimientos

Otelo, de William Shakespeare
Otelo es un moro general del ejército de Venecia. Desdémona, la hija de un senador. Otelo logra enamorar a Desdémona y se casan en secreto, haciéndola declarar su amor delante de su padre. Yago, alférez de Otelo al que odia, decide ayudar a Rodrigo, caballero veneciano enamorado de Desdémona a conseguir su amor. Para ello provoca unos terribles celos en Otelo haciéndole creer que Desdémona le es infiel con Casio, su más leal teniente, por lo que Otelo acaba ahogando a Desdémona. Cuando se da cuenta de que todo es una treta de Yago, se suicida.

Romeo y Julieta, de William Shakespeare
En Verona hay dos familias que están enemistadas, los Capuleto y los Montesco, y dos jóvenes, Romeo y Julieta, cada uno de ellos perteneciente a una familia, que se enamoran perdidamente y deciden casarse en secreto con la ayuda de fray Lorenzo y la nodriza de Julieta. Después de la boda, en una pelea Romeo mata a Tibaldo, un Capuleto, por lo que es desterrado. Por su parte el padre de Julieta, que ignora el matrimonio de su hija, decide que debe casarse inmediatamente con Paris. Ante la desesperación de Julieta, fray Lorenzo le aconseja que haga caso a su padre pero que la noche anterior a la boda se tome una pócima que le entrega, que la hará parecer muerta cuando en realidad sólo estará en un estado de letargo. Mandarán una carta a Romeo explicándole todo, pero esa carta nunca llega, y al enterarse Romeo de la supuesta muerte de Julieta, se hace con un veneno

y cuando llega donde su amada se lo toma y muere. Al despertar Julieta y ver a su amado muerto, toma su daga y se suicida. Ante esta tragedia, los Capuleto y los Montesco deciden firmar la paz y llorar juntos su pérdida.

Macbeth, de William Shakespeare
Macbeth, general del ejército de Duncan, rey de Escocia, regresa victorioso de una de sus batallas y por el camino se encuentra con tres brujas que le vaticinan que será nombrado barón de Cadow y futuro rey de Escocia. Como la primera parte de la profecía se cumple y movido por su esposa, Lady Macbeth, y una ambición desmedida decide adelantarse a la segunda profecía y asesina al rey de Escocia y a todo el mundo que se interponga en su camino para conseguir su fin.

Hamlet, de William Shakespeare
Hamlet es un joven príncipe de Dinamarca que acaba de perder a su padre a manos de un asesino y su madre en menos de un mes se casa con su tío Claudio, accediendo éste al trono. En sueños se le aparece a Hamlet el espectro de su padre que le dice que su asesino es su tío Claudio que aspiraba al trono, y que quiere venganza. Hamlet finge estar loco para que su tío no intuya su venganza. En un accidente mata a Polonio, padre de Ofelia, y el rey lo envía a Inglaterra, dando orden de que lo maten. Pero Hamlet burla las órdenes del rey y regresa a Dinamarca a acabar con su plan. El hermano de Ofelia, inducido por el rey, reta a Hamlet a un duelo para vengar a su padre con una espada envenenada. Ambos quedan mortalmente heridos. Su madre bebe un vino envenenado destinado a Hamlet y acaba muriendo. Y Hamlet antes de morir mata a su tío.

La venganza de don Mendo, de Pedro Muñoz Seca
Don Nuño Manso tiene una hija, Magdalena, a la que quiere casar con un noble rico, don Pero. Magdalena tiene amores con don Mendo, un noble pero pobre. Don Pero descubre un día en las habitaciones de Magdalena a don Mendo, y éste para preservar el honor de la chica se acusa de ladrón, por lo que es encarcelado y posteriormente rescatado por el marqués de Moncada. Juntos empezarán a planear una venganza para llevarla a cabo.

El castigo sin venganza, de Lope de Vega

El duque de Ferrara es un hombre licencioso y se niega a perder su libertad contrayendo matrimonio. Del resultado de esta vida licenciosa tiene un hijo, Federico. Ante las presiones para dar un heredero legítimo al ducado, decide casarse con la joven Casandra. Cuando Federico y Casandra se conocen se enamoran pero deciden no dar rienda suelta a ese amor. El duque sigue llevando su indecorosa vida, por lo que Casandra harta decide vengarse y en una ausencia del duque desata su amor por Federico. A su regreso el duque descubre la traición y trama una venganza contra los dos.

III. Lectura y sentimientos

El club de los viernes, de Kate Jacobs
Georgia Walker es la dueña de una tienda de lanas en Nueva York. Su vida no ha sido para nada fácil, se quedó embarazada y su pareja la dejó para marcharse a Europa. Cada viernes se reúnen en su tienda un grupo de mujeres que han formado un club, donde comparten galletas, charlas, sinsabores, sentimientos y pasiones mientras hacen punto.

Contra el viento del norte, de Daniel Glattauer
Leo Leike recibe un email de una desconocida llamada Emmi, pronto se da cuenta de que es un error, pero la contesta y entre ellos se establece una comunicación vía correo electrónico. Emmi está casada y Leo acaba de salir de una relación. Lo que empezó como un error desemboca en una atracción. Sólo es cuestión de que se conozcan en persona, pero eso es algo que les aterra a los dos porque piensan que pueden decepcionarse.

Sopa de pollo para el alma, de Jack Canfield y Mark Victor Hansen
A través de una serie de relatos Jack Canfield y Mark Victor Hansen nos ayudan en los momentos más difíciles. Estas narraciones te llenan de esperanza, motivación y energía para afrontar la propia existencia y también muestran el verdadero valor de las situaciones.

Juntos, nada más, de Anna Gavalda
Cuatro personajes que separados llevan una existencia gris pero que juntos pueden lograr el milagro de la felicidad. Camille es

una joven de 26 años, una pintora brillante pero que limpia oficinas por las noches, apenas come y vive en una destartalada buhardilla. Philibert es su vecino, con su aire aristocrático y su tartamudez decide darle cobijo en su enorme apartamento, que tiene alquilado a Franck, el casero y además un cocinero mujeriego y vulgar, cuya única familia es una abuela octogenaria que sobrevive en un asilo añorando a su nieto. La convivencia no será siempre fácil, pero poco a poco encontrarán la manera de encajar y descubren que estando todos juntos la vida es mucho más llevadera y feliz.

El niño del pijama de rayas, de John Boyne
Bruno es un niño de 9 años, hijo de un comandante nazi, que se traslada con su familia a vivir cerca del campo de concentración de Auschwitz. A través de su ventana ve que detrás de una valla hay mucha gente con pijama a rayas. Con la natural curiosidad de un niño, pasea cerca de la valla y allí conoce a Shmuel, un niño judío con el que entablará una amistad y se dará cuenta de que no son tan diferentes.

Tokio Blues, de Haruki Murakami
Durante un viaje en avión, Toru, de 37 años, rememora su época de estudiante en la Universidad de Tokio a finales de los sesenta. Recuerda cómo cambió su vida cuando su mejor amigo se suicidó y él y su novia Naoko quedaron desolados. Cuando intentan consolarse inician una relación íntima después de un año de distanciamiento, pero Naoko es muy inestable y al final se interna en un sanatorio. Poco después Midori entra a formar parte de la vida de Toru, es todo lo contrario a Naoko, divertida, llena de vida y segura de sí misma, por lo que Toru se enamora de ella y tienen una relación sentimental. Entretanto el ambiente que les rodea está lleno de revueltas estudiantiles. Aunque el libro rezuma melancolía y el tema de la muerte es una constante, no es para nada deprimente ni catastrofista.

El celoso extremeño, de Miguel de Cervantes Saavedra
Filipo de Carrizales es un extremeño muy celoso, que ha hecho su fortuna en América. Cuando regresa se casa con una jovencita, Leonor, a la que encierra en su casa, sin salir y sin ningún

contacto, sólo el de sus criadas y un esclavo eunuco con la orden de no dejar pasar a nadie. Un día un vividor, Loaysa, logra entrar en la casa y después de llegar hasta Leonor y dormir con ella sin que realmente pasara nada, son descubiertos por Filipo. Éste del disgusto enferma y muere. Obra narrada con la ironía característica de Cervantes.

Amar después de amarte, de Fátima Lopes
El amor no es siempre mágico. A veces es rutina, depresión, ahogamiento... Un dejar ser yo para ser tú. Esto les pasa a tres mujeres, Felipa, Carolina y Teresa, que intentan por todos los medios buscar la felicidad y que nos descubren que para el amor siempre hay una segunda oportunidad.

Serie *Millenium*, de Stieg Larsson: *Los hombres que no amaban a las mujeres* (2005), *La chica que soñaba con cerillas y un bidón de gasolina* (2006), *La reina en el palacio de las corrientes de aire* (2007)
Trilogía de novelas de suspense protagonizadas por Mikael Blomkvist, periodista y director de la revista de investigación *Millenium*, y Lisbeth Salander, una joven *hacker* muy inteligente, sociópata y con memoria fotográfica. En la primera novela ambos se unen para investigar la desaparición de una joven heredera de una influyente familia sueca unos años atrás; en la segunda se ven inmersos en las redes de prostitución de mujeres en el Este y las bandas criminales; y en la tercera Lisbeth está gravemente herida, su vida pende de un hilo y además tendrá que demostrar con ayuda de Mikael que es inocente de lo que se la acusa y desenmarañar toda la serie de abusos a los que ha sido sometida a lo largo de su vida.

Memorias de una Geisha, de Arthur Golden
Cuenta la historia narrada en primera persona de Sayuri, una famosa geisha japonesa. Nos traslada al Japón de después de la posguerra y nos introduce en el mundo de las geishas, sus costumbres, sus rivalidades, sus secretos, su reclutamiento en la infancia, la venta de su virginidad. Se narra la búsqueda del amor de la protagonista que al ser una geisha es tratada como un mero objeto de placer. Una historia sin duda entrañable.

Ensayo sobre la ceguera, de José Saramago
Una extraña enfermedad ataca a toda la población dejándola con una ceguera total, donde ven todo blanco. Los afectados son conducidos a los hospitales, pero la plaga se extiende demasiado deprisa sembrando el caos en la ciudad. Sólo hay una mujer a la que no le afecta la enfermedad, pero para acompañar a su marido decide hacerse pasar por ciega.

Crimen y castigo, de Fiódor Dostoievski
El joven Raskolnikov mata a una usurera para impedir que su hermana se case con un abogado por salvarlos de las penurias. Cuando comete el crimen la culpa lo atormenta día y noche, por lo que presionado por una buena amiga y su familia decide entregarse y pagar por su culpa en Siberia.

Anna Karenina, de León Tolstoi
Anna Karenina es una aristócrata rusa, casada con el ministro Karenin, que se enamora del joven oficial Alexis Vronski. Anna decide abandonar a su esposo y a su hijo para seguir a su joven amante y vivir su tórrida historia de amor. Pero las presiones de la sociedad rusa, de su marido y la prohibición de ver a su hijo, hacen mella en Anna, llevándola a un trágico final.

IV. Música y sentimientos

«Si no abres los brazos no podrás sentirme», MALA RODRÍGUEZ, *Memorias del futuro*.

«Yo he crecido cerca de las vías y por eso sé que la tristeza y la alegría viajan en el mismo tren», FITO Y FITIPALDIS, *Cerca de las vías*.

«Para limpiar el alma hay que llorar», LUIS FONSI, *Lágrimas del mar*.

«Perder un amigo es quedar sin esa mitad querida, llorar y reír desde hoy en una soledad no compartida», ERREWAY, *Perder un amigo*.

«Mezclé el amor con la amistad; son juegos peligrosos, siempre acaban mal», AMISTADES PELIGROSAS, *Estoy por ti*.

«A mí me gusta cantarle a la vida y agradecerle lo que ella me da; ponerle amor sin pensar en medida. Porque el amor no se mide, se da», CHAYANNE, *Tengo esperanza*.

«El amor es llorar cuando nos dice adiós, el amor es soñar oyendo una canción, el amor es rezar poniendo el corazón, es perdonarme tú y comprenderte yo», JOSÉ LUIS PERALES, *El amor*.

«Ese sentimiento que puede llenar el hondo vacío de la soledad. Ese sentimiento que puede decir las cosas que nunca yo supe sentir. Ese sentimiento lleno de calor que todo lo puede, que vence al dolor. Ese sentimiento que suele poner un temblor de dicha en todo mi ser», MARTIRIO, *Ese sentimiento que se llama amor*.

«Hay amores que alimentan, amores que enamoran, amores que hacen daño... hay amores que te roban», DAVID BUSTAMANTE, *Ni una lágrima sin más*.

«A medias no se sirve el amor, a medias no se alcanza», ELVIS CRESPO, *A medias*.

«Tú no sabes qué se siente cuando alguien que tú quieres no te quiere», JULIO IGLESIAS, *Pobre diablo*.

«No es cierto para nada, que quien más te quiere te hace llorar», CAMILO SESTO, *Precisamente tú*.

«Dime dónde está el amor que no duele», CARLOS BAUTE, *Donde está el amor que no duele*.

«Cuando un amor es grande y verdadero... perderlo te destruye y sientes miedo. Cuando ese amor se va, se va la vida, todo es gris y soledad, se llora como nunca más», DAMIÁN CÓRDOBA, *Te vas*.

«Ahora sólo nos queda que el recuerdo sea el olvido, que el olvido se haga tiempo y el tiempo pase deprisa», EL BARRIO, *Ahora*.

«Perdí, gané, sufrí, caí y me levanté. Lo mucho que sufrí también me hizo crecer», JULIO IGLESIAS, *Te voy a contar mi vida*.

«Hoy no queda casi nadie de los de antes, y los que hay han cambiado, han cambiado», CELTAS CORTOS, *20 de abril*.

«Lo que me llevará al final serán mis pasos, no el camino», FITO Y FITIPALDIS, *Antes de que cuente diez*.

«No vale andar por andar, es mejor caminar para ir creciendo», CHAMBAO, *Poquito a poco*.

«¡Qué difícil es encontrar una canción que diga lo que otros sienten!», ANDRÉS CALAMARO, *Cuando una voz sea de todos*.

«A veces llegan cartas que te hieren dentro, dentro de tu alma. A veces llegan cartas con sabor a gloria, llenas de esperanza», JULIO IGLESIAS, *A veces llegan cartas*.

«No me arrepiento, volvería a hacerlo, son los celos», ALASKA, *¿Cómo pudiste hacerme esto a mí?*

«Celos son puñales que se clavan en el fondo de mi alma y me van a destrozar. Celos que son más que una locura, que me hunde en la amargura de un amor irracional», TAMARA, *Celos*.

«Que una moneda nunca compre un sentimiento», MELENDI, *Cuestión de prioridades*.

«De quien no sabe ser ni ver a nadie feliz no esperes comprensión», CAMILO SESTO, *Amores con doble vida*.

«Porque no puedo convencerme tengo que mentirme una vez más», SÚPER RATONES, *Voy a inventar recuerdos*.

«Me cuesta hablar de lo que yo siento», MAYRÉ MARTÍNEZ, *Hablar de lo que yo siento*.

«Las penas pesan en el corazón», NINO BRAVO, *Un beso y una flor*.

«El seguro del corazón no cubre daños», MELENDI, *Maldita vida loca*.

«Lo que cura el corazón son los sueños por cumplir», ALEKS SYNTEK, *Alguno de estos días*.

«Quiero ser okupa de tu corazón», EL SUEÑO DE MORFEO, *Okupa de tu corazón*.

«Escucha el corazón, en él conservas lo que sientes», MAY, *Jamás estuviste sola*.

«¿Por qué la culpa siempre la tiene el otro y nunca es de los dos?», SEXTO SENTIDO, *Por qué*.

«Como no tengo fortuna, esas tres cosas te ofrezco; alma, corazón y vida, nada más. Alma, para conquistarte; corazón, para quererte; y vida, para vivirla junto a ti», DYANGO, *Alma, corazón y vida*.

«Alterados mis sentidos, no recuerdo qué es reír, no soy el mismo, deprimido, confundido, no quedan ganas de vivir», MANÁ, *Tú me salvaste*.

«Te lo juro por Louis Vuitton, que contra la depresión: ¡quema la Visa, vive deprisa! ¡Ésta es la solución!», AZÚCAR MORENO, *Divina de la muerte*.

«Forjarán mi destino las piedras del camino», NINO BRAVO, *Un beso y una flor*.

«Grita al mundo que oigan bien tu voz, y vuelve a sentir, que nadie ha escrito tu guion», OBK, *A contra pie*.

«La distancia es el olvido», ANTONIO OROZCO, *La distancia es el olvido*.

«Qué ingrato que después de haberte dado lo más bello de mi vida hoy ya no quieras saber más de mí», ROCÍO DÚRCAL, *Fue tan poco tu cariño*.

«No hay dolor que duela más que el dolor del alma», NO TE VA A GUSTAR, *Una triste melodía*.

«¡Es tan difícil ver el cielo cuando el dolor nubla tu corazón!», TOMMY TORRES, *Fin del capítulo*.

«Sólo le pido a Dios que el dolor no me sea indiferente, que la resaca muerte no me encuentre vacía y sola sin haber hecho lo suficiente», ANA BELÉN, *Sólo le pido a Dios*.

«Dos no es igual que uno más uno», Joaquín Sabina, *Y sin embargo te quiero*.

«Es más corto el camino si somos dos», José Luis Perales, *Por amor*.

«Tu amor es mi esperanza», Juanes, *Volverte a ver*.

«Me desespero de esperarte», Los Rodríguez, *Todavía una canción de amor*.

«Convivimos con el miedo a perder la libertad, miedo a nuestros sentimientos, miedo a la felicidad», Marta Sánchez, *De mujer a mujer*.

«No se es fiel con la razón... sí con el alma», Miguel Bosé, *Hojas secas*.

«Cuando te encontré con otra fue fatal. No puedo entender amor y engaño», Pimpinela, *Me levantaste la mano*.

«Una historia siempre tiene dos finales, el tuyo y el mío», Ella baila sola, *Cómo repartimos los amigos*.

«Creo que este miedo a fracasar me va a matar», Natalia Orebro, *Dónde irá*.

«Abriendo puertas, cerrando heridas. Que el fracaso es puro invento», Gloria Estefan, *Abriendo puertas*.

«Sufro por amar con miedo», Café Quijano, *¿Por qué me miente?*

«No sé cuándo sufro más, si amándote o queriéndote olvidar», Camilo Sesto, *Con el viento a tu favor*.

«Si tienes miedo, si estás sufriendo, tienes que gritar y salir corriendo», Amaral, *Salir corriendo*.

«Me niego a vivir esclava de mis heridas», PASIÓN VEGA, *Miénteme*.

«Sé que lo imposible se puede lograr, que la tristeza algún día se irá, y así será: la vida cambia y cambiará», DIEGO TORRES, *Color esperanza*.

«Nada me importa, es mi condena», DEVICIO, *Ya estoy borracho*.

«De tanto jugar con quien yo más quería, perdí sin querer lo mejor que tenía», JULIO IGLESIAS, *Me olvidé de vivir*.

«Tú juegas a quererme, yo juego a que te creas que te quiero... Tú juegas a engañarme, yo juego a que te creas que te creo...», LUZ CASAL, *No me importa nada*.

«¿Cómo quieres que me aclare si aún soy demasiado joven para entender lo que siento?», AMARAL, *Te necesito*.

«Lucharé por mis sentimientos», CAMILO SESTO, *Desafío de amor a morir*.

«Acepto que alguna vez mentí, pero el que se engañaba era yo», DIEGO GONZÁLEZ, *Me muero sin ti*.

«De tanto ocultar la verdad con mentiras me engañé sin saber que era yo quien perdía», JULIO IGLESIAS, *Me olvidé de vivir*.

«Me enamoré de tus mentiras», MÓNICA NARANJO, *No voy a llorar*.

«El miedo es un asesino que mata los sentimientos», JUANES, *No creo en el «jamás»*.

«Muerto ya Don Quijote, Sancho le dirige estas palabras. Cuando alguien querido se te va, nos queda la sensación de no haberle demostrado todo cuanto sentíamos por esa persona», MAGO DE OZ, *Réquiem*.

«La vida me está matando», ROCÍO JURADO, *Qué padre es la vida*.

«No queremos ser como los demás», PEREZA, *No queremos ser como los demás*.

«Es más fácil que te vuelva yo a querer, a que te olvide», ROCÍO DÚRCAL, *Fue tan poco tu cariño*.

«Quiero mandar un mensaje de apoyo a todos los que alguna vez se sintieron solos. Hay todo un mundo ahí fuera, ¿sabes? Siempre brilla el sol en alguna otra parte», EL CHOJIN, *Un día más y otro*.

«Levántate todos los días con ganas de comerte el mundo y son-ríe, canta y baila que... esta vida está de lujo», NAVAJITA PLATEÁ, *Esta vida está de lujo*.

«Creo que perdí mi orgullo cuando perdoné», MIRANDA, *Otra vez*.

«Me devora la impaciencia», MIGUEL RÍOS, *Santa Lucía*.

«No pidas que te explique con palabras las cosas que me dice el corazón», LUCIANO PEREYRA, *Inevitable*.

«Hoy me faltan las palabras para decir lo que siento», JUANES, *Vulnerable*.

«Que ni contigo ni sin ti mis penitas tienen remedio, contigo porque me matas y sin ti porque yo me muero», MANZANITA, *Ni contigo ni sin ti*.

«¿Dónde está nuestro error sin solución? ¿Fuiste tú el culpable o lo fui yo?», ALASKA, *Mil campanas*.

«No temas... Si somos dos el ritmo nos lo marca el corazón», VÍCTOR, *Una eternidad*.

«Devuélveme la vida», ANTONIO OROZCO, *Devuélveme la vida*.

«Y no me pidas que te dé una razón si lo que siento no lo entiendo ni yo», JAULA DE GRILLOS, *Bajar el telón*.

«Cuando leo en tu pensamiento y no encuentro sentimiento, comprendo que ya no eres mío», LAURA PAUSINI, *Bendecida pasión*.

«Borraré el pasado que duele», EDURNE, *Culpable*.

«Has pasado a ser pasado y te he dejado atrás», BEA BRONCHAL, *Que te den candela*.

«No hay cosa peor que vivir sin pasión», LAS PASTILLAS DEL ABUELO, *Casualidad o causalidad*.

«Vivir es lo más peligroso que tiene la vida», ALEJANDRO SANZ, *No es lo mismo*.

«Chiquitita sabes muy bien que las penas vienen y van y desaparecen», ABBA, *Chiquitita*.

«Sé que a veces pienso tanto que me olvido de sentir», MARIO GUERRERO, *No voy a esperar*.

«Nunca desprecié una causa perdida, nunca negaré que son mis favoritas», HÉROES DEL SILENCIO, *Flor de loto*.

«Quizás no es tarde para perdonar», DAVID DEMARÍA, *Que yo no quiero problemas*.

«La ternura se conoce bien las calles del perdón», BUENA FE, *Tras tus pies*.

«Reivindico el espejismo de intentar ser uno mismo», MIGUEL BOSÉ, *La belleza*.

«Un te quiero no es te amo», ANDRÉS CEPEDA, *Día tras día*.

«A fuerza de ignorarme has conseguido que te quiera como a nadie yo he querido», JULIO IGLESIAS, *Pobre diablo*.

«No es lo mismo sentirse amado que amar sin que haya contestación», Shaila Dúrcal, *Verdad que duele*.

«No sé querer sin sentido», Diego Martín, *Deja una parte*.

«Es mejor querer y después perder que nunca haber querido», Dyango, *Querer y perder*.

«No pretendas que te quiera si quien quiero que me quiera no consigo que me quiera como quiero que me quiera», Pitingo, *Familia habichuela*.

«La revolución sólo puede ser interior. Ganar, perder todo da igual si no replanteas quién sos y adónde vas», Shaila, *Invención real*.

«La mejor memoria es el olvido», La habitación roja, *Si amenazas tormentas*.

«Vuelvo a sentir cada vez que recuerdo», Miguel Pacay, *Este dolor*.

«No hay nada que no remedie el pedir perdón», Aleks Syntek, *Entra*.

«Rencor, mi viejo rencor, déjame olvidar», Soledad Villamil, *Rencor*.

«Resistiré cualquier ataque a la emoción, la hipocresía, la mentira, la idiotez, la sin razón. Resistiré porque la vida es un desafío. Resistiré porque si siento es que estoy vivo», Erreway, *Resistiré*.

«Siento, luego existo», Las pelotas, *Siento, luego existo*.

«A veces me asustan mis sentimientos», Aleks Syntek, *Sexo, pudor y lágrimas*.

«Hay sentimientos que no tienen voz porque no caben dentro de una explicación», Presuntos Implicados, *No hay palabras*.

«Estoy harto de sentir que ya no siento», MANU TENORIO, *Harto*.

«Los sentimientos son como puñales», MELENDI, *Piratas del bar Caribe*.

«Le hice caso al corazón, y yo hago lo que siento», EDNITA NAZARIO, *Puedo*.

«El deseo de ignorar un sentimiento es igual que pretender parar el viento», EL ARREBATO, *Un amor tan grande*.

«Soy un delincuente con los sentimientos, porque todo me da igual», PIGNOISE, *Todo me da igual*.

«El fantasma del tiempo no vive en la edad sino en la soledad, esa prisión donde envejece el corazón», LUIS EDUARDO AUTE, *Mirándonos los dos*.

«Como una sonrisa eres tú», MOCEDADES, *Eres tú*.

«Con el tiempo la pena amainará en el sentimiento», ROSANA, *Amainará*.

«Ya están domados mis sentimientos; mejor así... hoy me he burlado de la tristeza», MANU CHAO, *La despedida*.

«Que las verdades no tengan complejos, que las mentiras parezcan mentiras», JOAQUÍN SABINA, *Noches de boda*.

«Qué difícil se me hace, mantenerme en este viaje sin saber si volver es una forma de llegar», MIGUEL RÍOS, *A todo pulmón*.

«De tanto correr por la vida sin freno me olvidé que la vida se vive un momento. De tanto querer ser en todo el primero me olvidé de vivir los detalles pequeños», JULIO IGLESIAS, *Me olvidé de vivir*.

«Se irá, un día la vida se irá...», KETAMA, *Así me siento*.

«Nunca pienses que la vida no tiene sentido», EL MAKI, *Siente*.

«Vive lo que sientes», ROSER, *Es tu vida*.

«Nadie me dirá que jamás alcanzaré la cima que yo quiero ascender. Es mi voluntad la que me ha empujado cada vez que he doblado las rodillas, la que nunca deja de creer», LA SONRISA DE JULIA, *Puedo*.

«No sé por qué te fuiste, qué triste me dejaste», AGUSTÍN LARA, *Volverás*.

«Lloraba que daba pena, por amor a Magdalena», CANCIÓN BRASILEÑA.

«Yo quiero romper mi mapa, formar el mapa de todos, mestizos, negros y blancos, trazarlo codo con codo», DANIEL VIGLIETTI, *Milonga de andar lejos*.

«Es que tú acaso no escuchas mi grito doliente, la voz de mi alma que llora tu amor», Mª LUISA ESCOBAR, *Desesperanza*.

«Ojalá que mi amor no te duela», VICENTE FERNÁNDEZ, *Ojalá que te vaya bonito*.

«María es la alegría, y es la agonía que tiene el sur», CARLOS CANO, *María la portuguesa*.

«Sublime añoranza guarda el alma mía. Y trae la tristeza en mi soledad. Pienso en el futuro ya sin esperanza. Porque en la distancia tú me olvidarás», LOS PARAGUAYOS, *Mi dicha lejana*.

«Amor de loca juventud», LUCHO GATICA, *Como llora una estrella*.

«En mi país la gente vive feliz», NACHA GUEVARA, *Te quiero*.

«Si alguna vez me siento derrotado, renuncio a ver el sol cada mañana; rezando el credo que me has enseñado, miro tu cara y digo en la ventana: Yolanda», PABLO MILANÉS, *Yolanda*.

«Cómo hemos cambiado, qué lejos ha quedado aquella amistad», Presuntos Implicados, *Cómo hemos cambiado*.

«Sin miedo a la locura, sin miedo a sonreír. Sin miedo sientes que la suerte está contigo... Lo malo se nos va volviendo bueno», Rosana, *Sin miedo*.

«Todo cambia con el tiempo. Pero no se acaba, una buena amistad», Juanes, *Amigos*.

«Porque nada valgo porque nada tengo si no tengo lo mejor. Tu amor y compañía en mi corazón», Juanes, *Nada valgo sin tu amor*.

«Me odio cuando miento. También cuando me mienten. Mentiras que pretenden borrar los sentimientos...», Fangoria, *Me odio cuando miento*.

«Sientes miedo, miedo a ser real, a enfrentarte a la realidad. Mucho miedo es un mal final de tu vida, de tu libertad», El Canto del Loco, *Y si el miedo*.

«Miedo de volver a los infiernos, miedo a que me tengas miedo, a tenerte que olvidar», MClan, *Miedo*.

«I hope life treats you kind. And I hope you have all you've dreamed of. And I wish you joy and happiness, but above all this, I'm wishing you love», Whitney Houston, *I will always love you*.

«Arráncame la vida y si acaso te hiere el dolor ha de ser por no verme porque al fin tus ojos me los llevo yo», Chavela Vargas, *Arráncame la vida*.

«No quisiera saber, cuando sueles llorar, en qué brazos estás. Siento que te estoy perdiendo... perdiéndote», Luis Eduardo Aute, *Siento que te estoy perdiendo*.

«De nuevo esa tristeza que rompe en mi cabeza», Pereza, *Tristeza*.

«He salido a la calle abrazado a la tristeza: vi lo que no mira nadie y me dio vergüenza y pena. Soledad que te pegas a mi alma», FITO Y FITIPALDIS, *Abrazado a la tristeza*.

«Tu dignidad se ha quedado esperando a que vuelva», MANUEL CARRASCO, *Que nadie*.

«Hoy vas a conseguir reírte hasta de ti y ver que lo has logrado», BEBE, *Ella*.

«Tu inseguridad machista se refleja cada día en mis lagrimitas», BEBE, *Malo*.

«Ella siempre lo perdona a sus pies sobre la lona», PASIÓN VEGA, *María se bebe las calles*.

«El amor que me darías, transformado, volvería. Un día a darte las gracias», JORGE DREXLER, *Todo se transforma*.

«Vivo en el número 7, calle Melancolía, quiero mudarme hace años al barrio de la alegría», JOAQUÍN SABINA, *Calle Melancolía*.

«Viejo blues, amigo de la soledad», JOAQUÍN SABINA, *Viejo Blues de la soledad*.

«Si el amor me gusta sin celos, la muerte sin duelo», JOAQUÍN SABINA, *Whisky sin soda*.

«En vez de fingir, o, estrellarme una copa de celos, le dio por reír», JOAQUÍN SABINA, *19 días y 500 noches*.

«These wounds won't seem to heal this pain is just too real there's just too much that time cannot erase», EVANESCENCE, *My inmortal*.

Para estudiar o trabajar
 WOLFGANG AMADEUS MOZART, *Divertimento for Winds*
 DOC WATSON, *Foundation*
 JOHN COLTRANE, *Ballads*

GARY BURTON AND CHICK COREA, *Crystal Silence*
MIKE OLDFIELD, *Tubular Bells*

Para cocinar, limpiar o realizar tareas domésticas
SARAH MCLACHLIN, *Wintersong*
BUENA VISTA SOCIAL CLUB
TOMMY FLANAGAN, *Trio and Sextet*
ANTONIO VIVALDI, *Las cuatro estaciones*
AC/DC, *Back in Black*
MCFLY, *Baby's Coming Back*

Para hacer ejercicio
AVRIL LAVIGNE
THE VILLAGE PEOPLE
ARRESTED DEVELOPMENT
CREEDENCE CLEARWATER REVIVAL
THE TEMPTATIONS
THE TALKING HEADS
MADONNA, *Hung Up*
IRENE CARA, *What A Feeling*

Para relajarse o dormir
JOHANN SEBASTIAN BACH, *Oboe Concertos*, *Triple Concerto*, *Flute Concerto*
BILL EVANS, *The Village Vanguard Sessions*
FRÉDÉRIC CHOPIN, *Nocturnos*
JOHANNES BRAHMS, *Lullaby*
PETER, PAUL & MARY, *Greatest Hits*

Para enamorados
AMERIE
AKON, *Konvicted*
The Postal Service
ELLA FITZGERALD, *The Cole Porter Songbook*
BARRY WHITE, *All Time Greatest Hits*

CLAUDE DEBUSSY, *Piano Works*
ROBERTO CARLOS, *El gato que está triste y azul*
THE BEATLES, *Yesterday*

Canciones de sentimientos
Candilejas
Gotas de lluvia
Gabriel's oboe
Casablanca
El mago de Oz
Moonriver
La vida es bella
Titanic
Sonrisas y lágrimas («Edelweis»)
La vuelta al mundo en 80 días
El fantasma de la ópera («Think of me»)
Mar adentro

V. Pintura y sentimientos

El descendimiento de la Cruz, Roger Van der Weyden
El grito, Edvard Munch
La columna rota, Frida Khalo
Hospital Henry Ford, Frida Khalo
Las dos Fridas, Frida Khalo
El beso, Gustav Klimt
El Cerrojo (Deseos de Amor), Jean Honoré Fragonard
Meditacion, Guennadi Ulibin
El Guernica, Pablo Ruiz Picasso
La persistencia de la memoria, Salvador Dalí
Tristeza, Vincent Van Gogh
Dama de la tristeza, Dante Gabriel Rossetti
La sagrada familia, Miguel Ángel
El último beso de Romeo y Julieta, Francesco Hayez
Dos hermanas, William Adolphe Bouguereau
La fiesta del pan, Joaquín Sorolla
Maternidad, Marc Chagall
El amor y la muerte, Francisco de Goya
La dama de Shallot, John William Waterhouse

VI. Escultura y sentimientos

El desconsol, Josep Llimona
La Piedad, Miguel Ángel
Esculturas del miedo, Jardín de Bomarzo
El amor de Psique o *El beso*, Antonio Canova
El beso, Auguste Rodin
La muerte del amor, Boun Leua Sourirat
El vals, Camille Claudel
Parque de las esculturas, Gustav Vigeland
Taj Mahal
Monumento homenaje a las víctimas del 11-M

VII. Competencias necesarias para alcanzar una correcta socialización

ILUSIÓN
- Amar la vida, disfrutar junto a quien te rodea.
- Buscar el equilibrio como placer.
- Desear aprender, conocer.
- Descubrir a los demás y seguir descubriéndose a sí mismo.

RECURSOS
- Para sacar provecho de sus potenciales.
- Para elegir amigos duraderos.

VIVENCIAS POSITIVAS
- En el hogar familiar.
- En la institución escolar.
- Con el grupo de referencia (amigos).
- En el ámbito pre o laboral (si lo ha tenido).

CAPACIDAD DE ANÁLISIS
- Introspectivo.
- Para valorar las perspectivas de los demás.
- Para anticipar las consecuencias de sus actos.

- Para evaluar la realidad.

EMPATÍA
- Capacidad para ponerse en el lugar de otra persona, tanto desde el punto de vista cognitivo como afectivo.

AUTOESTIMA
- Correcto auto-concepto.
- Buena valoración personal.
- Sentimiento de eficacia.
- Capacidad auto-crítica.

HABILIDADES INTERACTIVAS
- Uso apropiado de los mediadores verbales.
- Correcta comunicación no-verbal.
- Ser asertivo (saber defender derechos o posiciones personales).
- Poseer facilidad para expresar sus sentimientos, realizar cumplidos... mantener conversaciones.
- Utilización apropiada del humor.

DESEABILIDAD SOCIAL
- Crecimiento del altruismo.
- Autoestima y auto-eficacia social contrastada.
- Comprensión y asunción de reglas, actitudes y conductas de los grupos sociales.

FLEXIBILIDAD COGNITIVA
- Comprensión y elaboración de distintas soluciones ante situaciones sociales cambiantes y complejas.
- Capacidad de auto-diálogo.
- Recursos para la solución de problemas interpersonales.
- Asunción de la demora de la gratificación.

LOCUS DE CONTROL INTERNO
- Confianza en sus propias fuerzas para cambiar los acontecimientos que les sucedan.

DESARROLLO MORAL
- Valoración de la amistad.
- Asunción de la responsabilidad.
- Convicción de que «los valores guían las conductas».

CONCEPTUALIZACIÓN
- Desarrollo de la capacidad de pensamiento abstracto.
- Incitación a la reflexión como contrapeso a la acción («pararse a pensar»).

VIII. Sentimientos individuales que cambiaron la historia

PERSONAJES (SÓLO ALGUNOS)

Aristóteles. El gran filósofo griego, posiblemente fue el hombre más influyente de la historia. Desarrolló la estructura general de la civilización occidental, mostró los fundamentos para pensar y ver el mundo y además sentó las bases de lo que serían las ciencias. Estudió en la Academia de Platón durante veinte años. Se especializó también en Zoología y Biología marina. Fue tutor de quien sería conocido como Alejandro Magno. Fundó su propia escuela, llamada Liceo, donde muchas de las clases eran públicas y gratuitas, reunió una vasta biblioteca y una gran cantidad de seguidores llamados peripatéticos (por la costumbre que tenían de discutir caminando). Aristóteles fue un pensador empirista, es decir, que buscó fundamentar el conocimiento humano en la experiencia.

Neil Armstrong. Astronauta estadounidense que fue el primer hombre que pisó la Luna. Se especializó en ingeniería aeronáutica, fue piloto de la Marina y participó en la guerra de Corea. También fue un destacado piloto de pruebas de la NASA (Agencia Estadounidense del Espacio). Armstrong el 21 de julio de 1969 fue el primero en poner el pie en la superficie lunar y permaneció dos horas y catorce minutos fuera del módulo de alunizaje en la región lunar conocida como Mar de la Tranquilidad.

Su frase fue: «Es un paso pequeño para un hombre pero un salto gigantesco para la humanidad».

Christiaan Barnard. Cardiólogo y cirujano sudafricano, recordado especialmente por efectuar con éxito el primer trasplante de corazón. Un hermano suyo murió a los 5 años de una enfermedad cardíaca. Se doctoró en EE UU. El 3 de diciembre de 1967 dirigió el equipo que realizó el primer trasplante de corazón a un ser humano. Salió catapultado hacia la fama si bien el paciente fallecería dieciocho días después. Se convirtió en un playboy mundial. El segundo trasplante que realizó fue el de un negro a un doctor blanco que vivió quinientos sesenta y tres días gracias a los fármacos inmunosupresores. Se separó de su primera mujer y su hija se suicidó a causa de dicha separación. Se casó varias veces, su última mujer era cuarenta y un años más joven que él, su última hija nació cuando él tenía 74 años. Se negó a realizar un trasplante de cabeza humana por encontrarlo impracticable y «probablemente inmoral». Sí añadió a un paciente un corazón sano al suyo enfermo para ayudarle a cumplir las funciones que ya tenía, pero fracasó. En otra ocasión trasplantó el corazón de un mandril a un enfermo de 25 años que murió a las pocas horas. Al final de su vida en las conferencias insistió en la necesidad de donar los órganos.

Ludwig van Beethoven. Nació en Bonn. Su padre no destacó precisamente por sus dotes musicales, sino más bien por su alcoholismo, pero se percató pronto de las dotes musicales de Ludwig y se aplicó a educarlo con férrea disciplina como concertista. A los 8 años tocaba el clave en público. A los 14 fue nombrado segundo organista de la corte.

Cuenta la anécdota que Mozart no creyó en las dotes improvisadoras del joven hasta que Ludwig le pidió a Mozart que eligiera él mismo un tema.

Pese a sus arranques de mal humor y carácter adusto Beethoven siempre encontró amigos fieles, mecenas, e incluso amores en la nobleza austriaca, cosa que el más amable Mozart a duras penas consiguió.

Beethoven establecía contactos con el yo más profundo de sus interlocutores, su personalidad subyugada. Obstinado y seguro de su propio valor despreciaba las normas sociales. Siempre demostró que jamás iba a admitir ningún patrón por encima de él, nunca sería un súbdito palaciego, que el dinero no le convertiría en un ser dócil. Hubo quien le tachó de misántropo, megalómano y egoísta.

Su clasismo no ocultó una inequívoca personalidad presidida por la melancolía, que transmite en sus movimientos lento y adagio, un verdadero dolor.

Padeció una sordera que fue progresando y le sumió en la más profunda de las depresiones. Algunos biógrafos apuntan como causa la sífilis, que daría luz al enigma de la renuncia a contraer matrimonio.

Pese a todo su vida sentimental fue rica en relaciones, incluso viviendo la tensión emocional de un trío que mantuvo con dos hermanas, por cierto alumnas.

La missa solemnis maravilló por su monumentalidad, especialmente en la fuga. Pero la apoteosis llegó con la interpretación de la Novena Sinfonía el 7 de mayo de 1824. Beethoven, completamente sordo, dirigió la orquesta y los coros en aquel histórico concierto.

Sergei Brin y *Larri Page*. Sergei nació en Moscú, pero pronto viajó a EE UU. Su padre era matemático, y su madre, científica. Sergei se licenció en Matemáticas y en Informática.

Page nació en Michigan (EE UU), hijo de dos docentes universitarios. Se doctoró en Ciencias Informáticas y obtuvo el grado en Ingeniería de Computadores.

Siendo los dos estudiantes y frustrados con las máquinas de búsqueda existentes, decidieron construir una más avanzada y más rápida. Explicaron su idea y obtuvieron veinticinco millones de dólares para poner en marcha el proyecto de búsqueda de información en Internet, le llamaron Google, que deriva de *googol*, término inventado por el matemático Kasner para denominar al número uno seguido por cien ceros.

De una rapidez desconcertante y una efectividad máxima, Google produce irrefrenable adicción, no incorpora publicidad. Dada su eficacia los internautas se han ido decantando hacia este buscador en perjuicio de otros antes más populares como Yahoo!

Carlomagno. Monarca germano que restauró el Imperio en Europa occidental, anexionó el reino lombardo, conquistó Sajonia, intentó penetrar en España, pero los vascos le infligieron una derrota en la batalla de Roncesvalles.

Ha sido considerado un predecesor de la unidad europea. El papa León III le coronó emperador. El Imperio carolingio fue un gran esfuerzo de organización político-administrativa. La religión cristiana constituyó un elemento cultural de integración.

Winston Churchill. Nacido en un palacio de Inglaterra, hijo de un lord y de una joven norteamericana, bella, inteligente y culta. Su abuelo era duque.

Fue un genio polifacético, con una rara habilidad que era predecir los acontecimientos futuros. Conquistó la inmortalidad en el mundo de la política. Fue la voz y conciencia de su país, insufló a sus ciudadanos grandes dosis de energía y valor.

De niño era inteligente, pero sólo estudiaba aquello que le resultaba de su interés.

Fue testarudo y mostró un espíritu indomable. Combatió en Cuba, la India y Sudán. Se trasladó posteriormente a África del sur, fue hecho prisionero, huyó y recorrió cuatrocientos peligrosos kilómetros, con absoluta sangre fría.

Sus discursos en el Parlamento fueron famosos, así como su buen humor. Su espíritu independiente le hizo reacio a someterse a disciplinas partidarias.

Previó con extraordinaria exactitud los acontecimientos que desencadenaron la Primera Guerra Mundial y el curso que siguió la contienda. Nombrado lord del Almirantazgo propuso hacer de la armada británica la primera del mundo, cambiando como combustible el carbón por el petróleo, instaló cañones de gran calibre, dio vía libre a los tanques (acorazados de tierra), etcétera.

Tras la guerra careció de influencia, pero previno a su país del fascismo emergente. Cuando Francia e Inglaterra entraron en guerra con Alemania, Churchill fue llamado de nuevo a desempeñar su antiguo cargo en el Almirantazgo. Nombrado primer ministro y sabedor de que su país estaba mal preparado para la guerra, tanto material como psicológicamente, Churchill pronunció una arenga realmente conmovedora en la que afirmó no poder ofrecer más que «sangre, sudor y lágrimas» a sus conciudadanos. Churchill ejerció una influencia casi hipnótica en todos los británicos. Trabajó dieciocho horas diarias y contagió a todos su energía, su vigor y optimismo. El día de la victoria aliada recibió la mayor ovación jamás registrada en el Parlamento.

En 1946 y como jefe de la Oposición popularizó el término de «Telón de acero». Posteriormente hizo un llamamiento para impulsar los criterios de Estados Unidos de Europa.

Fue de nuevo primer ministro y su pueblo lo aclamó como su héroe hasta su muerte. Recibió el premio Nobel de Literatura por sus *Memorias sobre la Segunda Guerra Mundial*.

Cleopatra VII. A la última reina de Egipto la casaron con su propio hermano. Los conflictos entre los hermanos y esposos llevaron al destronamiento de Cleopatra.

Ulteriormente y durante la guerra alejandrina donde tuvo lugar el incendio de la legendaria Biblioteca de Alejandría, Julio César, que era su amante, la repuso en el trono. Contrajo matrimonio de nuevo con su otro hermano.

Tras el asesinato de César, Cleopatra intentó repetir la maniobra seduciendo a su inmediato sucesor, el cónsul Marco Antonio.

Posteriormente estallaría la guerra entre Augusto y Marco Antonio, al final Marco Antonio se suicidó.

Cleopatra intentó seducir al nuevo guerrero romano Octavio Augusto para salvar el trono y la vida, pero Augusto se mostró insensible a sus encantos y optó por llevarla a Roma como botín de guerra. Ante esta perspectiva Cleopatra, y siguiendo el procedimiento ritual egipcio, se suicidó dejándose morder por una serpiente áspid.

Nicolás Copérnico. Astrónomo polaco, se quedó huérfano a los 10 años, haciéndose cargo de él su tío materno, canónigo de la catedral de Frauenburg. Estudió en la Universidad de Cracovia y luego en la de Bolonia a los clásicos y fue influenciado por el humanismo italiano. Estudió Medicina en Padua y se doctoró en derecho canónico por la Universidad de Ferrara.

Hacia 1507 elaboró su primera exposición de un sistema astronómico heliocéntrico en el cual la Tierra orbitaba alrededor del Sol, en oposición con el sistema tradicional tolemaico, en el que los movimientos de todos los cuerpos celestes tenían como centro nuestro planeta. En 1513 fue invitado a participar en la reforma del calendario juliano. Su obra *Sobre las revoluciones de las orbes celestes* mantenía la idea tradicional de un universo finito y esférico, así como el movimiento circular de los cuerpos celestes, pero el centro dejaba de ser coincidente con la Tierra. Enseguida surgieron sus detractores, los primeros fueron los teólogos protestantes que aducían causas bíblicas. En 1616 la Iglesia católica colocó el trabajo de Copérnico en su lista de libros prohibidos.

Su obra facilitó los cimientos para la astronomía moderna afianzada por Galileo y Kepler.

Jacques Cousteau. Oceanógrafo francés, diseñó la escafandra autónoma, lo que hizo posible el nacimiento del submarinismo como deporte. Con el fin de acercar el mundo submarino al espectador diseñó una cámara destinada a las grabaciones submarinas. Utilizó para sus películas tecnología punta, como habitáculos submarinos y cámaras de descompresión. Fue inventor de numerosos ingenios de exploración submarina. A bordo de su famosa nave *Calypso* llevó a los hogares los misterios y maravillas del mundo submarino. Fue pionero en la defensa de las causas ecologistas.

Madame Curie. Nació en Varsovia (Polonia). Su nombre de soltera era Marja Sklodowska. Sus dos padres eran profesores. Marie con 4 años leía perfectamente. Perdió pronto a su hermana mayor y a su madre, dio la espalda a la religión católica y se volcó en la ciencia.

Contaba con excelente memoria y capacidad de concentración. El padre leía por las noches a los hijos los clásicos de la literatura, eso les permitió unirse emocional e intelectualmente.

Impartió clases particulares, organizó una escuela para hijos de obreros y campesinos.

Con 24 años Marie se matriculó en el curso de ciencias de la Universidad de la Sorbona. A Marie sólo le interesaba aprender, consideraba perdido cualquier minuto que no dedicara a los libros.

Marie pasó hambre, comía pan con mantequilla y té, para ahorrar no gastaba carbón para calentarse, escribía y estudiaba tiritando de frío, se mareaba y desmayaba, así vivía en un ático en el Barrio Latino de París.

Se licenció en Ciencias Físicas y también en Matemáticas. Conoció a Pierre Curie cuya pasión eran las ciencias. Se casaron. El mobiliario de su hogar era una mesa de madera, dos sillas, y estanterías llenas de libros de física y química. Tuvieron una hija.

Marie fue la primera en utilizar el término radiactivo para describir los elementos que emiten radiaciones cuando se descomponen sus núcleos. Junto a su marido descubrió dos nuevos elementos: el polonio (en recuerdo a su amada Polonia) y el radio (por su enorme radiactividad).

La continua exposición a la radiactividad con motivo de su investigación les provocó continuas dolencias, como llagas en los dedos. Ellos se olvidaban a veces de comer e incluso de dormir. Pudieron patentar la técnica de obtención del radio y hacerse multimillonarios, pero optaron por ofrecérselo a la ciencia, compartirlo y seguir siendo pobres. Obtuvieron el premio Nobel de Física. Tuvieron una segunda hija.

Pierre murió atropellado por un carruaje tirado por caballos. Marie publicó el *Tratado sobre la radiactividad*, heredó la cátedra de Física en la Sorbona de su marido. Sufrió un escándalo por unas cartas de amor que dirigió a un alumno de su marido. Recibió el premio Nobel de Química.

Durante la Primera Guerra Mundial puso en marcha, junto a su hija Irene, centros de radiología militar. Creó la Fundación Curie contra el cáncer.

Albert Einstein dijo de ella: «Madame Curie es, de todos los personajes célebres, el único al que la gloria no ha corrompido».

Charles Darwin. Nació en Gran Bretaña en 1809, hijo de un médico de fama y nieto de un importante médico y naturalista. Desde la infancia dio muestras de un gusto por la historia natural que consideró innato, coleccionaba conchas, minerales, monedas, «el tipo de pasión que le lleva a uno a convertirse en un naturalista sistémico, en un experto o en un avaro». Ingresó en la Universidad de Edimburgo para estudiar Medicina pero no consiguió interesarse por la carrera, que abandonó. Mostró gusto por la pintura y la música, asistió a clases de botánica. En 1831 zarpó a bordo del *Beagle* en un viaje que pretendía dar la vuelta al mundo, el periplo duró cinco años y llevó a Darwin a las costas de Chile, Perú e islas del Pacífico, regresando por islas Galápagos, Tahití, Nueva Zelanda, Australia, Mauricio y Sudáfrica. Cazó a los pájaros y animales que engrosaron sus colecciones. Dedicó su razonamiento investigador al área de la Geología. Instalado en Londres trabajó en la redacción de su diario de viaje, escribió sobre la «Transmutación de las especies» y pronto se convenció de que la selección era la clave del éxito humano en la obtención de mejoras útiles en las razas de plantas y animales. Tras leer el ensayo de Malthus sobre población, se le ocurrió al instante que, en esas circunstancias, las variaciones favorables tenderían a conservarse, mientras que las desfavorables desaparecerían, con el resultado de la formación de nuevas especies. Se casó y tuvo diez hijos, estudió la expresión de las emociones en los seres humanos y los animales. También se interesó por el naturalismo, la historia natural y la taxonomía.

Sus investigaciones coincidieron con las de Wallace en el archipiélago malayo, redactó *El origen de las especies* y los primeros mil doscientos cincuenta ejemplares se vendieron el mismo día de su aparición, el 24 de noviembre de 1859. Recibió una enconada oposición al atribuir a la selección natural facultades reservadas hasta entonces a la divinidad.

En 1872 publicó *La expresión de las emociones en hombres y animales*, obra seminal del estudio moderno del comportamiento.

Leonardo da Vinci. Nació en Italia, en la villa toscana de Vinci. Desde niño sorprendió dibujando animales mitológicos de su propia invención. Manifestó pronto su talento, era agraciado y vigoroso, mostró imaginación creativa y temprana maestría en obras pictóricas como *San Jerónimo* y *La Adoración de los Magos*. Se ocupó como ingeniero militar de proyectos que abarcaron la hidráulica, la mecánica —con innovadores sistemas de palancas para multiplicar la fuerza humana—, la arquitectura, la pintura y la escultura. Proyectó espaciosas villas, hizo planos para canalizaciones de ríos. Da Vinci ha sido reconocido como el creador de la moderna ilustración científica.

Fundió arte y ciencia en una cosmología individual. Creó un grupo de fieles aprendices. Fue capaz de aunar la anatomía, la botánica, la geografía, la aerodinámica.

Para algunas obras como *La Virgen de las Rocas* en lugar de tardar los ocho meses que marcaba el contrato tardó veinte años.

En *La última cena* aprehende el momento fugaz de los comensales, cuando les informa de que «uno de vosotros me traicionará». Convirtió el mural en un icono cristiano en el que destaca la unidad psicológica del grupo.

Diseñó desde barcos con doble pared a aeroplanos, pasando por submarinos individuales, proyectiles de acción retardada y un largo etcétera.

Entre sus obras famosas encontramos su *Santa Ana*, *La Virgen y el Niño*. Y qué decir del retrato de *Mona Lisa*, la mítica *Gioconda* ha inspirado libros, leyendas y una ópera. Plasmó en un gesto entre fugaz y perenne la enigmática sonrisa.

Siempre absorto en cavilaciones e inquietudes, mostró interés por los estudios científicos desde las disecciones de cadáveres para conocer el funcionamiento del cuerpo humano, hasta las sistemáticas observaciones del vuelo de los pájaros, pues estaba convencido de que el hombre también podría volar si llegaba a conocer las leyes de la resistencia del aire, algunos de sus apuntes son precursores del moderno helicóptero.

Este hombre excepcional cuyo ideal era la «percepción cosmológica», que escribió también sobre matemáticas, óptica, geología..., llegó a idear las casas prefabricadas.

Juana de Arco. Santa y heroína francesa. Su infancia transcurrió durante el sangriento conflicto de la guerra de los Cien Años. Cuando tenía 13 años declaró haber visto a varios santos y escuchar voces que la exhortaban a llevar una vida devota y piadosa. Después se sintió llamada por Dios para dirigir al ejército francés y expulsar a los ingleses del país, algo que no parecía al alcance de una campesina analfabeta. Carlos la hizo examinar por varios teólogos y le concedió el mando de un ejército de cinco mil hombres con el que consiguió derrotar a los ingleses, realizó una serie de campañas victoriosas. Al final fue capturada por los borgoñones y acusada de brujería con el argumento de que las voces que le hablaban procedían del diablo. Juana fue declarada culpable de herejía y hechicería. En su defensa reafirmó el origen divino de las voces que oía, por lo que fue condenada a la hoguera. Considerada una mártir y convertida en el símbolo de la unidad francesa fue beatificada, canonizada y nombrada patrona de Francia.

Teresa de Calcuta. Agnes Gouxha Bojxhiu —gouxha significa pequeña flor. Desde temprana edad se mostró fascinada por las historias de vida de los misioneros. Inició su noviciado cerca del Himalaya. Después de hacer sus votos de pobreza, castidad y obediencia se trasladó a Calcuta. Refirió «haber escuchado a Dios» pidiéndole que dedicara su vida a los menos privilegiados de la sociedad. Adoptó la ciudadanía india, recibió formación como enfermera. Inauguró una nueva congregación, Misioneras de la Caridad, dedicada a «los más pobres entre los pobres». Inauguró hogares para moribundos, trabajó con alcohólicos, afectados de sida, discapacitados. Dedicó especial atención a los afectados por la lepra. Abrió una institución para niños abandonados.

En el momento de su fallecimiento la orden operaba en seiscientas diez misiones en ciento veintitrés países.

Dejó dicho: «Hoy día está de moda hablar de los pobres. Por desgracia, no lo está hablarles a ellos».

Sufrió críticas por su hospitalización en un centro sanitario de California. Sufrió muchas y graves enfermedades, tan es así que el arzobispo de Calcuta y con el permiso de la madre Teresa ordenó a un sacerdote llevar a cabo un exorcismo.

Se le concedió el premio Nobel. Fue proclamada beata por el papa Juan Pablo II.

Miguel de Cervantes. Nació en Alcalá de Henares. Estudió en los jesuitas de Córdoba. Ya en Madrid el humanista Juan López de Hoyos le introdujo en la lectura de Virgilio, Horacio, Séneca, Catulo y Erasmo de Rotterdam.

Parece que participó en la batalla de Lepanto comandado por Juan de Austria, le hirieron en la mano izquierda y recibió el apelativo del «manco de Lepanto» como timbre de gloria.

Pasó por muchas vicisitudes, entre ellas prisión en Argel. Escribió *La Galatea*, una novela pastoril que alcanzó un relativo éxito. En 1605 apareció en Madrid *El ingenioso hidalgo Don Quijote de la Mancha*, el autor tenía 58 años, la fama fue inmediata. Sus contemporáneos reconocieron la viveza de su ingenio. En 1612 ya circulaban traducciones al inglés y al francés. Ulteriormente publicó las *Novelas ejemplares*, *El viaje al Parnaso* y en 1615 acabó la segunda parte del Quijote.

Teresa de Jesús. Religiosa y escritora mística española conocida también como santa Teresa de Ávila (nombre religioso adoptado por Teresa de Cepeda y Ahumada). Su vida puede seguirse por sus textos autobiográficos, como *Relaciones espirituales*, *El libro de las fundaciones* o sus cerca de quinientas cartas. Desde niña se vio afectada por enfermedades y practicó un método de oración llamado recogimiento. A lo largo de su vida padeció de crisis y visiones. Trabajó incansablemente para conseguir la reforma de la orden carmelita. Fundó en Toledo, Pastrana, Villanueva de la Jara, Soria, Burgos, Palencia, Alba de Tormes, Segovia, Beas, Sevilla, Caravaca y Salamanca. Redactó las Constituciones que se basan en los siguientes puntos: vida de oración en la celda, ayuno y abstinencia de carne, renuncia de rentas y propiedades, comunales o particulares, y práctica de silencio. Compuso *Camino de perfección* y *Las moradas o castillo interior*. Fue canonizada y proclamada doctora de la Iglesia, siendo la primera mujer que recibía esta distinción.

Sufrió cuadros febriles con alteración de conciencia. Llegó un día a tal grado de paroxismo que la creyeron muerta, cuando debía estar catatónica. Sus crisis de éxtasis eran bruscas e inesperadas. Sufría anulación sensorial y a veces alucinaciones complejas, en ocasiones escenográficas, multisensoriales, visionadas con gran nitidez pero con conciencia de alucinación. Sus episodios son coincidentes por los descritos por Dostoievski. Escribe Teresa: «Porque el sentimiento y suavidad es tan excesivo que todo lo que acá se puede comparar y aunque sí viene a tener todas las cosas del mundo en poco».

Santa Teresa fue atravesada por la gracia, el genio y la inteligencia. Los últimos estudios descartan de su excelsa personalidad la histeria y apuntan a una posible epilepsia extática.

Thomas Edison. Nació en 1847 en Milan (Ohio), estudió en Michigan y fue expulsado por falta de interés y torpeza, comportamientos a los que posiblemente no sería ajena la sordera parcial que contrajo por una escarlatina. Le educó su madre, que había sido maestra, inculcándole una curiosidad sin límites. A los 10 años instaló su primer laboratorio en los sótanos de la casa de sus padres y aprendió él solo los rudimentos de la química y la electricidad. Ulteriormente y durante la guerra de Secesión compró sin cesar revistas científicas, libros y aparatos que instaló en un vagón de tren en el que hacía un trayecto a Detroit, un día un poco de fósforo derramado provocó un incendio, todo el laboratorio y el propio inventor acabaron en la vía.

A los 16 años abandonó el hogar de sus padres, la población donde vivía se le quedaba pequeña y él dominaba el oficio de telegrafista. Viajó a Michigan, Ohio, Indianápolis, Cincinnati, Memphis...Tennesse. Cuanto ganaba lo gastaba en libros y aparatos de experimentar.

Con 21 años leyó la obra del científico británico Michael Faraday que le influyó positivamente. A partir de ese momento siempre le acompañaría un cuaderno de notas donde apuntaría cualquier idea o hecho que reclamara su atención. Su meta profesional era la invención. En 1868 registró su primera patente, un contador eléctrico de votos que ofreció al Congreso. Más tarde y para la Western Union construyó una impresora efectiva de la cotización de valores en bolsa. La mayor contribución al campo del telégrafo fue el sistema cuádruple que permitía transmitir cuatro mensajes telegráficos simultáneamente por una misma línea, dos en un sentido y dos en otro.

A los 28 años construyó el primer laboratorio de investigaciones del mundo. En 1876 patentó el micrófono de gránulos de carbón. Posteriormente con un cilindro, un diafragma, una aguja y otros útiles menores construyó el fonógrafo, un invento original que reunía el principio de grabación y la reproducción sonora.

En 1879 y con una bombilla de filamento de bambú carbonizado nació la primera lámpara que superó las cuarenta horas de funcionamiento ininterrumpido, ni que decir tiene que las acciones de las compañías de alumbrado de gas cayeron en picado.

En 1886 patentó un contador eléctrico que llevaba su nombre. En 1891 patentó una rudimentaria cámara de cine. Este genial inventor prolongó su actividad más allá de los 80 años hasta totalizar las mil noventa y tres patentes que llegó a registrar en su vida.

Albert Einstein. Físico de origen alemán, nacionalizado suizo y estadounidense. Sentó las bases para la física estadística y la mecánica cuántica. A nivel popular es conocida su ecuación de equivalencia masa-energía: $E = mc^2$. Con su teoría de la relatividad general reformuló por completo el concepto de gravedad, propició el nacimiento de la cosmología. Tras un eclipse solar se confirmaron sus predicciones acerca de la curvatura de la luz y desde ese momento fue idolatrado por la prensa, convirtiéndose en un icono de la ciencia, mundialmente famoso. Recibió el premio Nobel de Física por sus explicaciones sobre el efecto fotoeléctrico y sus contribuciones a la física teórica. Ante el ascenso del nazismo abandonó Alemania con destino a EE UU, impartió docencia en Princeton. Pese a abogar por el pacifismo es considerado por algunos como el «padre de la bomba atómica».

Juan Sebastián Elcano. Navegante español, nacido en Guetaria, que completó la primera vuelta al mundo.

Marino vasco con amplios conocimientos náuticos. Se enroló en la expedición que buscaba la ruta de las Indias navegando hacia el oeste. Capitaneaba la expedición al servicio de España, el portugués Magallanes. Exploró el Río de la Plata y la Patagonia. Cuando Magallanes murió en un combate con los indígenas de las islas Filipinas de Mactan, Elcano se hizo con el mando, alcanzó las Molucas y con la nao *Victoria* dobló el cabo de Buena Esperanza, llegó a Sanlúcar de Barrameda en 1522, con sólo dieciocho hombres de los doscientos sesenta y cinco que habían partido de allí mismo tres años antes.

El emperador Carlos V recibió a Elcano en audiencia. Su viaje constituyó un éxito tanto desde el punto de vista geográfico, pues confirmaba experimentalmente la esfericidad de la Tierra, como económico, ya que la venta de las mercancías en Amberes sufragó sobradamente los costes de la expedición.

Enrique VIII. Mujeriego empedernido y cruel hasta la médula, se obsesionó con Ana Bolena y anuló su matrimonio con su primera esposa, Catalina de Aragón (hija de los Reyes Católicos). Un repudio que rechazó la Iglesia católica y que desembocó en un cisma anglicano.

Le declaró sus ambiciones sentimentales en varias cartas amorosas, donde expresa: «Te aseguro que mi corazón estará dedicado a ti solamente». Firma la carta con la frase: «H pretende a A.B. Ningún otro Rey» encerrando en un corazón las iniciales de su amada.

Alexander Fleming. Nació en Escocia y murió en Londres. Trabajó como médico microbiólogo y se dedicó a la mejora y fabricación de vacunas y sueros. Durante la Primera Guerra Mundial fue médico militar en los frentes de Francia y se quedó impresionado por la gran mortalidad causada por las heridas de la metralla infectadas (gangrena gaseosa). Buscó intensamente un nuevo antiséptico que evitase la dura agonía provocada por estas heridas infectadas. Los dos descubrimientos de Fleming fueron accidentales, pero demuestran la gran capacidad de observación e intuición de este médico. Encontró el hongo *Penicillium notatum*, que produce una sustancia natural con efectos antibacterianos: la penicilina. Los alemanes disponían de las sulfamidas. Fleming no patentó su descubrimiento, fue premio Nobel de Fisiología y Medicina y enterrado como héroe nacional en Londres.

Sigmund Freud. Cambió su verdadero nombre, Sigismund, a los 22 años. Nació en la antigua Moravia en 1856. A Freud le llamó la atención que su padre tuviera un hijo de la misma edad de su madre de un matrimonio anterior, al mismo tiempo que un niño de 1 año.

Vivió en Viena, salvo su exilio en Londres, por la persecución a los judíos en la Segunda Guerra Mundial.

Fue un estudiante excelente. Compartía con sus padres la expectativa de una carrera brillante. Estudió Medicina pero no para ejercerla, sino con la intención de estudiar la condición humana con rigor científico. Posteriormente estudió las estructuras nerviosas de los animales y la anatomía del cerebro humano. Se especializó en neuropatología, estudió sobre el uso terapéutico de la cocaína y, no sin cierta imprudencia, la experimentó en su persona, recibió críticas y su reputación quedó dañada. Fue profesor de la facultad de Medicina de Viena, primero de Neuropatología y después de Psicoanálisis, sin intentar acceder a ninguna cátedra.

Viajó a París para aprender de Charcot las manifestaciones de la histeria y los efectos de la hipnosis y la sugestión en el tratamiento de la misma. De regreso a Viena se casó tras un noviazgo en el que manifestó graves celos, tuvo seis hijos, la pequeña Anna se convertiría en afamada psicoanalista infantil.

Freud y Breuer colaboraron de forma fructífera publicando un libro sobre la histeria, pero la relación se rompió cuando Breuer decidió no continuar con las especulaciones de la doctrina freudiana y primordialmente se negó a suscribir el papel desempeñado por la sexualidad en la etiología de los trastornos psíquicos. Transformó la denominada «catarsis» por «libre asociación». Forjó los elementos esenciales del psicoanálisis con conceptos como «inconsciente», «represión» y «transferencia». En 1899 publicó *La interpretación de los sueños*, y en 1905, *Tres contribuciones a la teoría sexual*.

En 1908 creó una sociedad psicoanalítica donde tuvo mucho peso Carl Gustav Jung. La relación se rompería por discrepancias con el concepto «libido». En 1916 publicó *Introducción al psicoanálisis*.

En 1923 le fue diagnosticado un cáncer de mandíbula, pero no decayó su enérgica actividad. Publicó: *El porvenir de una ilusión*, 1927; *El malestar en la cultura*, 1930; *Moisés y el monoteísmo*, 1939.

Creo que Sigismund Freud, más allá de la eficacia terapéutica del psicoanálisis que siempre juzgó restringida, entendió que éste era un magnífico instrumento para indagar en los factores determinantes del pensamiento y el comportamiento de los seres humanos.

Mahatma Gandhi. Nació en India. Su madre le inculcó el no hacer daño a ningún ser vivo, ser vegetariano, ayunar para purificarse y a tener tolerancia con otros credos y religiones. Estudió Derecho en la Universidad de Londres. Se desplazó a Sudáfrica, donde trabajaban muchos compatriotas, luchando contra las leyes que los discriminaban mediante la resistencia pasiva y la desobediencia civil. Prestó atención a la política, profundizó en los conocimientos sobre religión y filosofía y experimentó con su dieta. En la Segunda Guerra Mundial planteó no apoyar a Gran Bretaña si no concedía a la India su independencia, los británicos retuvieron a Gandhi durante dos años, en los que murieron su mujer y su secretaria y en los que él padeció malaria. A los 78 años Gandhi fue asesinado.

Ernesto Che *Guevara*. Nació en una familia acomodada de Rosario (Argentina). Estudió Medicina. Su militancia izquierdista le llevó a participar en la oposición contra Perón. Viajó por Perú, Ecuador, Venezuela y Guatemala, donde descubrió la presencia del imperialismo norteamericano y la miseria de las gentes iberoamericanas, estas experiencias le llevaron hacia la ideología marxista. Conoció en México a Fidel y a Raúl Castro y se unió como médico a la expedición revolucionaria a Cuba que acabó con Batista. El régimen revolucionario le concedió la nacionalidad cubana y ocupó cargos importantes, como presidente del Banco Nacional o distintos ministerios. Representó a Cuba en varios foros internacionales denunciando frontalmente el imperialismo norteamericano.

Abandonó en secreto Cuba para marchar al Congo y luchar en apoyo del movimiento revolucionario en marcha. Regresó a Bolivia para lanzar una revolución que esperaba fuera de ámbito continental. Fue delatado por campesinos locales, herido y apresado. El Che se había convertido en símbolo para jóvenes de todo el mundo, fue asesinado por militares bolivianos aconsejados por la CIA para destruir el mito revolucionario.

En 1997 los restos del Che Guevara fueron localizados, exhumados y trasladados a Cuba, donde fueron enterrados con todos los honores por el régimen de Fidel Castro.

Johannes Gutenberg. Nació en Maguncia. Fue iniciado tempranamente en el arte de la orfebrería y en las técnicas de acuñación de monedas.

En Estrasburgo comenzó a realizar lo que constituye la originalidad de su obra: la producción de caracteres móviles metálicos.

Mostró un temperamento obstinado, totalmente convencido de alcanzar el resultado esperado. Buscó la perfección.

En 1455 de su imprenta salió la primera obra maestra del nuevo arte, la célebre Biblia «de 42 líneas», así llamada por ser este el número más frecuente de líneas por columnas en cada una de sus mil doscientas ochenta páginas. Se precisaron fundir casi cinco millones de tipos y se editaron ciento veinte ejemplares en papel y veinte en pergamino, de los que se conservan treinta y tres y trece, respectivamente.

Stephen Hawking. Nació en Oxford donde se licenció en Física. Posteriormente en Cambridge inició la investigación en relatividad general y cosmología. Se sintió débil y torpe, le diagnosticaron esclerosis lateral amiotrófica. Alcanzó no sólo a doctorarse sino a obtener la cátedra de Newton, trabajó en la «teoría general de la relatividad».

Fue capaz de demostrar que los agujeros negros pueden emitir radiación. Investigó la creación del universo y pronosticó que después del Big Bang se crearon muchos objetos supermasivos del tamaño de un protón, estos miniagujeros negros poseían una gran atracción gravitacional controlada por la relatividad general, regida también por leyes de la mecánica cuántica que se aplicarían a objetos pequeños.

Una neumonía conllevó una traqueotomía y perdió la voz, pero un sistema informático le permite tener una voz electrónica. Ha recibido gran cantidad de honores.

Herodes. Rey de los judíos, en realidad era un palestino de cultura helenística. Fue nombrado gobernador de Galilea. Fue un rey hábil, pero estableció un régimen basado en el terror con una persecución sangrienta de la antigua familia reinante —incluidos los asesinatos de su esposa, su suegra, su cuñado y tres de sus hijos—. Desde esa obsesión por consolidar su posición en el trono frente a posibles pretendientes se enmarca la «degollación de inocentes», matanza de todos los niños menores de 2 años nacidos en Belén, para conjurar la profecía mesiánica según la cual había nacido en aquella ciudad el que habría de ser rey de los judíos: Jesucristo.

Adolf Hitler. Desde su paranoia concitó el odio a los judíos y propuso la superioridad de la raza aria.

Ante una nación herida, el Fürher condujo a su pueblo a la derrota tras la destrucción de Europa y el mayor genocidio de la historia.

Para llegar a la jefatura del nacionalsocialismo acabó con sus opositores en la denominada «noche de los cuchillos largos».

Sus órdenes eran inmediatamente cumplidas. Poseía intuición, buscaba soluciones viables con estratégica visión de futuro.

Mediante el Pacto de Acero reforzó la alianza con Italia. Al invadir Polonia desencadenó la Segunda Guerra Mundial.

Si se incluye a los judíos rusos, se calcula que exterminó a cuatro millones, muchos de ellos víctimas de los campos de concentración.

Se casó con Eva Braun poco antes de suicidarse. El Tercer Reich sobrevivió a su creador siete días.

Juan Ramón Jiménez. Poeta español nacido en Moguer. De carácter melancólico y depresivo, su poesía fue emotiva y nostálgica, claramente sentimentalista. Uno de sus textos más célebres es en prosa *Platero y yo* —tierna elegía a un borriquillo—. Tendió a la esencia poética, a la plenitud espiritual y estética. Sus últimas obras, como *Animal de fondo*, derrochan una manifestación inefable de lo eterno. Fue galardonado con el premio Nobel de Literatura.

Juan Pablo II. De nombre Karol Wojtyla, nació en Cracovia. Al ser elegido papa se convirtió en el primer pontífice no italiano.

De joven practicó mucho deporte, estudiante excelente, mostró gran pasión por el teatro.

Durante la ocupación nazi trabajó de obrero en una fábrica, ayudó a muchos judíos a escapar de la persecución nazi.

Le influyó mucho la lectura de san Juan de la Cruz. Obtuvo el doctorado en Teología. Siempre desarrolló una doble tarea, una en parroquias obreras y otra impartiendo clases de Ética en la universidad.

A los 58 años fue elegido para suceder a Juan Pablo I. Denunció a la teología de la liberación, criticó la relajación moral y proclamó la unidad espiritual de Europa.

Sufrió un grave atentado perpetrado por el turco Ali Agca, pero continuó con su labor evangelizadora por el Tercer Mundo (África, Asia y América del Sur).

Escribió importantes encíclicas. Sus cartas apostólicas abordaron desde la familia, cuestiones como el aborto, técnicas de reproducción asistida y eutanasia. Ha sido un gran defensor de la justicia social y económica. Fue uno de los líderes más carismáticos de la historia contemporánea. Su sucesor, Benedicto XVI, anunció su beatificación, que tuvo lugar en 2011.

Immanuel Kant. Nació en Prusia. Estuvo rodeado de una profunda religiosidad y un tipo de vida dominado por la austeridad. Estudió Filosofía en la universidad, donde se doctoró. Sus conferencias eran muy aplaudidas, destacando su famosa disertación «sobre la forma y principios del mundo sensible e inteligible».

Tardó once años en escribir su *Crítica de la razón pura*. Mantuvo una tertulia con un grupo de amistades a lo largo de toda su vida. No salió de Königsberg. A su muerte su filosofía había alcanzado gran aceptación en los círculos culturales alemanes y difusión en el resto de Europa.

Martin Luther King. A los 6 años dos amigos blancos le anunciaron que no estaban autorizados a jugar con él. Cantó en el coro de su iglesia en Atlanta para la presentación de la película *Lo que el viento se llevó*. Se convirtió en pastor de la Iglesia Bautista. Inspirándose en la figura de Gandhi y en la teoría de la desobediencia civil de David Thoreau comenzó a luchar por la defensa de los derechos civiles con métodos pacíficos. Inició campañas de alcance nacional para lograr la igualdad de los negros en el acceso a las bibliotecas, los comedores y los aparcamientos. Fue recibido por el presidente Kennedy, que se comprometió a agilizar su política contra el segregacionismo en las escuelas y en la cuestión de desempleo que afectaba de modo especial a la comunidad negra. Fue reconocido como premio Nobel de la Paz, su pacifismo chocó contra los grupos nacionalistas negros contrarios a la integración y favorables a la violencia, como Poder Negro o Panteras Negras. King fue asesinado en Memphis, antes lo había sido Kennedy.

Abraham Lincoln. Político estadounidense. Nació en una familia de colonos cuáqueros y dada la pobreza familiar vivió de cerca las condiciones infrahumanas que padecían los esclavos negros. Se licenció en Derecho, luchó por la defensa de mejores condiciones de vida para los negros y logró gracias a su gran elocuencia una gran popularidad. Apoyó a los abolicionistas de Washington. Ganó las elecciones a la presidencia de la Unión, los estados sudistas, encabezados por Carolina del Sur, se declararon independientes. Iniciada la guerra de Secesión propuso la abolición progresiva de la esclavitud. A los cinco días de finalizar la guerra de Secesión Abraham Lincoln fue asesinado mientras acudía a una representación teatral.

Hermanos Lumière. Louis y Auguste estudiaron en La Martinière, el instituto técnico más grande de Lyon.

Louis pone a punto una placa seca —método de la fotografía instantánea—. El padre, que era fotógrafo y hombre de negocios, incentiva a sus hijos para que se interesen por las imágenes animadas con las que trabajaba Thomas Edison. Una noche Louis encuentra la solución, «consistía en adaptar a las condiciones de toma de vistas el mecanismo del dispositivo de impulsión de las máquinas que deben coserse...».

Corría el 19 de marzo de 1895 cuando salió de las fábricas Lumière la primera película del cinematógrafo.

Alejandro Magno. Rey de Macedonia, de hermosa presencia. Aristóteles fue su maestro. Todas las noches leía la *Ilíada*.

Ya desde joven fue gobernador de Tracia y dirigió la caballería macedonia. Era activo, audaz, enérgico, sensible y ambicioso.

Consiguió domar a su caballo *Bucéfalo* que se asustaba de su propia sombra. A los 20 años comenzó la expedición de conquista del Imperio persa.

Se impuso invariablemente sobre sus enemigos, merced a su excelente organización y adiestramiento, así como al valor y al genio estratégico que demostró. Recorrió victorioso Asia Menor, Siria, Fenicia, Mesopotamia y el actual Afganistán. Se lanzó a conquistar la India, incorporando la parte occidental, pero sus tropas se amotinaron por tan larga sucesión de conquistas y batallas.

Reorganizó su gran Imperio con unificación monetaria, impulsó el desarrollo comercial con expediciones geográficas llegando por el Indo a la desembocadura del Tigris y el Éufrates. Se construyeron carreteras y canales de riego. Se impuso el griego como lengua común. Se fundaron unas setenta ciudades nuevas, la mayor parte con el nombre de Alejandría (la principal en Egipto).

Alejandro murió a los 33 años, víctima del paludismo, pero los reinos helenísticos mantuvieron durante los siglos siguientes el ideal de Alejandro de trasladar la cultura griega a Oriente, al tiempo de dejar penetrar las culturas orientales en el Mediterráneo.

Nelson Mandela. Político sudafricano, abogado. Nacionalista, antirracista y antiimperialista. Bajo la inspiración de Gandhi organizó campañas de desobediencia civil contra leyes segregacionistas. Ulteriormente adoptó el sabotaje como forma de lucha.

Prisionero durante veintisiete años en penosas condiciones, se convirtió en una figura legendaria que representaba la falta de libertad de todos los negros sudafricanos. Finalmente De Klerk, presidente de la República, hubo de ceder ante la evidencia y abrir el camino para desmontar la segregación racial. Mandela y De Klerk compartieron el premio Nobel de la Paz.

Mandela fue el primer presidente negro de Sudáfrica, puso a De Klerk como vicepresidente y generó una política de reconciliación nacional.

Mata Hari (Margaretha Geertruida). Sembró pasiones y misterio a su alrededor. Mentirosa patológica y aventurera caída en desgracia. Fue condenada a morir a los 41 años ante un pelotón de fusilamiento. Desde niña descubrió el placer de verse convertida en el centro de todas las miradas. Amó siempre a los oficiales militares. Al estallar la guerra de 1914 se convirtió en agente doble. No acertó al jugar a dos barajas, más una mujer como ella propensa a la mentira, al embrollo, a acostarse con cualquiera que luciera dos galones. En el juicio militar previo a su fusilamiento aseguró que amaba a los militares y que sólo se acostaba con ellos por placer, no para obtener información. Se vistió y maquilló como para una ceremonia, no permitió que la taparan los ojos y miró sin rencor a los oficiales del pelotón de fusilamiento. Nadie reclamó su cadáver.

Miguel Ángel. Escultor, pintor y arquitecto italiano, gran figura del Renacimiento. Fue un genio con un gran vigor físico, intensidad emocional y entusiasmo creativo. Su vida transcurrió entre Florencia y Roma. Entre sus obras están: el Baco, la Piedad de San Pedro y el David. Más tarde realizó el Moisés y los Esclavos. Decoró la Capilla Sixtina. Diseñó la cúpula de la basílica de San Pedro y realizó el palacio Farnesio.

Wolfgang Amadeus Mozart. Nació en Salzburgo —actual Austria—. Fue capaz de expresar en sus obras aquello que las palabras son incapaces de insinuar.

Hijo de un violinista y compositor, fue un niño prodigio que a los 4 años ya era capaz de interpretar en el clave melodías sencillas y de componer pequeñas piezas. Antes de cumplir los 10 años dejó constancia de su talento en Munich, Viena, Frankfurt, París y Londres.

Se afincó en Viena. Las obras maestras se sucedieron demostrando un profundo conocimiento del alma humana. *La flauta mágica* sentó los cimientos de la futura ópera alemana. Superó las convenciones del género con sus tres óperas bufas: *Las bodas de Fígaro*, *Don Giovanni* y *Cosi fan tutte*.

Su temprana muerte constituyó una pérdida dolorosísima para la historia de la música, dejando inconcluso el *Réquiem*.

Mozart fue criado según la moral católica. Disfrutaba bailando y jugando al billar. Tuvo varios animales domésticos, le encantaba el humor escatológico —incluso escribió música escatológica.

Napoleón Bonaparte. Nació en Ajaccio, capital de la actual Córcega. Su apellido era Buonaparte y él era llamado Napolione.

Napoleón alcanzó méritos escolares en matemáticas, de gran utilidad para su futura especialidad castrense, la artillería.

Su juventud resultó espasmódica, pasó de capitán a general de brigada, para verse encarcelado en la fortaleza de Antibes.

Amó de forma apasionada a Josefina Tascher de la Pagerie, la cual se entregaba con ardor a distintos miembros del cuerpo gubernamental. La reclamó imperiosamente a su lado en el mismo escenario de batalla.

Con 27 años generó una formidable máquina bélica. Sus campañas serían estudiadas por consecutivas generaciones. Pero además el genio de la guerra se revelaba simultáneamente como el genio de la paz. Mostró su carácter autónomo, se manejaba según sus propios criterios. Se convirtió en un caudillo alzado a la categoría de héroe legendario.

Napoleón fue la cabeza que planifica y dirige, el gobierno que administra y la espada que ejecuta.

Realizó una expedición a Egipto para internarse en el desierto sirio. Nelson destruyó la escuadra francesa. Regresó a Francia para, bajo la consigna «La Revolución ha terminado», sancionar la Constitución napoleónica. El papa Pío VIII asistió a la coronación imperial.

Sus victorias son historia, recordemos sólo la de Austerlitz, y la de Jena.

Esparció por Europa los principios de la Revolución francesa, los principios feudales fueron abolidos, se creaba un mercado único interior, se implantaba la igualdad jurídica y política según el modelo del Código Civil francés, se secularizaban los bienes eclesiásticos, se establecía una administración centralizada.

Napoleón tuvo una visión unitaria de Europa.

Napoleón deseaba un hijo. Se divorció de Josefina y se casó con María Luisa, que le dio descendencia para su legitimidad dinástica, pero Napoleón II murió joven y nunca llegó a reinar.

Le quedaban por conquistar Rusia y Gran Bretaña cuya hegemonía marítima había sentado de una vez por todas Nelson en Trafalgar.

Invadió Portugal y España, ambos pueblos se levantaron en armas y comenzaron una doble guerra de Independencia.

Napoleón inició en Rusia una campaña contra el zar Alejandro I, llegando hasta Moscú, pero en la obligada retirada perecieron casi medio millón de hombres entre el frío, el hielo y el hostigamiento del enemigo.

Más tarde sufrió una de sus grandes y raras derrotas en Leipzig, la denominada batalla de las Naciones, prólogo de la invasión de Francia. Las potencias vencedoras le concedieron la soberanía plena sobre la minúscula isla italiana de Elba. Con 45 años desembarcó de nuevo en Francia con sólo un millar de hombres y en un baño de multitudes volvió a hacerse con el poder en París. Pero fue completamente derrotado en Waterloo y deportado a un perdido islote africano, Santa Elena, donde sucumbió. Su personalidad acrisola la fuerza de la espada, la visión del estadista, el indomable empuje del aventurero y el sentido heroico heredado de la antigüedad, obsesionado por la historia y la gloria.

Nerón. Emperador romano, hijo de Agripina la Joven. Nerón tuvo a Séneca como preceptor. Agripina era la verdadera dueña del poder. Ella sospechó que Nerón pretendía sacudirse la tutela materna y empezó a conspirar con su hijo Británico para derribarle. El emperador respondió haciendo asesinar tanto a Británico como a Agripina. Nerón empezó a convertirse en un tirano sin escrúpulos, interesado tan sólo por gozar de los placeres de la vida. Influido por su caprichosa amante Popea se divorció de Octavia y la asesinó, para así casarse con ella. También hizo asesinar al prefecto Burro. Embarcado en un despotismo delirante, Nerón cometió toda clase de extravagancias y atrocidades: hizo arder la ciudad de Roma para reconstruirla a su gusto, desató persecuciones contra los cristianos, provocó la muerte de Popea, haciéndola abortar de una patada durante un acceso de cólera. Nerón descubrió una conjura organizada por Pisón, una de las medidas que tomó el emperador fue obligar a que se suicidasen sus antiguos amigos Séneca y Petronio. Los gobernadores de las Galias, Hispania y Lusitania se rebelaron y el Senado acordó deponer al emperador. Nerón se hizo matar por su secretario cuando iba a ser arrestado.

Pablo Neruda. Su nombre era Neftalí Ricardo Reyes Basoalto. Se crio en Temuco (Chile) «entre la poesía y la lluvia».

En sus años de infancia aprendió a amar la naturaleza en esas frías y húmedas tierras australes, bordeadas por el más puro océano Pacífico. De ahí nace la poética de la desesperanza, de la soledad del ser humano y del amor que le llevó a escribir *Veinte poemas de amor y una canción desesperada*, haciéndole merecedor del premio Nobel.

En Santiago estudió francés y cursó la carrera diplomática. Fue animado a escribir por la reconocida poeta Gabriela Mistral. Publicó *El habitante y su esperanza, Anillos, Tentativa del hombre infinito*.

Su carrera diplomática le llevó por tierras de Birmania, Singapur, Java, China, Argentina, España, Francia, México, Guatemala y Cuba. Mantuvo una amistad de por vida con el poeta peruano César Vallejo.

Conoció a Miguel Hernández, León Felipe, Rafael Alberti, Gerardo Diego, Luis Cernuda, Vicente Aleixandre, Manuel Altolaguirre, Jorge Guillén, Luis Rosales. El asesinato de Federico García Lorca le afectó al punto de escribir en sus memorias: «...la guerra de España que cambió mi poesía, comenzó para mí con la desaparición de un poeta».

En 1958 publicó *Estravagario*, recuperó el sentido del humor, se reencontró con la vanguardia y el surrealismo.

Su vida sentimental fue rica en experiencias, siendo su última mujer Matilde Urrutia, después de llevar ese amor en secreto durante diecisiete años.

Fue reconocido por las Universidades de Santiago de Chile y de Oxford.

Su implicación política fue profunda y continuada al punto de ser precandidato a las presidenciales, aunque renunció a su candidatura en favor de Salvador Allende. Tras la derrocación del presidente constitucional los militares destrozaron sus casas de Santiago y Valparaíso —hoy pueden ser visitadas para observar sus enseres, su forma de vida ¡porque vivió!—, murió doce días después y nos dejó en sus inimitables versos la intuición de lo que está más allá de la muerte: «No creas que voy a morirme, me pasa todo lo contrario, sucede que voy a vivirme, sucede que soy y que sigo».

Isaac Newton. Nació en 1643, año de la muerte de Galileo. Fue un niño prematuro y su padre murió antes de su nacimiento.

A los 18 años su tío se lo llevó al Trinity College de Cambridge.

Abordó el teorema del binomio y el cálculo de fluxiones. Descubrió la ley del inverso del cuadrado, de la gravitación. Puso de manifiesto la naturaleza física de los colores.

Aportó los principios del cálculo diferencial e integral. Plasmó los fundamentos de la física y la astronomía escritos en el lenguaje de la geometría pura.

Fue miembro del Parlamento, pero prosiguió sus trabajos sobre química, hidrostática, hidrodinámica. Construyó telescopios.

Su carrera científica fue deslumbrante, es entre otras cosas fundador de la mecánica y la óptica.

Fue sencillo y agradecido, y reconoció a sus predecesores que «si he visto más lejos que los otros hombres es porque me he aupado a hombros de gigantes».

Se definió en esta frase: «No sé cómo puedo ser visto por el mundo, pero en mi opinión, me he comportado como un niño que juega al borde del mar, y que se divierte buscando de vez en cuando una piedra más pulida y una concha más bonita de lo normal, mientras que el gran océano de la verdad se exponía ante mí completamente desconocido».

Alfred Nobel. Químico e ingeniero sueco. Alfred se esforzó en encontrar un método para manipular con seguridad la nitroglicerina y ello porque una explosión mató a su hermano pequeño y a otras cuatro personas. Inventó la dinamita (un polvo que se obtiene de la mezcla del explosivo líquido y un material absorbente, la tierra de diatomeas). Este polvo puede ser percutido e incluso quemado al aire libre sin que explote. El elemento químico nº 102 tuvo el honor de recibir su nombre (No), nobelio. Legó la mayor parte de su fortuna a una fundación que otorga premios anuales a aquellos que realicen el mayor beneficio a la humanidad en el campo de la física, la química, la medicina, la fisiología, la literatura y la paz mundial.

Pablo Picasso (y el *Guernica*). Picasso hizo una declaración política enorme contra Franco y la Guerra Civil. El artista quería expresar su apoyo a la República española, fue entonces cuando Franco ordenó el bombardeo aéreo de Guernica, una capital cultural de la región vasca. Unos mil seiscientos ciudadanos fueron heridos o muertos. El cuadro demostró el caos y la tragedia de un pueblo. Picasso usó el simbolismo, nunca explicó el cuadro porque él quería que la audiencia hiciera su propia interpretación.

Pintó un toro y un caballo que representaron a los nacionalistas y a la República española, pero sin identificar cuál era cada uno. El conflicto lo representó con las mujeres llorando y la gente corriendo. Los ataques aéreos están representados por una bombilla. El *Guernica* estaba expuesto en el MOMA de Nueva York, hasta que en 1981 llegó a España.

Platón. Filósofo griego. Nació en Atenas en el 427 a.C. en una familia aristocrática. Abandonó su vocación política por la filosofía, atraído por Sócrates, a quien siguió durante veinte años. Se enfrentó a los sofistas como Pitágoras. Viajó por Oriente y el sur de Italia, regresó a Atenas y fundó una escuela de Filosofía en el jardín dedicado al héroe Academo, de donde procede el nombre de Academia, fue el precedente de las instituciones universitarias, con aulas, biblioteca, residencia de estudiantes, reglamentos. Partió de la ciencia del saber, la Filosofía, que dio paso a disciplinas especializadas, como la Lógica, la Ética o la Física, que educaron a personajes tan fundamentales como Aristóteles.

A diferencia de Sócrates que no dejó obra escrita, Platón publicó: *La República*, *Las Leyes*, *El Banquete*, *Fedro* o *Fedón*. Por ello y desde sus escritos en forma de diálogos, que son un desarrollo del pensamiento socrático, se le considera el fundador de la filosofía académica. Sus escritos se basan en especulación metafísica con evidente orientación práctica, se aprecia que entiende que el verdadero mundo es el de las ideas. Respecto al ser humano emana la importancia del alma inmortal sosteniendo que sólo podría alcanzar la felicidad buscando perfeccionar el alma, mediante un ejercicio continuado de la virtud, entendiendo como tal la justicia, la sabiduría de la razón, la fortaleza del ánimo y la templanza de los apetitos.

Las ideas de Platón siguieron influyendo por sí mismas o a través de su discípulo Aristóteles sobre toda la historia posterior del mundo occidental.

Santiago Ramón y Cajal. Nació en Petilla de Aragón (Navarra). Se licenció en Medicina en un ambiente familiar dominado por el interés por esta ciencia. Fue destinado como capitán médico a Cuba. Ejerció como ayudante interino de anatomía en la Escuela de Medicina de Zaragoza. Ulteriormente ocupó la cátedra en Valencia, Barcelona y Madrid. Se dedicó al estudio de las células nerviosas, desarrolló métodos de tinción propios. Demostró que la neurona es el constituyente fundamental del tejido nervioso. En 1906 recibió el premio Nobel de Fisiología y Medicina por sus descubrimientos acerca de la estructura del sistema nervioso y del papel de la neurona.

William Shakespeare. Dramaturgo y poeta inglés. Antes de ser autor, fue actor. Publicó el poema *Venus y Adonis*, posteriormente *La violación de Lucrecia* y *Sonetos*. Lo que le dio fama fue su obra como dramaturgo, un exquisito compendio de los sentimientos, el dolor y las ambiciones del alma humana. En ella alcanza un penetrante tratamiento psicológico del personaje, que induce al espectador a identificarse con él: así Hamlet refleja la incapacidad de actuar ante el dilema moral entre venganza y perdón; Otelo, la crueldad gratuita de los celos, y Macbeth, la cruel tentación del poder. Shakespeare alzó el telón de las miserias y de las grandezas del ser humano, del «ser o no ser». Desnudó y para siempre al ser humano al mostrarnos reflejada su alma.

IX. Sentimientos colectivos que cambiaron la historia

Asesinato de John Lennon. El 8 de diciembre de 1980 Lennon y Ono abandonaron su apartamento. Mientras caminaban hacia su limusina fueron rodeados por varios individuos que buscaban autógrafos, entre ellos un empleado de hospital de 25 años proveniente de Honolulu (Hawaii), de nombre Mark Chapman. Silenciosamente le entregó a Lennon una copia de *Double Fantasy* y Lennon lo firmó.

Cinco horas después al regresar a tiempo para dar las buenas noches a su hijo Sean de 5 años Chapman le disparó cinco balas de punta hueca, cuatro le impactaron, una de ellas le perforó la aorta. Chapman se sentó muy tranquilo a esperar a la policía.

John entró muerto en el hospital Roosevelt. Las cuatro balas de punta hueca que se expanden al entrar en el objetivo habían causado destrozos en los órganos de John.

Así murió el quizás miembro más famoso de The Beatles, compuesto por George Harrison, Ringo Starr y Paul McCartney, el grupo más grande de la historia de la música, nacido en Liverpool.

Yoko Ono, tras saber que dos de los seguidores fanáticos de Lennon se suicidaron, hizo un llamamiento público pidiendo a los dolientes no ceder a la desesperación.

Chapman se declaró culpable. Sin alegar demencia, fue condenado a una pena de entre veinte años y cadena perpetua. Los veinte años se cumplieron en el año 2000, sigue en su celda del correccional de Attica. Chapman declaró en 2010: «Tomé una decisión horrible para acabar con la vida de otro ser humano por razones de egoísmo. Sentí que al matar a John Lennon me convertiría en alguien y en vez de eso me convertí en un asesino y los asesinos no son nadie».

Asesinato de Kennedy. A las 11.40 horas el Air Force One aterriza en el aeropuerto de Dallas. La comitiva presidencial se pone en marcha. En la esquina de Houston Street con Elm Street la comitiva, que iba a quince kilómetros por hora, debe realizar un giro de 120º a la izquierda. Lee Harvey Oswald dispara en tres ocasiones: el primer disparo es desviado por un árbol, el segundo alcanza a Kennedy por detrás y le sale por la garganta, el presidente deja de saludar al público; el tercero impacta de lleno en el occipital derecho de la cabeza. Jackie se abalanza a la parte trasera del auto. El gobernador de Texas que iba en el mismo coche quedó gravemente herido, pero sobrevivió.

Kennedy fue enterrado en el cementerio de Arlington. Asistieron representantes de noventa países (incluida la Unión Soviética).

Lee Harvey Oswald fue detenido ochenta minutos después del asesinato por haber matado al oficial de policía de Dallas J. D. Tippit. Acusado también de la muerte de Kennedy, negó haber disparado contra el presidente. Dos días después cuando era trasladado y custodiado por la policía, Jack Ruby le disparó y lo mató. Jack Ruby murió cuatro años más tarde en extrañas circunstancias. Siete años después del magnicidio una veintena de personas relacionadas con el asesinato de Kennedy había muerto por distintas causas, accidentes de carretera, enfermedades no aclaradas y misteriosos suicidios, entre ellos el jefe de la policía de Texas y el hombre que grabó las imágenes del asesinato.

Teorías de la conspiración han sido, son y serán innumerables. La Comisión Warren examinó tres mil ciento cincuenta y cuatro pruebas y estudió las declaraciones de quinientos cincuenta y dos testigos. Concluyó en su informe que no podía encontrar evidencias persuasivas de una conspiración interna o externa que implicara a otras personas, grupos o países.

La caída del muro de Berlín. Este muro dividió Berlín en dos partes durante veintiocho años y separó a familias y amigos.

Al finalizar la Segunda Guerra Mundial se dividió Alemania: los tres sectores occidentales (estadounidense, francés y británico) pasaron a llamarse República Federal Alemana (RFA) y el sector oriental (soviético) se convirtió en la República Democrática Alemana (RDA).

Berlín quedó dividido. La maltrecha economía soviética y la floreciente Berlín occidental hicieron que casi tres millones de personas dejaran atrás la Alemania Oriental para adentrarse en el capitalismo. La RDA construyó un muro que fue ampliándose hasta límites insospechados para aumentar su seguridad. La pared de hormigón de cuatro metros de altura llevaba en su interior cables de acero para aumentar su resistencia. Junto al muro se creó la «franja de la muerte», formada por un foso, una alambrada, una carretera por la que circulaban constantemente vehículos militares, sistemas de alarma, armas automáticas, torres de vigilancia y patrullas acompañadas por perros las veinticuatro horas del día.

Entre 1961 y 1989 más de cinco mil personas trataron de cruzar el muro y más de tres mil fueron detenidas. Unas cien personas murieron en el intento.

La caída del muro vino motivada por la apertura de fronteras entre Austria y Hungría, ya que cada vez más alemanes viajaban a Hungría para pedir asilo. Este hecho motivó enormes manifestaciones en Alexanderplatz. El 9 de noviembre de 1989 el gobierno de la RDA afirmó que el paso hacia el oeste estaba permitido. Miles de personas se agolparon, se abrieron las primeras brechas en el muro. Tras veintiocho años de separación forzosa, familiares y amigos pudieron reencontrarse.

Descubrimiento de América. El siglo XV fue una época de paulatinos avances en la exploración del mundo. Los reinos de Castilla y Aragón decidieron apoyar el proyecto de Cristóbal Colón de llegar a las Indias desde el oeste, una verdadera aventura sin ningún tipo de garantías. El 3 de agosto de 1492 y tras la firma de los Reyes Católicos Isabel y Fernando de las Capitulaciones de Santa Fe, Colón partió del puerto de Palos con tres embarcaciones. Pasados más de dos meses de navegación avistaron tierra, creyeron haber llegado a las Indias Orientales, pero se habían topado con el nuevo mundo, América. Nacía así un gran imperio.

Holocausto judío. Segunda Guerra Mundial. Antes de que Hitler naciera el pueblo alemán se mantenía en su ancestral odio racial y xenófobo. Adolf Hitler capitalizó ese enfermizo sentimiento, centrándolo primordialmente en el antisemitismo. Los acontecimientos predecibles por decantación acabaron en el horrendo e inolvidable Holocausto.

Mayo del 68. París. Fue la primera revolución pop de la historia. En el ocaso de los años sesenta los jóvenes franceses hicieron temblar los cimientos de una sociedad anclada en los valores tradicionales, aún resuenan sus proclamas de libertad: «Prohibido prohibir», «seamos realistas, pidamos lo imposible». Fue una respuesta al pesimismo, una llamada contra la guerra de Vietnam, contra el racismo, contra la tensión entre Estados Unidos y la URSS, contra el consumismo. Las ideas de igualdad, creatividad, feminismo y libertad recorrieron el mundo. Ocurrió una vez y mientras existan pensadores y gente que se compromete a echarse a la calle puede volver a ocurrir. Ocurrirá.

Primavera de Praga. El eslovaco Dubcek planteó la necesidad de las reformas dentro del Partido Comunista checo, los grupos intelectuales retomaron la postura reformista. El nuevo ambiente de libertad despertó en la sociedad checoslovaca, florecieron asociaciones, periódicos... Un ambiente de euforia se extendió por el país, los medios de comunicación lo apoyaron y se levantó la censura. Se inició la Primavera de Praga, que se concretó en derecho de huelga, sindicatos independientes, libertad religiosa, creación de partidos —siempre que aceptaran el modelo socialista—, liberación de presos políticos...

Revolución de los claveles. Portugal a finales de la década de 1960 se desangraba en una guerra colonial de pacificación en Mozambique y Angola. La vieja guardia del régimen se resistía a cualquier reforma política.

Es en 1974 cuando un denominado Movimiento de Fuerzas Armadas (MFA) decide llevar adelante una revolución. El 24 de abril se transmite por la radio la canción *E depois do Adeus* de Paulo Carralho, y el 25 de abril *Grandola, Vila Morena*, una canción revolucionaria de José Alfonso, prohibida por el régimen. Es la segunda señal pactada por el MFA para ocupar los puntos estratégicos del país.

Uno de los hitos de aquellas concentraciones fue la marcha de las flores en Lisboa caracterizada por una multitud pertrechada de claveles, la flor de la temporada. Lo que ocurrió fue que en su camino hacia los puntos estratégicos de Lisboa, unos soldados pidieron claveles en el puesto callejero de una florista para colocarlos en sus fusiles, como símbolo de que no deseaban disparar sus armas.

Caetano y sus ministros partieron al exilio en Brasil. Regresaron a Portugal líderes políticos como Mario Soares y Alvaro Cunhal. Se estableció una democracia parlamentaria. Se puso fin a la guerra en África.

El 25 de abril es festividad nacional en Portugal.

Revolución francesa. Fue el cambio político más importante que se produjo en Europa a finales del siglo XVIII. Esta revolución significó el triunfo de un pueblo pobre, oprimido y cansado de las injusticias sobre los privilegios de la nobleza feudal y del estado absolutista.

La sociedad estaba compuesta por tres sectores sociales: la Iglesia, que sumaba unas ciento veinte mil personas, no pagaba impuestos, recibía de los campesinos el «diezmo», es decir la décima parte del producto de sus cosechas. El segundo era la nobleza, integrada por unas trescientas cincuenta mil personas. Dueños del 30 por ciento de las tierras, los nobles estaban eximidos de la mayoría de los impuestos y ocupaban todos los cargos públicos. Tenían tribunales propios. El tercer sector comprendía el 98 por ciento de la población y se componía de la burguesía que aglutinaba a ricos financistas y banqueros, los artesanos, los funcionarios, los comerciantes, los campesinos libres, los jornaleros y los siervos que carecían de poder y decisión política, pagaban todos los impuestos, hacían los peores trabajos y no tenían ningún derecho.

En Francia existía un descontento general, la monarquía estaba prácticamente arruinada y sin apoyo de gran parte de la nobleza.

Se dio un importante paso al crear la Asamblea Nacional, donde la burguesía tomó el control de la situación al conseguir más votos que los de la nobleza y el clero, al tiempo juraron solemnemente que la Asamblea Nacional no se disolvería hasta que no se lograse conformar una Constitución Nacional.

El 14 de julio de 1789 la burguesía se vio apoyada por un gran sector explotado por la nobleza, los campesinos, que en medio de una agitada multitud revolucionaria de mujeres y hombres saturados de injusticias y de hambre se dirigieron de forma violenta contra un símbolo del régimen absolutista, que funcionaba como cárcel de los opositores al sistema de gobierno, La Bastilla, y la tomaron por la fuerza. Esta demostración atemorizó a los partidarios del antiguo sistema.

En las zonas rurales se produjo el levantamiento de los campesinos contra los señores feudales, los cuales fueron asesinados y sus castillos saqueados e incendiados.

A la hora de decidir la forma de gobierno la alta burguesía apoyó a los girondinos, que querían instaurar una monarquía constitucional. Por otro lado estaban los jacobinos, que deseaban instaurar una república democrática.

Los diputados de la Asamblea decidieron eliminar privilegios de la nobleza, se les obligó a pagar impuestos y se eliminó el diezmo a la Iglesia. Pocos días después la Asamblea dictó la Declaración del Hombre y el Ciudadano. Esta proclama se transformó en la síntesis de las ideas revolucionarias, basadas en tres banderas: igualdad, fraternidad y libertad.

El cambio de mayor importancia es que los representantes podían ser elegidos mediante el sufragio universal, permitiendo una mayor participación de sectores humildes y populares llamados *sans culottes* (sin calzones).

Se creó una institución destinada a establecer un rígido control de los opositores, y castigarlos duramente y aplicar la pena de muerte a todos aquellos que no apoyaban el sistema de gobierno republicano. Este instrumento fue dirigido en persona por Robespierre. Cuando la guerra dejó de ser un problema y las victorias del ejército republicano garantizaban la estabilidad de la República, gran parte de los diputados de la Convención se pusieron de acuerdo para dictar una orden de detención contra Robespierre, que fue guillotinado el 28 de julio de 1794.

Consecuencias de la Revolución francesa: se destruyó el sistema feudal. Se dio un golpe a la monarquía absolutista. Surgió una República de corte liberal. Se difundió la Declaración de los Derechos del Hombre y el Ciudadano. La separación de la Iglesia y el Estado fue un antecedente para desligar la religión de la política. La burguesía amplió cada vez más su influencia en Europa. Se difundieron ideas democráticas, los derechos y privilegios de los señores feudales fueron anulados.

«Amigo, hasta aquí he llegado,
si quieres seguir leyendo, ve tú mismo,
conviértete en la escritura y la esencia».

ANGELUS SILESIUS

Bibliografía

ALONSO, M.: *Vivir es un asunto urgente*. Madrid, Aguilar, 2011.

AMIGUET, LL., SANCHÍS I. y AMELA V.: *Grandes contras sobre la mente humana*. Barcelona, Alienta Editorial, 2012.

APOLLINAIRE, G.: *El paseante de las dos orillas*. Córdoba, El Olivo Azul, 2009.

ARISTÓTELES: *Ética eudemia*. Madrid, Gredos, 2011.

ASOCIACIÓN AMERICANA DE PSIQUIATRÍA: DSMIV-R (Manual Diagnóstico y Estadístico de los Trastornos Mentales). Libro de Casos. Barcelona, Masson, 1996.

AUSTER, P.: *Leviatán*. Barcelona, Anagrama, 1992.

BANDURA, A.: *Self-efficacy. The exercise of control*. Nueva York, W. H. Freeman, 1997.

BAUMAN, Z.: *Vida líquida*. Barcelona, Paidós, 2006.

BENEDETTI, M.: *La tregua*. Madrid, Alianza Editorial, 2002.

BIZKARRA, K.: *Encrucijada emocional*. Bilbao, Desclée de Brouwer, 2005.

BORG, J.: *La persuasión. El arte de influir en las personas*. Madrid, Pirámide, 2009.

BOWLBY, J.: *Los vínculos afectivos: formación, desarrollo y pérdida*. Madrid, Morata, 2003.

BUBER, M.: *Yo y tú*. Buenos Aires, Nueva Visión Argentina, 2002.

CALHOUN Ch. y SOLOMON, R. C: *¿Qué es una emoción?* México DF, Fondo de Cultura Económica, 1989.

CAMUS, A.: *El extranjero*. Madrid, Alianza Editorial, 2003.

CANTERA, J.: *Coaching: mitos y realidades*. Madrid, Pearson Educación, 2003.

CASTELLS, P.: *Tenemos que educar*. Barcelona, Península, 2011.

CASTILLA, C.: *Teoría de los sentimientos*. Barcelona, Tusquets Editores, 2000.

CHAPLIN, C.: *Mis andanzas por Europa*. Madrid, Evohé, 2010.

CONFUCIO: *El centro invariable*. Madrid, Ediciones Escolares, 2011.

DAMÁSIO, Á.: *En busca de Spinoza*. Barcelona, Crítica, 2005.

DE MELLO, A.: *La oración de la rana*. Santander, Sal Terrae, 2000.

DE SEBASTIÁN, L.: «Algunas sorpresas de la globalización». *Claves de razón práctica*, 167, noviembre, 2006, pp. 28-35.

DESCARTES, R.: *Discurso del método*. Madrid, Tecnos, 2006.

DIÓGENES: *Vida de filósofos ilustres*. Barcelona, Ediciones Omega, 2003.

DUMAS, A.: *El Conde de Montecristo*. Barcelona, Debolsillo, 2009.

ENKVIST, I.: *La educación en peligro*. Navarra, Eunsa, 2010.

EXTREMERA, N. y FERNÁNDEZ-BERROCAL, P.: *Test de Inteligencia Emocional de Mayer Salovery Caruso*. Madrid, TEA Ediciones, 2009.

FODOR, E. y MORÁN M.: *Todo un mundo de emociones*. Madrid, Pirámide, 2011.

FRANKL, V. E.: *El hombre en busca de sentido*. Barcelona, Herder, 2005.

FREUD, S.: *Psicología de las masas*. Madrid, Alianza Editorial, 2010.

FUERTES, J. C.: *¡Doctor, ayúdeme! A salir de esta y otras crisis sin pasar por el psiquiatra*. Madrid, Ediciones Aran, 2011.

GABILONDO, A.: *Mortal de necesidad*. Madrid, Adaba, 2003.

GARCÍA-VALIÑO, I.: *Educar a la pantera*. Barcelona, Debate, 2010.

GARDNER, H.: *La educación de la mente y el conocimiento de las disciplinas*. Barcelona, Paidós, 2009.

GARRIDO, V.: *Mientras vivas en casa*. Barcelona, Versátil, 2009.

GLADWELL, M.: *Inteligencia intuitiva*. Madrid, Punto de Lectura, 2006.

GOLDSMITH, O.: *El vicario de Wakefield*. Madrid, Ediciones Rialp, 2004.

GOLEMAN, D.: *Emociones destructivas. Cómo entenderlas y superarlas*. Barcelona, Kairos, 2003.

—: *Inteligencia emocional*, traducción (1996). Barcelona, Kairós, 1995.

GÓMEZ DE LA SERNA, R.: *El Chalet de las rosas*. Madrid, Castalia, 1997.

GONZÁLEZ PINEDA, J., y otros: *Estrategia de aprendizaje: concepto, evaluación e interacción*. Madrid, Pirámide, 2002.

GREENBERG, L.: *Emociones: Una guía interna*. Bilbao, Desclée de Brouwer, 2000.

HEIDEGGER, M.: *Cartas sobre el humanismo*. Madrid, Alianza Editorial, 2011.

HEGEL, G.: *Escritos pedagógicos*. México DF, Fondo de Cultura Económica, 1991.

HESSE, H.: *El lobo estepario*. Madrid, Alianza Editorial, 2006.

HUGHES, D.: *Pensamiento líquido*. Barcelona, Urano, 2010.

HUGO, V.: *Los miserables*. Palencia, Simancas Ediciones, 2010.

JODOROWSKY, A.: *Cabaret místico*. Madrid, Siruela, 2006.

KANT, I.: *Crítica de la razón pura*. México DF, Fondo de Cultura Económica, 2009.

KIERKEGAARD, S.: *Diario de un seductor*. Barcelona, Bookspocket, 2009.

LARRA, M. J.: *Artículos de costumbres*. Madrid, Espasa Calpe, 2010.

LINDEN, D.: *El cerebro accidental*. Barcelona, Paidós, 2010.

LURI, G.: *La escuela contra el mundo*. Barcelona, Ceac, 2010.

MAGANTO, C. y MAGANTO, J. M.: *Cómo potenciar las emociones positivas y afrontar las negativas*. Madrid, Pirámide, 2011.

MARÍAS, J.: *Los enamoramientos*. Madrid, Alfaguara, 2011.

MARINA, J. A.: *La educación del talento*. Barcelona, Ariel, 2010.

—: *Educación para la ciudadanía*. Madrid, Ediciones SM, 2007.

—: *Anatomía del miedo*. Barcelona, Anagrama, 2006.

—: *El laberinto sentimental*. Barcelona, Anagrama, 1996.

— y LÓPEZ, M.: *Diccionario de los sentimientos*. Barcelona, Anagrama, 2007.

MAUGHAM, W. S.: *El filo de la navaja*. Barcelona, Debolsillo, 2005.

MEIRIEU, P.: *Una llamada de atención. Carta a los mayores sobre los niños de hoy*. Barcelona, Planeta, 2010.

MENDIOLA, I.: *Elogio de la mentira*. Madrid, Lengua de Trapo, 2006.

MILL, J. S.: *Sobre la libertad*. Barcelona, Tecnos, 2008.

MILLÁN, J. A.: *Flor de farola*. Barcelona, Melusina, 2006.

MINGOTE, A.: *El caer de la breva*. Barcelona, Planeta, 2010.

MORGADO, I.: *Emociones e inteligencia social*. Barcelona, Ariel, 2010.

NERUDA, P.: *Confieso que he vivido: Memorias*. Barcelona, Seix Barral, 2002.

NIETZSCHE, F.: *Así habló Zaratustra*. Madrid, La Esfera de los Libros, 2011.

ORTEGA Y GASSET, J.: *La rebelión de las masas*. Madrid, Espasa Calpe, 2010.

OWEN, N.: *La magia de la metáfora*. Bilbao, Desclée de Brouwer, 2007.

PASCAL, B.: *Pensamientos*. Madrid, Alianza Editorial, 2004.

PASCUAL, M.: *En qué mundo vivimos. Conversaciones con Manuel Castells*. Madrid, Alianza Editorial, 2006.

PÉREZ ALONSO-GETA, P. M.: *Estudio «Infancia y familias. Valores y estilo de educación»*, elaborado por el Instituto de Creatividad e Innovaciones Educativas, 2010.

PIAGET, J.: *De la lógica del niño a la lógica del adolescente. Ensayo sobre la construcción de las estructuras operatorias*. Barcelona, Paidós, 1996.

PLATÓN: *Fedón: Diálogos de Platón*. Madrid, Ediciones Ibéricas, 2010.

POLAY, D. J.: *Reciclaje emocional*. Barcelona, Planeta, 2011.

RABELAIS, F.: *Pantagruel*. Madrid, Akal, 2004.

RAHNER, K.: *El oyente de la palabra: fundamentos para una filosofía de la religión*. Barcelona, Herder, 2009.

RISO, W.: *El arte de ser flexible*. Barcelona, Planeta, 2010.

ROCHEFOUCAULD, F. de la: *Maximes et memoires*. París, Payot & Rivales, 2008.

RODRÍGUEZ NEIRA, T.: *Los cristales rotos de la escuela*. Barcelona, Sello Editorial, 2010.

ROJAS-MARCOS, L.: *El sentimiento de culpa*. Madrid, Aguilar, 2009.

RUIZ, P.: *Al hijo que no tengo*. Barcelona, Ediciones B, 2010.

SABINA, J.: *Esta boca es mía*. Barcelona, Ediciones B, 2010.

SÁDABA, J.: *El amor y sus formas*. Barcelona, Península, 2010.

SACKS, O.: *Un antropólogo en Marte*. Barcelona, Anagrama, 1997.

SAINT-EXUPÉRY, A.: *El Principito*. Barcelona, Salamandra, 2001.

SÁNCHEZ MANZANO, E.: *La inteligencia creativa*. Málaga, Aljibe, 2010.

SARTRE, J. P.: *Bosquejo de una teoría de las emociones*. Madrid, Alianza Editorial, 2005.

SÉNECA, L. A.: *Diálogos. Apocoloquintosis*. Madrid, Gredos, 2000.

—: *Fragmentos de obras y cartas perdidas*. Obras. Barcelona, Altaya, 1998.

—: *Cartas morales a Lucilo, Obras Completas*. Madrid, Aguilar 1957.

—: *De la vida bienaventurada, Obras Completas*. Madrid, Aguilar, 1957.

SENNETT, R.: *La corrosión del carácter*. Barcelona, Anagrama, 2006.

SHAKESPEARE, W.: *Macbeth*. Madrid, Espasa Calpe, 2011.

—: *Romeo y Julieta*. Madrid, Alianza Editorial, 2011.

—: *Otelo, el moro de Venecia* (en *Obras Completas I*). Madrid, Aguilar, 2003.

—: *Hamlet, Obras Completas*. Madrid, Aguilar, 1961.

SHODA Y., MISCHEL, W. y PEAKE P.: «Predicting Adolescent Cognitive and Self-Regulatory Competencies From Preschool Delay of Gratification». *Developmental Psychology*, vol. 26, 6, 1990.

TAGORE, R.: *La morada de la paz: una guía poética y espiritual*. Barcelona, Oniro, 1999.

TEZANO, J. F.: *Incertidumbres, retos y potenciales del siglo XXI: Grandes tendencias internacionales. Undécimo foro sobre tendencias sociales*. Madrid, Sistema, 2010.

TWAIN, M.: *Cuentos selectos*. Barcelona, Debolsillo, 2009.

UNAMUNO, M. de: *Niebla*. Madrid, Alianza Editorial, 2003.

URRA, J.: *¿Qué se le puede pedir a la vida?* Madrid, Aguilar, 2011.

—: *Infarto de miocardio. Vivir es poder contarlo*. Madrid, Pirámide, 2011.

—: *Fortalece a tu hijo. Guía para afrontar las adversidades de la vida*. Barcelona, Planeta, 2010.

—: *Adolescentes en conflicto. 53 casos reales*. Madrid, Pirámide, 2010.

—: *Educar con sentido común*. Madrid, Aguilar, 2009.

—: *Recetas para compartir felicidad*. Con el auspicio del Instituto de la Felicidad de Coca-Cola. Madrid, Aguilar, 2009.

—: *Secretos de consulta*. Barcelona, Planeta, 2009.

—: *¿Qué ocultan nuestros hijos? ¿Qué callan los padres?* Madrid, La Esfera de los Libros, 2008.

—: *Mujer creciente. Hombre menguante*. Madrid, La Esfera de los Libros, 2007.

—: *Víctima de abusos sexuales*. Madrid, Pirámide, 2007.

—: *El pequeño dictador. Cuando los padres son las víctimas*. Madrid, La Esfera de los Libros, 2006.

—: *Jauría humana: Cine y psicología*. Barcelona, Gedisa, 2004.

—: *Agresor sexual: Casos reales. Riesgo de reincidencia*. Madrid, EOS, 2003.

—: *Charlando sobre la infancia*. Barcelona, Espasa Calpe, 2000.

—: *Violencia, memoria amarga*. Madrid, Siglo XXI, 1997.

—: *Manual de Psicología Forense*. Madrid, Siglo XXI, 1993.

—: *Tratado de psicología forense*. Madrid, Siglo XXI, 1992.

VERNE, J.: *20.000 leguas de viaje submarino*. Barcelona, Plutón Ediciones, 2011.

—: *La vuelta al mundo en 80 días*. Madrid, Biblioteca Nueva, 2008.

VIRGILIO, P.: *Eneida*. Madrid, Espasa Calpe, 2007.

VISO, J. R.: *Qué son las competencias*. Madrid, EOS, 2010.

VYGOTSKI, L.: *El desarrollo de procesos superiores*. Barcelona, Crítica, 2000.

VV AA: *Conversaciones con* coaching. *La práctica del* coaching *en vivo y en directo*. Madrid, Cultivalibros, 2010.

—: *En busca del éxito educativo: Realidades y soluciones*. Madrid, Fundación Antena 3, 2010.

—: *La espiritualidad a debate. Estudio científico de lo trascendente*. Barcelona, Kairós, 2010.

—: *La educación emocional en la práctica*. Barcelona, Horsori Editorial, 2010.

ZACCAGNINI, J. L.: *Qué es inteligencia emocional*. Madrid, Biblioteca Nueva, 2004.

ZAMBRANO, M.: *Hacia un saber sobre el alma*. Madrid, Alianza Editorial, 2002.

ZOLA, E.: *Nana*. Barcelona, Debolsillo, 2007.

ZYGMUNT, B.: *44 Cartas desde el mundo líquido*. Barcelona, Paidós, 2011.

Índice temático

Índice de autores citados

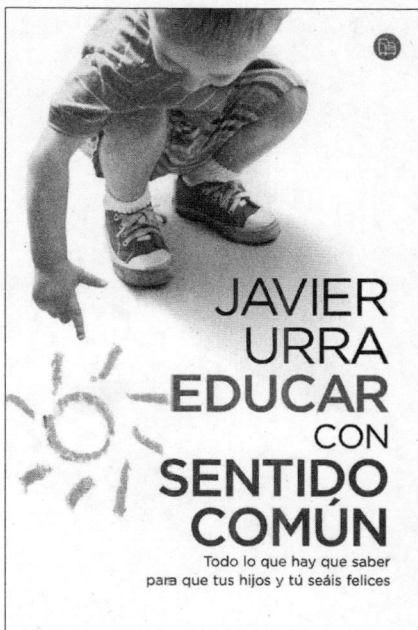

JAVIER
URRA
EDUCAR
CON
SENTIDO
COMÚN

Todo lo que hay que saber
para que tus hijos y tú seáis felices

Javier Urra, psicólogo y pedagogo terapeuta, te da las claves
necesarias para formar a tus hijos con inteligencia, equilibrio
emocional y valores, y describe de manera sencilla sus necesidades en cada momento: salud, conducta, miedos, juegos,
sexualidad; además te ofrece criterios útiles para cada una de
las etapas de su desarrollo, con la opinión de profesionales del
sistema educativo. *Educar con sentido común* te enseña todo lo que
hay que saber desde que tu hijo nace hasta la juventud, pasando
por la adolescencia, esa etapa tan conflictiva. Una guía práctica
y completa para educar bien, con criterio.

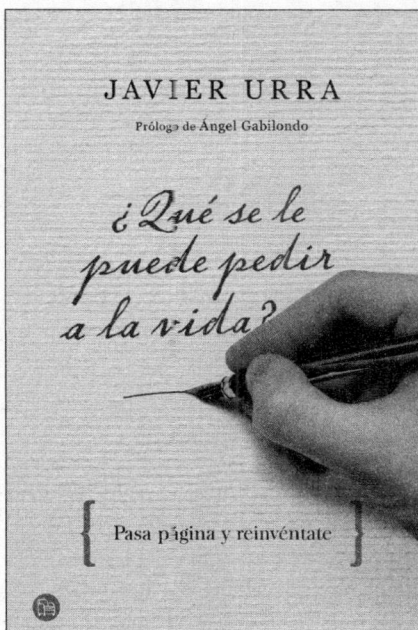

JAVIER URRA

Prólogo de Ángel Gabilondo

¿Qué se le puede pedir a la vida?

{ Pasa página y reinvéntate }

Reinventemos la vida y convirtámonos en lo posible en forjadores del destino.

Javier Urra nos ofrece en *¿Qué se le puede pedir a la vida?* una obra gratificante y reveladora que cuestiona nuestra capacidad para aventurarnos, para arriesgar, para apurar la existencia y descubrir qué legado dejaremos al otro y qué decisiones estamos dispuestos a tomar para conseguir lo que anhelamos todos: vivir con intensidad.

«A la vida se le puede pedir no más de lo que pueda dar: instantes de ternura, de enamoramiento, sorpresas, nostalgia y esperanza. Segundos de lucidez, momentos para disfrutar de la belleza, de la amistad, de las lágrimas y de las pasiones. Momentos que merezcan la pena».

JAVIER URRA